Chagalls Rache

Jürgen Heimbach

Chagalls Rache

LEINPFAD
VERLAG

Die Handlung und alle Personen sind völlig frei erfunden;
Ähnlichkeiten wären rein zufällig.

© Leinpfad Verlag
Frühjahr 2011

Umschlag: kosa-design, Ingelheim
Layout: Leinpfad Verlag, Ingelheim
Druck: Druckerei Wolf, Ingelheim

Leinpfad Verlag, Leinpfad 5, 55218 Ingelheim,
Tel. 06132/8369, Fax: 896951
E-Mail: info@leinpfadverlag.de
www.leinpfad-verlag.de

ISBN 978-3-942291-19-4

Inhalt

DIENSTAG, 18. August 2009

Der Weg von dem kleinen Parkplatz an der Bundesstraße kurz hinter Budenheim zu dem Fundort der Leiche war durch den Regen am gestrigen Tag noch völlig aufgeweicht. Besonders dort, wo keine Sonnenstrahlen hinkamen, hatten sich tiefe, dunkle Pfützen gebildet. Henning Sikorski unterdrückte einen Fluch. Der Hauptkommissar der Mordkommission Mainz legte Wert auf ein gepflegtes Aussehen und das war im Augenblick mehr als gefährdet. Die schwarzen Budapester waren schon von einer Matschschicht bedeckt und erste Spritzer hatten auch den Saum seiner grauen Stoffhose erreicht. Vor ihm ging ein uniformierter Kollege, der ihn immer wieder auf besonders üble Stellen hinwies. Sikorski, Anfang fünfzig, etwas untersetzt und alles andere als ein sportlicher Typ, was er durch seine Kleidung unterstrich, achtete jedoch kaum auf den Mann vor ihm. Er wollte so schnell wie möglich zum Fundort. In den letzten vier Monaten hatte es zwei bis heute ungeklärte Mordfälle gegeben; Sikroski konnte sich nicht erinnern, wann so etwas im Großraum Mainz zum letzten Mal vorgekommen war. Eine weitere Leiche würde die ohnehin schon beunruhigte Bevölkerung noch mehr aufregen und die Presse dazu bringen, sich schier zu überschlagen.

Nach etwa einhundert Metern gab der uniformierte Beamte Sikorski ein Zeichen, den breiten Waldweg zu verlassen. Der ahnte, dass es nun noch schlimmer kommen würde, und tatsächlich trat er schon nach wenigen Metern in ein Schlammloch. Die Flüssigkeit schwappte in seine Schuhe und es kostete ihn große Beherrschung, den Fluch, der ihm auf den Lippen lag, zu unterdrücken. Er hatte das Angebot der Kollegen, seine Budapester gegen ein Paar Gummistiefel zu tauschen, abgelehnt.

Bei jedem Schritt quatschte es nun vernehmlich unter seinen Füßen. Nach weiteren fünf Minuten erreichten sie eine kleine Lichtung. Sikorski blieb am Rand stehen, verschränkte die Hände hinter seinem Rücken und besah sich die Szenerie vor ihm. In der Mitte der Lichtung stand eine weiße Badewanne, wie er sie aus alten Filmen kannte, freistehend, mit kleinen Füßchen an jeder Ecke. Die linke Hälfte der Wanne war von drei Personen verdeckt, rechts neben ihnen stand ein hölzerner Kasten, darauf ein kleiner Gegenstand. Der von ihm aus rechte Teil der Wanne schien von einem Brett bedeckt zu sein. Das Ganze wirkte auf den ersten Blick wie eine wilde Mülldeponie, aber für Sikorski hatte es etwas Gewolltes, so, als ob jemand die Gegenstände ganz bewusst inszeniert hatte. Einer der drei Männer an der Wanne schoss unablässig Fotos. Sikorski beobachtete regungslos die Szene und als einer der drei zur Seite trat, um die Frage einer dunkelhaarigen Frau in hohen Gummistiefeln zu beantworten, erkannte er einen nackten Arm, der über den Wannenrand hing, und den Kopf, der auf die Schulter dieses Arms gesunken war. Das also war die Leiche, die ein Spaziergänger entdeckt hatte, als er seinem davon gelaufenen Hund gefolgt war. Sikorski sah sich um. Die Lichtung war nicht groß, allerhöchstens zwölf bis vierzehn Meter im Durchmesser. Er schätzte, dass es um die Lichtung herum überall so aussah wie auf dem Weg, den er gekommen war. Wer immer die Wanne und die anderen Gegenstände hierher gebracht hatte, musste eine große Anstrengung auf sich genommen haben, gleich, ob es der Mörder selbst war oder ob der die Leiche in der schon vorhandenen Wanne abgelegt hatte. Der Kommissar würde die Kollegen vom Forstamt fragen, ob ihnen diese wilde Deponie früher schon aufgefallen war.

Sikorski ging nun einige Schritte vor, um das Gesicht der Leiche erkennen zu können. Dabei trat er erneut in ein Schlammloch, das unter herabgefallenen Blättern verborgen gewesen war. „Scheiße!", fluchte der Hauptkommissar, dieses Mal laut, und er wusste nicht, was ihn mehr ärgerte: Dass er sich nicht hatte beherrschen können oder dass nun auch sein anderer Fuß nass war.

„Na, wollten Sie wieder nicht die Gummistiefel anziehen?", fragte eine Stimme. Sikorski wandte sich um. Neben ihm stand die junge Frau mit den dunklen Locken, die eben noch mit dem Mann an der Wanne gesprochen hatte. Sie trug schwarze Jeans, eine dunkle Lederjacke und kniehohe Gummistiefel.

Sikorski holte tief Luft, um eine Erwiderung zu unterdrücken. Er wusste nur zu gut, dass Maria Börne es liebte, zu sticheln. Seit zwei Jahren arbeitete die dunkelhaarige Frau mit ihm zusammen, eine herbe Schönheit mit großen dunklen Augen, einer großen Nase und einer dunklen Stimme. Ihre temperamentvolle und zuweilen herausfordernde Art konnte er nicht immer ertragen, ließ es ihr aber meist durchgehen, weil er sie für ebenso kompetent wie loyal hielt.

„Leiche männlich, nackt bis auf ein weißes Hemd. Tod durch mehrere Stiche in den Brustbereich und in den Hals. Die Aorta wurde zerrissen, der Tod trat gleich ein. Identität der Person noch ungeklärt. Tobias prüft die Vermisstenlisten."

Tobias Wagner war die zweite Person in Sikorskis Team, Ende zwanzig; er hatte vor nicht allzu langer Zeit seine Ausbildung beendet.

„Wie lange liegt die Leiche schon hier?", fragte Sikorski.

„Seit mindestens zwei Tagen, sagt der Arzt. Wahrscheinlich ist sie Samstag auf Sonntagnacht abgelegt worden. Da war er bereits tot. Die Wildschweine haben schon angefangen die Leiche anzufressen."

Wenn Maria Börne gehofft hatte, dass ihr Chef auf dieses unappetitliche Detail reagieren würde, hatte sie sich getäuscht. Wenn ihn die Vorstellung einer von Tieren angefressen Leiche ekelte, ließ er sich das jedenfalls nicht anmerken.

„Alter?", fragte der Hauptkommissar kurz angebunden und vermied es, seine Untergebene, die einige Zentimeter größer als er selbst war, anzuschauen.

„Um die vierzig."

„Wie die beiden anderen", stellte Sikorski knapp fest.

Maria kommentierte diese Aussage nicht. Auch sie war wie die meisten ihrer Kollegen, die mit der Aufklärung der beiden anderen Morde befasst waren, nicht davon überzeugt, dass es da einen Zusammenhang gab. Und auch dieser dritte bot zumindest auf den ersten Blick keinen Anhaltspunkt für eine solche Annahme. Darüber in dem feuchten Wald mit ihrem Chef zu diskutieren, verspürte sie allerdings keine Lust.

Später, es war schon sieben Uhr durch, die ersten Untersuchungen vor Ort waren abgeschlossen und die Leiche in die Pathologie abtransportiert, teilte Maria Börne Sikorski mit, dass Tobias Wagner die Identität des Toten sehr wahrscheinlich geklärt hatte. Es handelte sich um den zweiundvierzigjährigen Raimund Loos, der in Ingelheim ein Geschäft für Künstlerbedarf betrieb. Er war am Freitag zum letzten Mal gesehen worden und sein Geschäft war am gestrigen Montag und diesem Dienstag geschlossen geblieben. Wagner hatte eine Tante des Mannes ermittelt, die er für den nächsten Morgen zur Identifizierung aufs Präsidium gebeten hatte.

Sikorski forderte seine Kollegin auf, eine Liste der Angehörigen und Freunde von diesem Loos zusammenzustellen, die sie morgen dann gemeinsam abarbeiten würden.

Werner Klatten, der Leiter der Mordkommission, rief an und bat Sikorski und seine Mitarbeiter in den Sitzungsraum. Dort warteten bereits neben Klatten die Kollegen, die auch in die Untersuchungen der beiden anderen Morde aus den letzten vier Monaten involviert waren. Ralf Biermann, der Leiter der Pathologie, Jörg Graubner von der Kriminaltechnik und ein Kollege vom Betrugsdezernat waren anwesend. Letzterer gehörte dazu, weil einer der beiden ersten Toten sein Gehalt mit Kunstfälschungen aufgebessert hatte.

Die beiden Fälle hatten zu Verstimmungen zwischen Klatten und Sikorski geführt. Für den Leiter der Mordkommisson war ein Grund dafür, dass sie bislang noch nicht aufgeklärt worden waren, die Tatsache, dass Sikorski ausschließlich seiner These, sie hingen miteinander zusammen, nachging. Einen Beweis konnte dieser dafür allerdings nicht liefern. An den beiden Tatorten waren weder übereinstimmende Spuren gefunden worden, noch hatten die beiden Männer sich nach dem bisherigen Erkenntnisstand gekannt. Zudem waren sie verschiedenen Berufen nachgegangen, der eine als Übersetzer und der andere als Restaurator, der sein Geld auch mit gelegentlichen Fälschungen verdient hatte. Außerdem waren beide Tote auf unterschiedliche Weise umgebracht worden, der eine erschossen, der andere vergiftet. Alleine, dass sie beide um die vierzig Jahre alt waren, reichte in Klattens Augen für einen solchen Verdacht nicht aus.

Die Zusammenkunft dauerte nicht lange. Sikorski referierte die bislang bekannten Fakten und teilte den Kollegen mit, dass die Identität des Toten sehr wahrscheinlich geklärt war und die genauen Ergebnisse der pathologischen

Untersuchung und die Auswertung der Kriminaltechnik am nächsten Tag vorliegen würden. Die Kürze der Sitzung freute Sikorski nicht nur, weil er nun nach Hause fahren konnte, um seine feuchten Schuhe und Strümpfe auszuziehen, sondern auch, weil er die Arbeit in der großen Gruppe einer SoKo nicht besonders mochte. Sie engte ihn ein.

Klatten bat seinen Kollegen aber noch einen Moment zu warten, um dann unter vier Augen noch einmal zu betonen, dass er eine unvoreingenommene Herangehensweise an den Fall erwarte und dass Sikorski in alle Richtungen ermitteln müsse. Der nickte stumm, ärgerte sich im Stillen über diese Zurechtweisung, verabschiedete sich und ging zurück in sein Büro, wo er mit Maria Börne und Tobias Wagner den nächsten Tag besprach, um dann endlich nach Hause zu fahren.

Bettina, Sikorskis Frau, leistete ihm bei seinem späten Abendessen Gesellschaft. Max und Veronika, ihre beiden neun- und siebenjährigen Kinder, waren schon im Bett. Während er sich seinen Handkäs mit Musik in kleine Stücke schnitt, erzählte er ihr von dem Toten im Budenheimer Wald und der Zurechtweisung durch Klatten. Bettina Sikorski kannte ihren Mann lange genug, um zu wissen, dass er sehr sensibel reagierte, wenn man ihm in die Arbeit hineinredete. Sie wusste aber auch, dass er mit der ihm eigenen Entschiedenheit – selbst ihm wohlgesonnene Zeitgenossen nannten sie Sturheit oder Dickköpfigkeit – Klattens Vorgabe ignorieren würde.

„Was willst du jetzt machen, Henning?", fragte Bettina ihren Mann.

„Meinen Fall lösen. Auf meine Weise!"

MITTWOCH, 19. August 2009

Gut fünfhundert Kilometer entfernt waren Simon Engels Probleme ganz anderer Art. Er war ein Mensch, der selten keine Probleme hatte, diese aber stets mithilfe seiner ausgeprägten Ichbezogenheit kunstfertig verdrängte oder anderen die Schuld daran gab. Drei Ereignisse standen in direktem Zusammenhang mit den Vorfällen, die sein Leben in den nächsten acht Tagen grundlegend verändern würden.

Das erste dieser drei Ereignisse war ein Zeitungsartikel, den Engel zufällig las, als er am Mittwochvormittag, einen knappen Tag, nachdem Henning Sikorski im Budenheimer Wald gestanden und sich über seine nassen Füße geärgert hatte, in einem Café an der Außenalster in Hamburg saß. Er wartete auf einen Geschäftspartner, der es mit der Pünktlichkeit offenbar nicht so genau nahm. Da kam ihm die Tageszeitung aus Mainz, die ein Tourist offensichtlich vergessen hatte, gerade recht, um sich die Zeit zu vertreiben. In dem Artikel ging es um drei Morde, die in Mainz verübt worden waren und die die dortige Polizei vor ein Rätsel stellten. Simon Engel stand nicht auf Mordgeschichten und er hatte den Artikel nur deshalb gelesen, weil die Morde in und um Mainz verübt worden waren, der Stadt, in der er vor gut einer Dekade für mehrere Jahre während seines Studiums gelebt hatte. Drei Männer waren in den vergangenen vier Monaten umgebracht worden, der eine mit einer Schusswaffe, der nächste durch Gift und der dritte, der erst gestern gefunden worden war, durch mehrere Messerstiche. Obwohl alle Indizien gegen einen Zusammenhang zwischen den drei Taten sprachen, suchte der ermittelnde Kommissar einen einzigen Mörder, was in dem Artikel mit herablassender Häme kommentiert wurde, denn das alleine Verbindende schien der Umstand zu sein, dass die Ermordeten um die vierzig Jahre alt und männlich waren.

Simon Engel las den Artikel mit der Neugier desjenigen, bei dem die Ortsnamen Bilder der Erinnerung weckten.

Das zweite Ereignis sollte unmittelbar für seinen baldigen „Ausflug" nach Mainz verantwortlich werden: Mit dem erwähnten Geschäftspartner, auf den er in dem Café an der Außenalster wartete, hatte er einen sehr lukrativen Deal verabredet, mit dem er seine chronischen finanziellen Engpässe ein für alle Mal beenden und alle seine Schulden zurückzahlen wollte. Es ging um die Beteiligung an einem Fonds, der eine absolut sichere und vor allem außergewöhnlich hohe Rendite versprach. Engel hatte sich dafür von einem Bekannten, der ihm noch einen Gefallen schuldig war, eine nicht unbeträchtliche Summe Geld geliehen. Zu einem auch nicht unbeträchtlichen Zinssatz, aber das ist in diesem Geschäft so üblich und mit der Aussicht auf die hohe Rendite hielt Engel das für durchaus vertretbar. Er hatte ausgerechnet, dass er schon nach zwei Jahren das geliehene Geld zurückgezahlt haben würde und nach weiteren zwei Jahren so viel verdient hätte, dass er Zeit seines Lebens nicht mehr arbeiten und sich allein seinen Ideen und Plänen würde widmen können. Ein Vorhaben, das Engel, der vor einem halben Jahr seinen fünfunddreißigsten Geburtstag gefeiert hatte, schon viele Jahre verfolgte, bislang damit aber immer gescheitert war.

Aber es kam anders. Engels Verabredung wurde kurz nach dem geplatzten Treffen tot aus der Binnenalster gezogen. Als Entschuldigung für den nicht eingehaltenen Termin konnte er das gelten lassen, ansonsten war der Tod seines Geschäftspartners eine einzige Katastrophe für ihn. In jeder Beziehung. Nicht nur finanziell, weil damit der lukrative Deal geplatzt war und weil sich zu seinen sowieso schon nicht unbeträchtlichen Schulden nun noch die hoch verzinsten bei seinem Bekannten addierten und er damit einen Arsch voll Gläubiger am Hals hatte. Sondern auch deshalb, weil dieser Typ seinerseits Geschäftspartner hatte, die auf der sofortigen Rückzahlung ihres Geldes bestehen würden, dafür kannte Engel die Geschäftspraktiken dieser Leute viel zu gut. Und die Summen, um die es hier ging, waren völlig ausreichend als Mordmotiv. Außerdem wusste er, dass es nur eine Frage der Zeit war, bis auch die Polizei auf seinen Namen stoßen würde. Engel war augenblicklich klar, dass er untertauchen musste. Sofort. Was er auch tat. Darin hatte er ja Erfahrung.

An dieser Stelle kommt das dritte, ein halbes Jahr zurückliegende, Ereignis zum Tragen.

Roman Kopka war der Name dieses dritten Ereignisses oder Schlamassels, wie man es nimmt, aber in der Konsequenz kam es auf das Gleiche heraus. Kopka war eine Größe in Hamburg, einer, der überall seine Finger drin hatte, der jeden kannte und mit jedem konnte. Zumindest wenn es darum ging, aus Geld noch mehr Geld zu machen. Glaubte Engel damals jedenfalls. Wie man das halt so von außen sieht. Immer souverän, immer bestens angezogen, gute und teure Autos, aber nie übertrieben. Nicht wie diese Zuhältertypen, die meinen, ihre paar mickrigen Mäuse gleich überall herumzeigen zu müssen. Kopka war Unternehmer, er besaß mehrere Dentalbüros in Norddeutschland. Aber man munkelte, dass nicht alle seine Geschäfte legal seien. Es gab Leute auf dem Kiez, die hinter vorgehaltener Hand behaupteten, Kopka mache auch in Rauschgift, Geldverleih und Elektronik. Engel hatte keine Ahnung, ob das stimmte. In der Zeitung stand so etwas nie und offen hatte das auch niemand behauptet. Stattdessen

14

wurde er für sein karitatives Engagement gelobt und ausgezeichnet. Dass die Staatsanwaltschaft schon lange ein Auge auf ihn geworfen hatte, blieb der Öffentlichkeit verborgen.

Engel war Kopka bis dahin ein einziges Mal begegnet und das war ein Zufall gewesen, ein entscheidender allerdings. Er war vor einem halben Jahr mit ein paar Bekannten beim Pokern, es lagen keine großen Summen auf dem Tisch, aber die Runde war nicht legal. Und dann kam plötzlich ein Typ in den Saal gestürzt und schrie „Die Bullen!". Sofort entstand um Engel herum ein riesiges Durcheinander. Alle sprangen auf und rannten los, die meisten ohne zu wissen wohin. Engel blieb bei seinem Tisch, der in der Nähe der Tür stand, und wartete. Da sah er am anderen Ende des Raumes einen Mann an einer Wand hantieren. Er schien ziemlich wütend zu sein. Engel kam sein Tun absurd vor, weil er einfach an der Wand herumdrückte wie ein Verrückter. Da wurde die Zugangstür in den Pokerraum aufgerissen. Im gleichen Moment blickte der Mann vor der Wand zu Engel herüber und der erkannte, dass es Kopka war, dessen Bild er einige Mal in der Zeitung gesehen hatte. Engel war so überrascht, dass er einen Schritt nach vorne machte und damit die beiden Polizisten, die in diesem Augenblick in den Raum stürmten, und sich selbst zu Fall brachte. Die nachfolgenden Beamten stolperten über die drei, und als Engel endlich wieder aufstehen konnte, waren alle Polizisten in den hinteren Teil des Raumes gelaufen. Kopka war nicht mehr zu sehen und Engel schlich sich in Richtung Eingang davon. Doch bevor er die Tür erreicht hatte, wurde er von einem Polizisten gepackt und wieder zurück in eines der hinteren Zimmer gebracht. Hier standen schon einige der Personen, die bis vor Kurzem friedlich an den Tischen gesessen und dem Glücksspiel gefrönt hatten. Kopka war nicht unter ihnen. Zusammen mit den anderen wurde Engel aufs Revier gebracht, befragt und seine Personalien wurden aufgenommen. Sein Fall wurde der Staatsanwaltschaft übergeben, aber da die völlig überlastet war, konnte es noch Wochen, wenn nicht Monate dauern, bis es zur Anklageerhebung kommen würde.

Das war nun schon ein halbes Jahr her.

Nun, nach dem gewaltsamen Tod seines Geschäftspartners, quartierte sich Engel auf der Flucht vor seinen Gläubigern im Gartenhaus von Tilda ein, einer Bekannten, die Gigolos an reiche Hamburger Kaufmannsfrauen vermittelte. Ein paar Mal hatte er für sie gearbeitet, wenn er dringend Geld brauchte, aber wann brauchte er das nicht. Engel war ein Typ, auf den die Frauen standen mit seinen ein Meter fünfundachtzig, seiner mittelkräftigen, sportlichen Statur, den blonden vollen Haaren, seiner direkten, offenen und selbstbewussten Art und seinem gewinnenden Lächeln. Tilda war in Geschäftsdingen ziemlich tough, aber sonst sehr umgänglich. Als Engel ihr von dem toten Geschäftspartner erzählte, und dass sowohl dessen Partner wie auch sein Bekannter, der ihm das Geld geliehen hatte, und zu allem Überfluss nun auch die Polizei hinter ihm her waren, bot sie ihm an, für ein paar Tage in ihrem Gartenhaus, das aus zwei Zimmern und einer komplett eingerichteten Küche bestand und ein Bad besaß, unterzukommen. Die kleine Vorratskammer war gut gefüllt, Rotwein gab es zur Genüge, und dass er Tilda für ihre Hilfe versprechen musste, einige ihrer Kundinnen umsonst aufzusuchen, störte ihn nicht weiter. Erst einmal war er aus der Schusslinie und in Sicherheit. Glaubte er.

❈

Henning Sikorski knallte die Mittwochsausgabe der Mainzer Tageszeitung wütend auf Werner Klattens Schreibtisch. Der Leiter der Mordkommission, der kurz vor seinem sechzigsten Geburtstag stand und dafür noch eine sportliche Figur besaß, die er gerne mit engsitzenden Jeans und Polohemden betonte, sah den Hauptkommissar, der vor wenigen Sekunden ohne anzuklopfen in sein Büro gestürmt war, überrascht an.

„Henning, was soll das?" Klatten war einer der wenigen Beamten, mit dem Sikorski sich duzte.

„Hast du die Zeitung noch nicht gelesen?"

„Was steht da?"

Weiter kam Klatten nicht. „Woher weiß die Polizei, dass ich als einziger die These von dem Zusammenhang zwischen den drei Morden vertrete ..."

Dieses Mal unterbrach Klatten seinen Untergebenen.

„Drei? Ich wusste nicht, dass ..."

„Ja, ich halte das durchaus für möglich, dass auch dieser neue Mord von dem Täter verübt wurde, auf dessen Konto die beiden anderen gehen."

„Henning!"

„Werner, dass wir unterschiedlicher Meinung sind, ist die eine Sache, und dass wir uns diese unterschiedlichen Meinungen lautstark um die Ohren hauen, ist auch völlig in Ordnung, aber dass ein solcher Dissens an die Öffentlichkeit gelangt und dass man sich in der Presse über mich lustig macht, das werde ich nicht zulassen. Und ich möchte wissen, von wem die Presse das hat. Hast du mit ihnen gesprochen, Werner?"

„Henning, bitte!"

Klatten wusste, dass Sikorski es genauso meinte, wie er es sagte. Dass sie unterschiedlicher Auffassung waren, störte ihn nicht, aber Indiskretionen unter Kollegen verstießen gegen sein Berufsethos.

„Wagner? Glaubst du, dass es Wagner ist?", fragte Klatten. Er wusste, dass Sikorski von seinem zweiten Mann nicht viel hielt, anders als von Maria Börne. Tobias Wagner war für ihn ein Karrierist, einer, der einen Fall lösen wollte, weil es seine Karriere befördern würde, nicht aus einem Rechtsempfinden heraus, einer, der es auch cool fand, mit einer Waffe unter der Achsel herumzulaufen.

Sikorski zuckte mit der Schulter. So sehr er Tobias Wagner auch ablehnte, für so dumm hielt er ihn nicht. Aber auch das war nur eine Vermutung.

„Wie soll ich meine Arbeit machen, wenn ich nicht weiß, wem ich vertrauen kann?"

„Nun mal nicht so pathetisch, Henning", versuchte Klatten ihn zu beruhigen. „Kläre mich mal lieber auf, was du über den Toten im Budenheimer Wald weißt. Setz dich doch!"

„Ich will erst einmal wissen ...", begann Sikorski laut, überlegte es sich anders und senkte seine Stimme. „Nicht viel. Raimund Loos, zweiundvierzig, Inhaber eines Geschäftes für Künstlerbedarf. Die Identität ist heute Morgen von einer Verwandten des Toten bestätigt worden. Ledig. Kegelklub. Fastnachtsverein. Also ein Mainzer Bürger erster Güte", fügte er sarkastisch hinzu. Er ging die drei Schritte zu dem kleinen Konferenztisch vor dem breiten Fenster, packte einen der Stühle, trug ihn zum Schreibtisch und nahm Klatten gegenüber Platz.

„Und die Todesumstände?"

„Nur die vierzehn Stiche passen nicht so recht dazu."

„Wozu?", fragte Klatten verwirrt.

„Zu dem Bürger erster Klasse", antwortete Sikorski und

freute sich, dass ihm sein Chef aufs Glatteis gefolgt war. Der gab ihm mit einer Handbewegung ein Zeichen weiterzusprechen.

„Vierzehn Stiche, die meisten im Brustbereich. Nur einer, wahrscheinlich der erste, war tödlich, der Rest zum Teil harmlos."

„Meinst du, dass das Absicht war?"

„Biermann hält das nicht für ausgeschlossen."

Ralf Biermann war der Leiter der Pathologie.

„War der Fundort auch Tatort?"

„Mit Sicherheit nicht. Die Spurensicherung ist allerdings überzeugt, dass die Wanne und die anderen Gegenstände zum gleichen Zeitpunkt auf die Lichtung gekommen sind wie die Leiche."

„Das Ganze ist also ein Arrangement?"

„Davon ist auszugehen."

„Und was hat das zu bedeuten?"

„Das wissen wir noch nicht. Möglicherweise wollte der Täter damit etwas sagen. Vielleicht uns auch nur täuschen."

„Das spricht aber gegen deine These, dass die drei Morde zusammengehören?"

„Nicht unbedingt."

„Wie meinst du das?"

„Ich werde mir die beiden anderen Morde noch einmal auf ähnliche Spuren hin anschauen. Und wenn du dich erinnerst: Kreiner, der Tote in Nackenheim, saß auf einem Sessel, der an diesem Ort auch fehl am Platz wirkte."

„Ich habe die Akten gelesen, Henning! Dieser Stuhl befand sich aber schon lange in dem Haus, das seit Monaten leer steht. Das haben mehrere Zeugen ausgesagt."

„Aber er war erst vor Kurzem gestrichen worden."

„Gibt es hier Hinweise auf einen möglichen Tatort?"

„Bis jetzt nicht."

„Übereinstimmungen zu den anderen Toten und Tatorten? Wie sieht es hier aus?"

Sikorski musste eingestehen, dass die wenigen Spuren in diesem Fall keine Entsprechungen bei einem der beiden anderen Fälle hatten.

„Henning", sagte Klatten eindringlich, „ich möchte dich noch einmal bitten, jeder Spur nachzugehen, auch wenn sie nicht deine These stützt."

Henning ließ sich Zeit mit der Antwort. Er nahm seine Brille mit dem Metallgestell ab und begann sie mit einem Stofftaschentuch zu putzen. Klatten ließ ihm die Zeit.

„Gut", erwiderte Sikorski endlich, „aber nur, wenn du mir versprichst, dass keine Interna mehr an die Presse gehen."

„Versprechen kann ich dir das nicht, Henning, aber ich werde eine entsprechende Anweisung in der Abteilung verbreiten lassen."

Sikorski kniff seine Lippen zusammen.

„Ich bitte darum!"

Klatten nickte versöhnlich. „Dann können wir ja jetzt zu der Sitzung der SoKo gehen …"

„Keine Zeit", unterbrach ihn der Hauptkommissar. „Ich habe dir eben alles gesagt, was ich im Moment weiß. Du kannst das ja dort vortragen."

„Henning", wurde Klatten laut, aber Sikorski stand auf und ging zur Tür.

Klatten wusste, dass es sinnlos war, jetzt mit Sikorski zu streiten. Er kannte solche Ausbrüche seines Hauptkommissars, die mit zu seinem Ruf als einem unbequemen und arroganten Einzelgänger beigetragen hatten. Es gab nur wenige Kollegen im Präsidium, mit denen sich Sikorski wirklich gut verstand, einige respektierten ihn wegen seiner guten

20

Ergebnisse, andere fürchteten ihn und viele waren einfach nur genervt von ihm.

Auf dem Schreibtisch in seinem karg eingerichteten Büro fand Sikorski eine Nachricht vor, dass ein Herr Meger vom Forstamt versucht hatte, ihn zu erreichen. Der Hauptkommissar wählte die Nummer und erfuhr, dass die wilde Deponie, auf der der tote Loos gefunden worden war, niemandem bis jetzt bekannt war und sie vor einer Woche mit Bestimmtheit noch nicht existiert hatte, da zu diesem Zeitpunkt ein Kollege vom Amt vor Ort gewesen war.

Als nächstes ließ Sikorski seinen Mitarbeiter Tobias Wagner zu sich kommen. Die gegenseitige Antipathie, die sie verband, war schon bei ihrem ersten Zusammentreffen zu spüren gewesen und hatte seitdem allenfalls der fragilen Einsicht Platz gemacht, dass sie nicht permanent gegeneinander arbeiten konnten.

Zwei Minuten später trat ein junger Mann ein. Er trug einen dunkelgrauen Anzug, eine modische Frisur, die Haare in die Stirn und an den Seiten zur Wange hin gekämmt, ein dünnes grünes Hemd und dunkelbraune Sneaker. In seinen Ohren hatte er die obligatorischen kleinen weißen Stöpsel, aus denen meistens das nervtötende Wummern von Bässen zu hören war. Sikroski hatte schon mehrmals sein Missfallen darüber geäußert, aber der junge Kollege hatte nicht darauf reagiert. In der Hand hielt Wagner einen großen braunen Umschlag und reichte ihn Sikorski mit einer provozierenden Herablassung, der ihn, ohne seinen Mitarbeiter anzuschauen, öffnete und mehrere Fotos herausnahm.

„Brauchen Sie mich noch?", fragte Wagner und griff dabei in seine Jackettinnentasche. Die Musik aus den Stöpseln erstarb.

„Was Neues von Graubner?", antwortete Sikorski, ohne direkt auf die Frage einzugehen.

„Dem Fossil?"

Das war der Spitzname von Jörg Graubner, dem Leiter der Kriminaltechnik, weil er gerne mit kleinen Hämmern, Schaufeln und Pinseln die Umgebung von Tatorten umgrub, Fundstücke akribisch reinigte und dabei mehr von einem Archäologen als einem Spurensicherer hatte. Doch bei Wagner hörte Sikorski einen herablassenden und spöttischen Unterton heraus.

„Ich möchte nicht, dass in meiner Anwesenheit von verdienten Kollegen so gesprochen wird", maßregelte Sikorski den jungen Mann, der unbeeindruckt stehen blieb und auf seinen Vorgesetzten mit einem Blick schaute, der deutlich zeigte, dass er dieses Herumstehen für Zeitverschwendung hielt.

„Nein, nichts Neues", sagte er.

Sikorski nickte ihm zu und war froh, als Wagner die Tür hinter sich zugezogen hatte.

Er besah sich die Fotos. Das erste zeigte die Aufnahme des erschossenen Mannes, Thomas Richter. Er war im Großen Sand bei Mainz-Gonsenheim gefunden worden. Auffällig bei ihm war, dass er auf der Seite lag, in einer völlig unnatürlichen Haltung. Die Arme waren nach hinten verdreht, wie nach hinten geworfen, so hatte Graubner es bezeichnet, während die Knie um etwa 90 Grad angewinkelt waren. Das Gesamtbild ähnelte einem Einhundertmeter-Läufer, der ins Ziel kommt und mit seiner nach vorne gewölbten Brust das imaginäre Zielband durchstößt. Alle Kollegen von Sikorski waren sich einig, dass ein Mensch so nicht fallen kann, auch wenn, wie in diesem Fall, der tödliche Kopfschuss aus nächster Nähe abgegeben worden war, weil der Tote möglicherweise seinen Mörder gekannt hatte. Diese Leiche war aus verschiedenen Blickwinkeln aufgenommen worden. Sikorski besah sich die anderen Aufnahmen, dann kam er zu dem zweiten Toten, der in einem Abrisshaus am Ortsrand von Nackenheim gefunden worden war. Dieser Tote, Michael Kreiner, saß auf einem alten Lehnstuhl, der schon sehr demoliert und wahrscheinlich deshalb nicht mehr aus dem Haus geräumt worden war. Der Stuhl hatte eine hohe Rückenlehne, deren verschlissener und ehemals dunkler Stoffbezug grob und mit wenigen Pinselstrichen roter Farbe angestrichen war. Kreiner selbst hatte man das Hemd vom Leib gerissen, so dass er mit freiem Oberkörper auf dem Stuhl saß, nur mit einer Hose bekleidet. An seinem Hinterkopf befand sich ein großes Hämatom, er war vor dem eigentlichen Mord niedergeschlagen worden. Der Kopf des Toten war nach rechts gefallen, seine beiden Unterarme lagen auf den Stuhllehnen, wobei um seinen rechten Unterarm locker ein Seil geschlungen war, dessen beide Enden spitz zuliefen. In diesem Arm waren auch die zwei Einstichwunden, durch die ein Schlangengift in den Körper injiziert worden war. Die Untersuchungen hatten ergeben, dass Kreiner erst nach dem Eintritt des Todes auf den Stuhl gesetzt wurde. Auch in diesem Fall hielt Sikorski es für wahrscheinlich, dass der Tote seinen Mörder gekannt hatte. Die Bilder, die gestern im Budenheimer Wald geschossen worden waren, zeigten einen Mann, der in einer Wanne lag, ein Arm hing über dem Wannenrand, den Kopf auf diese Schulter gelehnt. Auf den Nahaufnahmen waren die Einstichstellen sehr gut zu erkennen.

Loos, Richter, Kreiner, drei Männer, alle um die vierzig, deren Leichen wie drapiert wirkten, wenn auch auf ganz unterschiedliche Weise. Das wog für Sikorski stärker als das, was die drei unterschied. Er war nach dem Anblick der Fotos mehr denn je davon überzeugt, dass diese drei Männer etwas verband und dass ihr Tod in einem Zusammenhang standen. Den zu finden, das war seine Aufgabe. Dann käme er auch dem Mörder auf die Spur.

Um elf Uhr wies Sikorski Wagner an, sich mit den Eltern und der Schwester von Raimund Loos in Verbindung zu setzen, die in der Nähe von Nürnberg lebten. Er selbst würde mit Maria einige Leute aufsuchen, die dem Mordopfer nahegestanden hatten.

Zunächst fuhren sie zu dem Kegelclub des Sportvereins Schott. Unter Loos' Papieren hatte der Kommissar eine Mitgliedskarte gefunden. Wie alle Personen, mit denen Sikorski und Maria Börne in den nächsten Stunden sprachen, wusste der Platzwart des Kegelvereins nur wenig Persönliches über Loos zu erzählen. Er galt als guter Kegler und konnte auch gesellig sein, aber Kontakte außerhalb dieser Räume hatte kein Kegelbruder zu ihm. Lediglich eine Frau, etwas älter als Loos, die vor einigen Jahren ihren Mann verloren hatte, traf sich ab und zu mit ihm. Was die beiden verband, konnte der Platzwart dem Kommissar nicht sagen.

Sikorski notierte den Namen der Frau, die bei einer Versicherung angestellt war. Sie hatte schon von dem Tod ihres Bekannten erfahren und wirkte auf Sikorski und Maria gefasst. Sie erzählte ihnen, dass sie, nicht lange nach dem Tod ihres Mannes, eine kurze Affäre mit Loos hatte, diese aber in gegenseitigem Einvernehmen nach kurzer Zeit beendet hatte, weil Loos nicht bereit gewesen war, eine feste Beziehung einzugehen. Immerhin war ihnen das seltene Kunststück gelungen, dass sie Freunde blieben. Dass Loos ermordet worden war, war für diese Frau nur schwer vorstellbar, da sie nicht glaubte, dass er Feinde gehabt hatte. Die beiden anderen Toten kannte sie nicht und konnte auch nicht sagen, ob Loos mit ihnen bekannt war.

So ging es mit allen Leuten, die Sikorski und seine Mitarbeiterin aufsuchten. Loos wurde als netter, zurückhaltender, aber durchaus auch unterhaltsamer Mann beschrieben, der engere Bindungen mied. Keine der befragten Personen wusste, ob Loos einen der beiden anderen ermordeten Männer gekannt hatte. In dem Karnevalsverein existierte Loos nur als Karteileiche. In den letzten Jahren hatte man ihn auf keiner Sitzung mehr gesehen. Nur eine der Personen, die sie befragten, erzählte, dass Loos früher, als er in Mainz einige Semester Kunst studierte, ein lebensfroher junger Mann gewesen war, der an keiner Party vorbeigehen konnte, dass sich dies aber in den letzten Jahren sehr geändert hatte.

Es war später Nachmittag, bis Sikorski und seine Kollegin mit ihren Befragungen durch waren. Bevor sie ins Präsidium zurückfuhren, suchten sie noch das Geschäft von Loos, danach dessen Wohnung auf, wo Teams der Spurensicherung an der Arbeit waren. Der Hauptkommissar stellte sich an eine Wand und sah sich in den Räumen, die aufgeräumt und hell, aber auf seltsame Weise unbewohnt wirkten, um. Die Kollegen sagten mittlerweile nichts mehr dazu. Sie kannten sein Verhalten, wenn er die Atmosphäre auf sich wirken lassen wollte. Bevor er ging, bat er die Kollegen, ihm die Kundenkartei und alle Hinweise auf Bekannte und die Familie des Opfers mitzugeben.

Zurück im Büro fand Sikorski eine Nachricht von Wagner vor. Graubner hatte angerufen. Die Leiche von Loos war in der Nacht von Samstag auf Sonntag im Budenheimer Wald abgelegt worden, der Tod aber schon einen Tag vorher, in der

Nacht von Freitag auf Samstag, eingetreten. Der Kommissar nahm sein Telefon und wählte Graubners Nummer, aber es meldete sich nur der Anrufbeantworter, auf den Sikorski ein kurzes Dankeschön für die schnelle Arbeit sprach. Danach nahm er sich den Ausdruck von Loos' Kundenadressen vor, die in dessen Laptop gefunden worden waren. Neben sich hatte Sikorski außerdem das Portemonnaie des Toten mit verschiedenen Karten liegen. Beim Lesen und Durchblättern stellte Sikorski einen Plan für den morgigen Tag auf. Dann griff er fast mechanisch zu den Fotos, saß noch bis in die Abendstunden über ihnen und grübelte über verschiedene Möglichkeiten eines Zusammenhangs nach, so lange und intensiv, dass er später, als er mit Bettina zusammen saß, keine Lust mehr verspürte, sich über seine Arbeit auszulassen.

DONNERSTAG, 20. August 2009

Der Rotwein aus Tildas Vorratsschrank war der Grund, warum Simon Engel nicht bemerkte, wie zwei Männer früh am nächsten Morgen in das Gartenhaus eindrangen, sich auf die beiden Stühle neben dem Bett setzten und mit leisen, aber eindringlichen Geräuschen bewirkten, dass Engel vorzeitig aufwachte. Er schreckte zusammen und zog sich die Bettdecke bis zum Hals.

„Guten Morgen, es ist Donnerstag und Zeit zum Aufstehen!", hörte er eine Stimme. Wenn das lustig klingen sollte, war das kräftig danebengegangen, denn der Satz drang trocken und kalt in Engels Hirn.

„Wer sind Sie?", fragte er, nachdem er sich wieder gefasst und die Eindringlinge angeschaut hatte.

„Aufstehen und anziehen!", befahl einer der beiden Männer, dessen Kopf ebenso kantig wie seine Schultern war, und
Engel hätte sicher über das Klischee des vierschrötigen Body-
guards lachen können, wenn ihm die Blicke der beiden grau
Gekleideten nicht unmissverständlich klargemacht hätten,
dass seine Lage sehr ernst war. Er überlegte, wer sie geschickt
haben könnte, ob es sein Bekannter war, der ihm das Geld
geliehen hatte, oder ob sie zu den Geschäftspartnern seines
toten Geschäftsfreundes gehörten. Beides verhieß nichts
Gutes. Was er ziemlich sicher ausschließen konnte, war, dass
sie von der Polizei kamen. Dabei wäre ihm, vor die Wahl
gestellt, diese Möglichkeit die liebste gewesen.

Da die beiden Besucher keine Anstalten machten, das
Zimmer zu verlassen, um Engels Intimsphäre zu respek-
tieren, kleidete er sich unter ihren aufmerksamen Blicken
an. Als sie Tildas Garten durchquerten, konnte Engel seine großzügige Gastgeberin hinter einem Fenster im ersten
Stock ihrer großen Villa stehen sehen. Als sie seinen Blick
bemerkte, zog sie sich schnell zurück. Engel war klar, dass
sie wusste, dass ihn diese Männer abholten und es folgte die
bittere Erkenntnis, dass Freundschaft und Loyalität für Tilda offenbar nicht den höchsten Stellenwert besaßen. Aber
da befand sie sich in guter Gesellschaft, was Engels Bekann-
tenkreis anging.

Die beiden Männer führten ihn zu einer dunklen Li-
mousine und forderten ihn auf, auf der Rückbank Platz zu
nehmen. Sie waren nicht unfreundlich, nur bestimmt. Zusammen fuhren sie durch die Stadt und unter anderen Umständen hätte Engel es genossen, auf dem dunklen Leder zu
sitzen, der leisen Musik aus den Lautsprechern zu lauschen
und durch die getönten Scheiben das vorbeirauschende Geschehen zu beobachten. Die beiden Männer auf den Vor-

dersitzen sprachen während der ganzen Fahrt kein einziges Wort. Sie hielten vor einem vielstöckigen Bürogebäude und Engel wartete, bis einer von ihnen ihm die Tür öffnete – so viel Stil musste sein – dann folgte er ihm in das Haus, während der andere bei dem Wagen zurückblieb.

Engel wurde zu einem Aufzug geführt, der ihn und seinen Begleiter in den neunten Stock beförderte. Der wurde, wie er beim Aussteigen gleich bemerkte, nicht benutzt: Kein Mensch auf den Fluren, keine Schilder an den Türen, nur gähnende Leere. Ihm wurde jetzt noch mulmiger zumute. Wenn der Kerl ihn hier abmurksen würde, bekäme das keine Menschenseele mit. Er vermutete, dass es in diesem Gebäude eine Vielzahl von Verstecken gab, in denen eine Leiche wochenlang vor sich hin gammeln konnte, bevor man sie entdeckte.

„Halt!", befahl der Graugewandete hinter ihm. Engel blieb stehen. „Nach rechts!", dirigierte er weiter. Engel öffnete die Tür, die sich neben ihm befand, und trat in einen von diffusem Licht erhellten Raum, in dem sich nichts außer einem Schreibtisch mit grauen Beinen und einer grünen Platte befand sowie je einem schwarzen Lederstuhl davor und dahinter. Das Fenster, das die ganze Front des Raumes einnahm, war größtenteils mit Packpapier verklebt.

„Setzen!" Der kräftige Mann in Grau nutzte die Möglichkeiten der menschlichen Sprache ausgesprochen ökonomisch.

Engel folgte der Aufforderung und wartete. Als er sich umdrehte, stellte er fest, dass er allein war. Sein Begleiter hatte still und leise den Raum verlassen und es dauerte eine geraume Zeit, bis er Schritte hinter sich vernahm. Engel machte Anstalten aufzustehen, doch eine rauchige Stimme hielt ihn davon ab. „Bleiben Sie sitzen!" Das klang fast freundlich. Er wartete also, bis die Schritte ihn erreicht hatten und wendete erst dann seinen Kopf um. Seine Überraschung konnte man ihm wohl meilenweit ansehen, denn der Mund des Mannes verzog sich zu einem spöttischen Lächeln.

„Sie kennen mich!", sagte der andere. Und ob Engel ihn kannte! Obwohl er nie damit gerechnet hatte, ihn kennenzulernen.

Roman Kopka nahm jetzt in dem Lederstuhl auf der anderen Seite des Schreibtisches Platz. Er trug einen schwarzen Mantel und dunkle Handschuhe, was Engel aber in diesem Moment besonders auffiel, waren seine grünen Augen, die einen irritierenden Kontrast zu seinem dunkeln Haar und dem dunklen Dreitagebart bildeten. Sie blickten mit einer gewissen Wärme auf ihn, was Engel jedoch noch mehr verunsicherte.

„Sie haben mir vor einiger Zeit in diesem Club sehr geholfen", eröffnete Kopka das Gespräch, ohne seinen Blick auch nur einen kleinen Moment von seinem Gast zu lassen. „Erinnern Sie sich?"

„Ja!", antwortete Engel knapp.

„Sie haben mir die Zeit verschafft, den Öffner der Tapetentür zu finden. Jetzt kann ich Ihnen helfen. Ich habe erfahren, dass Sie im Moment eine schwierige Zeit durchmachen. Ein Mann, mit dem Sie ein größeres Geschäft planten, ist leider verunglückt", hier machte Kopka eine kurze Pause, in der er sein Gegenüber noch intensiver ansah, „und da dieser Herr offenbar nicht ganz saubere Geschäftspraktiken pflegte, hat das jetzt auch für Sie unangenehme Folgen. Gewisse Leute suchen Sie. Sehr intensiv!"

Engel fühlte sich äußerst unwohl in seiner Haut. So nett, fast herzlich Kopka auch zu ihm sprach, so viel Lebenserfahrung besaß er allemal, um zu wissen, dass er dies nicht aus

Wohlerzogenheit tat. Besorgt fragte er sich, was Kopka von ihm wollte und warum er ihn in dieses leerstehende Büro hatte bringen lassen.

„Auch die Polizei sucht nach Ihnen?", setzte Kopka seine Ausführungen fort.

Engel nickte und nutzte die Pause zu einer Gegenfrage. „Wie haben Sie mich gefunden?"

Das hätte er wohl nicht tun sollen, denn von einem Moment auf den anderen, veränderte sich Kopkas Gesicht und wurde steinhart.

„Lieber Simon", sagte er mit Eiseskälte in der Stimme, „ich halte Sie für so klug, das nicht allzu genau wissen zu wollen. Aber seien Sie versichert, ich habe bisher jeden gefunden, den ich gesucht habe."

Der so Gemaßregelte war dermaßen über diesen radikalen Stimmungsumschwung geschockt, dass er nur mit offenem Mund nicken konnte. Und als hätte das soeben aufgeführte Zwischenspiel nie stattgefunden, entspannte sich Kopkas Gesicht gleich wieder und er lächelte sein Gegenüber an.

„Ich sehe, Sie verstehen mich. Und wie ich Ihnen gegenüber schon eingangs erwähnte, will ich Ihnen ja helfen und nicht schaden."

Engel wusste nicht, was dieses Chamäleon erwartete, und so blieb er stumm und nickte erneut.

„Ich weiß, dass Sie mit dem, was da passiert ist, nichts zu tun haben. Der Vorwurf an Sie muss lauten, in Zukunft mehr Sorgfalt bei der Wahl Ihrer Geschäftspartner walten zu lassen. Es gibt nun einige Leute in der Stadt, die gerne mit Ihnen sprechen würden. Ein Vergnügen, das ich nun habe und das, so hoffe ich, uns beiden, Ihnen und mir, zum Vorteil gereicht."

Engel stand nicht auf diese Art Humor, weil er ein Ausdruck von Macht war und er verstand zudem kein biss-chen, worauf Kopka hinauswollte. Was erwartete er von ihm? Was versprach er sich von diesem Gespräch? Dass er etwas im Schilde führte, war Engel klar. Dass jemand wie Kopka nichts ohne Hintergedanken machte, ebenso, nur, wie die aussahen, davon hatte er nicht den blassesten Schimmer.

„Simon, ich möchte Sie um einen Gefallen bitten. Oder sagen wir besser: Ich habe einen Auftrag für Sie. Das trifft es besser. Ja! Denn nichts ist umsonst. Also! Ich biete Ihnen einen Auftrag an. Sie kommen für einige Zeit aus der Stadt, bis sich die Wogen hier in Hamburg geglättet haben und ich werde dafür sorgen, dass niemand Sie in nächster Zeit mit finanziellen Forderungen behelligen wird."

Obwohl Engel mittlerweile gerafft hatte, dass Kopka es nicht mochte, wenn man ihn unterbrach, schoss die Frage einfach so aus ihm heraus. „Ich habe Schulden", sagte er, „große Schulden."

Zu seiner Überraschung veränderte Kopka seinen Ge-sichtsausdruck dieses Mal nicht. „Ich weiß, mein lieber Si-mon, ich weiß. Aber vergessen Sie diese Schulden jetzt erst einmal. Ich habe ein Problem. Nichts Großes, aber eben läs-tig. Und das Problem liegt nicht hier in Hamburg, wo ich es natürlich selbst lösen würde. Dummerweise liegt das Prob-lem in Mainz. Als ich nun erfahren habe, dass Sie dort einige Jahre gelebt haben, dachte ich mir, dass wir beide uns gegen-seitig helfen könnten. Eine sogenannte Win-win-Situation. Sie sind erst einmal raus aus der Stadt und ich sorge dafür, dass Ihre Schulden gestundet werden. Im Gegenzug neh-men Sie mir die Arbeit in Mainz ab. Was sagen Sie dazu?"

Was sollte Engel dazu sagen? Abgesehen davon, dass er sich lieber nicht ausmalte, was Kopka machen würde, wenn er seinen Vorschlag ablehnte, hatte der wirklich die angesprochenen Vorteile.

„Da sage ich nicht Nein", antwortete er und lächelte Kopka an. Der verzog keine Miene.

„Hören Sie zu, Simon. Er ist ganz einfach, Ihr Auftrag. Zuerst möchte ich von Ihnen das Versprechen, dass Sie über alles, was wir jetzt hier und in Zukunft besprechen, absolutes Stillschweigen bewahren."

Engel nickte dezent zum Zeichen, dass er verstanden hatte.

„Gut. Ich wusste, dass Sie ein vernünftiger Mensch sind. Sie fahren nach Mainz und sammeln Informationen über einen gewissen Alexander Rossmann. Der Mann ist Architekt und schuldet einem Freund von mir eine größere Summe Geld. Leider hat Rossmann vor Kurzem Insolvenz angemeldet. Sie wissen ja, wie das ist. Das Vermögen wird auf die Frau überschrieben und solche Sachen. Angeblich ist nichts mehr da und trotzdem lebt der Herr in Saus und Braus. Nicht die feine Art unter Gentlemen eben. Ich möchte, dass Sie für mich herausbekommen, was der Mann besitzt und wo er sein Geld untergebracht hat."

Kopka griff in seine Manteltasche und entnahm ihr ein Foto, das er Engel nur so weit entgegenhielt, dass der aufstehen musste, um es greifen zu können. Er besah sich das Bild, das eine Frau und einen Mann zeigte, die auf der Außenterrasse eines Cafés saßen. Offensichtlich war das Foto ohne ihr Wissen geschossen worden. Der Mann war schmal, hatte ein ernstes Gesicht, kurz geschnittene Haare und einen fein ausrasierten Kinnbart, die Frau braune, bis etwas über die Schultern reichende Haare, einen sinnlichen Mund und einen strengen Blick. Engel sah Kopka fragend an, der fuhr fort. „Zunächst einmal nur das. Ich werde mich bei Ihnen melden, wenn der Auftrag sich ändert. Haben Sie noch Fragen?"

Engel nickte. „Wo wohnt dieser Rossmann?"

„Ja, gut, Simon. Sie denken mit. Das gefällt mir. Er hat sein Büro in der Martinstraße. In der Mainzer Innenstadt. Weitere Fragen!"

„Wie lange soll ich in Mainz bleiben?"

Kopka lächelte sein Gegenüber an. „Sie sind ein schlauer Bursche, Simon. Ich erwarte von Ihnen, dass Sie selbst einschätzen können, wann Sie die für mich relevanten Informationen haben. Weiter!"

„Wie kann ich Sie erreichen?"

Kopka griff in die Außentasche seines Mantels und schob einen kleinen Zettel über den Tisch. „Unter dieser Nummer können Sie mir eine Nachricht zukommen lassen. Aber nur im Notfall. Ich werde mich bei Ihnen melden. Weiter!"

Engel wusste nicht genau, wie er den folgenden Punkt ansprechen sollte. „Also, ich, meine derzeitige Situation, Sie wissen …"

Kopka ließ ihn nicht aussprechen. Er griff in seine andere Manteltasche, entnahm ihr einen Briefumschlag, ein Handy, einen Ausweis und legte alles vor sich auf den Tisch.

„Das Handy ist mit zweihundert Euro aufgeladen. Das sollte für den Anfang reichen. In dem Umschlag sind fünfhundert Euro. Gehen Sie nicht verschwenderisch damit um. Der Ausweis ist auf einen gewissen Holger Reitze ausgestellt. Unter dem Namen werden Sie in Mainz auftreten."

„Wo wohne ich?"

„Ich werde Ihnen ein Hotel raussuchen lassen. Die Adresse bekommen Sie per SMS auf Ihr Handy. Auch dort werde ich Sie als Reitze anmelden."

„Da ich mich ja in Mainz auskenne, könnte ich Ihnen diesbezüglich einen Tipp geben. Das Hilton am Rhein liegt sehr zentral …"

Kopka unterbrach ihn rüde.

„Lieber Simon, ich weiß, dass Sie einem gewissen Luxus nicht abgeneigt sind. Aber Sie haben es bis heute nicht geschafft, sich die dafür nötige Grundlage zu erarbeiten. Seien Sie also mit dem zufrieden, was ich Ihnen auswähle, Simon. In dem Umschlag finden Sie auch ein Zugticket. Ich habe Ihnen einen Platz in der 2. Klasse reservieren lassen. Ich werde jetzt gehen. Sie bleiben hier sitzen, bis mein Fahrer Sie abholt."

Engel fand dies einen sehr einseitigen Blick auf seinen bisherigen Lebensweg und seine Versuche, sich die finanzielle Basis für ein Leben in Luxus zu schaffen, aber er wusste, dass es keinen Sinn hatte, mit Kopka darüber eine Diskussion anzufangen. Ohne einen Abschiedsgruß stand der auf und ging an Engel vorbei zur Tür. Er glaubte sich schon alleine in dem Raum, da hörte er in seinem Rücken Kopkas rauchige Stimme.

„Und, Simon", er machte eine kurze Pause, „enttäuschen Sie mich nicht!"

Engel steckte den Umschlag, den Ausweis und das Handy in seine Tasche und wartete. Es war kurz vor acht Uhr.

Engel wusste nicht, was er davon halten sollte, in jene Stadt zu fahren, in der er fast zehn Jahre lang gelebt hatte und mit der er die unterschiedlichsten Erinnerungen verband. Gute wie schlechte. Wenn er es konsequent zu Ende dachte, dann hatten die finanziellen Probleme, die jetzt zu seiner überstürzten Abreise aus Hamburg führten, in der rheinland-pfälzischen Hauptstadt ihren Anfang genommen.

Während seines Betriebswirtschaftsstudiums in Mainz hatte er ein paar Leute kennengelernt, mit denen er bald jeden Abend um die Häuser zog. Die Clique verband, außer ihrer Jugend, ihrem guten Aussehen und dem Streben nach einem gewissen Stil, die permanente Suche nach neuen Geldquellen. Sie machten ständig irgendwelche Geschäfte, um sich ihren Lebensstandard, der sich von dem anderer Studenten kolossal unterschied, leisten zu können. Am meisten waren sie aber von der Gewissheit durchdrungen, spätestens nach dem Studium möglichst schnell möglichst viel Geld zu verdienen. Und dafür entwickelten sie ständig neue Ideen. Und je weiter sie um die Häuser gezogen waren und je mehr sie getrunken hatten, desto verrückter wurden im Laufe der Zeit ihre Ideen und Pläne.

Mark, immer in schmale schwarze Anzüge gekleidet, trieb es am weitesten. Auf dem Papier hatte er schon ganze Wirtschaftsimperien aus dem Boden gestampft. Aber als Engel Mainz verließ, saß er in Alzey in der Landesnervenklinik. Er war nachts in das Gebäude der IHK eingebrochen, hatte sich dort in einen Computer reingehackt und begonnen, die Namen der Geschäftsführer einer Reihe von Firmen zu löschen und durch seinen eigenen zu ersetzen. Renato, der einen gewagten Stilmix zur Schau stellte und dessen Vater in Italien einen Betrieb besaß, der Steuerelemente für die Autoindustrie herstellte, hatte sich mit einer lokalen Mafia-Größe eingelassen. Zumindest hatte er immer behauptet, dass der Mann, für den er arbeitete, zur Mafia gehörte. Keiner hatte ihm das geglaubt, erst als Renato eines Abends in einer Kneipe Streit mit einem anderen Kerl wegen eines Mädchens bekam und einen Revolver zog, wurden Zweifel an den Zweifeln laut. Allerdings hörte Renatos Vater von der Sache und keine drei Tage später holte er seinen Sohn höchstpersönlich in Mainz ab. Reiner war auf dem Land aufgewachsen, seine Eltern besaßen einen Bauernhof im Hunsrück, einige Felder und eine Menge Viehzeug. Er war ein Schrank von Kerl, groß und sehr kräftig. Meist trug er Tweedanzüge, englische Schuhe und Handschuhe, sogar im Sommer. Er war trotzdem der Vernünftigste aus der Clique. Als sein Vater kurz nach dem Tod seiner Mutter mit dem Traktor verunglückte und sich nur noch im Rollstuhl bewegen konnte, ließ Reiner sein Studium sausen, um den elterlichen Hof zu übernehmen. Engel nahm an, dass er der einzige von ihnen war, der einen eigenen Betrieb führte. Auch wenn er, wie sie alle, nie so einen Betrieb im Kopf gehabt hatte. Aber wie heißt es so schön, suchte Engel nach dem richtigen Sprichwort: Die dümmsten Bauern ernten die größten Kartoffeln. In Reiners Fall stimmte der Spruch völlig, denn Engel hielt ihn für etwas unterbelichtet. Dimiter kultivierte den harten Kerl und unbarmherzigen Broker. Er sah seine Zukunft bei der Bank, nachdem er vor dem Studium eine Lehre bei einem Sparkassen-Institut gemacht hatte. Er hatte gute Verbindungen aufgebaut, war aber permanent verschuldet, auch wegen seines exzessiven Kokain-Konsums, und Engel bezweifelte, dass er erfolgreich irgendwo untergekommen war. Da waren dann noch Klaus und Torben, mit denen hatte er aber nur wenig zu tun gehabt. Engel konnte sich nicht einmal mehr erinnern, was sie damals trugen. Aber, so sagte er sich, es konnte nichts Besonderes gewesen sein, wahrscheinlich waren ihre Klamotten so blass wie sie selbst. Und Vera natürlich. Das einzige Mädchen, das mit ihnen herumzog. Außer den Freundinnen, die mal länger, mal kürzer mit einem von ihnen zusammen waren. Vera sah für Engels Geschmack ganz passabel aus. Sie war in ihn verknallt gewesen, richtig verliebt sogar, sie waren eine Zeit lang zusammen, zumindest sah sie das so. Obwohl sie in der Kiste ziemlich gut war, wie Engel sich später eingestehen musste, nervte sie ihn bald. Sie hatte so oft Lust auf ihn, dass es sogar ihm manchmal auf den Geist ging. Vera lief, und das unterschied sie auch von all den anderen Girls im Umfeld der Clique, immer recht einfach rum, nicht schlecht, eher schlicht, gab wahrscheinlich nur wenig für Klamotten aus, trug so gut wie kein Make-up. Vielleicht war sie deswegen immer flüssig gewesen, überlegte Engel. Sie hatte ausreichend Kohle und die Clique oft ausgehalten, ganz unprätentiös und ohne viele Worte darüber zu verlieren. Woher das Geld stammte, davon hatte Engel keine Ahnung und er hatte sie nie danach gefragt. Woran er sich noch erinnerte, war, dass Reiner ziemlich in Vera verknallt gewesen war. Bei dem Gedanken daran musste er schmunzeln. Vera war vielleicht nicht so drauf wie sie in der Clique, war nicht so geldgeil und legte nicht so viel Wert auf ihr Äußeres wie sie, aber mit Reiner hätte sie sich nie eingelassen. An dem Tag, als er, Simon Engel, mit ihr Schluss gemacht hatte, das war bei einem Spaziergang auf der Loreley gewesen, Vera war damals in einer total romantischen Stimmung, tauchte Reiner plötzlich dort auf. Er war froh gewesen, dass Vera zu ihm ins Auto gestiegen war. Er selbst hätte das nicht ausgehalten, sie neben sich im Auto, dieses Elend. Fürs Trösten, dafür war Reiner genau der Richtige.

Mit keinem aus der Clique hatte Engel mehr Kontakt gehabt, seitdem er aus Mainz weg war. Er stand damals kurz vor seiner BWL-Abschlussprüfung, als er Krach mit ein paar Leuten bekam, mit denen er einen kleinen Laden in der Altstadt betrieb. Hochwertige Herrenklamotten, viele Einzelstücke, Nullserien, B-Ware. Die anderen behaupteten, dass er sich Geld aus der Kasse genommen hätte, was nicht stimmte. Engel war überzeugt, dass sie den Laden für sich wollten, obwohl seine Idee gewesen war und er das Grundkapital eingebracht hatte.

Nach dieser Enttäuschung hatte er sich seinen Anteil tatsächlich genommen und war weggegangen. Nahm den nächsten Zug nach Norden. In Hamburg kannte er einen Typen, der ein oder zwei Semester mit ihm studiert hatte und der da oben ein Kontor für Tee und Kaffee betrieb. Er hatte Engel angeboten bei ihm unterzukommen. Als Engel aber nach acht Wochen noch immer auf seines erstes Gehalt wartete, fing der Typ an, ihm irgendeinen Blödsinn zu unterstellen, dass Engel ihn beklaut hätte. Es endete in einer Prügelei. Das war sein letzter Tag in dem Kontor. Seitdem hatte er sich in Hamburg mit vielen Geschäften und Geschäftchen durchgeschlagen, viele am Rande der Legalität, manche auch außerhalb.

Im Zug nach Mainz saß Engel neben einem Typen in Bundeswehruniform, der wie besessen auf der Tastatur seines Laptops rumhackte. Kopka ging ihm nicht aus dem Kopf. Woher wusste der so viel über ihn? Warum hatte er ihn für diesen Job ausgesucht? Wirklich nur, weil er mal in Mainz gelebt hatte? Und was hatte er mit seinem Geschäftspartner am Hut? Hatte Kopka am Ende gar etwas mit dessen Tod zu tun? Die Hamburger Polizei hielt sich, was die Todesumstände anging, sehr bedeckt. Sie ermittle in alle Richtungen, hieß es in den Abendnachrichten, die Engel in Tildas Gartenhaus geschaut hatte.

Engel war auf jeden Fall froh, erst einmal aus Hamburg raus zu sein. Das ständige Verstecken wurde auf die Dauer ziemlich stressig und war kein Leben für ihn. Zumindest nicht das, was er sich vorstellte. In Mainz würde er sich frei bewegen können, immerhin, er hatte etwas Bares in der Tasche und ein Dach über dem Kopf. Er hoffte, dass Kopka seinen Vorschlag ernst genommen und das Hilton gebucht hatte. Solche Details konnten wichtig werden, wenn er jemanden treffen musste, um verlässliche Informationen über diesen Rossmann zu bekommen. Da wäre es nicht hilfreich, wenn er auf die Frage, wo er denn untergekommen sei, den Namen irgendeiner Absteige nennen müsste.

Engel nahm das neue Handy aus der Tasche. Noch keine SMS von Kopka. Er besah sich das Gerät genauer. Mindestens schon zwei Generationen alt. Er ging die Menüs und Anwendungen durch und war enttäuscht. Enttäuscht von Kopka, dass der sich so hatte lumpen lassen. Ein bisschen mehr Respekt hätte Engel schon erwarten können.

Aus seiner Reisetasche nahm er die Flasche Wasser, die er am Bahnhof gekauft hatte. Der Graugewandete hatte ihn noch bei Tilda vorbeigefahren, wo er zwei Anzüge, mehrere Hemden und Unterwäsche sowie seinen Kulturbeutel in einen kleinen Koffer und eine Tasche stopfen konnte, bevor er ihn zum Bahnhof brachte. Engel wollte sich noch bei Tilda dafür bedanken, dass sie Kopka auf seine Spur gebracht hatte, aber der Fahrer hatte etwas dagegen. Immerhin hatte er nicht mitbekommen, dass er sich noch Geld, das in einem Versteck gebunkert war, einsteckte. Um kurz nach neun verließ sein Zug den Hamburger Hauptbahnhof. Vier Stunden später, um Viertel nach eins, erreichte er Mainz. Als er aus dem klimatisierten Zug stieg, umfing ihn gleich ein Schwall heißer Luft; ihm war, als laufe er gegen eine Wand.

Engel kannte den Bahnhof in Mainz ganz gut, das heißt, er dachte, er kenne ihn gut. Aber in zehn Jahren verändert sich doch viel und das historische Bahnhofsgebäude war ziemlich aufgemöbelt worden. Er musste sich erst einmal umschauen, bis er die Rolltreppe entdeckte, die von den Gleisen zu dem hochgelegten Übergang mit den Geschäften führte. Oben angekommen wollte er gerade den Übergang betreten, als ihn erst eine Tasche, dann eine Person in die Seite rammte.

„Was soll das?!", fuhr er herum und blickte in das Gesicht einer Frau, die nur kühl „Tschuldigung! Muss zu meinem Zug!", keuchte, ihn dabei nicht ansah und gleich weiterhetzte.

Engel brauchte einige Sekunden, um das Bild, das da gerade an seinen Augen vorbeigehuscht war, mit seinen Erinnerungen in Übereinstimmung zu bringen. Er blickte der davon eilenden Frau nach, nahm das rhythmische Klackern der High Heels auf den Fliesen wahr, das dunkelblaue Kostüm, das wie angegossen saß, und die hochgesteckten dunkelblonden Haare. Vera! Das war Vera. Aber Engel war verwirrt. Nicht die Vera, die er kannte. Die, die er kannte, die hätte lieber den Zug verpasst, als sich nicht wortreich zu entschuldigen. Und eilig hatte seine Vera es auch nie gehabt.

Trotzdem war er sicher, dass dies die Frau war, die ihn damals, als sie so etwas wie eine Beziehung führten, mit ihren Anrufen genervt hatte und ihn ständig sehen wollte.

„Vera!", rief er ihr laut nach. Einige Leute drehten sich um, aber nicht die Angesprochene. Er rannte los, als sie schon die Rolltreppe zum letzten Bahnsteig erreicht hatte und gerade um die Ecke gebogen war. Als er dort ankam, war sie schon halb unten.

„Vera, warte doch, verdammt noch mal!", rief er ihr nach, aber sie drehte sich nur kurz um, sah den Rufer an, lächelte verhalten und kühl und rief, „Keine Zeit, ich muss meine Verbindung kriegen", zu Engel herauf. Unten stand ein Zug, in den sie, ohne sich noch einmal umzudrehen, einstieg.

Er blieb stehen und überlegte kurz, ob dies eine Erscheinung gewesen war, aber diese Frau hatte auf den Namen reagiert. Es musste Vera gewesen sein, aber eine Vera, die von einem Typberater radikal umgemodelt worden sein musste, in jeder Beziehung.

Engel wandte sich ab und ging in Richtung Ausgang. Zum Bahnhofsvorplatz hin war die Rolltreppe von einem Zwischengeschoss unterbrochen. Gleich rechts befand sich ein Stehcafé und er beschloss, dort erst einmal einen Kaffee zu trinken und dabei sein Handy auf eine SMS von Kopka zu überprüfen.

Mit einer Tasse stellte sich Engel an einen Stehtisch, als ein kurzer Klingelton ihn auf den Eingang einer Nachricht aufmerksam machte. Erst nach einem Schluck heißen Kaffee nahm er das Handy und las die Nachricht. Hotel Rhenus. Dieses Arschloch von Kopka, fluchte Engel in sich hinein. Von wegen Hilton. Rhenus. Er hatte eine diffuse Erinnerung, dass das irgendwo in der Neustadt lag. 60er Jahre Bau. Vielleicht nicht schlecht, aber keinesfalls so repräsentativ, wie er sich das vorstellte. Wie sollte er da auftreten? Er war so wütend, dass er den Kaffee verschüttete und ein paar heiße Tropfen auf seine Hand spritzten.

„Scheiße!", fluchte er so laut, dass ein Typ in einem alten Parka, der ein Stück entfernt stand, sich umdrehte und Engel blöde angrinste. Am liebsten hätte er ihm eine reingedrückt.

„Schlechte Nachrichten?!", sprach ihn in diesem Moment eine weibliche Stimme von hinten an. Keine richtige Frage.

Er wischte seine Hand ab und drehte sich um. Lächelnd stand Vera vor ihm.

Er schüttelte den Kopf. „Alles bestens!"

„Simon! Mensch!" Sie sah den Mann vor sich staunend an, betrachtete ihn wie ein fremdes Tier. „Entschuldige bitte, vorhin. Ich wollte meinen Zug nach Worms noch erreichen. Und kaum habe ich gesessen, kam die Durchsage, dass der Zug wegen eines Signalsfehlers erst in einer halben Stunde losfahren kann. Da kann ich auch gleich hier bleiben. Aber egal." Sie sah Engel während der ganzen Zeit, in der sie redete, unentwegt an, forschend, so als wolle sie ganz sicher gehen, dass er auch der war, für den sie ihn hielt. Dabei hatte er sich gar nicht so sehr verändert. Gut, etwas älter sah er aus, ein paar wenige Kilo mehr hatte er drauf und sein Anzug hatte nicht ganz die Qualität, die sie von ihm aus seiner Mainzer Zeit gewohnt war, aber ansonsten?

„Schön dich zu sehen, Simon!", sagte sie. „Was machst du denn in Mainz? Ich hätte nie gedacht, dich irgendwann wieder zu sehen."

Da klang für Engel ganz die alte Vera durch, irgendwo zwischen naiv und herzensgut.

„Ich war viel unterwegs", erklärte er kurz angebunden, weil er noch überlegen musste, was er ihr erzählen konnte. „Ich bin viel rumgekommen. Habe für verschiedene Firmen im Ausland gearbeitet. Und jetzt wollte ich mal schauen, was aus der Stadt meiner Studentenzeit geworden ist. Ist schon lange her."

Er schenkte ihr ein Lächeln, das sie aber nicht erwiderte.

„Das ist alles?", fragte sie.

Engel wiegte seinen Kopf vieldeutig hin und her.

„Was machst du?", fragte er Vera. „Nie aus Mainz weggekommen?"

Sie schüttelte ihren Kopf. Jetzt lächelte sie, wenn auch verhalten.

„Nein, ich muss mich um die Firma meiner Familie kümmern. Meinem Vater geht es nicht so gut. Vor ein paar Jahren fing das an. Für meine Mutter ist das Geschäftsleben nichts. Sie hat sich nie dafür interessiert. Geschwister habe ich keine. Also werde ich das alles übernehmen. Ich habe ja früher öfters mit ihm gearbeitet, also kenne ich das Metier."

„Was ist das für ein Metier?" In Engel erwachte ein neues Interesse an dieser Frau.

Vera wehrte ab. „Immobilien", antwortete sie lapidar.

„Das hast du früher nie erzählt."

„Ich fand es nicht so wichtig." Sie sah ihn mit einem Blick an, den er in diesem Moment als hintergründig empfand.

„Möchtest du einen Kaffee?", fragte Engel sie. Er hätte gerne mehr über sie und die Firma erfahren, die sie sicher bald erben würde.

Sie überlegte kurz. „Danke, das ist nett, Simon", erwiderte sie sehr freundlich, „aber ich muss jetzt."

„Schade. Ich habe mich wirklich sehr gefreut, dich wiederzusehen." Engel überlegte kurz. Er durfte sie nicht einfach so gehen lassen. „Hast du heute Abend was vor?"

Vera schloss für einen Moment ihre Augen. „Nein", sagte sie, als sie sie wieder geöffnet hatte.

„Darf ich dich zum Essen einladen?"

Dieses Mal antwortete sie sehr schnell. „Ja, gerne." Sie griff sich die kleine, quadratische Serviette, die neben Engels Tasse lag, kramte aus ihrer Tasche einen Kugelschreiber und schrieb eine Nummer darauf. Der Kugelschreiber lag schwer in ihrer Hand und sah edel aus. Sie trug nur einen großen Ring mit einem roten Stein am Mittelfinger. Engel versuchte dessen Wert zu taxieren.

„Ruf mich doch gegen halb sieben unter dieser Nummer an. Dann können wir etwas ausmachen."

Damit trat sie einen Schritt vor, umarmte Engel kurz und gab ihm einen leichten Kuss auf die Wange, drehte sich um, sagte schnell „Tschüss" und war verschwunden.

Irgendwie begann Engel sein Mainz-Aufenthalt zu gefallen. Immobilien. Das klang doch gut. Das Geld für das Abendessen würde gut angelegt sein. Dessen war er sich sicher.

Das Hotel war, wie Engel befürchtet hatte, sauber und adrett, aber nichts, mit dem er Staat machen oder in dem er Hof halten könnte. Das Zimmer war von Kopka für eine Woche im Voraus bezahlt worden. Bevor Engel das Haus wieder verließ, ließ er sich die Preisliste geben. Kopka, du verdammtes, geiziges Arschloch, schimpfte Engel in sich hinein, du hast doch Knete ohne Ende. Das Hilton hätte dich nicht umgebracht und mich glücklich gemacht.

Engel hatte beschlossen, diesen ersten Tag in Mainz ruhig angehen zu lassen und erst morgen mit der Überprüfung des Architekten Rossmann zu beginnen. Heute wollte er nur zu der Adresse, die Kopka ihm genannt hatte, gehen und sich einen Überblick verschaffen. Außerdem brannte die Frage in ihm, was für eine Immobilienfirma das war, die Vera leitete und die bald die ihre sein würde. Um halb drei verließ er das Hotel in der Neustadt und ging ins Zentrum. Die Sonne stand hoch und es war wie in den letzten Tagen sehr heiß. Engel zog sein Jackett aus, warf es über die Schulter und schlenderte in die Innenstadt. Die Cafés am Marktplatz gegenüber dem Dom waren voll besetzt. Engel setzte sein liebreizendstes Lächeln auf und durfte neben zwei älteren Damen unter einem Sonnenschirm Platz nehmen, die ihr Gespräch mit gesenkten Stimmen fortsetzten und ihn dabei immer wieder beobachteten.

Engel wunderte sich einmal mehr, wie sehr sich eine Stadt in zehn Jahren verändern kann. Er stellte sich sofort die Frage, wo all das Geld dafür herkam, galt Mainz doch schon

44

seit vielen Jahren als chronisch überschuldet. Er bestellte einen Kaffee und besah sich die neu gestalteten Markthäuser.

Dann waren seine Gedanken wieder bei Vera. Immobilien konnte viel bedeuten. Er kannte auch ein paar Leute aus der Baubranche, die auf Anfrage erklärten, sie machten in Immobilien. Ebenso gut konnte es heißen, dass ihr Vater Hausverwalter war. Da er Vera aber nicht als Angeberin kannte, nahm er an, dass er tatsächlich ein klassischer Immobilien-Makler war. Engel schwelgte schon bald in der Vorstellung, als Veras Mann in Mainz zu leben, am Morgen neben ihr aufzuwachen, sich am Vormittag um die Immobilien zu kümmern und ein standesgemäßes Auto zu fahren.

Seine Neugierde wuchs bei diesen Gedanken an seine Zukunft so sehr, dass er bald die beiden älteren Damen verließ und ein Internet-Café aufsuchte. Dort gab er die Stichworte Schlüter, so lautete Veras Nachname, Mainz und Immobilien ein, doch so oft er auch die Schreibweisen änderte und andere Kombinationen versuchte, er konnte keinen Treffer landen. Engel sinnierte vor dem Bildschirm, ob Vera ihn angelogen hatte, um sich vor ihm wichtig zu tun. Um sich interessant zu machen und ihn nun, nach mehr als zehn Jahren, an sich zu binden? Keine dieser Überlegungen überzeugte Engel, weil nichts davon zu der Vera passte, die er kannte. Er würde bis zu ihrem Treffen am Abend warten müssen, um mehr zu erfahren.

Dann gab Engel aus einer Laune die Namen seiner Bekannten aus der alten Clique in den Rechner ein, doch nur zu Reiner, der zum Landwirt mutiert war, fand er den zuverlässigen Hinweis, dass er einen Hof in der Nähe von Kastellaun im Hunsrück bewirtschaftete. Die anderen drei, Mark, Renato und Dimiter, waren nicht aufzufinden.

Engel sah auf die Zeitansage am rechten unteren Rand

des Monitors. Es war gerade erst halb fünf durch. Er hatte noch Zeit. In das kleine, muffige Hotelzimmer wollte er nicht zurück. Er schrieb „Martinstraße", wo Rossmann laut Kopka sein Büro hatte, in die Suchmaske und sah, dass diese Straße nicht allzu weit entfernt war. Er würde sich jetzt das Haus, in dem der insolvente Architekt sein Büro hatte, anschauen.

Über den Schillerplatz ging Engel zur Gaustraße. Das ist eine prägnante Straße, die sehr steil in den sogenannten Kästrich hinaufführt und zudem einen Superlativ aufweist: Die Straßenbahn, die hier herauffährt, gilt als die steilste Streckenführung einer Straßenbahn ohne Steighilfe in Deutschland.

Darüber dachte Engel natürlich nicht nach. Ihm ging durch den Kopf, dass Rossmann laut Kopka Insolvenz angemeldet hatte und sich damit vor der Begleichung seiner Schulden drücken wollte. Nichts Ungewöhnliches. Das würde er an Rossmanns Stelle ganz genauso machen. Engel musste herausfinden, wo Rossmann sein Vermögen geparkt hatte und wie man an dieses herankommen konnte. Beziehungsweise, welchen Druck man auf ihn ausüben musste, um ihn zur Begleichung seiner Schulden zu überreden.

Sein jahrelanges Lavieren am Rande der Legalität und der Umgang mit Menschen wie er selbst, denen viele Mittel recht sind, um an Geld zu kommen, hatten Engel einen Instinkt für Situationen entwickeln lassen, die von der Norm abwichen und Gefahr bedeuten konnten. Und diesen Eindruck hatte er, als er die Gaustraße hinaufschlenderte. Da war etwas, das ihn beunruhigte, aber er konnte auf den ersten Metern nicht erfassen, was das war. Es lag eine Unruhe in der Luft, die gerade in der äußeren Normalität eines sonnenerhellten Nachmittags so befremdlich auf ihn wirkte.

Engel blickte um sich, während er die Straße weiter hinaufging. Und dann erkannte er, was seine Unruhe ausgelöst hatte. Menschen, die beschäftigt wirken wollten. Eine Frau vor einem Buchladen, in dessen Auslage sie angestrengt schaute und trotzdem ihren Blick immer wieder zur Seite schweifen ließ. Ein Mann hinter dem Steuer eines Autos, der eine Zeitung vor sich ausgebreitet hatte; der Wagen stand in der prallen Sonne. Zwei Männer mit einer Bierflasche in der Hand, die zu hastig tranken. Engel spürte ihre Blicke auch auf sich. Polizisten. Er nahm an, dass es sich um Polizisten handelte, die irgendetwas oder irgendwen observierten oder suchten. Auf der Höhe der Kirche St. Stephan bog er aus der Gaustraße ab und stieg die Treppenstufen zwischen zwei Häusern hinauf. Als er die letzte Stufe hinter sich gelassen hatte, blieb er stehen. Jetzt stand er in der Martinstraße und konnte keinen der auffällig unauffälligen Beobachter mehr erkennen.

Rossmanns Adresse zu finden war nicht schwer. Gleich gegenüber der Treppe war ein mächtiger Betonklotz in die alte Bausubstanz eingelassen, der die Form eines verkürzten Ls aufwies, mit versetzten Etagen und großen Fensterfronten. Ein großes Plexiglasschild zeigte die Existenz des Architekturbüros an. Engel stand einige Sekunden vor dem Schild, dann ging er zurück auf die gegenüberliegende Straßenseite und ließ seinen Blick langsam von Stockwerk zu Stockwerk gleiten. Hinter einem breiten Fenster in der zweiten Etage erkannte er Flipcharts und einen Zeichentisch. Dort vermutete er Rossmanns Büro.

Er überquerte die Straße erneut. Der Zugang zu dem Gebäude, neben zwei großen Toren, die zu den obligatorischen PKW-Stellplätzen führten, war verschlossen. Um nicht weiter aufzufallen, spazierte Engel die Martinstraße an dem Haus entlang und bog in die nächste Querstraße ein, wo er einen weiteren Zugang in den Gebäudekomplex fand. Auch hier hatte Rossmann ein Schild anbringen lassen. Weil gerade ein Mann das Haus verließ, ging Engel schnell weiter. Doch er kam nicht weit, denn nur wenige Meter von dem Nebeneingang entfernt trat eine Frau so eilig aus einem schmalen Tor, das von einem steinernen Rundbogen gerahmt wurde, dass sie gegen ihn stieß und ihn fast umgeworfen hätte. Ohne sich zu entschuldigen, ihn stattdessen mit einem ebenso wütenden wie nervösen Blick bedenkend, setzte sie ihren Weg fort. Engel hatte nur einen kurzen Moment in das Gesicht der Frau geschaut. Jetzt blickte er ihr hinterher. Er schätzte sie auf gut dreißig Jahre. Sie trug eine Jeans, einen Blazer und Schuhe mit einem leichten Absatz. Trotz der lässigen Klamotten wirkte sie elegant, strahlte Kühle aus. Ihr dickes blondes Haar trug sie im Stil der sechziger Jahre hochtoupiert. Der kurze Blick in ihr Gesicht hatte Engel beunruhigt, denn er kannte diese Frau, hatte sie schon einmal gesehen. Weil er nicht gleich darauf kam, wer sie war, folgte er ihr. Das war nicht schwer, denn dank ihrer auffälligen Frisur verlor er sie nicht aus den Augen. Auffällig war allerdings auch, dass sie sich mehrmals umdrehte, als fürchtete sie verfolgt zu werden. Engel vergrößerte den Abstand zwischen ihnen, um nicht von ihr bemerkt zu werden. Sie schien keinem offensichtlichen Ziel zu folgen, denn erst bog sie nach links in eine Seitenstraße ein, um kurz darauf nach rechts in die nächste zu gehen. Schließlich, nach einigen weiteren Haken, verschwand sie in der Zufahrt zu einer Tiefgarage unter einem großen Gebäudekomplex. Engel stellte sich hinter einen Geländewagen und beobachtete durch die Scheibe die Einfahrt. Nach einigen Minuten kam ein schwarzer BMW Z4 mit offenem Verdeck die Auffahrt hochgefahren, hielt kurz an der Straße, um gleich darauf mit aufheulendem Motor zu verschwinden.

Engel war verwirrt, denn die Frau, die am Steuer des Cabriolets saß, war nicht blond und ihre Haare nicht hochtoupiert, sondern sie waren braun, glatt und reichten ihr über die Schultern. Dazu trug sie eine große Sonnenbrille. Trotzdem war Engel sicher, dass dies die Frau war, die er eben noch verfolgt hatte, und nun fiel ihm auch ein, wo er sie schon einmal gesehen hatte: Auf dem Foto, das Kopka ihm gezeigt hatte, saß diese Frau neben Rossmann und war laut Kopka die Ehefrau des Architekten. Was hatte dieses Versteckspiel zu bedeuten? Seine Eingebung, ihr zu folgen, war absolut richtig gewesen.

Engel sah dem Wagen nach, bis er am Ende der langen Straße verschwunden war und machte sich dann auf den Rückweg. Kopka schien recht zu haben mit seiner Vermutung, dass Rossmann die Insolvenz nur vorgetäuscht hatte, um den Zugriff auf sein Vermögen zu verhindern. Dass seine Frau ihren Wagen nicht in der hauseigenen Tiefgarage abstellte, war in dem Zusammenhang nicht ungewöhnlich. Jedoch bei Gütertrennung nicht nötig, wenn er auf sie zugelassen war. Denn dann konnte ihr niemand das Cabriolet wegnehmen. Mehr als merkwürdig war jedoch, dass diese Frau ihr Äußeres verändert hatte. Steckte mehr hinter der Sache, als Kopka ihm anvertraut hatte? Oder wusste er selbst nicht mehr? Engel fand, dass die Geschichte interessant und spannend zu werden begann. Und die Frau, die er verfolgt hatte, fand er ausgesprochen attraktiv, sowohl mit den blonden wie mit den braunen Haaren.

Als er Vera um halb sieben anrief, war sie gleich am Apparat und meldete sich mit einem verhaltenen „Hallo?!" Kein Name, keine Firma, nichts, wodurch er mehr über sie und das Geschäft ihres Vaters erfahren hätte.

Vera schlug einen Sternekoch in Gonsenheim vor. Engel hatte dem nichts entgegenzusetzen, obwohl ihm bei dem Gedanken an die Rechnung schlecht wurde. Er hatte ja immerhin die Einladung ausgesprochen. Ein kleiner Lichtblick war, dass Vera sich anbot, Engel mit ihrem Wagen abzuholen und er so die Taxikosten sparen konnte.

Vorher ging er aber noch im City-Hilton am Proviantamt vorbei und reservierte ein Zimmer. Das riss zwar ein beträchtliches Loch in seine Barkasse, aber er konnte Vera ja nicht in dieses Rhenus mitnehmen. Er verbuchte diese Ausgaben unter Investition in die Zukunft.

Als am verabredeten Treffpunkt ein schwarzer Mercedes SLK neben ihm hielt, war er enttäuscht. Nicht, dass er diesen Wagen für ein schlechtes Auto hielt, aber seiner Meinung nach war es zu einer Art Sekretärinnenschüssel verkommen. Zu Veras Ehrenrettung musste er sagen, dass ihr Wagen sehr gut ausgestattet war. Sie selbst trug einen grauen Hosenanzug, der zwar unauffällig, aber aus einem teuren Stoff geschneidert war, wie er gleich erkannte.

Vera hatte es übernommen, einen Tisch zu reservieren, und so wie sie begrüßt wurde, hatte Engel den Eindruck, dass sie öfters hier speiste. Sie wurden an einen Tisch in einer Nische geführt, wo sie ungestört waren. Ein Blick auf die Weinkarte ließ Engel zusammenzucken. Die fünfhundert Euro von Kopka würden keine drei Tage in Mainz reichen, er wäre wahrscheinlich schon bald gezwungen, an seine Reserven zu gehen.

„Erzähl doch mal, was du so machst!", forderte Vera ihn

auf, als sie mit der Hauptspeise fertig waren. Vorher hatten sie über die alten Zeiten geplaudert und viel gelacht. Engel war verwundert, wie viel Vera mitbekommen hatte, wie genau sie Mark und die anderen beobachtet und was für eine klare Meinung sie zu jedem Einzelnen aus der Clique und seinem Auftreten hatte.

„Berater", antwortete er ihr. Das konnte alles und nichts bedeuten. „Ich berate Firmen bei Umstrukturierungsmaßnahmen."

Vera verzog anerkennend ihren Mund.

„Hast du deinen Abschluss gemacht?"

Die Frage kam kurz und prägnant. Und so überraschend, dass Engel schlucken musste. „In Hamburg. Hier in Mainz hatte ich Probleme."

„Und in Hamburg sitzt die Firma?"

Er nickte kurz.

„Wie heißt sie denn?" Engel konnte nicht erkennen, ob Vera nur aus Höflichkeit fragte.

„Seman Consulting", antwortete er ihr. Der Name war ihm gerade so eingefallen.

„Und in Mainz bist du nur aus nostalgischen Gründen?"

Er setzte sein charmantestes Lächeln auf. „Halb und halb. Ich verbinde das Angenehme mit dem Nützlichen. Im Moment kann ich noch nicht mehr sagen."

„Verstehe", erwiderte Vera und das klang wieder sehr vieldeutig.

Der Ober kam vorbei und Engel bestellte zwei Espressi, um das Gespräch dann in andere Bahnen zu leiten.

„Du hast nie etwas von der Firma deines Vaters erzählt", eröffnete er die Fortsetzung ihres Gesprächs.

„Du und die anderen Jungs, ihr habt immer über Geschäfte und eure Karriere gesprochen, da wollte ich nicht auch noch meinen Senf dazugeben. Mein Vater hatte die Firma von seinen Eltern übernommen, als er meine Mutter heiratete."

„Und warum hat die Firma nicht deinen Namen?", entfuhr es Engel etwas zu schnell, denn Vera sah ihn überrascht an.

„Wie kommst du darauf?", fragte sie mit sehr ernstem Blick zurück.

Engel musste sich schnell eine Ausrede einfallen lassen. „Das wäre mir früher doch bestimmt aufgefallen, wenn es eine Immobilienfirma mit dem Namen deiner Eltern gegeben hätte."

„So", kommentierte sie diese Aussage. „Es hat ja auch sein Gutes, wenn nicht jeder alles über einen weiß."

„Aber die guten Freunde ..."

„Für die sollte es egal sein, was man macht, oder nicht?" Vera sagte das so schneidend, dass sich jeder Widerspruch verbat.

Engel nickte, konnte seine Frage aber nicht für sich behalten. „Und wie heißt die Firma?"

Wieder ließ sich Vera Zeit mit der Antwort und nutzte den Augenblick, ihr Gegenüber sehr scharf anzuschauen.

„Zolty", sagte sie schließlich. „Immobilien Zolty."

„Und du leitest die Firma alleine?"

Sie lachte. „Ohne Mann, meinst du? Simon, du weißt doch, wie das ist. Den ich haben will, den krieg ich nicht. Und der mich haben will, den will ich nicht."

Engel lachte mit, obwohl ihm nicht danach zumute war. Er spürte, dass Vera viel cleverer und abgezockter war, als sie alle in der Clique zusammen jemals gewesen waren, Mark, Renato, Reiner und er selbst. Er wollte das aber an diesem Abend nicht wahrhaben und rannte blind in sein Verhängnis. Dafür fühlte er sich zu siegesgewiss, nun, da er den Namen ihrer Firma herausgefunden hatte.

Sie plauderten noch eine Weile, dann ging Engel vor zum Zahlen, damit Vera nicht mitbekam, dass er die Rechnung bar und nicht mit Kreditkarte beglich.

Draußen war es noch immer sehr warm, die einbrechende Nacht hatte kaum Abkühlung gebracht. Vera schlug vor, einen kleinen Spaziergang durch den Ort zu machen. Gonsenheim ist weder Stadt noch Dorf, ein Vorort von Mainz, der alles auf einmal ist. Das Restaurant liegt im alten Ortskern, sodass sie zwischen kleinen, teils schiefen Häusern entlang spazierten. Engel legte seinen Arm um Veras Schultern. Sie wand sich geschickt und ohne ein Wort zu verlieren aus der Umarmung und hakte sich stattdessen bei ihm unter.

Im Wagen bot sie ihrem Begleiter an, ihn zu seinem Hotel zu fahren. Dort angekommen fragte Engel sie, ob sie nicht mit hochkommen wolle, doch sie verneinte und ließ sich auch nur auf einen kurzen Kuss ein. Bevor er ausstieg, gab er ihr seine Mobilnummer und sie verabredeten, in den nächsten Tagen miteinander zu telefonieren und sich zu treffen.

Im Hilton, vor dem er sich hatte absetzen lassen, versuchte Engel seine Buchung rückgängig zu machen, aber ebenso freundlich wie bestimmt ließ man ihn an der Rezeption wissen, dass dies um diese Uhrzeit nicht mehr ginge. Um wenigstens etwas von dem ausgegebenen Geld zu haben, ließ er sich den Schlüssel aushändigen und ging in die Hotelbar, um einen Whiskey zu trinken.

Er dachte nach. Kopka war weit weg, ebenso die Hamburger Polizei, die sicher von ihm wissen wollte, was er mit seinem toten Geschäftspartner zu tun hatte. In Mainz war er relativ sicher. Sein Problem war, dass er nur begrenzt

Geld hatte. Sicher würde er Kopka dazu bringen können, ihm noch etwas zu schicken, wenn er ihm glaubhaft versichern konnte, dass seine Nachforschungen einen längeren Aufenthalt nötig machten. Aber Engel brauchte unbedingt neue Kleidung und Vera liebte zwar offenbar keinen ausgefallenen, aber den gediegen-teuren Lebensstil, wenn er sich ihre Kleidung und das Restaurant in Erinnerung rief. Auch schien sie ihm und seinen Avancen gegenüber, wegen seines früheren Verhaltens, misstrauisch zu sein. Er würde wahrscheinlich einige Zeit und eine Menge Charme investieren müssen, um sie zu erobern.

Im Büro rief Sikorski Maria Börne und Tobias Wagner zu sich und verteilte die Aufgaben für den Tag. Weil er Wagner nicht in seiner Nähe haben wollte, schickte er ihn zum Pathologen, um sich dort auf den neuesten Stand bringen zu lassen. Er selbst ging mit Maria Loos' Kundenkartei durch. Der Mann hatte akribisch Buch geführt. Die meisten seiner Kunden kauften kleine Mengen in seinem Laden, Ölfarben, Kreiden, Papiere. Fünf allerdings hatten regelmäßig größere Einheiten bestellt und Sikorski und Maria suchten diese Kunden nacheinander auf. Die beiden ersten erklärten, dass sie Loos als verlässlichen Geschäftsmann kennengelernt hatten, der über ein großes Allgemeinwissen, besonders was die Kunstgeschichte anging, verfügte. Sikorski nannte ihnen die Namen der beiden anderen Toten, aber weder sagten sie ihnen etwas, noch wussten sie von einer Verbindung des toten Loos zu diesen Männern. Die beiden nächsten Kunden, eine ältere Künstlerin, die in ihrem Haus in Nieder-Olm Malunterricht gab und ein Kunsterzieher an einem Gymnasium, gaben an, sich in den Unterhaltungen mit Loos nur auf das Allernotwendigste beschränkt und keine persönlichen Gespräche geführt zu haben. Auch sie wussten nichts von einer Verbindung zu den anderen Toten. Die Künstlerin sagte, als Sikorski und Maria schon in der Tür standen, um sich von ihr zu verabschieden, dass Loos auf sie einen einsamen und depressiven Eindruck gemacht habe.

Sikorskis und Marias Stimmung war nicht die beste, als sie den letzten Kunden auf ihrer Liste aufsuchten. Sie waren bislang keinen Schritt weitergekommen. Loos schien ein unscheinbarer Durchschnittsmensch gewesen zu sein, etwas einsamer als andere vielleicht, vielleicht auch etwas eigenbrötlerischer, aber nicht so völlig anders als die Masse der Menschen, die tagtäglich die Straßen bevölkern und zusehen, ihr Leben so erträglich wie möglich zu gestalten und das Nötige zum Leben zu verdienen.

Dieser letzte Kunde, Reinhard Marx, Hausmeister am Fachbereich Kunst der Johannes Gutenberg Universität, war stark erkältet und zunächst gar nicht erfreut über den Besuch. Er äußerte sich ähnlich wie die vier vor ihm und Sikorski wollte sich schon zum Aufbruch fertigmachen, da nahm Maria aus ihrer Tasche die Fotos, die den toten Loos in der Badewanne im Budenheimer Wald zeigten. Sikorski mochte solche unabgesprochenen Alleingänge nicht, aber bei Maria war er nachsichtig, zumal er schnell erkannte, dass Marx das Bild mit Interesse betrachtete und seine Erkältung plötzlich ignorierte.

„Marat", sagte er schließlich, bevor er laut hustete.

„Wie bitte?", hakte Sikorski nach, nachdem sich Marx wieder beruhigt hatte.

„Die Ermordung des Jean Paul Marat durch Charlotte Corday. Gemälde von Jacques-Louis David, 1793. Marat, einer der Wortführer der Jakobiner, wurde 1793 von einer jungen Frau, eben Charlotte Corday, ermordet. David hat daraufhin vom Nationalkonvent den Auftrag erhalten, die Tat in einem Bild darzustellen. Kennen Sie das Gemälde nicht?" Der Mann hatte das wie auswendig gelernt heruntergerattert.

Sikorski streckte seinen Arm aus und nahm das Foto entgegen. Ja, sagte er sich, eine Ahnung durchdrang ihn, dass es da ein Bild gab, das ein ähnliches Motiv zeigte und das er schon einmal gesehen hatte. Ein leichter Ärger durchfuhr ihn, dass er nicht selbst darauf gekommen war.

„Sicher?", fragte Maria und sah den Hausmeister streng an, der sich wieder die Nase schnäuzte.

„Mein Neffe hat darüber promoviert. Deshalb weiß ich das", erklärte er fast entschuldigend und schnäuzte sich ein weiteres Mal. „Nun ja", ergänzte er, nachdem er sein Taschentuch eingesteckt hatte, „das kann ein Zufall sein, aber so wie der Arm über den Wannenrand und der Kopf über die Schulter fällt, die Kiste davor und die Abdeckung über der Wanne, wenn ich das richtig deute, das weist schon eine starke Übereinstimmung mit dem Gemälde auf. Warten Sie einen Moment. Ich bin gleich wieder da."

Damit verschwand Marx. Sikorski und Maria sahen sich an, sagten aber nichts. Zwei Minuten später trat Marx mit einem großen Bildband zwischen die beiden.

„Hier!", sagte er, nachdem er das Buch auf den Tisch gelegt und einige Mal darin geblättert hatte. Das Bild, das er den beiden Polizisten präsentierte, zeigte in der Tat starke Parallelen zu dem Fundort von Loos' Leiche im Wald auf.

„Und sehen Sie hier", sagte er und zeigte auf ein Blatt Papier, das auf dem Gemälde von David vor dem Ermordeten lag, „die Kiste, die Abdeckung über der Wanne, das sind schon so Übereinstimmungen, auch das Blatt Papier, das Marat in der linken Hand hält ...“

Marx nahm, ohne den Satz zu vollenden, das Foto und hielt es nahe vor seine Augen, drehte es, winkelte es an, hielt es von sich fern.

„Die Entsprechung des Schreibens ist ...“, er betrachtete das Foto in dem Buch noch einmal sehr eindringlich, legte es auf den Tisch, zog eine Schublade auf und entnahm ihr eine Lupe, mit der er das Foto nochmals untersuchte. „Ich würde sagen, das Blatt irgendeines Kohls“, beendete er seinen Satz. „Wo haben Sie die Leiche gefunden?“

„In einem Waldstück nahe Budenheim“, erklärte Maria.

„Ich wüsste nicht, dass dort solcher Kohl wächst. Das ist eines der wenigen größeren zusammenhängenden Waldgebiete um Mainz herum. In der Nähe ist kein Anbau. Zumindest nicht im landwirtschaftlichen Stil. Ich gehe da öfters spazieren. Vielleicht aus einem Garten.“

„Sie meinen“, unterbrach Sikorski den Mann, „dass dieses Blatt ganz woanders herstammt?“

„Ganz woanders her, habe ich nicht gesagt, aber eigentlich nicht aus dem Budenheimer Wald.“

Sikorski sah zu Maria herüber. „Haben Sie die Bilder der anderen Tatorte dabei?“

Die junge Frau antwortete mit einem knappen „Nein!“

Einen Moment lang war Sikorski versucht sie vorwurfsvoll anzublicken, beherrschte sich aber und gab Marx stattdessen seine Karte.

„Kommen Sie bitte morgen früh in mein Büro. Ich würde Ihnen gerne noch einige weitere Bilder zeigen.“

Marx steckte die Karte ein, musste laut niesen und verabschiedete sich von dem Hauptkommissar und seiner Mitarbeiterin.

Auf der Rückfahrt ins Präsidium beauftragte Sikorski Maria, am nächsten Tag die Fundorte der anderen Toten auf ähnliche Hinweise wie bei Loos untersuchen zu lassen.

Er selbst fuhr ins Präsidium und versuchte Werner Klatten zu erreichen, um ihn von den Ergebnissen seiner Befragungen zu unterrichten und sich für sein Fehlen bei dem Treffen der SoKo zu entschuldigen. Bis halb acht läutete er mehrmals in dessen Büro an, konnte aber nur in Erfahrung bringen, dass sich Klatten in einer Unterredung beim Polizeipräsidenten befand.

Als er ihn endlich sprechen konnte, zeigte sich Klatten verärgert, dass Sikorski noch keine entscheidenden Fortschritte gemacht hatte.

„Drei Tote in vier Monaten, Henning", sagte er, „wann gab es das das letzte Mal hier? Die Menschen sind beunruhigt. Die Presse fragt schon, ob wir ein Haufen unfähiger Beamter sind. Wir brauchen Ergebnisse!" Er klopfte dabei mit seinem Zeigefinger auf die Zeitungen, die vor ihm auf dem Schreibtisch lagen. „Mainz – die neue Mords-Hauptstadt", war einer der Artikel auf der Frontseite überschrieben.

„Werner …", wollte Sikorski einlenken, doch der ließ seinen Hauptkommissar nicht zu Wort kommen.

„Henning, ich weiß, dass du dein Bestes tust, aber wir stehen unter Beobachtung, von vielen Seiten. Erst heute hatte der Polizeipräsident der Allgemeinen Zeitung ein langes Interview gegeben, in dem er wortreich zu erklären versuchte, warum wir noch immer keinen Täter haben. Dass wir keine Spur haben, hat er natürlich verschwiegen. Ich bitte dich also noch einmal eindringlich, in alle Richtungen zu ermitteln! Und Ergebnisse, Henning, Ergebnisse!"

Damit war das Gespräch beendet und Sikorski wunderte sich, weniger über den Inhalt von Klattens kurzer Rede als vielmehr über die Nervosität, mit der er sie vorgetragen hatte.

Zu Hause bereitete es Sikorski große Anstrengung, Klattens Ermahnung zu vergessen. Natürlich wusste er, dass die Öffentlichkeit und die Presse auf drei ungeklärte Morde in vier Monaten nicht mit Gleichmut reagierten. Aber er wollte sich nicht den Abend mit seiner Frau und den Kindern verderben zu lassen. Er war erst spät Vater geworden, hatte sich das lange nicht vorstellen können und dachte nach zwei gescheiterten Beziehungen, dass er den Rest seines Lebens als Single verbringen würde. Dann lernte er Bettina kennen, die zehn Jahre jünger war als er, und es war selbstverständlich, dass sie Kinder bekamen. Er bedauerte nur, dass seine Mutter sie nicht mehr sehen konnte. Vor dem zu Bett gehen spielten sie gemeimsam eine Runde ‚Uno'. Trotzdem gelang es ihm nicht, seinen Fall zu vergessen, und Bettina musste ihn mehrmals mit ihren Blicken ermahnen, sich auf das Spiel mit den Kindern zu konzentrieren.

FREITAG, 21. August 2009

Engel schlief tief und lange in dieser Nacht und ging erst spät in den Frühstücksraum des City-Hilton, wo es trotz der vorgerückten Stunde noch voll und laut war. Am Buffet musste er lange anstehen. Kaum hatte er sich an einem Tisch niedergelassen und gerade die Tasse Kaffee zum Mund geführt, klingelte das Handy, das Kopka ihm gegeben hatte. Widerwillig nahm er das Gespräch an.

„Ja?"

„Simon, haben Sie schon was rausgefunden?"

Direkt und herzlich, dieser Kopka, schoss es Engel durch den Kopf. Er stellte die Tasse zurück auf den Unterteller.

„Nein, noch nicht. Hab mich gestern nur mal umgesehen … Kann sein, dass ich die Rossmann gesehen habe, die Frau. Hat sich merkwürdig verhalten."

„Merkwürdig?"

„So, als habe sie etwas zu verstecken und …"

Weiter kam er nicht.

„Scheint ja ein großer Schuppen zu sein, das Rhenus?"

„Wie meinen Sie?"

„Na, das Geklapper da im Hintergrund. Man kann sie ja kaum verstehen. Auf der Internet-Seite las sich das viel kleiner. Na, Hauptsache, Ihnen gefällts."

„Ist in Ordnung", würgte Engel hervor.

„Prima. Ich wusste doch, dass ich mich auf Sie verlassen kann, Simon. Übrigens …", fügte er nach einer kurzen Pause hinzu, „haben Sie schon die Zeitung gelesen? Sie werden noch richtig prominent. Also, immer tapfer nach vorne schauen. Ich melde mich wieder."

Ohne ein Grußwort legte Kopka auf. Engel überlegte einen kurzen Moment, ihn zurückzurufen und den ganzen Job hinzuschmeißen, doch dann gewann die Vernunft die Oberhand und er verwarf diesen Gedanken. Stattdessen stand er auf und nahm sich von einem Ständer jede greifbare Zeitung und setzte sich wieder an seinen Tisch.

Tatsächlich fand er unter Vermischtes eine Meldung, dass in Hamburg ein gewisser Simon E. im Zusammenhang mit dem Tod eines Geschäftsmannes gesucht wurde, der unter mysteriösen Umständen zu Tode gekommen war. Die beigefügte Beschreibung traf Engel ziemlich gut. Dies trug nicht unbedingt zur Verbesserung seiner Stimmung bei.

Engel las den Artikel noch ein zweites Mal und wollte die Zeitung schon beiseitelegen, da erregten ein anderer Bericht und ein Interview seine Aufmerksamkeit. Inhalt waren die Morde, die in Mainz in den letzten Monaten begangen worden waren, der letzte in der Nähe von Budenheim. Engel erinnerte sich an den Artikel, den er in Hamburg gelesen hatte, als er auf seinen, mittlerweile toten, Geschäftspartner wartete. Noch immer hatte die Mainzer Polizei keine Spur gefunden. Es fehlte in diesem Artikel allerdings der hämische Unterton gegenüber dem leitenden Polizeibeamten, der Engel in dem letzten Artikel aufgefallen war. Dafür wurde die Kompetenz der Polizei in Frage gestellt. Der Polizeipräsident, mit dem das Interview geführt worden war, hatte auf die kritischen Fragen sehr allgemein geantwortet und auf die laufenden Ermittlungen verwiesen.

Drei Morde, das war nicht schlecht, dachte Engel bei sich, und die Polizei tappte dem Zeitungsartikel zufolge völlig im Dunkeln. Mit dem Gefühl, doch nicht in der langweiligsten aller Städte zu sein, bezahlte er seine Hotelrechnung und ging zum Hauptbahnhof, wo er die Tageszeitungen aus Hamburg kaufte. Auch in diesen wurde er erwähnt und wieder wurde der Mann in dem Café an der Außenalster, der offensichtlich auf jemanden wartete, ziemlich genau beschrieben. Engel gefiel das gar nicht, denn wenn Kopka ihn an den Arsch kriegen wollte, brauchte er der Polizei nur seinen derzeitigen Aufenthaltsort und den Namen, unter dem er derzeit auftrat, zukommen zu lassen und er hätte eine Menge Ärger am Hals.

Engel war aber ein praktisch veranlagter Mensch mit dem Blick für das Naheliegende und Machbare, der sich nicht von alten Geschichten allzu sehr behindern ließ. Also suchte er gegen Mittag ein Internet-Café auf und fand dort nach kurzer Suche tatsächlich eine Immobilienfirma namens „Zolty". Die war zwar kein Global-Player, aber was sie anbot, hatte Hand und Fuß. Keine billigen Mietwohnungen oder Reihenhäuser, sondern ansprechende Villen, mehrere davon wurden sogar für über eine Million Euro angeboten. Sie operierte bundesweit, die geografischen Schwerpunkte der Firma lagen in Rheinland-Pfalz und Baden-Württemberg, es gab aber auch Objekte im Norden und im Osten. Engels Stimmung stieg deutlich und wurde nur ein wenig getrübt von den Selbstvorwürfen, dass er damals, als er mit Vera zusammen gewesen war, nicht genauer hingeschaut hatte. Er hätte sich damit einige unschöne Punkte in seiner Biografie ersparen können.

Wenn der Auftrag von Kopka nicht gewesen wäre und er sich ganz auf Vera und ihre gemeinsame Zukunft hätte konzentrieren können, Engel hätte sicher viel Grund zu einer euphorischen Grundstimmung gehabt. Aber er musste Kopka doch wenigstens das Gefühl vermitteln, dass er in seinem Sinne tätig war.

Um bei Kopkas nächstem Anruf etwas vorweisen zu können, machte Engel sich gegen halb zwei auf den Weg zu dem Büro des Architekten. Ihm schien es noch heißer als an den vergangenen Tagen zu sein, als er aus dem Hotel auf die Straße trat und bevor er es völlig durchschwitzte, zog er gleich sein Jackett aus.

Wie am Vortag hatte Engel in der Gaustraße den Eindruck, dass sich einige Personen bewusst unauffällig verhielten, indem sie Geschäftigkeit vortäuschten, zu der gar kein Anlass bestand. Mehrmals spürte er ihre abschätzenden Blicke. Vorsichtshalber machte er einen Umweg zu dem Gebäude in der Martinstraße. Die Eingangstür war wie gestern verschlossen. Engel ging gleich weiter zum Seiteneingang, wo die Tür offen stand. Er sah sich kurz um und trat in den Flur. Am Ende eines langen Ganges befand sich der Treppenaufgang. Er zögerte einen Moment, lauschte und eilte dann nach oben in den zweiten Stock. Dort gab es nur eine Tür und das daneben angebrachte Plexiglasschild ließ keinen Zweifel aufkommen, dass er hier richtig war. Engel klopfte zweimal und als keine Reaktion erfolgte, öffnete er die Tür, was ihm aufgrund einschlägiger Erfahrungen keine Mühe machte, zumal sie nicht verriegelt war.

Das erste, das Engel in der Wohnung auffiel, war der muffige Geruch, so als sei tagelang nicht gelüftet worden. In den fensterlosen Flur fiel nur etwas Licht durch eine geöffnete Tür, die in das Zimmer führte, das Engel von der Straße aus gesehen hatte und in dem zwei Zeichentische standen. Nichts deutete darauf hin, dass hier in den letzten Tagen gearbeitet worden war. Die einzigen Auffälligkeiten waren ein großes und schweres Fernglas, das auf einem hüfthohen, breiten Schrank mit vielen schmalen Schubladen lag, und ein massives Stativ, das einen Meter vor dem Fenster stand. Vorsichtig blickte Engel aus dem Fenster und sah durch die Schneise zwischen zwei Häusern auf die Kirche St. Stephan, von der Engel wusste, dass sie wegen ihrer Chagall-Fenster ein beliebtes Touristenziel war. In den Schubladen des Schrankes fand er nur großformatige Zeichnungen, aber nichts, das ihm einen Hinweis auf den Verbleib von Rossmanns Geld geben konnte.

Der nächste Raum, den Engel betrat, beherbergte die Küche, die aus einer schmalen Zeile mit einem Kühlschrank, einer Spüle, zwei Kochplatten und einem teuren Kaffeeautomaten bestand. Ein kleiner Plastiktisch und zwei Plastikstühle vervollständigten das Mobiliar. In einer Holzkiste auf der Spüle lagen Besteck und mehrere Teller, auf einem kleinen Regal neben der Kaffeemaschine standen bunte Kaffeebecher und Espressotassen.

Das Bad war mehr eine Nasszelle, in der eine Duschkabine, ein Waschbecken und eine Kloschüssel auf engstem Raum untergebracht waren. Auch hier fand Engel nichts, das ihn in der Sache Rossmann weiterbrachte. Alle diese Räume waren akribisch aufgeräumt. Engel stellte sich Rossmann als einen pedantischen Menschen mit einem Sauberkeitstick vor.

Ein einziger Raum blieb ihm noch. Als er die Tür öffnen wollte, fiel ihm auf, dass sie aus den Angeln gerissen war. Er hob sie ein kleines Stück an und schob sie so weit zur Seite, dass er durch einen Spalt in den Raum hineinschauen konnte. Engel war aufgeregt. Was hatte diese aufgebrochene Tür zu bedeuten? Er erkannte einen großen, hellen und ovalen Holztisch, um den zehn Stühle in der gleichen Farbe standen, alle ordentlich unter den Tisch geschoben, bis auf einen am anderen Ende, der, soweit Engel das erkennen konnte, umgefallen auf dem Boden lag. Nur ein umgeworfener Stuhl, sagte er sich, ahnte aber, dass hier etwas nicht stimmte. Er schob sich durch den Türspalt und bewegte sich langsam an den Stühlen vorbei, bis er ein Bein erblickte. Engel hielt erschrocken inne, überlegte umzukehren, ging dann langsam weiter, bis er hinter dem umgefallenen Stuhl den ganzen Körper sah.

Einen Meter vor dem leblosen Leib blieb er stehen und wartete auf eine Regung. Als die auch nach mehr als einer Minute nicht kam, kniete sich Engel neben den Mann, der auf dem Bauch lag, den Kopf zur Seite gedreht, sodass nur die eine Hälfte des Gesichtes zu sehen war. Der Tote war

Alexander Rossmann, der Mann, dessen finanzielle Verhältnisse er durchleuchten sollte. Seine Augen waren geschlossen. Engel legte seine Hand an den Hals des Mannes und zog sie schnell wieder zurück, die Haut war kalt.

Dies war nicht die erste Leiche in Engels Leben, daher hatte er sich schnell wieder gefasst und unterzog den Toten einer Untersuchung. Er drehte ihn auf den Rücken. Auf Brusthöhe, um das Herz herum, war das weiße Hemd blutgetränkt. Aus der Innentasche des Jacketts zog er eine Brieftasche, in der er neben dem Führerschein und einer Kreditkarte zwei Fünfzigeuroscheine fand, die er gleich einsteckte, sowie einen Personalausweis, der ihm bestätigte, dass es sich bei dem Toten um den Architekten handelte.

Viele Gedanken schossen Engel in diesem Moment durch den Kopf, auch der, dass sich der Mörder noch in der Nähe aufhalten konnte, wogegen allerdings der ausgekühlte Körper sprach. Aber schwerer wog, dass sein Auftrag mit Rossmanns Tod hinfällig geworden war. Und das hieß, dass Kopka ihm nicht mehr das Hotel bezahlen würde, wenn er davon erfuhr. Daraus folgte, dass er keine Bleibe mehr hatte, nach Hamburg im Moment aber nicht zurückkehren konnte und zu wenig Geld besaß, um sich längere Zeit außerhalb der Hansestadt aufzuhalten. Und bis er Vera so weit hatte, dass sie ihn bei sich einziehen ließ, würde möglicherweise noch einige Zeit vergehen.

Daran, warum jemand Rossmann umgebracht hatte, verschwendete Engel in diesem Moment keinen Gedanken. Er musste pragmatisch vorgehen, erhob sich deshalb, um aus der Küche ein Tuch zu holen, mit dem er alles, was er mit seinen Händen berührt hatte, abwischen konnte. Auf dem Weg dorthin musste er den großen Raum mit den Zeichentischen durchqueren. Warum er dabei einen Blick aus dem großen Fenster auf die Straße warf, konnte er sich später nicht erklären. Auf jeden Fall sah er sofort, dass vor dem Haus etwas vor sich ging. Es waren mehr Menschen da unten als gestern und vorhin, als er angekommen war, Menschen, die sich wie die in der Gaustraße gestern und heute auffällig unauffällig verhielten. Dazu standen vor dem gegenüberliegenden Gebäude zwei dunkle Transporter, zwischen denen gerade ein Polizeiwagen einparkte.

Engel verwarf seinen Plan, ein Tuch zu suchen und rannte stattdessen zur Tür. Was er eben vor dem Haus gesehen hatte, verhieß nichts Gutes und er musste weg, einfach nur weg. Er rannte den Hausflur entlang zum Seiteneingang, durch den er auch hineingekommen war, blieb dort kurz stehen, erblickte zwei Männer, die an der Ecke zur Martinstraße standen, zögerte einen Moment, trat aus der Tür und ging zügig, aber nicht hastig fort. Aus dem Augenwinkel erkannte er, dass einer der beiden Männer ihm folgte. Er beschleunigte seine Schritte, wagte es aber nicht, sich umzudrehen. Sowie Engel die nächste Querstraße erreicht hatte, rannte er los, lief die wenigen Meter bis zum übernächsten Haus, dessen Haustür offen stand. Er sprang in den Flur und drückte die Tür hinter sich zu. Durch das kleine Fenster mit dem matten Glas konnte er kurz darauf die Schemen einer schnell vorbeihuschenden Person erkennen. In Engels Hirn ratterte es. Warum hatte dieses Aufgebot vor Rossmanns Haus Aufstellung genommen? Wusste man von seinem Tod? Aber warum wurde dieser Aufwand betrieben? Oder galt der Aufmarsch nicht dem Architekten, sondern das Ganze war vielmehr ein Zufall? Engel verdrängte diese Gedanken. Er musste jetzt erst einmal von hier wegkommen. Als er wieder einen Schemen, dieses Mal in die andere Richtung, laufen sah, wartete er zwei Minuten, öffnete die Tür, trat auf die

Straße und ging, ohne sich umzuschauen, in Richtung Stadt und zum Hotel Rhenus in der Neustadt.

Engel blieb nach seiner erfolgreichen Flucht den Rest des Nachmittags in seinem Hotelzimmer. Er besaß immerhin so viel Galgenhumor, dass er sich trotz seiner Situation für einen Moment sogar ein Lächeln abringen konnte. Er war aus Hamburg abgehauen, weil er dort Leuten einen Haufen Geld schuldete und weil man ihn verdächtigte, einen Mann ermordet zu haben oder zumindest irgendwie in dessen Tod verwickelt zu sein. Und jetzt war ihm in Mainz genau das Gleiche passiert. Die Typen, die vor dem Haus gestanden hatten und der, der ihn verfolgt hatte, waren Polizisten, dessen war Engel sich sicher. Letzterer hatte ihn lange genug gesehen, um eine genaue Beschreibung seiner Person abgeben zu können. Nun würde man ihn auch in dieser Stadt suchen, als Mörder oder als Zeuge, das war im Augenblick gleichgültig.

Am Abend versuchte Engel Vera anzurufen. Gutaussehende Frauen gab es genug, vermögende schon weniger und Vera besaß den Vorzug, beides in ausreichendem Maße zu sein. Und er kannte sie und rechnete sich aufgrund ihrer gemeinsamen Vergangenheit auch große Chancen aus, zumal Vera nicht den Eindruck auf ihn gemacht hatte, dass sie in einer festen Beziehung steckte. Doch unter der Nummer, die sie ihm gegeben hatte, konnte er sie nicht erreichen, und nachdem auch sein dritter Versuch erfolglos geblieben war, wählte er die Nummer der Immobilienfirma Zolty, doch dort meldete sich nur ein Anrufbeantworter, der ihm die Bürozeiten aufzählte, verbunden mit der Bitte, es dann noch einmal zu versuchen.

Engel tröstete sich mit dem Gedanken, dass er in dem Hotelzimmer erst einmal aus dem Blickfeld der Polizei verschwunden war, auch wenn ihn die Vorstellung eines langen Abends in dem kleinen Zimmer nicht entzückte. Rossmann interessierte ihn nur insofern, als mit dessen Tod der Grund für seinen Aufenthalt in Mainz und damit seine Grundversorgung hinfällig geworden war, und dass er von nun an in der Öffentlichkeit äußerst vorsichtig agieren musste.

Als Sikorski am Freitagmorgen sein Büro betrat und an seinem Schreibtisch Platz nahm, war seine Stimmung denkbar schlecht. Die beiden Mainzer Tageszeitungen stellten in ihren groß aufgemachten Artikeln über die Morde unterschwellig die Arbeit der Polizei infrage. Was sollte Sikorski ihnen entgegnen? Dass der Polizeipräsident sich in dem Interview vor ihn gestellt hatte, half ihm im Moment nicht weiter. Er war bei der Aufklärung der drei Morde tatsächlich noch kein Stück weitergekommen und seit dem Fund von Loos' Leiche am Dienstag waren fast drei Tage vergangen. Außer der Analogie des Fundortes zu einem mehr als zweihundert Jahre alten Bild hatte er nichts. Und ob dieses Bild nicht auch ein Irrweg war, musste er noch herausfinden.

So saß Sikorski in seinem Büro und wartete auf Reinhard Marx, von dem er zu erfahren hoffte, ob es bei den beiden anderen Toten ähnliche Analogien zu Gemälden wie bei Loos gab. Er hatte die Fotos der Fundorte von Thomas Richter und Michael Kreiner vor sich ausgebreitet und besah sie nacheinander, aber er konnte nichts auf ihnen erkennen, das ihn an die Auffälligkeiten auf dem Bild im Budenheimer Wald erinnerte.

Als Marx auch um zwölf Uhr noch nicht bei ihm aufgetaucht war, rief er ihn an. Mit einer kaum verständlichen Stimme teilte der Mann ihm mit, dass seine Erkältung so stark geworden war, dass er an diesem Morgen mit hohem Fieber erwacht war. Sikorski nahm die Entschuldigung an und fluchte erst und dafür umso lauter, nachdem er den Hörer aufgelegt hatte.

„Was ist los, Chef?", fragte Maria, die in diesem Moment das Büro betrat. „Wird ja zur Gewohnheit bei Ihnen, das Fluchen."

„Maria, bitte", wollte Sikorski loslegen, überlegte es sich aber und sagte stattdessen: „Der Marx ist krank. Wenn sich auf den anderen Bildern ähnliche Spuren finden lassen, dann ..."

„Dann ...", unterbrach ihn seine Mitarbeiterin, „würde das Ihre These, dass die drei Morde zusammenhängen, unterstützen."

„So ist es!", bestätigte Sikorski. „Haben Sie gefunden, worum ich Sie gebeten habe."

Maria reichte ihm den Stoß Papiere, mit dem sie in das Büro eingetreten war. Sikorski blätterte ihn schnell durch. Internetausdrucke über David und sein Gemälde „Die Ermordung Marats durch Charlotte Corday".

Er wandte sich Maria zu. „Versuchen Sie doch bitte, jetzt, wo dieser Marx nicht kommen kann, Hinweise zu finden, ob es zu den beiden anderen Toten auch Bilder im Internet gibt."

„Oh Gott", stöhnte Maria auf. „Ich und Kunst."

„Sie sollen keine Kunst machen, sondern Polizeiarbeit", wies Sikorski die Kollegin zurecht. „Gehen Sie auch zu dem Kollegen vom Betrugsdezernat, den wir wegen der Kunstfälschungen hinzugezogen hatten. Vielleicht erkennt der was."

Als Börne das Büro verließ, ließ es ihm doch keine Ruhe, dass er Marx an diesem Tag nicht befragen konnte. Er rief Wagner zu sich und schickte ihn mit Kopien der Bilder zu Marx. Nachdem dieser das Büro verlassen hatte, beugte sich Sikorski wieder über die Bilder. Michael Kreiner, vergiftet auf einem Stuhl sitzend, gefunden in einem Abrisshaus in Nackenheim, Thomas Richter, erschossen und in unnatürlicher Haltung aufgefunden im Großen Sand in Gonsenheim. Was verband diese Männer? Und würden ihnen weitere Tote folgen?

Gegen sechzehn Uhr erhielt Sikorski zwei Anrufe. Wagner teilte ihm mit, dass er Marx nicht zu Hause angetroffen hatte und keiner der Nachbarn wisse, wo er sich im Moment aufhalte. Kaum hatte er aufgelegt, klingelte es erneut. Klatten war am anderen Ende der Leitung und bat ihn, sofort in das Besprechungszimmer des Polizeipräsidenten zu kommen. Sikorski war über die Dringlichkeit und den Ernst in der Stimme seines Vorgesetzten verwundert.

Vier Minuten später trat er in das Besprechungszimmer, das von einem langen Tisch beherrscht wurde, an dem zwanzig Leute Platz finden konnten, an dem jetzt aber nur Julius Regner, der Referent des Polizeipräsidenten, Klatten und Thomas Meister saßen. Sikorski kannte letzteren nur flüchtig und hatte keine hohe Meinung von dem Mann, der lange eine SEK-Einheit geleitet hatte und der als ebenso durchsetzungsfähig wie ambitioniert galt. Die Zusammensetzung dieser Runde verriet Sikorski, dass etwas Besonderes vorgefallen sein musste, zumal Klatten und Dr. Kleber nicht das beste Verhältnis zueinander hatten. Dr. Michael Kleber, der Polizeipräsident, stand am Fenster und sah hinaus in den wolkenlosen Himmel. Sowie die Tür mit einem Klacken ins

Schloss fiel, drehte er sich um: „Setzen Sie sich!", forderte er Sikorski auf und zeigte auf den freien Stuhl neben Klatten. Er selbst setzte sich neben Meister. Sikorski ließ seinen Blick über die Anwesenden schweifen. Dr. Kleber war ein kräftiger Mann, der meist dunkle Anzüge trug, dichtes graues Haar hatte und sich als einzige Extravaganz eine große braune Hornbrille leistete. Meister, den Sikorski auf Ende dreißig schätzte, war kleiner, aber sein austrainierter Körper war nicht zu übersehen. Er trug eine schwarze Lederjacke. Seine Haare waren so kurz geschnitten, dass an manchen Stellen die Kopfhaut durchschimmerte, was ihm ein brutales Aussehen verlieh. Sikorski wusste, dass er bei seinen Männern vom SEK sehr beliebt gewesen war, weil er sich bedingungslos vor sie stellte und bei jedem gefährlichen Einsatz vorneweg ging. Regner war ein schmaler, großer Mann, blass, mit kurzen, braunen Haaren.

Dr. Kleber eröffnete das Gespräch. „Herr Sikorski, vielen Dank, dass Sie sofort gekommen sind." Sikorski machte diese freundliche Gesprächseröffnung misstrauisch. „Ich möchte Sie bitten, dass von dem, was wir jetzt besprechen werden, nichts nach außen dringt. Herr Sikorski, können Sie Ihren Mitarbeitern vertrauen?" Der Polizeipräsident schob seine Brille zurück und wartete auf eine Reaktion des Hauptkommissars.

„Natürlich können wir Frau Börne und Herrn Wagner vertrauen!", warf Klatten ein, bevor Sikorski antworten konnte, und fing sich dafür einen finster-wütenden Blick des Polizeipräsidenten ein.

„Herr Sikorski, Ihre Meinung!", forderte er mit strengem Blick.

„Sie sind in Ordnung."

„Hundertprozentiges Vertrauen hört sich anders an, Sikorski. Also?!"

„Natürlich vertraue ich Ihnen", entgegnete er und das klang so trotzig, dass alle Anwesenden erst ihn, dann Kleber anschauten und mit einer Eskalation rechneten.

Doch dem Polizeipräsidenten war daran nicht gelegen. „Gut", sagte er kurz. „Was Sie jetzt erfahren, darf auf keinen Fall, ich wiederhole, auf gar keinen Fall nach außen dringen. Haben Sie verstanden?"

Sikorski missfiel der Ton, aber er schluckte seine Verärgerung herunter und nickte.

„Also Folgendes", begann Kleber, „die Stadt wird von einem oder mehreren unbekannten Erpressern bedroht. Gefordert werden zwei Millionen Euro, andernfalls, so die Drohung, werden die Chagall-Fenster der Kirche St. Stephan zerstört"

„Davon weiß ich ja gar nichts!", unterbrach Sikorski Dr. Kleber und sah Klatten an. Der Polizeipräsident ging nicht auf die Unhöflichkeit seines Untergebenen ein. „Sie müssen verstehen, Herr Sikorski, dass diese Angelegenheit geheim bleiben musste und nur so wenige Personen wie möglich eingeweiht werden durften."

Sikorski verkniff sich eine Erwiderung. Er sah das nicht so, auf jeden Fall sah er sich nicht als irgendeine Person, von der man fürchten musste, dass sie Geheimnisse, Vertrauliches oder Interna ausplauderte. Dies hatte er in seiner langen Zeit bei der Polizei hinlänglich bewiesen. „Gibt es Hinweise darauf, wie die Fenster zerstört werden sollen?"

Statt des Polizeipräsidenten antwortete Meister. „Wir erhielten heute Mittag gegen dreizehn Uhr vierzig den Anruf eines Mannes, der aussagte, von einem Bekannten eine SMS erhalten zu haben, mit dem Inhalt, dass die Fenster der Kirche St. Stephan von seinem Büro aus zerstört werden sollen. Absender der SMS war ein gewisser Alexander

Rossmann, Architekt. Der Empfänger der SMS hatte sie schon gestern erhalten, aber leider erst heute gelesen. Sofort nach Eingang des Anrufs sind wir in das Büro dieses Rossmann und haben ihn tot aufgefunden, erstochen."

„Bis dahin hatten wir die Hoffnung, dass es sich bei dem Erpresser um einen Spinner oder Wichtigtuer handelt. Das sieht jetzt anders aus", ergänzte Dr. Kleber.

„Was hat der Architekt mit der Erpressung zu tun?", fragte Sikorski.

„Das Büro von Rossmann liegt auf dem Kästrich, in Sichtweite der Kirche St. Stephan, der Mann hat hohe Schulden, ist insolvent. Er hat ein Motiv."

Klatten, der seit seiner Zurechtweisung durch den Polizeipräsidenten den Mund gehalten hatte, schaltete sich wieder in das Gespräch ein. „Wir haben es nicht mehr nur mit Erpressung zu tun, sondern auch mit Mord. Dein Ressort, Henning. Der Fall hat absolute Priorität."

„Und die drei anderen Toten?", fragte Sikorski zurück. „Gestern hast du Ergebnisse gefordert …"

„Das war gestern, Herr Sikorski", sagte der Polizeipräsident kurz angebunden.

Sikorski kommentierte diese Aussage nicht. „Wie sicher ist, dass dieser Rossmann der Erpresser ist?", fragte er stattdessen.

Meister antwortete. „Wir gehen im Moment davon aus, dass er der Erpresser ist oder einer von mehreren, wofür der Mord an ihm sprechen würde. In seiner Wohnung fanden wir ein Stativ, wie es Scharfschützen benutzen. Es war so präpariert, dass es eine sehr große und schwere Waffe tragen kann. Außerdem ein Fernglas. Von einem der Fenster im Büro des Architekten liegt die Kirche in Sichtweite und kann mit einem Schuss erreicht werden."

„Aber keine Waffe?", hakte Sikorski nach.

„Bis jetzt haben wir nichts dergleichen gefunden. Auch nicht die Tatwaffe, die zum Tod Rossmanns geführt hat."

„Das ist doch sehr seltsam. Wenn Rossmann der Erpresser ist, warum informiert er einen Bekannten? Er hätte, wenn ihm die Sache zu heiß geworden war, doch einfach aufhören können."

„Wir stehen am Anfang der Ermittlungen", erwiderte Meister, und seiner Stimme war die Verärgerung darüber anzuhören, dass Sikorski die Initiative übernommen hatte und die richtigen Fragen stellte. „Natürlich hat der Fall eine Menge Widersprüche. Und viele offene Fragen: Wer ist der Mörder? Gibt es nur einen Erpresser oder mehrere? Gab es Streit unter ihnen? Das alles müssen wir jetzt klären. Von dem Fenster in Rossmanns Büro gibt es nur eine schmale Schneise, die einen Schuss auf die Kirche und ein Fenster zulassen würde. Dieses Fenster ist aber nicht von Chagall, sondern von Charles Marq, der die Arbeiten nach Chagalls Tod weitergeführt hat."

„Also ein nicht sehr gut informierter Erpresser", warf Sikorski ironisch ein.

„Selbst wenn dem so ist, Herr Sikorski", ergriff nun der Polizeipräsident das Wort, „auch die Zerstörung eines Fensters aus der Hand von Marq wäre ein nicht zu ersetzender Verlust. Und ich gebe zu bedenken, dass die Zerstörung dieses Fensters nur der Auftakt sein könnte, die erste Stufe einer Eskalationsstrategie, mit der der Erpresser uns zum Nachgeben zwingen will und mit der er zeigen kann, dass er über die Möglichkeiten zur Zerstörung verfügt."

„Was ist mit anderen Wohnungen und Büros in der Umgebung? Das Umfeld der Kirche ist sehr dicht bebaut", stellte Sikorski fest.

„Leider ja", stimmte ihm der Präsident zu. „Wir haben, soweit das unauffällig möglich war, alle Wohnungen, Büros und öffentlichen Gebäude, es liegen mehrere Schulen in unmittelbarer Umgebung, untersucht und teilweise durchsucht. Aber da von der Erpressung nichts an die Öffentlichkeit dringen darf, ist das ein sehr schwieriges und keinesfalls hundert Prozent sicheres Unterfangen. Außerdem haben wir unsere Leute in der Gaustraße und in der Umgebung der Kirche postiert. Die Gottesdienste und Führungen werden von Kollegen unauffällig überwacht."

Sikorski sortierte das Gehörte in seinem Kopf. „Und was ist meine Aufgabe?", fragte er schließlich.

Meister antwortete. „Sie sollen den Mörder von Rossmann finden."

Sikorski reagierte nicht auf diese Aufforderung, sondern sah zum Polizeipräsidenten, dem der Disput zwischen seinen Männern nicht gefiel.

„Dieser Fall hat absolute Priorität und ich wünsche, dass meine Leute ohne Wenn und Aber zusammenarbeiten. Sie, Herr Sikorski, suchen den Mörder von Rossmann."

Der Angesprochene nickte Dr. Kleber zu und vermied den Blickkontakt mit Meister.

„Und, bevor ich das vergesse", fügte der Polizeipräsident hinzu, „der Presse gegenüber sprechen wir bei Rossmann von Selbstmord. Und kein Sterbenswörtchen über die Erpressung."

Alle am Tisch nickten, dann stellte Sikorski weiter seine Fragen. „Wie hat der Erpresser bislang Kontakt aufgenommen?"

„Telefonisch. Dreimal. Immer so kurz, dass wir das Gespräch nicht zurückverfolgen konnten."

„Gibt es ein Ultimatum?"

„Sonntagabend, zweiundzwanzig Uhr, also noch gut zwei Tage."

„Wie soll das Geld übergeben werden?"

„Darüber hat sich der Erpresser bisher noch nicht ausgelassen. Er scheint also nicht dumm zu sein", erklärte Meister.

„Wenn er jetzt nicht tot ist. Falls Rossmann der alleinige Erpresser ist, wäre der Fall ausgestanden?" Sikorski sah die Männer in der Runde nacheinander an.

„Dass er ermordet wurde, spricht dagegen", entgegnete der Polizeipräsident.

„Es gibt Spuren eines Kampfes in der Wohnung", erklärte Meister. „Das wiederum spricht dafür, dass noch mindestens eine weitere Person von der Erpressung weiß. Was dem oder den Erpressern jetzt fehlt, ist die Basis für die Ausführung der Tat. Rossmanns Büro liegt ideal, wenn ich das so zynisch sagen darf: freie Sicht, gute Hundert Meter Luftlinie zu den Fenstern. Für einen halbwegs geübten Schützen mit der richtigen Waffe gar kein Problem."

„Aber das Fenster ist kein echter Chagall!", sagte Sikorski schnippisch und fragte gleich weiter. „Gibt es verwertbare Spuren in dem Büro?"

„Ein bislang nicht identifizierter Mann hat sich in der Nähe der Wohnung aufgehalten", erklärte Meister, „wahrscheinlich war er auch in der Wohnung. Das wird gerade untersucht. Er wurde schon am Vortag in der Gaustraße gesehen, ebenso am Tag der Tat. Rossmann wurde kurz vor dem Zugriff umgedreht. Es finden sich identische Fingerabdrücke an seinem Portemonnaie und anderen Stellen in der Wohnung, die aber noch nicht einer Person zuzuordnen sind."

„Gibt es eine Beschreibung des Mannes?"

„Circa ein Meter fünfundachtzig, schlanke Figur, blondes Haar. Sie bekommen von mir die Beschreibung zusammen mit einer Phantomzeichnung. Die Kollegen lassen die Fingerabdrücke gerade durch den Computer laufen. Vielleicht sind sie ja schon einmal genommen worden."

„Es spricht also einiges dafür, dass dieser Mann der Mörder ist?"

„Ja und nein. Ja, weil er in der Wohnung war und offensichtlich Kontakt mit dem Opfer hatte; nein, weil Rossmann nach den ersten Untersuchungen des Arztes gestern zwischen siebzehn und achtzehn Uhr umgebracht wurde, also zum Zeitpunkt des Auffindens fast zwanzig Stunden tot war. Warum ist der Unbekannte, wenn er der Mörder ist, nach der Tat noch einmal in die Wohnung gegangen?"

Sikorski lehnte sich zurück. „Er hat etwas verloren oder vergessen. Er fürchtete, Spuren hinterlassen zu haben. Möglicherweise hat er deshalb die Leiche umgedreht?"

Er sah in die Runde und da niemand etwas sagte, stellte der Kommissar seine nächste Frage: „Gibt es eine Ehefrau?"

„Ein anderer seltsamer Aspekt. Anna-Lena Rossmann, die Frau des Toten, ist im Moment nicht auffindbar. Erste Nachforschungen haben noch keine Ergebnisse gebracht. Wir haben die Eltern und den Bruder angerufen. Dort ist sie nicht und hat sich auch nicht gemeldet."

„Sie scheidet als mögliche Mörderin nicht aus?"

„Keinesfalls. Wir müssen sie sogar in das nähere Täterfeld einbeziehen."

Sikorski nickte und dachte einen Moment nach. „Wir können nicht sicher sein, dass die Erpressung mit dem Tod dieses Architekten ausgestanden ist?"

„So ist es", bestätigte Klatten.

„Davon gehen wir aus", sagte Meister, dem Dr. Klebers

genervter Blick über Klattens schnelle Antwort aufgefallen war. „Solange, bis wir den Beweis für das Gegenteil haben."

„Was haben Sie vor?" Sikorski fragte weiter und ließ damit offen, ob er den Disput zwischen den beiden Männern überging oder gar nicht mitbekam.

„Abwarten, ob eine neue Forderung kommt, und nach dem Unbekannten fahnden. Selbst wenn er nicht der Mörder ist, ist er vielleicht in die Erpressung involviert oder hat etwas gesehen oder gehört. Uns bleiben noch", Meister sah auf seine große Uhr, „etwa dreiundfünfzig Stunden, in denen wir das herausfinden müssen. Es laufen auch Nachforschungen, ob es schon ähnliche Erpressungsversuche gegeben hat. Eine Anfrage ging an die Kölner Kollegen. Dort gab es vor zwei Jahren Ärger wegen eines Fensters von Gerhard Richter im Dom."

„Das war aber", warf Sikorski ein, „etwas anderes. Ging es da nicht darum, ob diese abstrakten Fenster einer christlichen Kirche würdig sind?"

„Herr Sikorski", ergriff Dr. Kleber das Wort, schob seine Hornbrille zurück und senkte seine Stimme, „ich brauche Ihnen als erfahrenen Kriminalbeamten nicht zu sagen, dass wir jeder Spur folgen müssen, auch wenn sie noch so unbedeutend oder irrelevant scheint. Es darf unter keinen Umständen zu der Zerstörung der Fenster kommen. Unter keinen Umständen. Es wäre ein unersetzbarer Verlust, in jeder Hinsicht. Wir stehen unter oberster Beobachtung."

Sikorski musste ein Lächeln über Dr. Klebers sprachlichen Fauxpas unterdrücken. Der liebe Gott beobachtet doch sowieso alles und immer, dachte er bei sich.

„Und ich soll den Mörder dieses Architekten finden?", fragte er stattdessen.

„Genau. Und zudem ist die Frage zu klären: Gibt es eine

Verbindung zu den drei anderen, bislang noch unaufgeklärten Morden, Herr Sikorski." Der Vorwurf in der Stimme des Polizeipräsidenten war nicht zu überhören.

„Mit dem größten Vergnügen", erwiderte Sikorski provokant und fügte hinzu. „Wie ist die Hierarchie?"

„Meister leitet die Ermittlungen in der Erpressungsgeschichte. Die hat im Moment absolute Priorität. Sie suchen den Mörder von Rossmann, Sikorski. Und ich erwarte, dass Sie beide in ständigem Kontakt miteinander bleiben und Ihre Ergebnisse austauschen!", sagte Dr. Kleber mit strengem Gesicht und sah erst Meister, dann, etwas länger, Sikorski an. Beide Männer ließen sich Zeit, bis sie zustimmend nickten. Klatten wurde vom Polizeipräsidenten ignoriert.

„Und, Herr Sikorski: dieses Wochenende erwarte ich meine besten Leute bei der Arbeit. Alle privaten Termine sind abzusagen."

Der Hauptkommissar nickte zustimmend und fluchte innerlich. Er hatte Bettina versprochen, ihre Großtante in Würzburg zu besuchen. Er mochte diese Verwandte seiner Frau nicht, die er nur einmal kurz kennengelernt hatte, und weil Bettina das wusste, würde sie ihm sicher unterstellen, dass die Arbeit nur ein Vorwand war, um den Besuch zu umgehen.

Bevor sich die vier Männer voneinander verabschiedeten, bekam Sikorski von Meister einen Aktenordner mit Kopien der ersten Untersuchungsergebnisse überreicht. Viel war das noch nicht, war der tote Rossmann doch erst vor knapp drei Stunden gefunden worden.

In seinem Büro stand Maria über den Schreibtisch gebeugt und schrieb. Sie unterbrach ihre Tätigkeit, als sie ihren Chef hörte und sah zu ihm auf.

„Ich wollte Ihnen eine Nachricht schreiben, dass ich mich jetzt ins Wochenende verabschiede."

Sikorski schüttelte seinen Kopf. „Schlechte Nachrichten", erklärte er. „An diesem Wochenende ist Arbeit angesagt."

Als er Marias enttäuschtes Gesicht sah, fügte er hinzu. „Mir gefällt das auch nicht." Sikorski hatte entschieden, an diesem Abend seinen Mitarbeitern noch nichts von der Erpressung zu sagen. „Wir haben einen weiteren Toten", klärte er sie auf und bat seine Mitarbeiterin, sich zusammen mit Wagner die nächsten Tage vermehrt um die drei alten Fälle zu kümmern.

„Haben Sie schon mit dem Kollegen vom Betrugsdezernat gesprochen?"

„Ja. Das mit diesem", sie überlegte einen Moment, „Marat hat er bestätigt. Aber bei den beiden anderen hat er nichts entdeckt."

Sikorski war enttäuscht. „Und etwas von diesem Marx?", fragte er weiter.

„Nichts. Spurlos verschwunden. Tobias hat die Nachbarn befragt. Keiner weiß, wo er ist."

Sikorski schüttelte verärgert seinen Kopf.

„Was ist mit diesem neuen Toten?", fragte Maria nach.

„Erstochen. Männlich. Architekt", erklärte Sikorski lapidar.

„Um die vierzig Jahre alt …" Marias ironischer Tonfall war nicht zu überhören.

„Stimmt", bestätigte Sikorski, ohne auf die Anspielung weiter einzugehen.

„Sie verschweigen mir doch etwas, oder?" Maria sah ihren Chef von der Seite an.

„Ja!", antwortete Sikorski knapp und sie wusste, dass diese Antwort unumstößlich war, zumindest an diesem Tag. „Sagen Sie Wagner bitte Bescheid, dass morgen und übermorgen Anwesenheitspflicht besteht. Das kommt übrigens von ganz oben."

Bei diesem Satz musste er an Dr. Klebers sprachliche Entgleisung denken. Dieses Mal verkniff er sich das Lächeln darüber nicht.

„Das wird ihn gar nicht freuen", erwiderte Maria. „Tobias hat sich schon seit Wochen auf das Konzert gefreut."

„Konzert?", fragte Sikorski unwillkürlich zurück.

„Ja, morgen ist doch das RPR-Musikfestival auf der Großen Bleiche. Vor dem Landtag."

„Vorsicht bei der Berufswahl, sage ich da", kommentierte Sikorski. „Ich hoffe, dass Sie nichts vorhaben."

„Doch", sagte Maria zu seiner Überraschung. „Ich habe von einem Freund Karten für das Heimspiel gegen die Bayern bekommen. Das kann ich mir auch abschreiben."

„Sie interessieren sich für Fußball? Das wusste ich gar nicht."

„Ein bisschen. Wenn ich eine Karte bekommen kann, gehe ich zu den 05ern auf den Platz. Ich habe früher selbst gespielt."

Sikorski ging nicht weiter darauf ein. „Morgen früh um zehn", sagte er, bevor er ging, um Bettina zu erklären, dass er morgen nicht mit nach Würzburg fahren würde.

SAMSTAG, 22. August 2009

Samstag, dachte Engel, als er morgens aufwachte, Wochenende, Zeit vielleicht, die er nutzen konnte, sein weiteres Vorgehen zu überdenken. Ihn quälte seit gestern Abend die Frage, wie er sich Kopka gegenüber verhalten sollte. Irgendwann musste er mit ihm sprechen, musste ihm den Tod Rossmanns mitteilen, wenn nicht an diesem Samstag und am morgigen Sonntag, dann spätestens am Montag. Denn Kopka würde sich melden, wenn er es nicht tat. Wäre es taktisch nicht klüger, er riefe den Mann in Hamburg an, um seinen guten Willen zu zeigen? Engel konnte sich zu keiner Entscheidung durchringen. Was, wenn Kopka hinter dem gewaltsamen Tod des Architekten steckte? Er hatte einen seiner Schläger hergeschickt, weil er, Engel, nicht schnell genug Ergebnisse lieferte, um Druck zu machen. Rossmann hatte sich gewehrt, das Messer wurde gezückt, und … Oder Rossmann hatte sich geweigert zu zahlen, was blieb einem Mann wie Kopka, dem es auch um Ehre und Respekt ging, anderes übrig, als seine Drohungen wahr zu machen. Aber Engel verwarf diese Gedanken. Dann hätte Kopka ihn doch nicht nach Mainz geschickt, dann hätte er sich zumindest schon bei ihm gemeldet, um ihn nach Hamburg zurückzubeordern. Dorthin konnte er im Moment aber nicht zurück, also beschloss Engel, sich nicht festzulegen. Wenn er mit Kopka telefonierte, würde er heraushören müssen, was der Mann wusste oder nicht.

Engel kam so spät in den Frühstücksraum, dass das Buffet schon abgebaut war. Er wollte diesen Tag im Hotel verbringen und die Öffentlichkeit meiden, doch ohne etwas im Magen würde er einen ganzen Tag in dem kleinen Zimmer nicht aushalten. Zumal es wieder ein sonniger Tag war. Keine Wolke trübte den blauen Himmel.

Engel verließ das Hotel am späten Vormittag und besorgte sich in einem Sport-Geschäft in der Fußgängerzone eine Sonnenbrille und eine Baseball-Kappe. Dazu kaufte er, obwohl es ihm um sein Geld wehtat, einen sportlichen Blouson. Sein Jackett stopfte er in eine Tüte und betrat ein Café am Ballplatz, nahm sich mehrere Zeitungen vom Tresen und zog sich in eine Ecke zurück, obwohl er bei dem heißen Wetter viel lieber draußen in der Sonne gesessen hätte.

Beim schnellen Durchblättern der beiden regionalen Tageszeitungen konnte Engel keine Nachricht über den Toten in der Martinstraße finden. Allerdings nahmen die Berichte über die drei ermordeten Männer weiterhin großen Raum ein, die er dieses Mal allerdings nur überflog. Erst beim zweiten Durchblättern stieß er unter Vermischtes auf einen kurzen Artikel, der den Selbstmord des Architekten Alexander R. auf dem Kästrich zum Inhalt hatte. In den wenigen Zeilen des Artikels wurde die drohende Insolvenz des Architekten als möglicher Grund für den Suizid angegeben. In dem Zusammenhang wurde nach einem Zeugen gesucht. Die Phantomzeichnung wies eine sehr große Ähnlichkeit mit dem realen Simon Engel auf. Selbstmord, überlegte er sich, danach sah das, was er in dem Büro gesehen hatte, nicht aus. Ein Selbstmörder mit einer Wunde im Brustbereich, zu der sich keine Waffe findet? Oder hatte er etwas übersehen? Unwahrscheinlich. Engel hatte im Laufe seines fünfunddreißigjährigen Lebens so viel Misstrauen gegenüber der Polizei aufgebaut, dass er den Selbstmord für eine Finte hielt.

Immer wieder senkte er die Zeitung ein wenig, um zu beobachten, ob jemand auffällig zu ihm herübersah.

Engel ließ sich Zeit mit seinem Frühstück und verließ das Café erst nach einem zweiten Milchkaffee, recherchierte in einem Internet-Café nach der Privatadresse von Rossmann, merkte sich die Lage der Straße und machte sich, es war mittlerweile früher Nachmittag geworden, auf den Weg ins Schlesische Viertel. Die Baseballcap hatte er sich tief ins Gesicht gezogen und erreichte nach einem halbstündigen Spaziergang die Straße, in der nach der Internet-Auskunft das Wohnhaus des Architekten liegen musste. Ein weißes Haus, das noch etwa siebzig Meter von ihm entfernt war, erregte seine Aufmerksamkeit. Aus dem Haus traten immer wieder Personen und verluden Kisten in mehrere davor parkende Autos. Ein Mann beteiligte sich nicht an der Arbeit. Er trug, obwohl er in der prallen Sonne stand, ein kariertes Jackett, ging langsam mit auf dem Rücken verschränkten Händen vor dem Haus auf und ab, blieb immer wieder stehen und betrachtete das Gebäude. Einmal kam eine große, dunkelhaarige Frau zu ihm und sprach kurz mit dem Mann, bevor sie wieder im Haus verschwand. Engel sah auf die Nummer des Hauses, neben dem er stand, zählte die folgenden durch und kam zu dem Schluss, dass genau jenes Gebäude, vor dem der kleine Auflauf stattfand, das war, das er suchte. Einige Minuten blieb er stehen und beobachtete das Treiben, bis er sich sicher war, dass die Polizei das Haus von Rossmann durchsuchte. Aber warum dieser Aufwand, fragte er sich, wenn die Zeitung von Selbstmord sprach. War es also doch ein Mord gewesen, wie er vermutete, und die Polizei sprach aus, wie es dann heißt, ermittlungstaktischen Gründen von einem Freitod, um den oder die Täter in Sicherheit zu wiegen?

Es war alles schwieriger und komplizierter als er dachte, musste sich Engel eingestehen, und er entschloss sich daher, den Rest des Nachmittags und den Abend im Hotel zu verbringen, so wenig ihm diese Vorstellung gefiel. Einige Flaschen Bier würden ihm helfen, das zu überstehen.

Am Samstagmorgen, nach der Fortsetzung des Streits mit Bettina vom Vorabend, die ihm tatsächlich unterstellt hatte,

dass er seine Arbeit vorschützte, um nicht mit zu ihrer Großtante fahren zu müssen, saß Sikorski schon um neun Uhr im
Präsidium an seinem Schreibtisch. Vor ihm lagen mehrere
Zeitungen. Die Überschrift in der Frankfurter Regionalaus-
gabe der Bildzeitung stach ihm sofort ins Auge. „Untätige
Polizei?", stand da und der Artikel fragte hinterhältig, wofür
dem Steuerzahler so viel Geld aus der Tasche gezogen werde, wenn die Polizei es auch nach Monaten nicht schaffe,
drei Mordfälle aufzuklären. Sikorski las den Artikel nicht zu
Ende, warf die Zeitung zornig zur Seite und beneidete Meister dafür, dass es im Fall der Erpressung eine totale Nach-
richtensperre gab und weder Presse noch Öffentlichkeit bis
jetzt etwas davon mitbekommen hatten.

Um sich auf andere Gedanken zu bringen, nahm Sikorski
den Ordner, den Meister ihm gestern nach der Besprechung
in die Hand gedrückt hatte und arbeitete ihn nochmals
durch. Er enthielt nicht viel Erhellendes. Rossmann wurde
1967 in Fulda geboren und zog mit seinen Eltern im Alter
von fünf Jahren nach Mainz, studierte in Darmstadt Archi-
tektur, lebte ein Jahr lang in London, wo er in zwei renom-
mierten Architekturbüros arbeitete, bevor er sich 1996 in
Mainz selbstständig machte und sein Büro auf dem Kästrich
eröffnete. Das Gebäude hatte er selbst entworfen und die
Bauleitung übernommen. Zeitweise hatte er drei Leute
angestellt, aber in den letzten drei Jahren waren lukrative
Aufträge ausgeblieben sowie einige Arbeiten von Rossmanns
Auftraggebern nicht bezahlt worden. Klagen vor Gericht
waren nur zum Teil erfolgreich gewesen. Meister hatte einen
Ausdruck aus dem Computer beigefügt, auf dem vermerkt
war, dass Architekten von wirtschaftlichen Krisenzeiten wie
in den letzten Jahren besonders betroffen waren. Rossmann
hatte hohe Schulden und vor einem Monat Insolvenz ange-

meldet. Auf einer Liste waren die Aufträge aus den letzten Jahren aufgeführt, eine weitere zählte Kunden und Partnerfirmen auf und eine dritte Verwandte und Freunde, soweit sie bisher ermittelt werden konnten. Zu Rossmanns Ehefrau Anna-Lena, geborene Henkel, war vermerkt, dass sie 1975 in Magdeburg geboren war, dort auch aufwuchs und nach dem Abitur nach Köln zog, wo sie Romanistik studierte und auf einem internationalen Architektenkongress 1999 Alexander Rossmann kennenlernte. Zwei Jahre später heirateten die beiden und waren bis heute kinderlos geblieben. Sie arbeitete hin und wieder für eine Firma in Wiesbaden als Dolmetscherin.

Als Sikorski mit der Durchsicht der Unterlagen fertig war, schaltete er seinen Rechner an und begann nach den Chagall-Fenstern zu recherchieren. Der Kommissar war ein gläubiger Mensch, wenn auch kein eifriger Kirchgänger. Trotzdem hatte er schon zweimal die Kirche St. Stephan auf dem Kästrich besucht, um sich diese in Deutschland einzigartigen Fenster anzuschauen. Einen Moment lang schloss er seine Augen, um sich das blaue Licht, das den Besucher in dem Kirchraum umfängt, zu vergegenwärtigen. Ein Licht, das eine Stimmung schafft, als wäre man an einem von der Erde losgelösten Punkt, einem erdfernen Punkt und selbst ein Teil der Unendlichkeit des Weltraums.

Nach einigen Minuten meditativer Ruhe öffnete der Kommissar seine Augen wieder und las die Hintergrundinformationen, die ihm auf dem Bildschirm angezeigt wurden. Die Fenster waren von dem damals schon über neunzigjährigen Marc Chagall gestaltet worden, der sie als Beitrag zur jüdisch-deutschen Aussöhnung und zur Völkerverständigung verstanden wissen wollte. Dass Chagall überhaupt in Deutschland ein solches Kunstwerk schuf, war seiner

Freundschaft zu dem Pfarrer von St. Stephan, Monsignore Klaus Mayer, geschuldet. Bis zu Chagalls Tod im Jahre 1985 entstanden insgesamt neun Fenster, die in verschiedenen, leuchtenden Blautönen biblische Gestalten und Ereignisse darstellen. Nach seinem Tod wurde die Arbeit von seinem Werkstattmeister Charles Marq vollendet.

Sikorski lehnte sich zurück. Kein Wunder, dachte er bei sich und musste kurz über seine Wortwahl schmunzeln, dass alle bei dem Gedanken an die mögliche Zerstörung der Fenster in Panik gerieten. Abgesehen von dem künstlerischen Wert, der damit verloren ginge, wäre der ideelle Schaden noch um ein Vielfaches höher und nie mehr gutzumachen. Nicht auszudenken, was polizeiintern passieren würde, gelänge der Anschlag auf die Fenster. Köpfe würden rollen. Würde Meister hingegen den Erpresser fassen, stünde seinen Karriereplänen nichts mehr im Wege.

Sikorski saß noch einige Zeit an seinem Schreibtisch und studierte die Akten, ohne eine stichhaltige Erklärung für Rossmanns Tod zu finden. Einzige Anhaltspunkte blieben dessen Schulden, die Erpressung und die Geräte, die zur Zerstörung der Chagallfenster bereitstanden. Die Kollegen von der Kriminaltechnik hatten herausgefunden, dass diese Geräte sich schon seit etwa zwei Wochen in Rossmanns Büro befanden.

Natürlich suchte Sikorski auch nach Parallelen zu den drei anderen Fällen, aber er war sich bald sicher, dass es die nicht gab. Dieser Tote hatte für ihn keinerlei Verbindung zu den drei anderen ermordeten Männern. Bei Rossmann war der Tatort der Fundort, er war nicht in einer unnatürlichen oder inszenierten Haltung gefunden worden und es gab ein mögliches Motiv.

Um kurz vor zehn erhielt der Kommissar eine Mail von Meister, der ihm mitteilte, dass die Fingerabdrücke, die in Rossmanns Büro gefunden worden waren, von einem Mann namens Simon Engel stammten. Engel war in Hamburg bei einem illegalen Glücksspiel festgenommen worden. Er war fünfunddreißig Jahre alt und wartete derzeit auf seinen Prozess, war aber untergetaucht, wahrscheinlich im Zusammenhang mit dem Tod eines Hamburger Geschäftsmanns, dessen Leiche vor wenigen Tagen aus der Alster gezogen worden und mit dem Engel offenbar geschäftlich verbunden war. Hotelabfragen in Mainz und im Rhein-Main-Gebiet waren bislang negativ.

Um zehn Uhr kamen Tobias Wagner und Maria Börne in Sikorskis Büro. Sikroski schien, dass die Musik aus Wagners Ohrenstöpsel an diesem Morgen besonders laut dröhnte. Er bat die beiden sich zu setzen, dann klärte er sie über den Hintergrund des Falles und die Erpressung auf und forderte nun seinerseits absolutes Stillschweigen von ihnen. Dabei sah er Wagner fest in die Augen.

Versuche, Marx zu erreichen, blieben auch an diesem Samstagvormittag erfolglos. Von einem Nachbarn erfuhren sie, dass er zu einer Verwandten gefahren war, um dort seine Erkältung auszukurieren. Wer diese Verwandte war und wo sie lebte, wusste der Nachbar nicht.

Um zwei Uhr fuhren sie zusammen ins Schlesische Viertel, wo die Rossmanns ihr Haus hatten. Sikorski hatte erfahren, dass es von Meisters Leuten durchsucht wurde. Er hoffte, einen Hinweis auf die noch immer verschwundene Frau Rossmann zu finden, da er vermutete, dass ihr Verschwinden, wenn nicht ein ganz banaler Grund wie Urlaub oder ein Verwandtenbesuch vorlag, ursächlich mit dem Tod ihres Mannes zusammenhing. Er schloss allerdings bei dem derzeit dürftigen Wissen in diesem Fall nicht aus, dass auch sie Opfer eines Gewaltverbrechens geworden war.

Das Haus der Rossmanns war ein kubischer weißer Bau, der in dem Ensemble der anderen Häuser, meist kleine Villen und Siedlungshäuser, sofort auffiel.

Während Meisters Leute nach Spuren und Hinweisen im Innern suchten und Unterlagen und Computer in die bereitgestellten Autos transportierten, ging Sikorski vor dem Haus auf und ab. Er versuchte zu verstehen, was Rossmann für ein Mensch gewesen war, ob ihn seine Schulden zum Verbrecher und Erpresser hatten werden lassen. Weiterhin stand die Frage im Raum, ob Rossmann die Erpressung alleine hatte durchziehen wollen oder ob es Komplizen oder Hintermänner gab. In diesen Kreis fiel für ihn natürlich auch jener Simon Engel, der vor der Polizei geflohen war.

Nachdem sich Sikorski vergewissert hatte, dass es im Haus keinen Hinweis auf den Verbleib von Frau Rossmann gab, suchten er, Börne und Wagner anhand der Liste, die er in Meisters Aktenordner gefunden hatte, Bekannte und Berufskollegen von Rossmann auf. Das Bild, das sich aus diesen Gesprächen ergab, verkomplizierte alles nur weiter. Rossmann wurde als ein ernster Mann beschrieben, den die drohende Insolvenz sehr mitgenommen hatte, zumal ihm nicht aufgrund schlechter Arbeit die Pleite drohte, sondern weil, neben den fehlenden Aufträgen, seine Kunden für die geleistete Arbeit nicht oder nur sehr zögerlich zahlten und die Banken ihm nicht mit Überbrückungskrediten aushelfen wollten. Peinlicherweise musste einen Teil der ausstehenden Zahlungen die öffentliche Hand leisten, was Rossmann nach den Aussagen einiger Kollegen besonders mitgenommen hatte. Ebenso interessant wie irritierend fand Sikorski Aussagen, die Rossmann als einen gläubigen Menschen beschrieben, der sich in seiner Kirchengemeinde engagierte und regelmäßig den Gottesdienst besuchte. Das passte nun gar nicht dazu, dass er bereit gewesen sein sollte, eine Kirche oder symbolträchtige Teile von ihr zu zerstören oder dies auch nur anzudrohen.

Am Abend traf sich Sikorski mit Maria und Tobias in seinem Büro. Sie kamen später als verabredet und erklärten dies mit den Menschenmassen, die wegen des RPR 1-Festivals in der Stadt unterwegs waren. Sikorski unterstellte seinem männlichen Kollegen, dass er die Verzögerung billigend in Kauf genommen hatte, um auf diesem Weg wenigstens ein klein wenig von der Musikveranstaltung mitzubekommen.

Maria strahlte über ihr ganzes Gesicht. „Zwei zu eins gewonnen!", rief sie ihrem Vorgesetzten zu, um gleich ihre Mundwinkel nach unten zu ziehen. „Und ich war nicht dabei. Welch eine Schande! Gewonnen gegen die Bayern."

Sikorski hatte dafür nur wenig übrig, er wollte Fakten hören. Mehrere Bekannte der Rossmanns, so berichteten Maria und Tobias, hatten übereinstimmend erklärt, dass es in der Ehe der Rossmanns große Probleme gegeben hatte. Frau Rossmann habe auf eine Scheidung gedrängt, ein Ansinnen, dem sich Herr Rossmann strikt verweigerte. Bei zwei Bekannten hatte Frau Rossmann die Nachricht hinterlassen, dass sie zur Erholung ein paar Tage wegfahren würde, ohne allerdings ein Ziel zu nennen.

„Die Rossmanns besitzen Anteile an einem Rustico in Norditalien", erklärte Maria. „Tobias hat dort schon angerufen."

„Laut der Aussage eines anderen Anteileigners an dem Haus, der sich im Moment dort aufhält, ist Frau Rossmann nicht anwesend", dozierte Wagner kühl.

„Bitten Sie unsere italienischen Kollegen im Rahmen der Amtshilfe das zu kontrollieren", forderte Sikorski seinen Mitarbeiter auf.

„Schon geschehen", erklärte Wagner mit überheblichem Stolz in der Stimme. „Kein Hinweis auf die Frau."

„Wir müssen die Ehefrau des Architekten finden. Neben diesem Simon Engel ist sie die einzige Person, die uns im Moment weiterhelfen kann", erklärte der Hauptkommissar.

„Soll ich sie zur Fahndung ausschreiben lassen?", fragte Maria.

Sikorski nickte zur Antwort. „Wem schuldet Rossmann Geld? Gibt es einen Hauptgläubiger?"

Tobias beugte sich vor. „Es gibt Anhaltspunkte, dass Rossmann sich neben Krediten bei der Bank auch privat eine größere Summe Geld geliehen hatte. Aber wir haben noch keine Ahnung, von wem."

„Ein Kredithai?", fragte Sikorski.

„Möglich, aber bislang gibt es keine Spur."

Es klopfte an der Tür und einen Augenblick später stand Klatten im Zimmer. Er grüßte und sah dabei kurz jeden der im Raum Anwesenden an.

Sikorski fasste dem Chef der Mordkommission den Ermittlungsstand zusammen und führte dann weiter aus. „Wir müssen bestimmte Konstellationen durchspielen. Erstens: Rossmann hat alleine gehandelt. Er ist der Erpresser und wollte mit dem erpressten Geld seine Schulden bezahlen. Stellt sich die Frage, wer ihn dann warum umgebracht hat. Hat der Mord etwas mit der Erpressung zu tun? Wenn er Mittäter hat: Gab es Streit, wenn ja, worüber? Und warum warnt uns Rossmann?"

Sikorski hob weiter den Umstand hervor, dass der Architekt als gläubig und kirchenengagiert beschrieben wurde, was überhaupt nicht zu der Erpressung passte. „Dann ist da dieser Simon Engel aus Hamburg, nach den Erkenntnissen von Meister die Person, die kurz vor dem Auffinden der Leiche am Tatort gesehen wurde. Was hat der mit dem Mord und der Erpressung zu tun? Ist er der Mörder? Er wartet in Hamburg wegen illegalen Glücksspiels auf seinen Prozess und wird von den dortigen Kollegen wegen eines ermordeten Geschäftsmanns gesucht. Hat vor zehn Jahren in Mainz gelebt und studiert. Er war in der Wohnung, als Rossmann schon über zwanzig Stunden tot war. Warum geht er dieses Risiko ein, wenn er der Mörder ist?"

Er sah zu seinen beiden Mitarbeitern. Maria reagierte am schnellsten. „Es hat Spuren eines Kampfes gegeben. Keine Fingerabdrücke außer denen von diesem Engel und Rossmanns Frau, die verschwunden ist. Untergetaucht, im Urlaub angeblich und unerreichbar, vielleicht ermordet, wir wissen es nicht. Sie wollte die Scheidung, er nicht. Wenn es einer von den beiden war, ist er oder sie zurückgekommen, weil sie etwas am Tatort verloren oder vergessen haben, das sie verraten oder belasten könnte."

Sikorski nickte zufrieden, fing sich dafür einen wütenden Blick von Tobias Wagner ein und fuhr dessen ungeachtet fort. „Wurde Rossmann vielleicht zu der Erpressung gezwungen und, als er nicht mitmachen wollte, umgebracht? Haben Engel oder die Frau etwas mit der Erpressung zu tun? Steht der Mord in unmittelbarem oder mittelbarem Zusammenhang mit der Erpressung?"

„Das ist alles scheißkompliziert", unterbrach Maria schließlich in die Stille.

„Abgesehen von Ihrer Wortwahl sehe ich das genauso", bestätigte sie Sikorski. „Und was mir überhaupt nicht gefällt", sprach er weiter, „ist, dass Rossmann überhaupt nicht in das

Täterprofil eines Erpressers passt. Ein gläubiger Mensch, Kirchengänger, engagiert. Entweder war er sich sicher, dass der Kirche nichts passiert …"

„… oder er wurde selbst erpresst, bei der Sache mitzumachen", fiel Klatten ihm ins Wort.

„Womit wurde er erpresst?"

„Mit seinen Schulden", antwortete Wagner. „Der Kredithai, wenn es ihn gibt, steckt dahinter."

„Oder mit seiner Frau, die sich in der Gewalt des Erpressers befindet. Womit sich ihr Verschwinden erklären würde", ergänzte Maria.

„Wenn Sie nicht der zweite Erpresser ist." Tobias sah seine Kollegin herausfordernd an.

„Glaube ich nicht", widersprach Maria. „Die Ehe ist am Ende, sie will die Scheidung. Warum sollte sie mitmachen?"

„Nicht mitmachen", widersprach Tobias. „Sie ist die treibende Kraft. Sie erpresst ihn, indem sie ihm verspricht, ihn nicht zu verlassen."

„Möglich und im Hinterkopf behalten", beendete Sikorski diese Diskussion.

Klatten schaltete sich ein. „Wenn Rossmann einen Miterpresser hatte, egal, ob er freiwillig gehandelt hat oder dazu erpresst wurde, egal ob es seine Frau war oder jemand anders, vielleicht wollte er nicht mehr mitmachen und aussteigen. Dafür spräche einiges. Da stimme ich dir zu, Henning, wenn Rossmann kirchlich so engagiert war, dann ist diese Theorie nicht so abwegig."

Maria ergriff das Wort. „Aber warum hat er dann überhaupt mitgemacht? Was ist, wenn Rossmann gar nichts mit der Erpressung zu tun hat. Wenn sein Büro benutzt wurde, ohne sein Wissen?"

„Ist das möglich?", fragte Sikorski sie.

„Er hatte keine Aufträge, an den Geräten, die als mögliche Träger für die Waffen dienen könnten, sind keine Fingerabdrücke von ihm. Die anderen Mieter im Haus haben übereinstimmend ausgesagt, dass sie sich nicht erinnern können, Rossmann in den letzten Wochen dort gesehen zu haben."

„Möglich", entgegnete Sikorski abwägend, „aber ich halte das nicht für wahrscheinlich. Wie sollte sich jemand Fremdes unerkannt Zugang zu dem Büro verschafft haben? Er muss ins Haus und durch das Haus. Die Wahrscheinlichkeit, dass ihn jemand gesehen hat, ist sehr groß."

Klatten überraschte Sikorski. „Hast du dir schon eine Meinung dazu gebildet, ob Rossmanns Tod mit den anderen drei zusammenhängen kann?", fragte er.

Sikorski konnte sich trotz der angespannten Situation ein Lächeln nicht verkneifen. „Die Frage bedeutet ja, dass du auch von einem Zusammenhang bei den drei anderen Morden ausgehst."

„Meine Frage ist rein hypothetisch. Es ist doch elementar, alle Möglichkeiten durchzudenken. Vom Alter her passt er zu den anderen Toten."

Sikorski blickte wieder ernst in die Runde. „Das habe ich mir auch schon durch den Kopf gehen lassen. Aber ich glaube nicht, dass es da einen Zusammenhang gibt." Er zählte kurz die Indizien auf, die dies seiner Meinung nach belegten, dass Tatort und Fundort der Leiche identisch waren, dass der Tote nicht in einer unnatürlichen Lage gefunden worden war und dass es mögliche Motive gab.

„Sagen wir lieber, es ist dein Bauchgefühl, oder?"

„Das auch", bestätigte Sikorski. „Ich erkenne aus unserer Diskussion, dass wir viele Ansätze und Theorien haben, aber keine stichhaltige Spur. Ich schlage daher vor, dass wir uns auf die Suche von Frau Rossmann und diesen Simon Engel konzentrieren und einen Zusammenhang zu den drei anderen Toten dennoch nicht gänzlich ausschließen."

„Apropos die drei anderen Morde: Gibt es da schon etwas Neues?" Klatten sah in die Runde, die sich in Auflösung befand.

Sikorski blickte zu Wagner. „Haben Sie Marx schon erreicht oder hat er sich gemeldet?"

Der Gefragte verneinte.

Sikorski klärte seinen Vorgesetzten kurz darüber auf, auf welche Spur der Mann sie gebracht hatte.

„Aber ich habe da noch was", sagte Maria und errötete. Sikorski wunderte sich über diese neue Facette seiner Kollegin. „Entschuldigung, das hatte ich ganz vergessen. Graubner hat angerufen. Er hat in der Nähe des Fundortes von Loos' Leiche Erdspuren gefunden, die nicht von dort sind."

„Woher?", unterbrach der Hauptkommissar Maria.

„So genau kann er das nicht sagen. Von einem Acker. Einem Feld."

„Kann er sagen, von wo sie stammen?" Sikorski fiel ein, dass Marx das Blatt eines Kohls aufgefallen war, dass seiner Meinung nach auch nicht aus dem Budenheimer Wald stammte.

„Nein", antwortete Börne. „Er sagt, dass wir froh sein können, dass die starken Regenfälle nicht alle Spuren zerstört haben."

„Und die anderen Tatorte? Gab es da ähnliche Spuren?"

„Erste Untersuchungen haben nichts ergeben."

„Das passt alles nicht", kommentierte Sikorski leise, aber für die anderen doch verständlich, und sie wunderten sich, weil solche Äußerungen nicht seine Art waren, zumindest nicht, wenn er sich in Gesellschaft befand.

„Also, an die Arbeit", forderte er seine Mitarbeiter auf, als er sich der Stille bewusst wurde.

Doch Klatten musste noch etwas loswerden. „Ob die Erpressungsgeschichte ausgestanden ist, wissen wir nicht. Wir wollen es aber hoffen, denn wenn es zu der Zerstörung käme, wäre das ein nicht wieder gutzumachender Schaden, der auch für uns alle hier Konsequenzen hätte. Der Polizei-präsident ist in ständigem Kontakt mit Vertretern der Stadt und der Kirche, und ihr könnt euch sicher vorstellen, dass diese Gespräche nicht besonders spaßig sind. Also nochmals: kein Wort nach draußen!" Er sah auf seine Uhr. „Noch etwa sechsundzwanzig Stunden bis zum Ende des Ultimatums." Er atmete hörbar erst ein, dann aus.

„Wäre ein religiöser Hintergrund möglich?"

Alle sahen zu Maria herüber, die diese Frage gestellt hatte.

„Islamisten?", konkretisierte Wagner.

„Diese Frage wurde auch schon an höchster Stelle formuliert, aber der allgemeine Tenor ist, dass dies eher unwahrscheinlich ist. Die Erpressung passt nicht", erklärte Klatten.

„Um abzulenken, eine falsche Spur zu legen?"

„Möglich ist natürlich alles", führte Klatten weiter aus, „aber wenn es Islamisten sind, denen es um Zerstörung geht und darum, ein Zeichen zu setzen, dann brauchen sie kein Ablenkungsmanöver. Im Gegenteil, dann hätten sie die Fenster längst schon zerstört."

„Und wenn es ein frustrierter Christ ist?" Maria stellte diese Frage.

„Das würde ich nicht laut vor den Würdenträgern der Kirche sagen. Aber ehrlich gesagt, halte ich das nicht für plausibel. Da gilt Ähnliches wie für die Islamisten. Wer zerstören will, der tut es und dem kommt es auf Publizität an. Auch in diesem Fall passt die Lösegeldforderung nicht. Trotzdem bitte ich Sie, auch das Unmöglichste zu denken!"

Wagner und Maria verließen zusammen mit Klatten den Raum und ließen Sikorski mit vielen ungelösten Fragen zurück. Er blickte auf seine Armbanduhr. Es war schon nach einundzwanzig Uhr. Er hatte gar nicht bemerkt, dass es schon so spät war.

Sikorski schaltete den Computer und das Licht aus, doch in dem Moment, als er das Büro verlassen wollte, klingelte sein Telefon. Im Dunkeln ging er zu seinem Schreibtisch, stieß gegen einen der Stühle, auf denen eben noch seine Kollegen gesessen hatten und bekam endlich den Hörer zu fassen.

„Hallo, Henning, du bist ja tatsächlich im Büro!" Es war Bettina, die aus Würzburg anrief und ihm erzählte, dass Max und Veronika bei den Kindern von Bekannten waren, weil sie fanden, dass es in der Wohnung der Großtante unangenehm roch. Bettinas Lachen dabei verriet Sikorski, dass sie ihm schon verziehen hatte. Sie plauderten noch einige Minuten, ohne auf die Arbeit zu kommen, was Sikorski freute, denn er mochte es nicht, Geheimnisse vor seiner Frau zu haben. Er sprach gerne mit Bettina über seine Fälle. Bevor sie sich verabschiedeten, sagte sie noch, dass sie eine Portion Handkäs mit Musik vorbereitet und in den Kühlschrank gestellt hatte.

Engel lag am späten Nachmittag auf dem schmalen Bett, hatte die erste Flasche Bier geleert und sich dabei durch die Kanäle des kleinen Flachbildfernsehers, der an der Wand gegenüber dem Bett angebracht war, gezappt, war aber nirgends hängen geblieben. Er würde verrückt werden, wenn er noch länger in diesem Zimmer bleiben musste. Nachgedacht hatte er auch schon zur Genüge darüber, wie er sich verhalten sollte und welche Schritte er unternehmen konnte. Rossmann war tot, hatte sich angeblich umgebracht, vielleicht wegen der Sache, wegen der ihn Kopka nach Mainz geschickt hatte. Wie lange würde es dauern, bis Kopka von dem Tod dieses Mannes erfuhr? Würde Engel ihm glaubhaft versichern können, dass er von dem Ableben des Architekten nichts mitbekommen hatte? Immerhin wurde er nicht als Mörder, sondern nur als Zeuge gesucht, wenn das mit dem Selbstmord stimmte. Und wenn nicht? Er musste dringend bei Vera vorankommen, so schnell wie möglich bei ihr vorankommen, um bei ihr unterschlüpfen zu können. Das war jetzt die einzige Möglichkeit, seine Haut zu retten. Vorerst zumindest. Und in der Deckung abwarten, dass die Geschichten hier und in Hamburg aufgeklärt wurden und er rehabilitiert war. Seine Schulden waren im Moment das geringere Übel, doch dann fiel ihm ein, dass auch Rossmann hoch verschuldet gewesen war und nun tot in einem Metallsarg lag. Wieder kam er auf Kopka, den er nicht einschätzen konnte. Hatte der seine Finger mit da drin? Zutrauen würde er es ihm, aber das bedeutete, dass Kopka mit ihm spielte, ihn benutzte. Aber wofür?

Bevor sich seine Gedanken weiter im Kreis drehten, nahm er sein Handy und wählte Veras Nummer. Nach mehrmaligem Klingeln meldete sich der Anrufbeantworter. Engel sagte, dass er sie gerne sehen würde und auf ihren Rückruf warte. Dann legte er sich erneut auf das Bett und entdeckte, dass er außer beim ersten Mal Vera nicht mehr direkt telefonisch erreicht hatte. Sie war die Alte und doch eine andere geworden, überlegte er, und dahinein klingelte sein Handy. Er dachte gleich an Vera und sah nicht auf das Display, bevor er das Gespräch annahm.

„Simon, mein Bester", schallte ihm Kopkas laute Stimme jovial-gefährlich entgegen. „Wie gefällt es Ihnen in der rheinhessischen Kapitale? Schon Anschluss gefunden?"

Bei diesen Worten durchzuckte es Engel, weil er gleich an Vera denken musste. Was wusste Kopka? Oder war das nur so dahingesagt? Ein Spruch, der sein Gegenüber verunsichern sollte?

„Wunderbar hier, Herr Kopka." Es kostete Engel Mühe, nicht zu lange mit seiner Antwort zu warten und einigermaßen locker und normal zu klingen.

„Wie sieht denn die Lage bei unserem gemeinsamen Freund aus?"

„Ich bin dran."

„Richtig nah dran?"

„So nah es geht. Der Mann schottet sich ziemlich ab. Ich habe Kollegen und Kunden von ihm befragt."

„Und?"

„Ich will langsam vorgehen, damit niemand Verdacht schöpft. Rossmann selbst ist wohl untergetaucht."

„Keine Spur? Kein Lebenszeichen?"

Engel kam es vor, als ob Kopka „Lebenszeichen" besonders betont hätte. Er riss sich zusammen. „Kein Lebenszeichen. Aber ich werde ihn finden und ich werde auch rausbekommen, wo er sein Geld gebunkert hat."

„Das hoffe ich für Sie, Simon, sehr stark." Von einem Moment auf den anderen verlor Kopka jede Jovialität und klang einfach nur noch gefährlich.

„Ja", antwortete Engel und versuchte zu verbergen, wie unsicher er war.

„Bis bald, Simon, ich hoffe, in naher Zukunft gute Nachrichten von Ihnen zu erhalten." Ohne einen Gruß hatte Kopka aufgelegt und ließ einen ratlosen Engel in dem tristen Hotelzimmer zurück. Er traute Kopka zu, dass der genau wusste, was abging. Aber was würde er gewinnen, wenn er diesem Mann die Wahrheit sagte? Bestenfalls würde Kopka ihm das Zimmer kündigen und er stünde ohne sicheren Unterschlupf da. Da war es besser, die gewonnene Zeit zu nutzen und zu sehen, dass er bei Vera Fuß fassen konnte.

Aber die war auch in der nächsten halben Stunde, während der Engel sie zweimal anrief, nicht zu erreichen. Er sah auf seine Uhr. Es war kurz vor sechs und die Vorstellung, jetzt noch einige Stunden in dem Hotelzimmer zu sitzen, bis ihn die Müdigkeit überkam, war ihm ein Horror. Er pfiff auf die Gefahr des Erkanntwerdens, nahm Sonnenbrille und Baseball-Kappe und verließ das Hotel, streifte zunächst ohne Ziel durch die Straßen von Mainz, kam zum Rhein, lief an der Promenade entlang, wo auf den Wiesen noch eine Menge Leute lagen, um die Abendsonne zu genießen, spazierte bis zum Fischtorplatz, ging von dort über den Marktplatz und das Höfchen, bog in die Fuststraße ab und stand mit einem Mal in der Steingasse vor dem Schaufenster der Immobilienfirma Zolty, als hätte ihn ein Magnet dorthin gezogen. Hinter der Scheibe waren eine Reihe Anzeigen aufgehängt, hochwertig gedruckt, wie Engel anerkennend feststellte, die meisten der angebotenen Immobilien waren größere Anwesen. Zu jeder Anzeige gab es zwei oder drei Bilder, alles sehr seriös dargestellt. Das ganze Ambiente sagte sehr deutlich, dass man es hier nicht mit einem Immobilienmakler zu tun hatte, der den schnellen Euro suchte. Dafür, überlegte Engel, den reichhaltigen Euro. Die Marge für den

Verkauf jedes einzelnen dieser Anwesen würde ihn für einige Zeit gut versorgen können.

Engel hatte sich gerade in den Anblick einer großen Villa in Mainz-Gonsenheim mit prominentem Vorbesitz vertieft, als sein Handy klingelte. Dieses Mal sah er vor dem Abheben auf das Display, aber die Nummer des Anrufers war unterdrückt. Einen Moment lang überlegte Engel, das Gespräch nicht anzunehmen, doch dann wurde ihm klar, dass nur zwei Personen diese Nummer kannten, und die waren Kopka und Vera. Kopka hatte sich schon gemeldet, sodass die Wahrscheinlichkeit, dass nun Vera ihn sprechen wollte, groß war. Erschreckend fand er nur, dass sie ihn genau in dem Moment anrief, als er vor ihrem Geschäft stand.

„Ja", meldete Engel sich, ohne seinen Namen zu nennen.

„Simon?", fragte eine weibliche Stimme.

„Ja", bestätigte der.

„Warum meldest du dich nicht mit deinem Namen. Immer noch der große Geheimnisvolle von früher?"

„Ja", antwortete Engel verwirrt, „nein, natürlich nicht, ich war nur gerade in Gedanken. Ich genieße die Abendsonne und spaziere."

„Oh, ein neuer Zug. Wo spazierst du denn?"

„In der Stadt", antwortete er. Vera kam ihm in diesem Moment so überlegen vor, dass er ihr auch zutraute, dass sie im Geschäft stand, ihn von drinnen beobachtete und einen Riesenspaß dabei hatte, mit ihm zu sprechen und ihn zum Lügen zu zwingen.

„Hast du heute Abend schon etwas vor?", fragte sie.

„Nein, warum?", entgegnete Engel.

„Es ist schon spät. Ein begehrter Mann wie du hat seinen Samstagabend doch sicher schon verplant." Vera klang sarkastisch und sie schien das noch nicht einmal verbergen zu wollen. „Was hältst du davon, irgendwo essen zu gehen? Wir könnten diesen wunderbaren Sommerabend nutzen und uns in ein Gartenlokal setzen."

In Engels Hirn ratterte es. In der Stadt wollte er nicht ausgehen. Er konnte sich mit Vera nicht in ein Lokal setzen und seine Baseball-Kappe und seine Sonnebrille tragen. An solchen Orten waren zu viele Menschen und die Gefahr, dass ihn jemand erkannte, schien ihm zu groß.

„Gerne", antwortete er daher, „aber lass uns ein bisschen rausfahren. Ich brauche die Stadt nicht unbedingt."

Eine kurze Pause war die Antwort.

„Vera?", fragte Engel überrascht von dem Moment der Stille.

„Du und raus aus der Stadt, das überrascht mich jetzt doch", erklärte sie ihm ihr Verhalten. „Ich kann mich erinnern, dass du früher nichts mehr als das Land gehasst hast und stundenlang darüber ablästern konntest."

„Früher. Ich habe mich geändert in den letzten Jahren." Das war von Engel so mehrdeutig gemeint, wie es klang.

„Ja, ich weiß", entgegnete Vera lapidar und das hörte sich nicht weniger vieldeutig an. „Also, was ist? In einer Stunde, um acht Uhr? Ich hole dich im Hotel ab? City-Hilton, nicht wahr?"

„Ja, ...", doch bevor Engel weitersprechen konnte, hatte Vera schon „Bis später!" ins Telefon gerufen und aufgelegt.

Engel eilte gleich zurück ins Hotel, um sich dem Anlass entsprechend anzukleiden. Um kurz nach halb acht machte er sich auf den Weg zum Hilton. Er wollte unbedingt rechtzeitig am Treffpunkt sein, damit Vera nicht auf den Gedanken kam, an der Rezeption nach ihm zu fragen.

Doch als er um zehn vor acht am Proviantamt rechts abbog und sich dem Hotel näherte, erkannte er ihren Wagen vor der Zufahrt. Engel beschleunigte seine Schritte, um schließlich zu erkennen, dass niemand in dem Cabrio saß. Er sah sich um, aber er konnte Vera nirgends entdecken.

Als er neben ihrem Wagen stand, kam sie ihm aus der Hotelhalle entgegen.

„Hallo Simon", rief sie ihm lächelnd zu, „wo kommst du denn her?"

Um schnelle Antworten war der noch nie verlegen gewesen. „Ich wollte dir noch Blumen besorgen, aber ich war zu spät. Entschuldige bitte!"

„Simon, Simon", sagte sie, noch immer lächelnd, „du überraschst mich ja aufs Neue. Das ist nett von dir, aber nicht nötig. Komm, steig ein."

Engel sah, während er einstieg, zur Seite und versuchte in dem Gesicht der Frau Spuren zu erkennen, die ihm verrieten, ob sie ihm etwas vorspielte. Was er aber sah, war ein freundliches, leicht geschminktes Gesicht. Ihre Haare hatte Vera, wie sie das meist tat, hochgesteckt, wodurch ihr scharf geschnittenes Gesicht mit den hohen Wangenknochen und der spitzen Nase gut zu Geltung kam. Sie trug eine weite weiße Hose und eine blaue Bluse. Um den Hals hatte sie eine schlichte Kette mit weißen Perlen gelegt, an den Händen trug sie zwei Ringe mit großen Steinen, am linken Handgelenk eine Rolex. Engel konnte gar nicht anders, als den Wert dieser Schmuckstücke in Sekundenschnelle einzuschätzen.

„Wohin?", fragte er, der selbst einen blauen, schmal geschnittenen Anzug und ein weißes Hemd trug.

„Lass dich überraschen", erwiderte Vera, startete den Motor und fuhr langsam die steile und schmale Gaustraße hoch. Engel versuchte sein Gesicht unauffällig zu verdecken.

„Ist was?", fragte Vera.

Engel brummte ein kaum verständliches „Nein", dann hatten sie endlich das Gautor am Ende der Straße erreicht und Vera beschleunigte den Wagen. Bald verließen sie die Stadt ins rheinhessische Hügelland.

Während der Fahrt sprachen sie nicht viel. Vera steuerte das Fahrzeug konzentriert und sehr schnell durch die vielen Kurven und überholte einige Male so knapp, dass Engel nur der Begriff „waghalsig" einfiel. Er sagte nichts, wunderte sich aber über diese auch neue Seite Veras, die er früher als eine besonnene und kein unnötiges Risiko eingehende Fahrerin kennengelernt hatte.

Schließlich lenkte sie den Wagen auf einen Hof, auf dem schon eine Reihe von Autos in den verschiedensten Preisklassen stand.

„Voilà!", sagte sie, als der Motor erstarb. „Ich hoffe, es sagt dir zu."

Engel sah sich um. Vor ihm lag ein altes Bauernhaus, an dessen Außenmauern die dunklen Steine akkurat herausgearbeitet waren. Durch eine schmale Pforte gelangten sie auf eine an das Gebäude angrenzende Wiese, wo hinter einer kniehohen Mauer mehrere Tische standen, von denen der überwiegende Teil besetzt war. Vera, die vorneweg ging, wurde von einer älteren Frau in einem dunkelblauen Kleid freundlich begrüßt. Er nickte ihr zu und lächelte.

„Willst du mir nicht erzählen, was du in Mainz machst?", fragte Vera ihren Begleiter, nachdem sie sich gesetzt und bei der Frau in dem blauen Kleid zwei Gläser Weißburgunder bestellt hatten. „Welche Firma berätst du denn?"

Engel musste einen kurzen Moment darüber nachdenken, was er Vera bei ihrem letzten Treffen erzählt hatte.

„Umstrukturierungen", fiel ihm endlich ein.

„So heißt die Firma doch nicht, oder?", fragte Vera, dieses Mal mit einem breiten Lächeln, das für Engel etwas Haifischartiges hatte. Diese Frau wurde ihm ein immer größeres Rätsel.

Engel lächelte zurück. „Nein, natürlich nicht. Die Firma, für die ich arbeite heißt Seman Consulting." Zum Glück war ihm auch das wieder eingefallen. „Wir beraten mittelständische Unternehmen bei Umstrukturierungs- und Restrukturierungsmaßen. Unser jetziger Auftraggeber besteht allerdings darauf, dass sein Name nirgends genannt wird."

„Komm, Simon, ich bin doch nicht irgendwer?"

Engel überlegte, ob diese Frau früher schon so hintersinnig-verführerisch lächeln konnte.

„Vera, es hat sich viel geändert in meinem Leben. Ich war früher vielleicht ein, wie sagt man …?"

„Bruder Leichtfuß?", half sie ihm.

„Ja, genau, ein Bruder Leichtfuß, immer auf die schnelle Mark aus, immer Spaß. Ich weiß, dass ich mich auch dir gegenüber nicht richtig verhalten habe, aber das ist vorbei."

„Und Familie? Eine Familie gehört dann doch dazu, wenn man eine so saubere Lebensbahn einschlägt." Ein leiser Spott schwang in Veras Stimme mit.

„Es hat nie gepasst", erwiderte Engel ernst und mit leichtem Pathos in der Stimme, womit er seinem Gegenüber deutlich machen wollte, dass ihn das belastete, und fügte „Da bin irgendwie der Alte geblieben", hinzu, „keine Kompromisse, wie es so schön in der Werbung heißt. Es muss schon die Richtige sein."

„Und glaubst du, dass du die Richtige noch findest?"

„Vielleicht habe ich sie ja schon gefunden. Beziehungsweise, ich habe sie doch noch gefunden." Er sah Vera tief in die Augen.

„Zu einer großen Romanze gehören immer zwei. Und im Aufguss ist die Romanze nie so schön wie beim ersten Mal."

„Aber tiefer", widersprach Engel, „reifer und gefestigter."

Vera spitzte ihren Mund, als wolle sie über das soeben Gehörte nachdenken. Weiter kamen sie auch nicht mit ihrem Gespräch, denn die Frau in dem blauen Kleid brachte ihnen die bestellten Winzersteaks.

Während der Mahlzeit sprachen sie nur wenig miteinander, erst als die Teller abgeräumt waren und beide den Kaffee vor sich stehen hatten, setzten sie ihr Gespräch fort.

„Wir haben die ganze Zeit nur über mich gesprochen. Erzähl doch mal von dir!", eröffnete Engel die zweite Runde.

„Da gibt es nicht viel zu erzählen", hielt sie ihm entgegen.

„Das glaube ich nicht. Du hast doch bestimmt noch mehr Geheimnisse."

„Geheimnisse?", fragte Vera erstaunt zurück. „Wie kommst du darauf?"

„Du hast damals nie etwas von der Immobilienfirma gesagt."

„Das war mir da nicht wichtig. Eigentlich wollte ich da auch nicht einsteigen. Die Umstände haben mich zum Umdenken gebracht."

„Welche Umstände?", fragte Engel sehr direkt.

Vera antwortete nicht sofort. „Die Krankheit meines Vaters", sagte sie schließlich.

„Bereust du das?"

Vera ließ sich Zeit mit der Antwort und trank von ihrem Wein.

„Nein. Ich habe früher viele Fehler gemacht und nun meinen Weg gefunden."

Engel sah die Frau ihm gegenüber lange an, bevor er seine nächste Frage stellte. „Warum hast du dich damals Schlüter genannt und nicht Zolty, wie heute?"

„Entschuldige bitte!", bat Vera und stand auf. „Ich muss auf die Toilette."

Engel war gespannt, was Vera ihm nach dieser Bedenkpause erzählen würde. Mehr als zehn Minuten blieb sie weg und sie nahm erst betont langsam einen Schluck von ihrem Wein, bevor sie Engel ein weiteres Geheimnis offenbarte.

„Ich war verheiratet!"

Das sagte sie so lakonisch und überraschend, dass Engel tatsächlich für einige Momente die Worte fehlten. „Verheiratet", wiederholte er dann einfach.

„Ja", bestätigte sie.

„Damals, als wir mit der Clique ...?"

„Ja, aber in der Zeit habe ich mich scheiden lassen. Meinen Mädchennamen habe ich wieder angenommen, als ich in das Geschäft meines Vaters eingestiegen bin. Und den werde ich auch nie mehr aufgeben."

Simon Zolty, stellte sich Engel vor. Glücklich war er damit nicht. Aber alles hat seinen Preis.

„Du hast nie etwas davon erzählt?"

„Es war vorbei. Und wenn etwas vorbei ist, dann hat es richtig vorbei zu sein. Wem hätte es geholfen, wenn ich die Geschichte überall herumposaunt hätte. Ich wollte davon nichts mehr wissen."

„Wie lange wart ihr denn verheiratet gewesen?"

„Zwei Jahre. Ich hatte ihn während meines Kunstgeschichtsstudiums kennengelernt ..."

Engel unterbrach seine Begleiterin rüde. „Kunstgeschichte! Du hast Kunstgeschichte studiert?"

„Ja, ich stand kurz vor der Promotion."

„Jetzt bin ich völlig baff", gestand Engel. „Ich habe all die Jahre geglaubt ..."

„Was hast du geglaubt?", fragte Vera so streng, dass Engel den Kopf schüttelte, die Frage aber nicht beantworten konnte.

„Jetzt sag mir aber bitte nicht, dass du Kinder mit ihm hast?"

Schon während Engel die Frage stellte, wusste er, dass er einen Fehler gemacht hatte. Veras Gesicht versteinerte von einer Sekunde auf die nächste und sie brachte nur ein knappes und hartes „Entschuldige!" heraus, bevor sie wieder aufstand und ohne eine Begründung zum Gasthaus ging.

Simon war konsterniert und verstand ihre Reaktion nicht. Vielleicht, so überlegte er, war etwas Tragisches passiert, das Kind umgekommen oder sie selbst unfruchtbar. Dennoch fand er ihre Schroffheit nach so vielen Jahren und ihm gegenüber, der das ja nicht wissen konnte, wie er offenbar so vieles nicht wusste, unangebracht.

Als Vera nach einigen Minuten wieder erschien, hatte sich die Erstarrung aus ihrem Gesicht gelöst. Ihm schien zwar, dass ihre Augen verweint aussahen, aber da war er sich nicht sicher. Außerdem war es mittlerweile dunkel geworden und in dem schwachen Licht der wenigen Lampen, die am Rand der Wiese aufgestellt waren, konnte er ihr Gesicht nicht mehr klar erkennen.

„Alles okay", sagte sie, nachdem sie sich gesetzt hatte und kam so Engels Frage zuvor.

„Hast du denn noch Kontakt zu den Jungs aus der Clique damals?", fragte er schließlich, um das Schweigen zu brechen, und für einen Moment glaubte er wieder den Gesichtsausdruck zu sehen, den Vera vorhin, nach der Frage nach dem Kind, gezeigt hatte. Sie hatte sich aber schnell wieder im Griff.

„Nein. Schon viele Jahre nicht mehr. Du?"

Engel schüttelte seinen Kopf. „Seit ich aus Mainz weg bin, ist jeder Kontakt abgebrochen. Aber hast du denn niemand mehr zufällig auf der Straße getroffen?"

„Nein. Wie denn auch? Renato ist doch nach Italien zurückgegangen und Mark ist in der Klapse gelandet."

„Das ist auch mein letzter Stand."

„Die beiden anderen – wie hießen sie?"

„Reiner und Dimiter."

„Stimmt. Da weiß ich gar nichts."

„Schade eigentlich. Es war schon eine seltsame, heiße Zeit damals."

Engel hatte das so dahingesagt, so wie man in Jugenderinnerungen schwelgt und nur die positiven Seiten sieht. Wieder schien Vera zusammenzuzucken.

„Lass uns bitte fahren, Simon", bat sie und stand auf.

„Ich gehe rein zahlen", erklärte er, aber sie winkte ab. „Ist schon passiert."

Engel bedankte sich, froh, wenigstens dieses Geld gespart zu haben, und lief hinter Vera her, die die Wiese zum Ausgang überquerte. Wortlos setzte er sich neben sie ins Auto, und erst kurz bevor sie Mainz erreichten, sprach er sie an.

„Sag mal, Vera, ich habe Hotels noch nie leiden können. Meinst du nicht, ich könnte bei dir unterkommen? Für ein paar Tage. Mir fällt im Hotel echt die Decke auf den Kopf."

Sie sah ihn an, als ob sie ernsthaft über diese Frage nachdachte, bevor sie leicht den Kopf schüttelte.

„Du musst mir schon etwas Zeit lassen, Simon." Sie klang sehr sanft, ungewohnt sanft, fand Simon, und ihn verwirrten die harschen Stimmungswechsel der Frau an diesem Abend.

Als sie vor dem Hilton den Wagen bremste, fragte sie vieldeutig: „Richtig hier?"

„Fast", antwortete Engel und es sollte ebenso leicht wie auch vieldeutig klingen. Er beugte sich zu ihr herüber. Er hatte gar nicht vorgehabt Vera zu küssen, es war mehr ein antrainierter Reflex. Sie entzog sich ihm sofort. „Bitte, Simon." Er gab ihr einen leichten Kuss auf die Wange, lächelte sie an und ging einige Schritte auf den Hoteleingang zu, bevor er sich umdrehte. Vera hatte den Motor noch nicht gestartet, saß da und sah ihm nach. Er hob seine rechte Hand und winkte ihr zu. Sie erwiderte diesen Gruß, machte aber keine Anstalten zu fahren. Engel ging in die Lobby des Hotels und setzte sich an den Tresen der Hotelbar, wo er sich einen zwölf Jahre alten Bowmore-Whisky bestellte. Als er eine Stunde später das Hotel verließ, war Vera endlich fortgefahren, und er spazierte durch die noch immer warme Nacht zu seinem kleinen Hotelzimmer in der Mainzer Neustadt.

SONNTAG, 23. August 2009

Sikorski traf sich mit seinen Mitarbeitern schon früh am Sonntagmorgen im Büro. Sie sahen beide müde aus. Auf seinen fragenden Blick hin erklärte ihm Maria, dass sie in der Nacht sich noch alle erreichbaren Ausschnitte des Mainzer Sieges angeschaut habe. Wagner sagte nichts.

Noch immer gab es weder von Frau Rossmann noch von Simon Engel eine Spur. Sie blieben wie vom Erdboden verschluckt, was Sikorski sehr verärgerte. Die beiden schienen ihm die einzig erfolgversprechende Möglichkeit, mehr über die Hintergründe der Erpressung und den Mord an Rossmann zu erfahren. An diesem Abend, in ungefähr zwölf Stunden, um zweiundzwanzig Uhr, lief das Ultimatum ab und Sikorski bezweifelte, dass Meister schon entscheidend weitergekommen war.

„Immerhin haben wir jetzt die Bestätigung, dass an keinem der beiden ersten Tatorte ähnliche Spuren wie im Budenheimer Wald vorliegen. Keine Erdreste. Graubner hat gestern mit seinen Leuten noch mal alles durchgekämmt." Maria wechselte bewusst zu den drei anderen Morden, um ihren Chef ein wenig zu besänftigen.

„Lassen Sie die Gebiete noch großräumiger absuchen!"

„Wir haben schon sehr weiträumig gesucht", wandte Maria ein.

„Die Kollegen haben ihre formalisierte Vorgehensweise, alles nach Plan. Lassen Sie nichts unversucht, Maria!" Nur mit Mühe konnte Sikorski seinen Ärger über die nur sehr schleppend vorangehenden Ermittlungen unterdrücken, wiewohl er wusste, dass seine Mitarbeiter nichts dafür konnten.

„Ich mache das schon", sagte Tobias, was Sikorski erstaunte, denn für solche Arbeiten war er sich eigentlich zu schade. Auch Maria fand das seltsam, aber sie hielt den Mund, denn so musste sie nicht in die langen Gesichter der Kollegen von der Spurensicherung sehen.

„Was ist mit diesem Marx? Kommt der heute?"

Maria setzte zu einer Antwort an, aber bevor sie die artikulieren konnte, läutete Sikorskis Telefon. Er nahm sofort ab, stand noch, während er den Hörer am Ohr hielt, auf, sagte mehrmals kurz „Ja" und legte auf.

„Entschuldigen Sie bitte, ich muss zu Klatten. Sie haben Ihre Aufgaben!"

Maria und Tobias sahen sich verwundert an, erhoben sich und verließen mit Sikorski dessen Büro.

Klatten wartete vor seiner Zimmertür auf Sikorski. Zusammen gingen sie zum Aufzug, der sie nach oben in das Büro des Polizeipräsidenten bringen sollte.

„Wann kam die Nachricht?"

„Vor einer Viertelstunde", antwortete Klatten. „Ein kurzes Telefonat, wie die vorherigen Male."

„Ein Trittbrettfahrer?"

„Möglich ist vieles." Klatten wiegte seinen Kopf hin und her. „Es werden gerade Stimmvergleiche angestellt."

„Macht das den Fall einfacher oder komplizierter?", fragte Sikorski, worauf er sich einen verwunderten Blick von Klatten einfing.

„Ich wusste gar nicht, dass du so zynisch sein kannst", sagte er, bevor sie den Aufzug verließen und schweigend die wenigen Meter bis zum Büro des Polizeipräsidenten gingen.

Dr. Michael Kleber öffnete ihnen persönlich die Tür und gab beiden die Hand. „Gut, dass Sie so schnell kommen konnten. Hat Herr Klatten Ihnen schon gesagt, warum Sie hier sind?"

„Ja", bestätigte Sikorski kurz und erkannte, dass Meister auch dabei war. Er nickte ihm beiläufig zu.

„Gut", sagte Kleber, dem die kühle Begrüßung der beiden Männer nicht entgangen war. „Also. Der Erpresser hat sich wieder gemeldet. Mit dem Tod von Alexander Rossmann ist die Sache nicht ausgestanden. Aber das hatten wir in unsere Überlegungen ja schon einbezogen. Die Frage ist, ob wir es mit dem gleichen Täter oder möglicherweise mit einem Trittbrettfahrer zu tun haben. Herr Meister!"

Der Angesprochene sah die Anwesenden kurz an, bevor er zu sprechen begann. „Es gibt einige gravierende Übereinstimmungen zwischen der Erpressung vor dem Tod von Rossmann und danach. Die Forderung ist die gleiche, der

Erpresser hat den gleichen Weg gewählt, uns zu kontaktieren. Da weder diese noch andere Fakten an die Öffentlichkeit gelangt sind, können wir einen Trittbrettfahrer ausschließen. Der Anrufer kannte zudem das Ultimatum, das heute Abend abgelaufen wäre."

Sikorski sah den Polizeipräsidenten erstaunt an.

„Er hat es verlängert bis zum Dienstag, zwölf Uhr am Mittag", klärte der ihn auf.

„Das verschafft uns Luft", stellte Dr. Kleber fest und ihm war anzusehen, wie sehr ihn das erleichterte. Es blieben nun noch zwei Tage, achtundvierzig Stunden, um den oder die Erpresser zu ermitteln.

„Und dem Erpresser auch", fügte Sikorski hinzu. „Hinweise, ob der Erpresser ohne Komplizen arbeitet?"

Meister antwortete. „Um dazu etwas sagen zu können, wissen wir einfach zu wenig. Es ist natürlich nicht ausgeschlossen, dass noch eine dritte Person oder eine Organisation dahintersteckt. Aber wir wissen ja nicht einmal, ob und wie Rossmann beteiligt war."

„Das macht die Sache nicht einfacher", wandte Klatten ein.

„Mitnichten", bestätigte ihn der Polizeipräsident ironisch.

„Wie gedenkt man an höherer Stelle darauf zu reagieren?" Sikorski ließ bewusst offen, wen er mit „höherer Stelle" meinte.

Weder Kleber noch Meister gingen darauf ein.

„Die Erpressung wird sehr ernst genommen. Der Tod von Rossmann hat den Druck natürlich noch erhöht, da damit klar geworden ist, dass wir es nicht mit einem Spinner oder Scherzbold zu tun haben. Die Verlängerung des Ultimatums spricht auf der einen Seite gegen Profis, auf der anderen Seite ist der Tod Rossmanns und der Umstand, dass dessen Büro nicht mehr benutzt werden kann, ein herber Rückschlag für die Erpresser." Der Präsident sah in die Runde. „Herr Meister, Sie werden versuchen, den Erpresser ausfindig zu machen. Herr Sikorski, Sie arbeiten an der Aufklärung des Mordes an Rossmann. Immer im Hinblick auf die Erpressung. Die hat Priorität vor allem anderen. Keine Extratouren. Von niemandem. Ich will Ergebnisse sehen, und zwar bald. Und keine zerstörten Fenster. Haben Sie verstanden?"

Keiner der anderen Männer antwortete direkt, alle drei nickten und verließen das Büro des Polizeipräsidenten.

Sikorski war froh, als er wieder in seinem Büro war. Und zwar alleine. Er hatte sich noch kurz mit Meister unterhalten und von ihm verabschiedet. Nun konnte er sich auch wieder um die drei Toten kümmern. Auch wenn die dem Polizeipräsidenten im Moment nicht wichtig waren.

Maria teilte ihm mit, dass Marx sich gemeldet habe. Er war zu seiner Schwester in Ingelheim gefahren und wieder so weit auf den Beinen, dass er an diesem Nachmittag nach Mainz zurückkäme. Maria hatte ihn aufgefordert, sich gleich auf dem Präsidium zu melden.

Um vier Uhr am Nachmittag saß Marx dem Kommissar gegenüber und Maria reichte ihm die Fotos mit den beiden anderen Toten. Der Mann sah sich die Bilder lange und intensiv an, aber sein Gesichtsausdruck blieb gleichgültig, verriet keine Spannung.

„Nein, keine Ahnung", sagte er endlich. „Diese Bilder sagen mir nichts. Ich bin aber auch kein Kunstexperte. Wusste das mit David ja auch nur wegen meinem Neffen. Ich bin ein Laie. Wird man eben, wenn man jeden Tag damit zu tun hat. Ich habe die Farben und so immer nur bei dem Herrn

114

Loos im Geschäft abgeholt. Aber der Professor Koberg, der weiß so was. Das ist der Experte."

„Wie erreiche ich den?"

„Über den Fachbereich." Marx nannte eine Nummer, die Maria mitschrieb.

Sikorski befragte Marx noch eine weitere halbe Stunde, aber dann sah er endlich ein, dass der Mann ihm nicht weiterhelfen konnte, was nicht zur Besserung seiner Stimmung beitrug.

So wie Marx das Büro verlassen hatte, wählte Sikorski die Nummer, aber wie er es vermutet hatte, meldete sich im Fachbereich niemand. Im Telefonverzeichnis des Computers fand er auch keinen Eintrag mit dem Namen Koberg. Er ärgerte sich über die weitere Verzögerung. Wenn es eine Verbindung zwischen den drei Toten gab, dann würden Analogien bei den beiden anderen Toten zu Vor-Bildern in der Kunst seine These untermauern.

Tobias Wagner kam in Sikorskis Büro.

„Und?", fragte der Hauptkommissar, „haben Sie sich Freunde bei der Spurensicherung gemacht?"

Wagner verzog seine Mundwinkel, reagierte aber ansonsten nicht darauf.

„Graubner ist gleich, nachdem ich bei ihm war, mit seinen Leuten ausgerückt. In den Budenheimer Wald, weil die Spuren da noch am frischsten sind, wie er sagte. Aber das ist relativ. Der Regen am Montag, sagt er, hat viele Spuren zerstört."

„Und?", fragte Sikorski ungeduldig, dem die Ausführungen seines Mitarbeiters zu lange dauerten.

„Graubner hat im Budenheimer Wald Spuren von Heu gefunden, an denen Kot von Kühen hängt." Er machte eine Pause, als erwarte er eine Reaktion von Sikorski, der spürte aber, dass da noch etwas war, und gab dem jungen Mann mit einer Kreiselbewegung seiner rechten Hand zu verstehen weiterzusprechen.

Der ließ sich jedoch bewusst einen Moment Zeit, bevor er weiter redete. „Graubner hat auch Reifenspuren entdeckt. Und in einem Astloch eine Zigarettenkippe. Wie der Zufall so will und es manchmal ja auch gut mit uns meint, lag sie so, dass sie von der Feuchtigkeit unberührt blieb. Es besteht also Hoffnung, dass sich daran noch Spuren finden lassen."

Sikorski konnte seine Freude über diese Nachricht nicht verbergen, das bekam auch Wagner mit. „Reifenspuren, wahrscheinlich von einem Landrover. Auf jeden Fall ein Geländewagen", fügte er noch schnell hinzu.

„Waldarbeiter? Forstleute?", fragte der Hauptkommissar.

„Ich habe jemanden vom Amt angerufen. Privat. Ist ja Wochenende- War nicht erfreut. Die waren in letzter Zeit nicht mit Fahrzeugen dort im Wald."

„Sehr gut!", lobte Sikorski. „Sorgen Sie dafür, dass die anderen beiden Tatorte in der gleichen Weise nach solchen und anderen Spuren untersucht werden."

Damit entließ er Wagner. Er selbst blieb noch bis sechs Uhr in seinem Büro und dachte über die neuen Ergebnisse nach. Zuhause wurde er von seinen Kindern schon an der Tür abgefangen, die ihm gleich aufgeregt erzählten, wie froh sie waren, wieder zu Hause zu sein und dass die Tante von der Mama eine ganz schreckliche Frau ist, die mit ihnen nur geschimpft hatte.

Bettina empfing ihn mit einem Lächeln und umarmte ihn. Nachträglich lobte sie ihn für seine Entscheidung, nicht mitgefahren zu sein.

Nach dem gemeinsamen Abendessen, als Max und Veronika schon im Bett lagen, erzählte Sikorski seiner Frau von dem zähen Fortgang der Ermittlungen bei den drei Toten und dass er morgen früh vielleicht einen großen Schritt weiterkäme. Von dem toten Rossmann und der Erpressung durfte er nichts berichten, was ihm nicht leicht fiel.

Engel hatte in der Nacht noch lange Zeit über das Gespräch mit Vera nachgedacht. Zweifel überkamen ihn, ob sie ihm die Wahrheit gesagt hatte. Er konnte sich nicht vorstellen, dass ihm und den anderen damals entgangen sein konnte, dass diese Frau nicht die Person gewesen war, als die sie sich ausgab. Nicht in böser Absicht, das unterstellte er ihr noch nicht einmal, aber dass er sie für ein braves und biederes Mäuschen mit einem gesunden Appetit auf Sex gehalten hatte, das machte ihm zu schaffen und ärgerte ihn. Damals hätte er alles von ihr haben können. Nun stellte sich dies als viel schwieriger dar. Seine Lage war ungleich komplizierter und Vera schien auch über alle Maßen gereifter und vor allem gewiefter und vorsichtiger geworden zu sein, als hätte mit der Rückkehr zu ihrem alten Namen und dem Einstieg in das Geschäft ihres Vaters eine Häutung stattgefunden, bei der sie die alte Vera abgestoßen hatte.

So schlief Engel erst spät in der Nacht über seinen Überlegungen ein, wie er Vera am erfolgversprechendsten zu seiner Geliebten und Frau machen könnte. Am nächsten Morgen wachte er so spät auf, dass er erneut das Frühstücksbuffet verpasste, obwohl es an diesem Sonntagmorgen länger als an den Werktagen geöffnet war. Das zwang ihn erneut, das Hotel zu verlassen und in die Stadt zu gehen, um in einem Café zu frühstücken.

Frau Rossmann fiel ihm ein, die Frau, die auch von der

Polizei gesucht wurde und die er gesehen hatte, einen Tag, bevor er den toten Architekten entdeckt hatte, mit Perücke und einem Verhalten, als wolle sie nicht entdeckt werden. Was wusste sie? Konnte sie ihn entlasten? Hatte sie vielleicht Zugriff auf das Geld ihres Mannes, das der sich von Kopka geliehen hatte? Sie war es, die er Kopka ans Messer liefern musste. Dann hätte er seinen Auftrag ihm gegenüber erfüllt. Redete sich Engel zumindest ein und beschloss, die Frau zu suchen. Wo er seine Suche beginnen würde, wusste er auch schon.

Mit Sonnenbrille, Baseballkappe und dem neuen Blouson machte sich Engel auf den Weg. Er war noch nicht allzu weit aus der Neustadt in Richtung Innenstadt gegangen, hatte einen kleinen Platz, an dem ein Café gelegen war, erreicht, da sprach ihn eine ältere Frau an, die ihm mit zwei Taschen in den Händen entgegenkam.

„Ich kenne Sie", sagte sie so unvermittelt, dass Engel zunächst nicht reagierte, sondern die Frau nur anstarrte und wartete.

„Ich habe Sie schon mal gesehen", fügte sie dann an und erst da wachte Engel aus seiner Starre auf, drehte sich um und eilte schnell davon. Er bog in die nächste Querstraße ein, die ihn zunächst von seinem Hotel wegführte. So viel Instinkt besaß er noch, seine Spuren zu verwischen. Nach einer Viertelstunde des Hin- und Herlaufens erreichte er seine Unterkunft und verschwand gleich in seinem Zimmer, wo er sich auf das Bett schmiss.

Hatte ihn diese alte Frau tatsächlich erkannt, hatte sie ihn als den Mann, dessen gezeichnetes Bild in einem Fahndungsaufruf in der Zeitung abgebildet war, identifiziert? Oder hatte sie ihn einfach verwechselt, ihn in eine völlig falsche Schublade gesteckt? War es ein Fehler gewesen, so schnell wegzulaufen, anstatt ein mögliches Missverständnis aufzuklären? So hatte er sich erst recht verdächtig gemacht.

Engel stand auf und ging unruhig in dem kleinen Zimmer umher, schlug einmal mit der Faust gegen die Wand, fluchte, stellte sich an das Fenster und sah durch die Gardine nach unten auf die Straße, wo sonntägliche Ruhe herrschte. Ihm lief alles aus dem Ruder. Nach Hamburg, wo Schuldner und Polizei hinter ihm her waren, konnte er nicht zurück. Kopkas Auftrag war durch den Tod von Rossmann hinfällig geworden. Und nicht nur das, man suchte ihn auch im Zusammenhang mit Rossmanns Tod, weil er sich genau zu der Zeit dort aufgehalten hatte, als der Mann von der Polizei gefunden wurde. Zufall?, schoss es Engel durch den Kopf. Konnte es nicht sein, dass dies alles ein groß angelegtes Komplott war? Von Kopka? Aber warum? Was könnte der damit bezwecken? Wenn dem so wäre, wovon Engel allerdings nicht überzeugt war, dann musste er als Erstes einen Puffer zwischen sich und Kopka bauen, denn der wusste, wo er sich aufhielt und konnte ihn somit jederzeit selbst aufsuchen oder aber der Polizei ausliefern.

Vera! Immer wieder Vera! Sie war im Moment seine einzige Rettung aus diesem Dickicht. Er musste bei ihr unterkommen. Trotz der Zweifel, die ihn in der vergangenen Nacht überkommen hatten, glaubte er, dass sie ihm verziehen hatte. Es waren immerhin mehr als zehn Jahre vergangen, seit er sich, zugegebenermaßen, ziemlich rüde von ihr getrennt hatte. Aber besser ein Ende mit Schrecken als ein Schrecken ohne Ende, so hatte er damals gedacht und sah darin auch heute noch eine gute Begründung für sein Verhalten. Vera war vernünftig genug gewesen, dies damals genauso gesehen zu haben, zumindest hatte sie ihm keine Szene gemacht und ihn nach der Trennung auch nicht mehr versucht zu erreichen. Ihr Abschied auf der Loreley wäre, wenn er es genau nahm, ein endgültiger gewesen, wenn nicht diese Reise nach Mainz und die zufällige Begegnung auf dem Mainzer Hauptbahnhof gewesen wären. Er hatte sich nicht allzu lange nach der Trennung nach Hamburg absetzen müssen. Jetzt war alles anders, sie beide zehn Jahre älter und reifer.

Engel nahm sein Telefon und wählte Veras Nummer. Wie so oft in den letzten Tagen meldete sie sich nicht, aber immerhin sprang dieses Mal ihre Mailbox an, auf der er eine kurze Nachricht hinterließ, und dabei versuchte er ernst zu klingen. Nicht abweisend oder distanziert, sondern wie ein Mensch, der gerade von großen Problemen niedergedrückt wurde, mit denen er seine Gesprächspartnerin aber nicht belasten wollte.

Ein zweiter Anruf eine Stunde später war ebenfalls nicht erfolgreich. Dieses Mal legte Engel auf, als sich der Anrufbeantworter einschaltete. Sein Hungergefühl wuchs, er wagte aber nicht, hinunterzugehen und in der Küche zu fragen, ob man ihm eine Kleinigkeit zubereiten könne. Das hatte er bislang nicht getan und sicher war es zu auffällig, wenn er nun damit begann. Die Stimme der alten Frau konnte er nicht verbannen. „Ich kenne Sie! Ich habe Sie schon mal gesehen!"

Nein! Er würde warten, bis er mit Vera sprechen und sie davon überzeugen konnte, dass sie ihn bei sich unterbringen musste.

Schneller als er letztlich damit gerechnet hatte, bekam Engel die Chance dazu. Das Telefon klingelte. Ohne nachzudenken nahm er das Gespräch an und wurde sich erst in dem Moment, in dem sein Finger die Taste niederdrückte, bewusst, dass er erneut nicht auf das Display geschaut hatte.

„Hallo Simon!" Es war Vera und in ihrer Stimme lag ein Hauch von Besorgnis.

„Wie geht es dir? Ich konnte dich nicht erreichen!"

„Ich hatte zu tun."

„Geschäftlich?" Engel musste sich zusammenreißen, damit seine Fragen nicht zu aufdringlich klangen.

„Ja, auch."

Es entstand eine kurze Pause, in der Engel in den Hörer lauschte, um anhand der Hintergrundgeräusche zu erfahren, wo Vera sich gerade befand.

„Ich war eben am Hotel, wollte dich besuchen", sagte Vera in die Stille.

„Hotel?", wiederholte Engel ebenso überrascht wie entsetzt.

„Ja, im Hilton. Ich wollte mit dir spazieren gehen und später etwas essen."

„Das ist ja …"

„Im Hilton kannte man dich nicht."

„Vera, ich bin, ich musste plötzlich …"

„Bitte, Simon", unterbrach die Frau ihn. „Was ist los? Was machst du in Mainz?"

Engel benötigte einige Sekunden, um sich zu sammeln.

„Vera, können wir das nicht unter vier Augen besprechen?"

Nun ließ sie sich Zeit mit der Antwort.

„Gut, ich hole dich in zwei Stunden ab. Wir gehen spazieren und anschließend essen. Dabei erzählst du mir alles!"

„Vera, ja, ich erzähle dir alles. Aber ich möchte nicht so in die Öffentlichkeit."

„Sucht man dich?"

„Kann man so sagen."

„Wer?"

„Später, Vera. Ich brauche eine sichere Unterkunft. Einen Ort, den keiner kennt, wo man mich nicht vermutet."

Sie ging nicht darauf ein.

„Wo kann ich dich treffen?"

Engel nannte ihr das Hotel. Sie kommentierte den Namen nicht.

„Gut, dann hole ich dich um fünf Uhr ab."

„Vor dem Hotel?", fragte Engel.

„Wo sonst", antwortete Vera kurz und trocken.

Die Zeit bis dahin blieb Engel auf seinem Hotelbett liegen, versuchte seine Hungergefühle zu unterdrücken und lenkte sich mit irgendwelchen Sonntagnachmittags-Spielfilmen ab, um dann kurz vor siebzehn Uhr nach unten zu gehen, wo er weitere zehn Minuten warten musste. Engel zog seine Baseballkappe tief ins Gesicht, damit ihn niemand erkannte.

Als Vera in ihrem Cabrio endlich auftauchte, ging er schnell zu ihr hin und stieg in den Wagen. Vera ließ sich aufreizend viel Zeit, umarmte Engel und küsste ihn auf die rechte und die linke Wange.

„Wohin fahren wir?", fragte er, nachdem sie das Auto aus der Parklücke gesteuert hatte.

„Spazieren", erwiderte sie. „Wo uns niemand sehen wird."

„Und vorher brauche ich unbedingt eine Kleinigkeit zu essen und einen Kaffee", forderte Engel.

Auf dem Bahnhofsvorplatz besorgte Vera beides, dann fuhr sie an der Uni vorbei auf die Autobahn nach Bingen und von dort mit hoher Geschwindigkeit weiter auf die A 61 Richtung Koblenz. Bald schon taten sich rechts und links die Wälder des Hunsrücks auf, deren Geruch Engel in dem offenen Wagen in die Nase drang. Trotz seiner Kappe und der vorgerückten Stunde brannte die Sonne auf seinem Kopf. Nach einigen Kilometern verließ Vera die vierspurige Straße und stellte den Wagen nach einigen Kilometern Landstraße auf einem kleinen unbefestigten Parkplatz neben einer Holzhütte ab, auf dem kein anderes Auto stand. Gleich hinter der Parkplatzbegrenzung begann der Wald. Hier war es merklich kühler und angenehmer als in der prallen Sonne.

„Hier sind selbst am Sonntag nicht allzu viele Menschen unterwegs", teilte sie ihrem Beifahrer mit. Während sich das Stahlverdeck des Cabrios auf einen Knopfdruck Veras hin automatisch schloss, ging Engel zu der Hütte und besah sich die Karte, die im Innern an der Wand befestigt war. „Soonwald" war er überschrieben und zeigte mehrere mit verschiedenen Farben markierte Wanderwege an.

„Komm!", rief ihm Vera zu, die sich schon in Richtung Wald aufgemacht hatte.

„Du kennst dich hier aus?", fragte Engel, als er sie erreicht hatte.

Vera nickte zur Antwort. Erst jetzt fiel Engel auf, dass sie ihre Schuhe mit Absätzen, die sie bis jetzt bei ihren Treffen trug, gegen Sportschuhe eingetauscht hatte. Dadurch war sie ein Stück kleiner und reichte ihm gerade bis ans Kinn.

Während des Spaziergangs, auf dem ihnen tatsächlich nur wenige Spaziergänger begegneten, erzählte Engel der Frau an seiner Seite, warum er nach Mainz gekommen war und warum er sich nicht in der Öffentlichkeit zeigen durfte. Dabei gingen sie immer tiefer in den Wald hinein und Vera führte ihn auf immer schmalere Wege, so dass er während seines Erzählens mehrmals überlegte, ob die Frau neben ihm tatsächlich wusste, wo sie sich befanden.

„Du hast tatsächlich nichts mit dem Tod von diesem Rossmann zu tun?", fragte sie, als er geendet hatte.

Überrascht sah er Vera an. „Natürlich nicht."

„Und in Hamburg, dieser Mensch, mit dem du verabredest warst, mit dessen Tod auch nicht?"

„Vera! Ich bin kein Mörder!"

„Ist das so schlimm?", fragte sie in einem Tonfall, der Engel erschrocken zur Seite blicken ließ. Aber sie sah ihn mit einem Lächeln an, das ihren Tonfall konterkarierte. Trotzdem konnte Engel in den nächsten Minuten ein Gefühl des Unbehagens nicht ablegen. Dass die Sonne mittlerweile schon untergegangen und es unter den Bäumen dunkler geworden war, schien Vera nicht zu stören. Sie führte ihren Begleiter sehr sicher. Engel sah sich immer wieder unsicher um. Vera reagierte nicht darauf, sondern ging unbeirrt in ihrem Tempo weiter.

„Kann ich bei dir unterkommen?" Engel hatte sich während des Spazierens überlegt, ob er Vera diese Frage so direkt stellen sollte, aber da sie nun alles von ihm wusste, sah er keinen Grund mehr, ihr etwas vorzuspielen. Er hatte ihr erzählt, dass er nicht nur von der Polizei in Hamburg und in Mainz gesucht wurde, sondern dass auch ein Geldeintreiber hinter ihm her war, den er ihr etwas übertrieben als einen äußerst gewissen- und skrupellosen Burschen beschrieben hatte, um seine Lage noch aussichtsloser und die Notwendigkeit ihrer Hilfe um so dringlicher erscheinen zu lassen.

Vera antwortete nicht sofort auf diese Frage. Erst als sie plötzlich auf dem Parkplatz und vor dem Cabrio standen, sagte sie: „Ich habe eine bessere Idee."

Die Dämmerung hatte bereits eingesetzt, als sie Mainz erreichten. Vera steuerte den Wagen in ein Neubaugebiet in Hechtsheim. Vor einem dreistöckigen Haus, das auf Engel einen unbewohnten Eindruck machte – weder brannte hinter einem der Fenster Licht noch schien vor irgendeinem der Fenster eine Gardine zu hängen und der Parkplatz vor dem Gebäude war noch unbefestigt – bremste sie ab und fuhr langsam die Zufahrt in die Tiefgarage hinunter. Vor ihnen hob sich wie von Geisterhand betätigt das Rolltor. In dem Lichtkegel der Autoscheinwerfer erkannte Engel, dass die Wände noch nicht gestrichen und die Parkplatzmarkierungen noch nicht eingezeichnet waren. Vera stellte das Auto neben einer Tür ab, stieg aus und öffnete den kleinen Kofferraum. Als Engel sich neben sie gestellt hatte, entnahm sie dem Ablagefach eine Kühlbox und einen Weidenkorb und reichte ihm beides. „Ein Picknick?", fragte der.

„Warte ab!" Wieder klang eine Härte und Bestimmtheit in Veras Stimme mit, die er früher nicht an ihr gekannt hatte.

Mit einer Taschenlampe leuchtete Vera ihnen den Weg durch das dunkle Treppenhaus. Im ersten Stock öffnete sie mit einem Schlüssel die einzige Wohnungstür auf dieser Etage, trat ein, wartete, bis auch Engel die Wohnung betreten hatte, und verschloss die Tür wieder.

„Komm mit!", forderte sie ihren Besucher auf, der dem Lichtstrahl vor ihm in ein Zimmer folgte, in dem es völlig dunkel war und der nicht wie der Rest der Wohnung wenigstens von ein paar Lichtstrahlen der Straßenlaternen erhellt wurde.

Engel stand orientierungslos in dem dunklen Raum, bis ein Streichholz aufleuchtete. Die Flamme wanderte ein kleines Stück durch den Raum, dann fand sie den Docht einer Kerze, der kurz darauf brannte. Drei weitere Kerzen folgten, dann war es so hell in dem Zimmer, dass Engel erkennen konnte, dass das einzige Fenster mit etwas Kartonähnlichem verklebt war. Auf dem Boden erkannte er eine Matratze, über die eine Decke ausgebreitet lag.

„Setz dich doch!" Vera zeigte auf die Matratze. Während sie an der Kühlbox und dem Korb hantierte und eine kleine Decke ausbreitete, auf der sie verschiedene Behältnisse, Flaschen, Teller und Besteck verteilte, wunderte sich Engel, wie vorausschauend Vera gehandelt hatte, und dass sie sogar eine Matratze besorgt hatte.

„Ist das dein Haus?", fragte er, nachdem Vera ihre Vorbereitungen abgeschlossen und sie mit den Sektgläsern angestoßen hatten.

„Ja, ich bin die Bauherrin. Alle Wohnungen bis auf diese hier sind verkauft. Ich überlege, sie für mich zu behalten, sozusagen als Stadtwohnung. Im Moment stockt der Bau aber, Probleme mit der Elektrik in den oberen Stockwerken."

Engel versuchte im weiteren Verlauf des Abends, den er als entspannt empfand, Vera über ihre finanziellen Verhältnisse und Unternehmungen auszufragen, aber sie wich ihm stets geschickt aus und ließ sich nur Informationen von sehr geringem Gehalt entlocken. Seinen Ärger darüber behielt er für sich und mit zunehmendem Alkoholgenuss fielen der Druck der letzten Tage und die Gedanken an die Toten und Kopka und seine prekäre Situation von ihm ab. Sie verbrachten einen angenehmen Abend miteinander, der auch nicht dadurch getrübt wurde, dass Engel zu später Stunde versuchte, Vera an sich zu ziehen und zu küssen.

„Bitte, noch nicht, Simon!", forderte sie Nachsicht von ihm. „Ich kann nicht so schnell."

„Warum?", fragte er. „Ist etwas passiert?"

Für einen kurzen Moment verlor Vera die Beherrschung, zeigte eine erschrockene Fratze, aber sie hatte sich gleich wieder im Griff. Dieser Ausrutscher war so kurz, dass Engel bald schon nicht mehr sicher war, ob ihm die Lichtverhältnisse in dem Raum etwas vorgegaukelt hatten, das gar nicht da gewesen war, und er verdrängte diesen Moment des Erschreckens bald wieder.

„Eine Menge. Und ich brauche Zeit", erklärte sie und da war es wieder in ihrer Stimme, das Harte und Kategorische, mit dem sie ihm unmissverständlich klarmachte, dass sie in diesem Punkt nicht mit sich diskutieren ließ. Damit stand sie auf und ging zur Tür, wo sie den Wohnungsschlüssel aus ihrer Tasche nahm.

„Die nächsten Tage wird nicht am Haus gearbeitet. Sei trotzdem vorsichtig."

Engel war aufgestanden und zu ihr getreten, um den Schlüssel in Empfang zu nehmen.

„Vera?", druckste er.

„Ja?", fragte sie und sah ihn sehr genau an.

„Könntest du mir deinen Wagen leihen, Vera?", fragte er.

Sie sah ihn überrascht an.

„Ich will nach dieser Frau Rossmann suchen. Sie weiß möglicherweise, wo das Geld von diesem Kopka ist, und ich hätte meinen Auftrag erfüllt."

„Ist das nicht zu gefährlich?", wandte Vera ein. „Eben weil du gesucht wirst. Deshalb habe ich dich ja hier untergebracht."

„Ja, ich weiß. Hier bin ich erst einmal sicher. Aber mit dem Auto kann ich mich unauffällig bewegen, ohne gleich erkannt zu werden."

Er sah Vera tief in die Augen, die den Blick erwiderte, bis sie schließlich nickte.

„Gut, dann musst du mich jetzt aber in die Stadt fahren."

Bevor sie die Tiefgarage verließen, zeigte Vera Engel den Schalter zum automatischen Öffnen des Tores.

Auf der Großen Bleiche bat sie ihn, sie aussteigen zu lassen. Er sah sie verwundert an. „Ich kann dich doch bis vor die Haustüre bringen."

„Ich habe es nicht weit."

Damit beugte sie sich zu ihm herüber, hauchte ihm einen Kuss auf die Wange und stieg aus, bevor er reagieren konnte. Er blieb noch ein paar Sekunden stehen, winkte ihr nach, als sie sich noch einmal umdrehte, dann war Vera in der nächsten Seitenstraße verschwunden.

Engel startete den Motor, fuhr aber nur ein kleines Stück weit, stellte das Auto am Straßenrand ab und stieg aus. Er lief in die Richtung, in die Vera gegangen war und sah sie bald am Ende der Straße. Sie schien es nicht eilig zu haben. Er drosselte sein Tempo und folgte ihr, bis sie das Höfchen, den Platz vor dem Theater, erreicht hatte. Endlich würde er erfahren, wo sie wohnte.

Doch Engel wurde enttäuscht. Kaum hatte Vera das Höfchen überquert, stieg sie in eines der dort wartenden Taxis ein, dessen Rückleuchten schnell aus seinem Blickfeld verschwanden.

MONTAG, 24. August 2009

Um acht Uhr am Montagmorgen, gleich nachdem er sein Büro betreten hatte, rief Sikorski im Kunstgeschichtlichen Institut der Universität Mainz an, aber erst eine Dreiviertelstunde später bekam er eine Mitarbeiterin an den Apparat. Sie teilte ihm mit, dass Professor Koberg stets gegen neun Uhr käme, allerdings wünsche, die ersten beiden Stunden seines Arbeitstages alleine in seinem Büro zu sein. Sikorski hielt diese Erklärung nicht davon ab, um fünf nach neun erneut anzurufen und die Mitarbeiterin mit dem Hinweis, dass sie wichtige polizeiliche Ermittlungen behindere, wenn sie ihn nicht sofort durchstelle, eben dazu nötigte. Professor Siegfried Koberg war tatsächlich „not amused", zu seiner besten Zeit, wie er den Kommissar gleich wissen ließ, gestört zu werden, aber als der ihm hartnäckig die Dringlichkeit der Angelegenheit darlegte und dem Akademiker mehrmals die Bedeutung von dessen Expertise deutlich machte, hatte er endlich ein Einsehen.

Zwanzig Minuten später saßen Sikorski und Maria dem Professor, einem großen und schlanken Mann mit grauen Haaren, den der Kommissar auf etwa sechzig Jahre schätzte, in dessen Büro gegenüber. Das Zimmer war ein kleiner schmaler Raum, auf dessen linker Seite sich von der Tür bis zum Fenster Regale mit Büchern zogen und auf dessen anderer Seite ein Schreibtisch stand, über dem an der Wand einige Kinderzeichnungen hingen.

In seinen Händen hielt der Professor die Fotos der Toten und sah sich jedes einzelne sehr lange an, bevor er es bedächtig zur Seite legte und seine Aufmerksamkeit dem nächsten widmete. Sikorski ließ seinen Blick derweil über die Buchrücken schweifen, während Maria aus dem Fenster sah und sich fragte, warum man ihnen keinen Kaffee angeboten hatte.

Endlich hob Koberg seinen Kopf und reichte dem Kommissar eines der Bilder. Es zeigte den toten Thomas Richter, der erschossen im Großen Sand bei Gonsenheim gefunden worden war. „Schauen Sie sich dieses Bild an!", forderte er den Kommissar auf. „Erkennen Sie nichts?"

Sikorski sah kurz auf das Foto, bevor er den Kopf schüttelte.

„Auffallend ist die Haltung. Das werden Sie sicher schon

festgestellt haben." Sikorski ging Kobergs Hochnäsigkeit auf die Nerven, aber er schluckte seine Verärgerung herunter. „Stellen Sie sich vor, der Mann läge nicht, sondern würde in dieser Haltung stehen. Was könnte der Grund dafür sein?"

Nun betrachtete Sikorski das Foto genauer und drehte es.

„Er sieht aus, als würde er stürzen."

„Genau!"

Sikorski wusste nicht, ob der Mann von ihm erwartete, dass er weiter riet. Als er nichts sagte, stand der Professor auf und stellte sich vor dem Kommissar in der Haltung auf, die der Tote auf dem Bild eingenommen hatte. Das war gar nicht so leicht, denn zwischen Regal und Schreibtisch war nur wenig Platz.

„Why?", kommentierte Sikorski die Performance mit einem Ausdruck des Erkennens.

„Genau!", bestätigte ihn Koberg.

„Was?", fragte Maria.

„Not what, but why", erwiderte der Professor die Frage mit einigem Hochmut und drehte sich um, griff in eines der Regale und zog einen großen Band hervor. Er schlug ihn im Stehen auf und ließ die Blattkanten an seinem Daumen entlangblättern, bis er den Vorgang abrupt unterbrach und das an dieser Stelle aufgeschlagene Buch zu Maria herüberreichte.

„Sie sind noch jung", sagte er zu ihr.

Zwei schwarz-weiße Abbildungen waren auf der Doppelseite abgedruckt, beide zeigten das gleiche Motiv, einen Soldaten, der in der Vorwärtsbewegung einknickte. Sein Leib schien noch weiter zu wollen, während der Rest seines Körpers schon zurückblieb. Auf der Abbildung auf der zweiten Seite war über dieses Bild mit großen Buchstaben „Why?" gedruckt.

„Why?", fragte Maria und zum ersten Mal bei diesem Treffen lächelte der Professor.

„Yes! Why? Weil es eine Zeit gab, da sind junge Leute wie Sie gegen Krieg und vieles andere auf die Straße gegangen. Dieses Foto von Robert Capa wurde von Kriegs-Gegnern benutzt. Es zeigt einen Kämpfer der Republikaner im Spanischen Bürgerkrieg, die gegen die Faschisten Francos gekämpft haben. Und verloren. Später ist das Foto als Poster mit eben mit jenem Zusatz „Why" millionenfach verbreitet worden. Es sollte auf die Absurdität von Krieg hinweisen, war gleichzeitig aber auch ein Sinnbild für Opferbereitschaft im Kampf gegen den Faschismus."

Koberg hielt nach seinem kurzen Monolog inne und sah seine beiden Besucher an. „Wie ist Ihr Toter umgekommen?"

„Erschossen."

„Kopfschuss?"

„Ja", bestätigte der Kommissar. „Und dieser Tote", er zeigte auf das Bild, das den ermordeten Michael Kreiner auf dem Lehnstuhl sitzend zeigte, „gibt es für den ein Vorbild?"

„Ziemlich sicher ja", antwortete Koberg, „aber konkret kann ich Ihnen das im Moment nicht sagen. Könnten Sie mir bis morgen Zeit geben?"

Sikorski verzog sein Gesicht. „Ich wäre Ihnen sehr verbunden, wenn Sie das jetzt prüfen könnten. Es ist sehr wichtig, dass wir keine Zeit verlieren."

Koberg drehte sich um, schaute aus dem Fenster und ließ seine Besucher einfach so stehen. Erst zwei Minuten später wandte er sich um. „Gut. Aber warten Sie bitte draußen. Ich muss mich jetzt konzentrieren. Im Foyer unten gibt es einen Kaffeeautomaten. Ich komme zu Ihnen. Wie ist der Mann umgekommen?"

„Vergiftet."

„Exakt?"

„Zwei Einstiche im rechten Unterarm. Schlangengift."

Koberg sah kurz auf das Foto, dann gab er den Polizisten mit einer Kopfbewegung zu verstehen, dass er nun alleine sein wollte.

Sikorski nickte dem Professor stumm zu, bevor er mit Maria das Büro verließ. Sie zog sich am Automaten einen Kaffee, Sikorski lehnte ab, als sie anbot, für ihn das gleiche zu tun.

Beide setzten sich auf eine Bank.

„Halten Sie das für einen Zufall?", fragte Maria.

Sikorski ließ sich Zeit mit der Antwort. „Ich glaube nicht. Ich möchte aber erst einmal abwarten, was der Professor zu dem dritten Toten sagt."

„Was sagt uns das, wenn es bei Kreiner auch ein Vorbild in der Kunst gibt?"

„Dass meine These stimmt, dass die drei Toten höchstwahrscheinlich denselben Mörder haben und dass wir jetzt eine Spur haben."

„Die aber noch vage ist", wandte Maria ein.

„Ja, aber eine vage Spur ist besser als keine. Wir können zum Beispiel im universitären Kontext suchen. Wir müssen nach Zusammenhängen in den Biografien der Toten suchen. Wir können nicht ausschließen, dass es noch mehr Tote geben wird."

Maria stand auf, ging fort und kam kurz darauf ohne ihren Becher wieder.

„Drecksbrühe", sagte sie lapidar.

Die nächsten zwanzig Minuten saßen sie schweigend nebeneinander, bis Koberg wieder auftauchte.

„Und?", fragte Maria.

Statt einer Antwort forderte der Professor die beiden Polizisten auf, ihm in sein Büro zu folgen, wo er von seinem Schreibtisch ein aufgeschlagenes Buch nahm und es ihnen entgegenhielt.

„Selbstmord der Kleopatra", klärte Koberg seine Besucher auf. „Von Guido Cagnacci, um 1659 gemalt. Hängt heute in der Gemäldegalerie des Kunsthistorischen Museums Wien. In den rechten Arm hat sie die Schlange gebissen. Dieses Bild hat sehr viel Ähnlichkeit mit dem Bild des Toten, das Sie mir gezeigt haben."

Sikorski und Maria sahen sich kurz an, dann nahm der Kommissar das Foto des toten Kreiner und hielt es neben die Abbildung des Gemäldes.

„Was ist?", fragte Maria nach einer angemessenen Zeit.

„Ich habe auffällige Abweichungen gesucht. Wie bei dem toten Loos."

„Noch ein Toter?", fragte der Professor.

Sikorski nickte und reichte dem Mann das Foto mit dem toten Loos in der Badewanne.

„Jean-Jacques David", sagte er.

„Und hier?" Der Kommissar suchte in den Fotos herum, fand nicht das Gesuchte und griff in die Innentasche seines Jacketts.

„Fällt Ihnen dazu ein Vorbild ein?"

Er hielt dem Kunstwissenschaftler ein Foto des toten Rossmann entgegen.

„Leichen pflastern Ihren Weg, scheint es mir", sagte Koberg und nahm das Bild in Augenschein.

„Kann man so sagen", bestätigte ihm Sikorski. „Und ich will verhindern, dass ich vor lauter Toten die Straße aus den Augen verliere."

Der Professor drehte und wendete das Foto, bevor er es

dem Kommissar mit einem leichten Kopfschütteln zurück-
gab.

„Nein. Kein Vorbild."

„Sicher?", fragte Maria.

„Zweifeln Sie an meiner Kompetenz?", blaffte Koberg zurück und bedachte die Polizistin mit einem zornigen Blick.
Maria ließ sich davon nicht beeindrucken. Sie sah den Mann
direkt an, während sie ihm antwortete: „Ich glaube kaum,
dass ein Mensch alle Bilder, die jemals gemalt wurden, kennen kann."

„Täuschen Sie sich da nicht, junge Frau!", antwortete der
Professor, sprach aber sofort weiter zu Sikorski, sodass Maria
keine Chance zur Erwiderung hatte. „Ich würde behaupten,
Herr Sikorski, dass dieser Tote nicht in das Schema der anderen drei passt."

Der Kommissar, dem an einer Eskalation nicht gelegen
war, bedankte sich, notierte sich die neuen Erkenntnisse
und verabschiedete sich von dem Kunstgeschichtler. Maria
nickte ihm nur zu. Koberg würdigte sie keines Blickes.
„So ein Arschloch!", entfuhr es Maria, als sie den Flur ent-
langgingen. „So ein arrogantes Arschloch!"

„Bitte, Maria!", maßregelte sie Sikorski, „nicht so laut. Sie
haben ja recht. Ein eingebildeter Kerl."

„Das können Sie laut sagen."

„Das tun Sie doch schon", erwiderte Sikorski, denn Maria
hatte ihre Stimme nicht gesenkt.

Draußen hatten sich dunkle Wolken vor die Sonne geschoben. Die Hitze der letzten Tage wurde von schwüler Schwere verdrängt. Auf dem Rückweg ins Präsidium klingelte
Sikorskis Handy. Es war Meister, der ihn bat, zur Kirche
St. Stephan auf dem Kästrich zu kommen. Es gebe Neuig-

keiten. Der Hauptkommissar sah auf seine Uhr: Kurz vor elf. Er hatte die Ahnung, dass dies ein ereignisreicher Tag werden würde. Das Treffen mit Meister allerdings behagte ihm im Moment gar nicht, wo er jetzt mit seinen drei Toten endlich ein Stück weiterzukommen schien.

Thomas Meister winkte Sikorski zu sich herüber. Er stand vor dem Eingang zur Kirche Sankt Stephan, um sich herum drei Männer in Arbeitsanzügen, die das Gemäuer um den Haupteingang untersuchten. Als der Hauptkommissar seinen Kollegen erreicht hatte, gaben sie sich kurz die Hand und gingen zwei Schritte zur Seite.

„Ein Minisender", erklärte Meister und zeigte auf eine Vertiefung in einem Stein unterhalb eines der Fenster links neben dem Eingang. „Wird von Scharfschützen verwendet, um ihr Ziel auch unter widrigsten Verhältnissen zu treffen. Der Schütze muss nur den Abstand zwischen Sender und Objekt wissen, dann kann er blind schießen."

„Also eine Person mit einer Scharfschützenausbildung?", fragte Sikorski.

„Sehr gut möglich", antwortete Meister. „Wir suchen schon in dieser Richtung."

„Dann ist sein Plan durchkreuzt."

Meister schüttelte den Kopf. „Der Sender war eine Sicherheitsmaßnahme, nicht unbedingt nötig. Aus Rossmanns Büro ist das Fenster auch trotz der Bäume für einen halbwegs geübten Schützen zu treffen. Aber der Erpresser verfolgt auch ein psychologisches Ziel: Er zeigt an, dass er es ernst meint und dass er über die Möglichkeiten verfügt, unerkannt an das Objekt heranzukommen und seine Drohung jederzeit wahrzumachen."

„Wie lange ist der Sender dort schon angebracht?"

„Wird gerade untersucht."

„Hatten Sie keine Leute hier?"

„Wollen Sie mich beleidigen?", fragte Meister zurück.

Sikorski ging nicht darauf ein. „Wie kann der Erpresser unerkannt an das Gebäude kommen?"

„Oder die."

Sikorski formulierte seine Frage anders. „Wie viel Aufwand war für die Anbringung des Senders notwendig und wie unauffällig konnten der oder die Täter dies machen?"

„Nicht viel. Diese Sender sind dafür gebaut, sie schnell und unbemerkt anzubringen."

„Ihre These?"

„Eine These habe ich noch nicht. Eine Vermutung, der ich den Vorrang vor anderen gebe."

Sikorski sah den Leiter der Spezialabteilung mit Interesse an.

„Der Sender wurde schon vor dem ersten Kontakt des Erpressers zu uns angebracht …."

„Sie meinen", unterbrach ihn der Hauptkommissar, „dass dies von langer Hand geplant ein Bestandteil eines langfristigen Planes ist? Dann hätten wir es …"

„… mit einem sehr gerissenen und raffinierten Täter zu tun." Dieses Mal unterbrach Meister seinen Kollegen. „Ja, davon gehe ich aus und das lässt mich auch das Schlimmste befürchten."

„Haben Sie schon die Fenster untersuchen lassen, ob sie möglicherweise manipuliert wurden?"

„Sie meinen, ob etwa eine Sprengladung daran angebracht ist?"

Sikorski nickte.

„Natürlich", erwiderte Meister und Empörung schwang in seiner Stimme darüber mit, dass ihm eine solche Frage überhaupt gestellt wurde. „Aber Hut ab, Kollege, dass Sie gleich darauf kommen!", musste er noch eins draufsetzen.

„Ist mein Job", entgegnete Sikorski mit einem leichten Lächeln, nickte dem Kollegen zu und drehte sich um.

„Sikorski!", rief der, als der Hauptkommissar sich schon einige Meter entfernt hatte. „Wir haben unter einem Vorwand alle Anwohner in der Umgebung befragt, ob ihnen in den letzten Tagen etwas Ungewöhnliches aufgefallen ist."

Sikorski machte eine anerkennende Geste.

„Negativ! Niemand hat etwas gesehen."

„Überrascht Sie das?", rief Sikorski zurück und ging weiter.

Vor dem Eingang zu dem Haus, in dem Rossmann sein Büro hatte, traf er auf Tobias Wagner, der sich gerade mit einer jungen Frau unterhielt. Das Lächeln schien ihm im Gesicht festgefroren zu sein.

„Befragen, nicht flirten", sagte Sikorski, als er hinter ihm stand. Die Frau, die etwa so alt wie Tobias war, sah erstaunt auf und lächelte den Kommissar an.

„Sie müssen besser auf ihren Jungen aufpassen!", sagte sie.

Es fiel Sikorski schwer, nicht laut loszulachen.

„Und?", fragte er Wagner, als die Frau weitergegangen war. „Haben Sie etwas herausgefunden?"

„Vielleicht, wenn Sie mich nicht bloßgestellt hätten!"

Sikorski reagierte nicht darauf und gab Wagner mit einem Blick zu verstehen, dass er seine Frage beantworten solle.

„Nein. Angeblich hat keiner der Anwohner Frau Rossmann in den letzten Wochen hier gesehen."

Maria trat zu ihnen.

„Und? Haben Sie wenigstens eine gute Nachricht?", fragte Sikorski.

„Allenfalls eine viertel gute", antwortete sie.

„Wie sieht denn eine viertel gute aus?", fragte der Kommissar neugierig.

„Ein Mann, der in der Seitenstraße gegenüber dem Nebeneingang zu dem Gebäude wohnt, meint, dass er am Donnerstag, einen Tag also, bevor Rossmann tot gefunden wurde, eine Frau gesehen habe."

„Eine Frau? Frau Rossmann?", hakte Sikorski ungeduldig nach.

„Nicht direkt."

„Also ein Viertel."

„So ungefähr." Maria lächelte. „Der Mann sagt, dass Frau Rossmann braune, glatte Haare trägt. Diese Frau hatte blonde, toupierte Haare. Wie sie in den sechziger Jahren modern waren. Trotzdem meint er, dass die Frau ihn sehr an Frau Rossmann erinnert hätte."

„Aber nur zu einem Viertel?"

„Er will sich nicht festlegen. Aber er meint, dass ihr ein Mann gefolgt ist und der könnte nach seiner Beschreibung unser gesuchter Simon Engel sein."

„Gute Arbeit", lobte Sikorski seine Mitarbeiterin. „Was hat dieser Engel mit Frau Rossmann zu tun? Oder den Rossmanns? Welche Verbindung besteht da?" Er hatte leise und nachdenklich gesprochen. „Wir müssen diese Frau finden. Sie kann doch nicht vom Erdboden verschwunden sein?" Diese Worte waren an seine Kollegen gerichtet.

„Vielleicht liegt sie schon darunter?!"

„Maria, bitte!", wies Sikorski seine Kollegin zurecht, bevor er sich auf den Rückweg ins Präsidium machte.

Um Viertel nach zwölf Uhr saß Sikorski wieder an seinem Schreibtisch im Büro und biss in ein Wurstbrötchen, das er sich in der Kantine besorgt hatte. Er schlug die Tageszeitung auf und überflog den groß aufgemachten Artikel, der den Nicht-Fortschritt bei den Ermittlungen nach den Mördern der drei toten Männer zum Inhalt hatte. Sikorski warf das angebissene Brötchen zur Seite, wählte Klattens Nummer und erfuhr von dessen Sekretärin, dass er in einer Besprechung war.

Nur langsam beruhigte Sikroski sich und versuchte die neuesten Entwicklungen in einen Zusammenhang mit dem bisher Geschehenen zu bringen. Mehr denn je war er davon überzeugt, dass Rossmanns Tod nichts mit dem von Loos, Kreiner und Richter zu tun hatte, diese drei aber sehr wohl von ein und derselben Person umgebracht worden waren. Wenn es nur nicht immer so lange dauern würde, bis alle Untersuchungen abgeschlossen waren! Alle drei waren etwa gleich alt und alle drei waren offensichtlich nach ihrem Ableben nach Vorbildern aus der Bildenden Kunst arrangiert worden. Irgendwie mit Kunst hingen die drei Morde zusammen, aber so sehr er sich auch den Kopf darüber zerbrach, Sikorski fand dafür keine stichhaltige Lösung. Die Bilder stammten aus verschiedenen Jahrhunderten, die Todesarten unterschieden sich und Sikorski konnte keinen Grund für die jeweilige Zuordnung finden. Warum wurde Richter erschossen und einem Foto nachempfunden in den Großen Sand gelegt? Einem Foto, das im Spanischen Bürgerkrieg geschossen worden war und das dreißig Jahre später zu einer Ikone der Vietnamkriegsgegner wurde? Zufall oder Hintersinn? Hatte Richter irgendeinen Bezug zum Spanischen Bürgerkrieg? Zu den Protesten um das Jahr 1968? Familiär oder durch seinen Beruf? Kreiner auf dem Stuhl, vergiftet wie die ägyptische Königin Kleopatra, die Geliebte von Julius Caesar und Marcus Antonius? Wo war da der Bezug? Was das Motiv? Ausweglosigkeit, Angst vor der Demütigung nach der Niederlage, wie sie die ägyptische Königin fürchtete? Und Loos, der in einer Badewanne im Budenheimer Wald gefunden worden war, gemordet wie einst der Revolutionär und Volksheld Marat durch Carlotte Corday. War er ein Radikaler? Hatte er politische Ambitionen? War da ein Zusammenhang zu suchen? Sikorski notierte alle diese Fragen und rief Tobias Wagner und Maria Börne zu sich.

Er reichte Maria den Zettel, auf dem er die Fragen notiert hatte.

„Können Sie diesen Fragen bitte nachgehen? Prüfen Sie, ob es etwas im beruflichen und privaten Umfeld gibt, das uns weiterhelfen könnte", bat er sie sehr freundlich und erntete dafür ein Naserümpfen und einen strengen Blick.

„Wenn Ihnen noch weitere Fragen einfallen, nur raus damit!", forderte er sie auf, anstatt sich zu erklären.

„Dann werde ich mich jetzt mal an der Uni einschreiben gehen", entgegnete Maria. „Vielleicht weiß ich nach dem Grundstudium mehr", sagte sie, bevor sie sich umdrehte.

„Dann danken wir der Studienzeitverkürzung", erwiderte Sikorski trocken.

Nachdem Maria das Büro verlassen hatte, wandte sich der Hauptkommissar Wagner zu, der dem Gespräch staunend zugehört, es aber nicht kommentiert hatte. Seine kleinen Kopfhörer hingen ihm dieses Mal über die Schultern.

„Herr Wagner, etwas Neues bezüglich der „Landwirtschaftsspuren"?"

Tobias deutete mit seinem Gesichtsausdruck an, dass er die Frage nicht verstanden hatte.

„Die Reifenspuren und die Heureste in der weiteren Umgebung von der Leiche von Loos", klärte der Kommissar seinen Mitarbeiter auf.

„Ach so", sagte der. „Das Fo ..." Wagner korrigierte sich schnell und Sikorski ließ nicht erkennen, ob er den verbalen Fast-Ausrutscher bemerkt hatte. „Graubner hat alles sehr weiträumig abgesucht, sagt er, aber der Tatzeitpunkt liegt schon zu weit zurück. Der Regen in den letzten Wochen hat alle möglichen Spuren verwischt."

„Er hat also nichts gefunden?"

„Ja. Nichts."

Sikorski reagierte nicht sofort, sondern blickte aus dem Fenster.

„Gehen Sie zu dem Parkplatz, von dem aus man zu dem Fundort der Leiche von Loos kommt und befragen sie Spaziergänger, ob Ihnen ein Geländewagen aufgefallen ist", sagte er nach einer Denkpause.

„Das kann doch Maria übernehmen", wollte Wagner die Anweisung von sich schieben.

„Herr Wagner", formulierte Sikorski streng, „es dürfte Ihnen nicht entgangen sein, dass Frau Börne schon einen Auftrag von mir erhalten hat und damit in den nächsten Stunden ausreichend beschäftigt ist."

Wagner steckte sich die Stöpsel in die Ohren und verschwand grußlos aus dem Büro. Sikorski wählte Klattens Nummer, die Sekretärin stellte ihn durch.

„Hast du die Zeitung gelesen, Werner?", fragte er seinen Vorgesetzten. „Man könnte meinen, die Presse hält uns für Vollidioten."

„Reg dich nicht auf!", beschwichtigte Klatten den Kommissar. „Das ist vielleicht gar nicht so schlecht, wenn sich die Presse im Moment auf die drei Toten einschießt. Solange können wir sicher sein, dass sie nichts von der Erpressung wissen."

„Aber es bleibt doch immer etwas hängen ..."

„Henning!", ermahnte ihn Klatten. „Die Erpressung hat Priorität. Es gilt die Zerstörung der Fenster zu verhindern. Wenn wir dabei ein paar von der Presse auf die Mütze bekommen, scheiß drauf!"

Sikorski wollte etwas erwidern, aber Klatten brach das Gespräch ab.

Der Kommissar war sauer und beschloss, Graubner aufzusuchen. Er musste irgendwo seinen Frust loswerden.

Simon hatte sehr schlecht in dem Neubauzimmer geschlafen. Mehrmals war er in der Nacht durch Geräusche aufgeschreckt worden. Mal war es ein Kratzen, dann etwas, das wie ein Schleifen klang, immer wieder fuhr er auf und fand erst am Morgen Schlaf. Als er gegen halb elf aufwachte, war er entsprechend müde und genervt. Nach dem Aufstehen ging er durch die Wohnung und besah sich die Zimmer, die alle noch unverputzt waren. In der Kühlbox, die Vera ihm im Zimmer hatte stehen lassen, waren mehrere Scheiben Brot und Wurst. Aber in dieser dunklen Höhle hatte Simon keinen Appetit. Nach seinem Rundgang verließ er die Wohnung und stieg in der Tiefgarage in Veras Wagen.

Auf dem Weg in die Stadt kaufte er sich in einem Drive-In einen Kaffee und ein belegtes Brötchen und aß es während der Fahrt. Veras seltsames Verhalten kam ihm wieder in den Sinn. Warum machte sie so ein Geheimnis daraus, wo sie wohnte? Warum ließ sie ihn nicht mehr an sich heran? Hatte sie ihm etwas zu verbergen? War da doch ein Mann, ein Kind, eine Familie? Oder war der Grund allein, dass er sich vor mehr als zehn Jahren ihr gegenüber nicht ganz korrekt verhalten hatte?

Simon steuerte das Cabrio mit geschlossenem Verdeck zu der Tiefgarage, aus der er Rossmanns Frau mit dem BMW hatte fortfahren sehen. Er musste diese Frau finden, um bei Kopka etwas in der Hand zu haben. Zudem konnte sie ihm auch helfen zu beweisen, dass er nichts mit dem Tod von Rossmann zu tun hatte. Es war halb zwölf, als er den Wagen schräg gegenüber der Einfahrt in eine Parklücke steuerte.

Während der nächsten zwei Stunden, die Engel im Wagen saß und die Einfahrt beobachtete, musste er einen harten Kampf gegen seine Müdigkeit bestehen. Zu der trug auch die Hitze bei. Es war mindestens so heiß wie an den vorangegangen Tagen, aber er traute sich nicht, das Verdeck zu öffnen. So saß Engel in dem geschlossenen Auto und schon bald klebte sein Hemd am Körper und er fühlte sich unwohl. Er ließ beide Seitenscheiben elektrisch runterfahren, aber das brachte nur wenig Linderung. Sekundenweise fielen ihm die Augen zu und so hätte er fast den Moment verpasst, als gegen halb zwei ein schwarzer BMW Z4 mit hoher Geschwindigkeit herangefahren kam, vor der Tiefgarage scharf abbremste und in der Einfahrt verschwand. Das ging so schnell, dass Engel nur einen kurzen Moment die braunen Haare der Frau hinter dem Steuer sehen konnte.

Wenige Minuten später erschienen erst die blonden, hochtoupierten Haare in der Auffahrt. Schnell gesellten sich Gesicht, Körper und Beine hinzu, dann stand Frau Rossmann, mit einem grauen Kostüm, einer weißen Bluse und hohen Schuhen bekleidet, auf dem Bürgersteig, blieb kurz stehen, sah sich einmal um und wandte sich anschließend nach rechts. Engel wartete, bevor er ausstieg, um ihr in gebührendem Abstand zu folgen. Wie bei ihrem ersten Zusammentreffen lief die Frau durch die Straßen, als ob sie kein Ziel habe, ging nach rechts, sah sich immer wieder um und bog an der nächsten Kreuzung nach links ab, bis sie schließlich vor dem steinernen Einlass stand, wo sie Engel bei ihrer ersten Begegnung fast umgerannt hätte. Er drückte sich schräg gegenüber in einen Hauseingang und beobachtete, wie ein Mann mit einem schwarzen Anzug die Straße hinaufkam, um Augenblicke später durch das Tor zu gehen und aus Engels Blickfeld zu verschwinden. Frau Rossmann blieb noch einige Sekunden auf der Straße stehen, bevor sie dem Mann folgte. Das Klackern ihrer Absätze verhallte hinter dem steinernen Bogen.

Engel wartete einige Sekunden, dann löste er sich aus dem Hauseingang und trat unter den Steinbogen. Unschlüssig blieb er dort stehen und nahm das Gelände in Augenschein. Vor ihm lag auf der linken Seite ein langer Backsteinbau, in den mehrere Eingänge führten. Der Weg, der rechts an dem Gebäude entlang führte, bestand aus Pflastersteinen. Rechts davon breitete sich eine verwilderte Grünfläche mit Bäumen aus, unter denen Tische und Stühle standen. Diese Grünfläche wurde von einer mannshohen Mauer abgeschlossen, hinter der Engel Teile des Gebäudekomplexes erkennen konnte, in dem Rossmann sein Büro hatte. Was suchte seine Frau hier und wer war der Mann? Ganz leise klang vom Ende des Weges das Klackern der spitzen Absätze bis zu ihm herüber.

Engel stieg die wenigen Stufen auf den gepflasterten Weg neben dem Gebäude herunter. Dabei versuchte er so leise wie möglich aufzutreten. Das Klackern der Absätze war nun nicht mehr zu hören. Engel beschleunigte seine Schritte, lief den Weg entlang, bis er vor einem weiteren Gebäude stand, das mit dem anderen einen 90°-Winkel bildete. Der Weg führte nun nach rechts, genau auf die Mauer zum Nachbargrundstück zu. Von der Rossmann oder dem Mann keine

Spur. Engel drehte sich um und besah sich die Häuser. Ob die beiden in einem der Eingänge verschwunden waren? Er spürte, dass er hier einem Geheimnis auf der Spur war, dafür hatten sich die Rossmann und der Mann viel zu auffällig verhalten. War der Mann der Liebhaber der Rossmann und irgendwo in einem dieser Häuser ihre Liebeslaube? Möglich, natürlich, aber Engel glaubte, dass mehr dahintersteckte, als dass sie sich hier heimlich als Liebespaar trafen. Er lauschte kurz in den letzten Hauseingang, dann folgte er dem gepflasterten Weg. Der führte nach links um das Gebäude, direkt an der Mauer entlang, hinter der Rossmanns Haus stand. Langsam ging Engel weiter, überlegte, wo die Frau und der Mann hingegangen sein konnten, bis er eine in die Mauer eingelassene Tür erreicht hatte. Sie war rostig und verbeult und machte auf ihn nicht den Eindruck, dass sie sich einen Millimeter bewegen lassen würde. Sein erster, noch zögerlicher, Versuch, sie zu öffnen, schlug auch fehl. Doch als er beim zweiten Mal gleichzeitig drückte und den Griff nach oben zog, gab sie nach und Engel wunderte sich, dass die Scharniere nicht quietschten.

Er schlüpfte durch den Spalt und drückte die Tür sofort wieder zu. Er befand sich in einem Hof. In sieben oder acht Metern Entfernung lag die Rückseite des Gebäudes mit dem Büro von Rossmann, eine kahle, fensterlose Betonwand, vor der eine Reihe von Büschen einen dichten Wall bildete. Fenster gab es erst in den oberen Stockwerken. Engel sah an den Büschen entlang. Die Frau konnte doch nicht einfach so verschwunden sein. Er war schon fast so weit umzukehren, da erkannte er an dem größten Busch, der ein Stück weiter von dem Haus weg wuchs, ein Stück Stoff. Engel trat näher heran und versuchte ihn von dem Ast zu lösen, da sah er, dass der Busch innen hohl war. Er drückte den Ast beiseite, machte einen Schritt in das dichte Grün hinein und entdeckte vor sich einen schmalen steinernen Abgang mit einer Treppe und einer runden Luke an deren Ende.

Engel drehte sich um, ließ den Ast zurückschnallen, trat einige Schritte zurück und vergewisserte sich, dass es keine andere Möglichkeit gab, von hier in das Innere des Gebäudes zu gelangen. Nun stieg er die Treppe bis zu der Luke hinab. In den kreisrunden, etwa einen Meter großen Deckel waren zwei Löcher eingelassen, groß genug, um mit den Händen in sie hineingreifen zu können. Er wirkte schwerer, als er tatsächlich war, und Engel konnte ihn ohne Mühe aus der Fassung heben, legte ihn an der Seite ab und blickte in das Loch vor sich. Sprossen einer Leiter führten in die Tiefe.

Engel beugte sich weiter über den Einstieg und lauschte, bevor er sich umdrehte und den linken Fuß auf die oberste Sprosse stellte. Er wartete einen weiteren Moment, dann begann er hinabzusteigen und zählte dabei neunzehn Tritte, bis er den Grund erreicht hatte. Dort roch es kühl und modrig und bis auf ein ganz schwaches Licht, das er in einiger Entfernung erkennen konnte, war es völlig dunkel um ihn. Er hatte das Gefühl, in einem Schacht zu stecken. Langsam, seine Hände schützend vor sich gestreckt, folgte er dem Licht und nach und nach konnte er erkennen, dass der Gang kaum einen Meter breit und die Mauern auf beiden Seiten unverputzt waren. Nach der Hitze draußen war es hier unten angenehm kühl. Langsam näherte er sich dem Licht. Dann zweigte der Gang ab und Engel stand vor einer Tür, in die eine verschmutzte Scheibe eingelassen war, die den Lichtschein von der anderen Seite stark trübte. Engel presste sein Gesicht an das Glas, aber es war ihm nicht möglich zu erkennen, was sich jenseits der Tür befand. Mit einer Hand umfasste er die Klinke und drückte sie langsam her-

146

unter, bis er einen Widerstand verspürte, schob die Tür eine Handbreit weit auf und wartete. Als keine Reaktion erfolgte, drückte er sie ein kleines Stück weiter auf, bis er plötzlich ein Geräusch hörte, eine seltsam verzerrte menschliche Stimme, weit weg und nicht verständlich. Sofort hielt er inne.

Bis auf seine gesteigerte Erregung hatte Engel bis hierhin keine Angst verspürt oder den Eindruck gehabt, sich in große Gefahr zu begeben. Frau Rossmann schien ihm keine ernstzunehmende Gegnerin zu sein. Und auch mit dem Mann glaubte er, fertig werden zu können. Die Frage, ob es nicht besser wäre, umzukehren und auf eine andere Gelegenheit für ein Gespräch mit der Rossmann zu warten, stellte sich ihm nicht.

Die Stimmen verstummten und Engel öffnete nun die Tür so weit, dass er durch den Spalt auf die andere Seite des Gangs schlüpfen konnte. Dort war es heller, die Wände mit Beton verputzt, und der Gang endete nach wenigen Metern erneut vor einer Tür, neben der er eine Metallstange erkannte. Er hob sie auf und wog sie in seiner Hand. Sie fühlte sich schwer an und gab ihm eine gewisse Sicherheit.

Mit einem Mal waren die Geräusche wieder da, Stimmen, deutlicher als beim ersten Mal, aber für Engel noch immer nicht verständlich. Ihr Schall brach sich an den Wänden, sie schienen mal nahe zu sein und dann wieder weit fort. Engel setzte sich in Bewegung und mit jedem weiteren Schritt wurden die Stimmen nun lauter, ihm schien, erregter. Dann knickte der Gang im 90°-Winkel ab. Er blieb stehen und streckte seinen Kopf vor, umfasste den Metallstab fester, aber alles, was er erkennen konnte, war wieder eine Tür, keine fünf Meter entfernt. Sie war nicht geschlossen. Mit leisen Schritten huschte er vor und blickte durch einen offenen Spalt in den dahinter liegenden Raum. Der schien sehr groß, auch wenn er nur dessen linke Seite erkennen konnte. An der Wand standen Regale, in denen Kisten und Kartons gelagert waren, davor waren drei Zeichentische aufgebaut. Auf der gegenüberliegenden Seite war eine weitere Tür. Obwohl er in diesem Moment keine Stimme aus dem Raum hörte, spürte Engel die Anwesenheit von Menschen. Er musste wissen, was da vor sich ging. Sachte drückte er gegen die Tür und schob sie einige Zentimeter weiter auf. Der Mann in dem dunklen Anzug kam in sein Blickfeld. Er stand mit dem Rücken zu ihm, wuchtete gerade eine der Kisten aus einem Regal und stellte sie auf dem Boden ab. Frau Rossmann konnte Engel nicht sehen.

„Nichts! Hier ist auch nichts drin!" Der Mann knallte einen Gegenstand in die Kiste. Er klang wütend und richtete sich auf. Nun blickte Frau Rossmanns Kopf hinter einem der Zeichentische hervor. „Nicht so laut! Wenn zufällig jemand draußen ist, kann er uns hören."

Der Mann ignorierte die Ermahnung. „Die verdammten Aufnahmen! Wo kann er sie versteckt haben?"

„Ich weiß es nicht. Ich hatte noch nicht mal eine Ahnung, dass Alex eine Kamera besaß."

„Wir müssen sie finden! Aber vielleicht haben die Bullen sie auch schon."

„Was soll Alex ihnen denn gesagt haben? Jetzt stell dich nicht so an und such weiter!"

Der Mann verkniff sich eine Replik, stellte die Kiste, die er eben durchsucht hatte, ins Regal zurück und hob eine nächste herunter, öffnete sie und legte den Inhalt neben sich auf den Boden. Engel versuchte zu erkennen, was das war, aber dazu war der Spalt zwischen Tür und Wand zu schmal.

Dann fluchte der Mann wieder. „Nichts, nichts! Nur verdammtes Papier, Blätter, Stifte, Rechnungen. Wie ist dieser

Idiot uns auf die Spur gekommen? Er hat die Kohle dafür bekommen, vier Wochen lang zu verschwinden. Hast du ihm etwas gesagt?"

„Selber Idiot!", blaffte die Rossmann zurück und trat wieder so weit hinter dem Zeichentisch hervor, dass Engel sie sehen konnte. „Warum sollte ich ihm irgendetwas verraten? Ich weiß nicht, wie er darauf gekommen ist. Vielleicht war er doch gegen die Abmachung im Büro und du hast etwas herumliegen lassen. Außerdem war das Stativ da."

„Ich habe nichts herumliegen lassen!", wehrte sich der Mann, noch lauter werdend, sodass die Rossmann ihn erneut zu mehr Ruhe ermahnen musste.

„Verdammt, Stefan, jetzt hör mal auf mit deinem Verfolgungswahn. Ich will die Geschichte genauso durchziehen wie du. In einer Woche sind wir schon weit weg." Sie hatte ihre Stimme so weit gesenkt, dass Engel sie nicht mehr verstehen konnte. Der Mann, den sie Stefan genannt hatte, sprach nun genauso leise. Engel rückte noch ein Stück näher an die Tür heran. Dabei berührte er sie mit der Metallstange, sachte zwar, aber doch fest genug, um ein helles Geräusch zu verursachen, das die beiden Personen in dem Kellerraum herumfahren ließ. Noch in dieser Bewegung schoss der Mann auf die Tür zu und riss sie auf. Engel, der sofort zurückgewichen war, hob instinktiv den Metallstock und schlug unkontrolliert zu. Der Fremde wich aus, aber dem Schlag konnte er nicht ganz entgehen. Engel traf ihn am Kopf und an der Schulter. Abrupt hielt der Mann in seiner Bewegung inne, versuchte in sein Jackett zu greifen, konnte die Bewegung aber nicht zu Ende führen und brach zusammen. Röchelnd kam er vor Engel zum Liegen. Engel überlegte, ob er dem Mann einen weiteren Schlag verpassen sollte, doch da erkannte er aus dem Augenwinkel Frau

Rossmann, die auf ihn zugestürzt kam. Engel ließ die Stange sinken, schlug mit seiner freien Faust zu und traf die Frau über der Augenbraue, was sie jäh in ihrer Bewegung stoppen ließ. Sie riss den Mund auf, aber bevor sie schreien konnte, schlug er ihr gezielt auf die Schläfe. Sie sackte zusammen, lag nun ebenfalls vor Engel und jammerte leise. Blut rann ihr von der Stirn. Engel sah zu dem Mann auf dem Boden. Er begann sich langsam und noch unkontrolliert zu bewegen. Engel musste nun schnell seine nächsten Schritte entscheiden. Die Rossmann hier unten zu befragen war zu gefährlich. Dem Mann konnte er auch nicht den Schädel einschlagen, so kaltblütig war er nicht. Der hatte sich schon ein wenig aufgerichtet, war aber noch zu benommen, um sich ganz erheben zu können. Engel packte die Rossmann am Handgelenk, zog sie rüde zu sich hoch. Der Mann hatte sich fast schon aufgesetzt, als Engel ihn mit der Rossmann an der Hand erreicht hatte. Eine weitere Bewegung von ihm ließ seine linke Jackettseite zurückfallen und Engel erkannte darunter einen Holster und eine Schusswaffe. Er fasste Frau Rossmanns Handgelenk noch fester und zog sie durch die nächste Tür, die er mit einem Fußtritt hinter sich zuwarf.

Engel nahm keine Rücksicht darauf, dass Frau Rossmann durch seine Schläge noch geschwächt war. Er zog sie hinter sich her durch die Dunkelheit des Ganges, bis sie die Luke erreicht hatten. Hier befahl er ihr, die Stufen vor ihm hinaufzusteigen. Dabei hielt er ihren rechten Knöchel mit einer Hand umfasst. Als sie endlich oben angelangt waren, schob Engel die Luke zurück in die Fassung und stieß Frau Rossmann aus dem Gebüsch zu der Tür in der Mauer. Die Helligkeit blendete Engel für einen Moment, dann betrachtete er die Frau, die vor der Tür stand und ihn zornig ansah. Ihre rechte Augenbraue war aufgeplatzt und blutete. Auf ihrer hellen Bluse waren deutlich mehrere Blutflecken zu erkennen. Mit einem Taschentuch reinigte Engel oberflächlich ihr Gesicht.

Dabei funkelte sie ihn wütend an und versuchte seinen Reinigungsversuchen auszuweichen und sich von ihm loszureißen. Er umfasste ihr Handgelenk so fest, dass sie aufstöhnte und ihren Widerstand aufgab. Dann öffnete Engel die Tür in der Mauer und zerrte die Rossmann an dem Backsteinbau vorbei zu dem steinernen Bogen und auf die Straße.

Engel hatte beschlossen, sie in Veras Wohnung zu bringen, um sie dort zu befragen. Doch zu seinem Erschrecken erkannte er, kaum dass sie in Sichtweite des Cabrios waren, einen Polizeiwagen, der nur wenige Meter entfernt stand. Abrupt hielt er inne, überlegte nur wenige Sekunden und entschied dann, Frau Rossmann vorerst ins Hotel zu bringen und den Wagen später abzuholen. Engel zog die Rossmann an sich heran, damit ihre Verletzungen nicht zu sehr auffielen. Trotzdem blieb einigen Passanten ihr Zustand nicht verborgen und sie folgten dem seltsamen Paar mit neugierigen Blicken. Engel hoffte, dass dies für die Folge eines Ehekrachs gehalten und als Privatsache abgetan wurde.

„Wo bringen Sie mich hin?", fragte Anna-Lena Rossmann, während sie über die Kupferbergterrasse gingen. Sie klang auf einmal überraschend resolut und versuchte, sich von Engel zu lösen.

„In Sicherheit!", antwortete er in einem Ton, der keine Widerrede zuließ und packte sie dabei so fest am Oberarm, dass sie erneut aufstöhnte und sich nun ohne Gegenwehr weiterführen ließ, zunächst die breite Alicenstraße hinunter, durch die schmale Unterführung neben den Gleisen unter der Binger Straße hindurch, wo Frau Rossmann den Gestank angewidert kommentierte, und am Bahnhof vorbei in die Neustadt, bis sie, zwar von neugierigen Blicken beobachtet, aber weder angesprochen noch aufgehalten, das Hotel erreichten. Beim Betreten des Foyers um drei Uhr am Nachmittag stellte Engel erleichtert fest, dass die Rezeption nicht besetzt war. Er zerrte Frau Rossmann zum Aufgang. Vor seiner Zimmertür hielt er sie mit einer Hand fest, während er mit der anderen umständlich die Zimmertür öffnete. Dann stieß er die Rossmann hinein und zog die Tür schnell hinter sich zu.

✳

Nachdem er Wagner und Börne fortgeschickt hatte, machte sich Sikorski auf den Weg in Graubners Labor. Der Leiter der Kriminaltechnik trug eine weiße Schürze und seine grauen, längeren Haare hingen ihm wirr vom Kopf. Mit beiden Händen hielt er einen Becher umklammert. Der Dampf, der daraus aufstieg, teilte sich an seinem Kinn, aber ihn schien das nicht zu stören.

„Und keine Chance, die Reifenspuren zuzuordnen?", fragte der Hauptkommissar.

Graubner schüttelte müde seinen Kopf. „Vor zehn Jahren, ja, da vielleicht. Aber jetzt, wo jeder zweite Idiot so einen Geländewagen fährt, unmöglich."

„Und das Stroh?", fragte Sikorski. „Und der Kuhkot?"

„Heu", korrigierte ihn Graubner und verdrehte seine Augen. „Henning, soll ich alle Kühe in Rheinland-Pfalz untersuchen, um die zu finden, von der dieser Kot stammt? Vielleicht ist sie auch aus Hessen. Bayern ist übrigens auch nicht so weit weg."

„Schon gut", beschwichtigte ihn der Kommissar. „War nur so ein Gedanke."

„Kein kluger", erwiderte Graubner und fügte besänftigend hinzu: „Ist doch sonst nicht deine Art, ohne nachzudenken Fragen zu stellen."

„Es ist zum Davonlaufen. Ich komme einfach nicht weiter. Ich bin überzeugt, dass diese drei Morde etwas verbindet, aber ich finde nicht die richtige Spur. Nichts, das weiterführt. Nichts."

„So kenne ich dich gar nicht. Je kniffeliger der Fall, desto interessanter, hast du mal gesagt, wenn ich mich recht erinnere." Graubner führte den Becher an seinen Mund und trank einen Schluck. Dabei ließ er sein Gegenüber nicht aus den Augen.

„Ja, ja", sagte Sikorski unwirsch. „Aber sonst gab es immer irgendetwas, ein Detail, von dem ich wusste, dass es mich irgendwann weiterbringen würde. Dieses Mal ist es anders. Selbst, dass die drei Toten offensichtlich nach Vorbildern in der Kunst …"

Sikorski wurde in seinen Gedanken von dem Klingeln seines Handys unterbrochen. Bevor er es aufschob, sah er auf das Display. „Zwölf Uhr vierundvierzig", stand rechts oben und in der Mitte „Klatten".

„Ich komme", sagte Sikorski, nachdem er den Apparat einige Sekunden stumm an sein Ohr gehalten hatte.

Graubner sah ihn an und hob fragend seine Augenbrauen.

„Klatten. Ich muss sofort zu ihm."

„Wenn ich was habe, melde ich mich", versprach Graubner. „Und wenn du dich mal wieder auskotzen willst, bist hier jederzeit willkommen."

Sikorski grinste gequält. „Ja, ich weiß, hier in deinem gefliesten Reich kann man das alles wegspritzen."

„Mach, dass du zu deinem Klatten kommst. Ich habe da

noch einen Fall zu lösen." Die letzten Worte hatte Sikorski schon nicht mehr gehört.

Zu Sikorskis Erleichterung war Klatten alleine in seinem Büro. Kein Polizeipräsident und kein Meister waren anwesend.

„Setz dich bitte, Henning!", forderte ihn der Leiter der Mordkommission auf. „Einen Kaffee?"

Sikorski schüttelte seinen Kopf. „Nein! Was gibt es denn, Werner?", fragte er, nachdem er Platz genommen hatte. Er hatte ihr letztes Telefonat noch nicht vergessen.

Klatten kam von seinem Schreibtisch herüber und setzte sich neben Sikorski. „Ich will dich über die neuesten Entwicklungen unterrichten."

„Meister hat mich schon angerufen. Ich war bei ihm an der Kirche."

„Was hat er dir gesagt?"

Sikorski sah den Leiter der Mordkommission überrascht an. „Dass er einen Sender an der Kirche gefunden hat", erklärte er.

„Und nichts von dem neuen Ultimatum?"

Sikorski schüttelte den Kopf.

„Der Erpresser hat sich nochmals gemeldet und seine Forderung erhöht. Jetzt will er drei Millionen. Neues Ultimatum. In drei Tagen. Donnerstag um zweiundzwanzig Uhr. Die Beschädigung, die wir heute Morgen gefunden hätten, wäre nur ein Vorspiel und ein Hinweis, dass wir ihn ernst nehmen sollten. Kleber ist sehr nervös und will endlich Ergebnisse."

„Ungewöhnlich, oder?", fragte Sikorski.

„Die Verlängerung des Ultimatums?" Klatten wiegte seinen Kopf leicht. „Wirkt unprofessionell. Aber auch wenn dem so ist, meint Kleber, ist das vielleicht noch schlechter. Profis sind berechenbarer."

„Ich weiß nicht …", entgegnete Sikorski und dachte einen Moment nach. „Und Meister hat noch keine Spur?"

„Nein, nichts. Wir haben bis eben bei Kleber gesessen. Zusammen mit Vertretern der Stadt und der Kirche. Der Sender hat alle natürlich in große Aufregung versetzt. Wilde Diskussionen, Angst, die mit großen Worten und markigen Sprüchen übertüncht wurde, aber …"

„… trotzdem keine Ergebnisse!", fiel Sikorski seinem Vorgesetzten ins Wort.

„So ist es, Henning", bestätigte der ihn. „Religiöse Fanatiker gleich welcher Couleur, Scherzbolde, die Ehefrau, die Person, bei der Rossmann Schulden hat, die wir aber immer noch nicht kennen, Profis. Wir sind allen Möglichkeiten nachgegangen. Nichts! Viele Spekulationen, aber nichts Konkretes. Auch die Suche nach ähnlichen Erpressungsversuchen war negativ. Kein ähnlicher Fall. Kleber hat sich mit seinem Kollegen in Köln in Verbindung gesetzt. Da gab es vor zwei Jahren Ärger wegen eines Fensters von Gerhard Richter. Aber nichts Vergleichbares."

Nun konnte sich Sikorski ein Grinsen nicht verkneifen. „Warum sollte es euch besser ergehen als mir?"

„Keine Spur?"

„Hinweise. Ahnungen von Spuren. Die Leichen sind wahrscheinlich nach Vorbildern in der Kunst drapiert und wir haben Spuren in der Nähe von Loos' Leiche gefunden, die nicht von dort stammen. Und Spuren eines Geländewagens."

Klatten schüttelte den Kopf. „Das meine ich nicht, Henning. Es geht um den toten Rossmann. Das hat Priorität. Die drei Morde haben zurückzustehen. Du erinnerst dich an Klebers Anweisung?!"

„Seit wann gibst du da so viel drauf", entgegnete Sikorski sehr unfreundlich.

„Lass das bitte, Henning. Ich weiß, wie wichtig dir dein Fall ist, dass diese Morde genauso aufgeklärt werden müssen und dass die Presse ziemlichen Druck macht, aber hier gelten im Moment andere Regeln. Die Fenster haben absolute Priorität."

„Da draußen läuft ein Mörder herum, der schon drei Männer auf dem Gewissen hat, und da soll ich meine Ermittlungen einstellen?" Sikorski war laut geworden. „Mit Meister ist ein Spitzenbeamter auf den Fall angesetzt", setzte er sarkastisch hinzu.

„Bitte!", versuchte Klatten zu beschwichtigen. „Der soll auch geschnappt werden. Aber noch einmal: Im Moment haben die Fenster absolute Priorität. Und da in diesem Zusammenhang ein Mann umgebracht wurde, hast du diesen Fall vorrangig aufzuklären. Also: Gibt es in diesem Fall etwas Neues? Ist Rossmanns Ehefrau noch nicht aufgetaucht?"

Sikorski ließ sich mit seiner Antwort Zeit. Aber er sah ein, dass eine Fortsetzung dieses Streits nichts bringen würde. Er würde schon tun, was er für richtig hielt. „Wie vom Erdboden verschluckt", erklärte er schließlich. „Nur ein Anwohner, der meint, sie einen Tag vor dem Auffinden der Leicher ihres Mannes in der Nähe des Büros gesehen zu haben. Mittlerweile ist jede Person, die mit dieser Frau jemals Kontakt hatte, befragt worden. Angeblich hat sie sich auf eine Reise verabschiedet, aber niemandem ein Reiseziel genannt. Kein Mensch weiß, wo sie sich aufhält. Übrigens genau wie dieser Simon Engel, der in Rossmanns Büro war und der offenbar, wie Börne durch einen Zeugen herausgefunden hat, am Vortag die Rossmann verfolgt hatte."

„Das sagt der Zeuge erst jetzt?"

Sikorski hob zur Antwort resigniert seine Schultern.

„Ihr Bild war doch in der Zeitung? Kann sie ihren Mann umgebracht haben?", fragte Klatten weiter.

„Möglich, aber unwahrscheinlich, wenn du mich fragst."

„Doch ein Liebhaber?"

„Theoretisch möglich, aber wir kennen ihn nicht und sonst weiß auch niemand, wer das ist, wenn es ihn gibt. Sie wollte die Scheidung, aber angeblich war kein neuer Mann der Grund."

Es entstand eine kurze Pause, in der beide Männer schwiegen.

„Wäre es nicht an der Zeit, mit der Erpressung an die Öffentlichkeit zu gehen?" Sikorski sah den Mann ihm gegenüber gespannt an.

„Auf keinen Fall!", erklärte Klatten. „Wir wissen nicht, ob der Erpresser das in sein Kalkül einbezieht. Der öffentliche Druck würde unsere Arbeit zu sehr stören. Es ist schon fast ein Wunder, dass die Presse noch nichts mitbekommen hat."

Wieder schwiegen die beiden Männer, dann stand Sikorski auf, nickte Klatten zu und verließ dessen Büro.

Noch niedergeschlagener, als er ohnehin schon war, kam Sikorski nach diesem Gespräch gegen dreizehn Uhr sein Büro. Kaum hatte er sich an seinen Schreibtisch gesetzt, betrat Tobias Wagner den Raums.

„Was gibt's?", fragte er missmutig und überrascht, dass sein Mitarbeiter schon zurück war.

„Eine Spur", entgegnete Wagner.

Sikorski sah auf. Immerhin war mal nichts von diesen weißen Stöpseln zu sehen, weder in den Ohren noch auf seinen Schultern. Und damit auch nichts zu hören.

„Ich hielt es für Zeitverschwendung, im Budenheimer Wald zu stehen und irgendwelche Spaziergänger anzusprechen."

„Das war aber Ihr Auftrag!" Sikorski mochte solche Eigenmächtigkeiten nicht, und schon gar nicht von jemandem wie Wagner.

„Warten Sie ab!", erwiderte der und sah, dass Sikorski sich beherrschen musste, um nicht aus der Haut zufahren.

„Und?"

„Ich habe telefoniert."

„Wagner, ein bisschen schneller, bitte!"

„Ich habe mich auf dem Forstamt erkundigt, ob zum Zeitpunkt des Todes von Loos Jäger unterwegs waren. Im Budenheimer Wald."

„Und? Waren sie unterwegs?"

„Ja!" Wagner konnte ein siegesgewisses Lächeln nicht unterdrücken.

„Haben die was gesehen?"

„Ja."

Jetzt reichte es Sikorski. Mit hochrotem Kopf sprang er so schnell auf, dass Wagner erschrocken zurückwich und dabei gegen den Schreibtisch stieß. Sikorski stellte sich wenige Zentimeter vor Wagner. „Wenn Sie schon meine Anweisungen nicht befolgen, dann reden Sie wenigstens in ganzen Sätzen. Raus damit, wenn Sie einen Hinweis haben, der uns weiterhelfen könnte!"

Wagner merkte, dass er zu weit gegangen war, machte eine beschwichtigende Geste mit seinen Händen und sagte deutlich kleinlauter: „Ein Jäger hatte einen Geländewagen gesehen. Einen älteren Landrover. Grün. Total verdreckt. In der Nacht von Samstag auf Sonntag. In der Nacht, in der die Leiche von Loos dort abgelegt wurde."

„Nummernschilder?"

„Hat er keine gesehen."

„Waren keine dran oder hat er keine gesehen?"

„Er weiß es nicht mehr. Sagt, dass er sowieso zu spät dran war. Und als er später noch mal dahin ist, um genauer nachzusehen, war das Auto weg."

„Und er hat keine Meldung gemacht?"

„Nein. Aber ihm ist ein Aufkleber aufgefallen, auf der Tür hinten am Wagen, auch verdreckt und zum Teil schon abgelöst, aber er sagt, dass er den an so einem kleinen Detail erkannt habe."

„Und was hat er erkannt?", fragte Sikorski ungeduldig.

„Die Herkunft. Des Aufklebers. Von einer Genossenschaft in Kastellaun. Genossenschaft für Agrartechnik."

„Kastellaun im Hunsrück?" Sikorski wusste natürlich, dass Kastellaun im Hunsrück lag, aber er hatte mit einem Mal das Gefühl, wenigstens eine klitzekleine Spur gefunden zu haben. Das konnte alles Zufall sein, aber aus dem Hunsrück konnten auch das Heu und der Kuhkot daran stammen. Der deutete auf einen landwirtschaftlichen Zusammenhang hin, die Genossenschaft bestätigte dies.

„Besorgen Sie einen Wagen, Wagner!", forderte er seinen Kollegen auf, bereits etwas besserer Stimmung. „Wir machen einen Ausflug."

„Übrigens!", rief er Wagner nach, als der sich schon auf den Weg nach unten in die Tiefgarage machte. „Gute Arbeit!"

Der drehte sich kurz um und nickte stumm. Geht doch!, dachte er bei sich.

Wagner trieb den Dienstwagen mit hoher Geschwindigkeit über die A 61. Die beiden Männer sprachen nicht miteinander. Sikorski ließ sich telefonisch die Adresse der Genossenschaft in Kastellaun geben und tippte sie in das Navigationsgerät ein.

Er versuchte jeden Anflug von Optimismus zu unterdrücken. Es war eine Spur, klar, der Landrover konnte das Fahrzeug des Mörders sein. Das wäre die beste Variante. Die zweitbeste, dass der Besitzer etwas gesehen hatte, das ihm weiterhelfen würde. Aber die wahrscheinlichste war, dass der Wagen weder dem Mörder gehörte oder von ihm benutzt wurde noch von dem Besitzer des Landrovers etwas beobachtet worden war, dass ihn bei seinen Ermittlungen weiterbrachte.

An der Anschlussstelle Laudert verließen sie die Autobahn und fuhren weiter mit überhöhter Geschwindigkeit durch Laudert und Bubach nach Kastellaun. Dort hatten sie das Lager der Raiffeisen Agrartechnik schnell gefunden. Wagner steuerte den Dienstwagen an einer großen Halle vorbei und stellte ihn um vierzehn Uhr zwanzig vor einem Flachbau ab, der nach der Unterkunft für die Büros aussah.

Im Innern des Gebäudes sprachen sie einen älteren Mann, der ihnen entgegenkam, an.

„Informationen über Mitglieder?", fragte der misstrauisch zurück und sah die beiden Männer mit einer gewissen Herablassung an.

„Ja!", erwiderte Sikorski mindestens ebenso streng.

Der Mann ließ sich Zeit mit der Antwort. „Die zweite Tür links, Herr Naujocks", sagte er endlich und sah den beiden Männern nach, bis die in dem Büro verschwunden waren.

Rüdiger Naujocks, ein untersetzter Mann in Jeans und Hemd, Ende vierzig, bat seine Besucher, Platz zu nehmen.

„Ein grüner Landrover?", wiederholte er, nachdem die beiden Polizisten sich vorgestellt und ihm den Grund ihres

Besuchs dargelegt hatten. Naujocks hatte sogar Wert darauf gelegt, ihre Ausweise zu sehen. „Davon fahren ziemlich viele hier herum. Sie können den Halter doch mittels des Kennzeichens herausfinden?"

„Wenn eines am Wagen angebracht gewesen wäre", widersprach Wagner.

„Ich könnte Ihnen die Liste aller Mitglieder der Genossenschaft geben. Aber einen Aufkleber kann sich auch ein Nichtmitglied besorgt haben. Die liegen hier aus. Warum suchen Sie den Wagen überhaupt?"

„Der Wagen könnte ...", begann Wagner, aber Sikorski fuhr ihm sehr rüde über den Mund. „Dazu dürfen wir im Moment noch nichts sagen", wofür er sich einen wütenden Blick seines Kollegen einfing, aber das war ihm egal.

„Wie alt war der Wagen denn?"

Sikorski zuckte mit den Schultern. „Der Aufkleber war schon ziemlich zerrissen und der Wagen laut der Aussage des Zeugen sehr verdreckt."

„Verdreckt?", fragte Naujocks nachdenklich nach.

„Ja", bestätigte Wagner, der sich beruhigt hatte. „Der Jäger, der Zeuge", verbesserte er sich, „sagte aus, dass von der grünen Farbe des Landrovers wegen der Verschmutzung so gut wie nichts zu sehen war."

Ein Lächeln huschte für einen kurzen Moment über Naujocks Gesicht, verschwand aber sofort wieder.

„Ja?", hakte Sikorski nach.

„Reiner. Das könnte Reiners Wagen sein. Sein Landy ist völlig verdreckt. Manche hier im Ort regen sich sehr darüber auf, weil er ein schlechtes Aushängeschild ist. Ihm ist das egal."

„Reiner, wie weiter?", fragte Wagner.

„Reiner Brünagel", antwortete Naujocks. „Ein guter Bauer. Hat den Betrieb von seinem Vater übernommen, als der mit dem Traktor verunglückt ist. Ganz tragische Geschichte. Reiner hat ihn dann übernommen. Hätte ihm niemand zugetraut. War ein richtiger Hallodri früher gewesen. Hat in Mainz irgendwas studiert, aber eigentlich nur das Geld des Vaters durchgebracht, Mädels und teure Klamotten. Aber wie das mit dem Unfall passiert ist und der Erich im Rollstuhl saß, da ist er sofort gekommen und hat sich in die Arbeit gestürzt. Er macht gute Arbeit. Deshalb meckern die Leute zwar, wenn er mit seinem verdreckten Landy rumfährt, aber solange hier einer gute Arbeit macht, ist das nicht so wichtig."

„Haben Sie seine Adresse?"

Naujocks nickte stumm, drehte sich mit seinem Stuhl so weit zur Seite, bis er vor dem Bildschirm seines Computers saß und tippte auf der Tastatur. Nur wenige Sekunden später kündete ein helles Sirren an, dass der Drucker ein Blatt Papier ausstieß. Naujocks drehte sich noch ein Stück weiter, griff unter seinen Schreibtisch, der die Form eines Halbmondes hatte, und hielt, als er wieder aufrecht saß, ein Blatt Papier in der Hand, das er Sikorski reichte, der ihm mit einem Nicken dankte.

„Rufen Sie am besten vorher an. Gut möglich, dass er auf dem Feld ist."

„Auf dem Feld", wiederholte der Hauptkommissar, dem der Heurest mit dem Kuhkot eingefallen waren. „Hat er keine Tiere?"

„Doch, doch", sagte der Mann von der Genossenschaft. „Hauptsächlich Kühe. Sehr viele sogar. Aber Reiner bewirtschaftet auch einige Felder."

Sikorski bedankte sich und verließ bald darauf mit Wagner das Gelände der Genossenschaft. Entgegen dem Ratschlag von Naujocks rief er nicht bei Reiner Brünagel an. Egal, wie sich dessen Verstrickung in den Fall herausstellen sollte, Sikorski mochte gerne das Moment der Überraschung auf seiner Seite haben, wenn er einem Zeugen oder einem Verdächtigen entgegen trat, besonders beim ersten Mal.

Das Auffälligste an Brünagels Hof war eine langgestreckte Halle, in der Sikorski die Kühe vermutete. Im rechten Winkel zu der Halle stand das Wohnhaus, ein blau gestrichener Bungalow, der seltsam fremd auf dem Anwesen wirkte. Vor dem Haus stand ein grüner Landrover und der war sehr verschmutzt, wie Sikorski schon von weitem erkennen konnte.

„Bingo!", rief Wagner aus und schlug mit der Hand so fest aufs Lenkrad, dass Sikorski erschrak, sich aber nichts anmerken ließ.

Gemeinsam gingen die beiden Männer zu dem Fahrzeug. Am Heck hing der arg mitgenommene Aufkleber der Genossenschaft Kastellaun, jedoch waren vorne und hinten zwei, allerdings kaum lesbare, Kennzeichen befestigt. Wagner ging in die Hocke und untersuchte die Nummernschilder, während Sikorski langsam und mit hinter seinem Rücken verschränkten Händen über den Hof ging und sich umschaute.

„Herr Sikorski", rief Wagner seinen Vorgesetzten zu sich, der sich ein paar Sekunden Zeit ließ, bevor er reagierte und langsam auf seinen Kollegen zuschritt.

„Hier!" Wagner hockte vor der Front des Fahrzeugs, zeigte auf die Befestigung des Kennzeichens und wartete, bis sich sein Vorgesetzter neben ihn gekniet hatte, bevor er erklärte: „Das Nummernschild ist völlig verdreckt, aber schauen Sie, hier", sein rechter Zeigefinger machte eine Kreiselbewegung um eine der beiden Schrauben, die das Kennzeichen an der Stoßstange hielten, „alles ist verdreckt, aber die beiden Schrauben nicht. Und auch direkt um die Schrauben ist der Dreck weggeschabt."

Ohne auf eine Reaktion von Sikorski zu warten, stand Wagner auf, ging ans Heck des Landys und untersuchte auch dieses Kennzeichen. „Genau das gleiche Ergebnis", sagte er zu Sikorski, der ihm langsam gefolgt war.

„Was machen Sie da?", rief sie plötzlich eine tiefe Stimme an. Sikorski und Wagner drehten sich um. Aus dem Haus kam ein alter Mann mit einem Rollstuhl auf sie zugefahren und schien sie einfach überrollen zu wollen, denn er machte keinerlei Anstalten zu bremsen. Sikorski sprang einen Schritt zur Seite, während Wagner kaltblütig stehen blieb. Mit einem geschickten Handgriff stoppte der Alte den Rollstuhl und kam nur wenige Zentimeter vor dem jungen Mann zum Stehen.

„Was machen Sie hier?", fragte er noch einmal und trotz des Rollstuhles wirkte der Alte mit seinem entschlossenen und grimmigen Gesicht gefährlich. Seine lederne Haut war von vielen Furchen durchzogen. Da er die Ärmel seines Hemdes hochgekrempelt hatte, waren seine muskulösen Arme nicht zu übersehen. Aus seinen wasserblauen Augen funkelte er die beiden Männer auf dem Hof böse an, dabei sah er schnell von einem zum anderen. Sikorski brauchte nur ein paar Sekunden, um zu erkennen, dass der Mann Alkoholiker war.

„Polizei", antwortete Wagner und hielt dem unruhigen und strengen Blick des Mannes im Rollstuhl stand. „Wir möchten gerne mit Reiner Brünagel sprechen. Wissen Sie, wo er ist?"

„Was wollen Sie von ihm?", fragte der Mann statt eine Antwort zu geben.

Sikorski war versucht einzugreifen, aber er hielt sich zurück, um zu sehen, wie sein Kollege mit der Situation umgehen würde.

„Wir stellen die Fragen", erwiderte der, bestimmt, jedoch nicht herablassend, wie der Hauptkommissar positiv überrascht feststellte. „Also, wer sind Sie und wo ist Reiner Brünagel?"

Offenbar hatte Wagner den richtigen Ton getroffen, denn der Alte rollte ein Stück zurück, sah kurz zu Sikorski, der weiterhin schwieg, herüber, bevor er militärisch knapp antwortete.

„Erich Brünagel. Ich bin der Vater. Reiner ist auf dem Feld."

„Wann kommt er wieder?"

„Wenn er mit seiner Arbeit fertig ist."

„Wann ist das?"

„Junger Mann, Sie sind nicht vom Land …"

Sikorski beobachtete, wie sich Wagners Körper spannte. Er hielt es für ratsam, jetzt das Gespräch zu übernehmen.

„Herr Brünagel", sagte er, sah dabei aber kurz zu seinem Kollegen herüber, der sein Eingreifen dieses Mal nicht mit einem grimmigen Blick kommentierte. „Ich bitte Sie, die Fragen, die wir Ihnen stellen, zu beantworten. Je schneller und konkreter Sie dies tun, desto schneller werden wir wieder fort sein. Also: Wissen Sie, wann Ihr Sohn zurückkommt?"

Brünagel ließ sich ein paar Sekunden Zeit mit der Antwort. „In der nächsten halben Stunde, nehme ich an. Die Kühe müssen gefüttert werden."

Sikorski nickte wohlwollend. „Der grüne Landrover da", er zeigte auf das verdreckte Auto, „gehört der Ihrem Sohn?"

„Ja."

„Wer außer Ihrem Sohn benutzt diesen Wagen noch?"

„Wer sollte ihn sonst noch benutzen?", fragte der Alte und blickte an sich herunter.

„Ihre Schwiegertochter vielleicht? Freunde? Angestellte?"

Der alte Brünagel lachte gehässig auf. „Schwiegertochter. Mein Sohn hat keine Frau. Was glauben Sie denn, welche Frau heutzutage auf einen Hof ziehen will. Morgens um vier Uhr aufstehen, abends um zehn ins Bett und Urlaub gibt es keinen. Und Reichtümer können Sie auch keine ansammeln. Dafür gibt es einen alten Krüppel mitzuversorgen. Wir sind froh, wenn wir gerade so über die Runden kommen und die Raten für die Schulden bezahlen können. Städter!", schob er verächtlich hinterher.

„Hat Ihr Sohn in letzter Zeit längere Fahrten mit dem Fahrzeug unternommen?"

„Dazu hat er keine Zeit. Aber jetzt sagen Sie mir verdammt noch einmal, warum Sie das wissen wollen und was mein Sohn angestellt haben soll."

„Stellt Ihr Sohn öfters etwas an?", fragte Wagner, der einen kleinen Schritt auf den Rollstuhl zugegangen war.

„Was wollen Sie damit sagen?", blaffte der Bauer zurück.

„Bitte!", forderte Sikorski beide Männer zu etwas mehr Besonnenheit auf und gab Wagner mit der Hand ein Zeichen sich zurückzuhalten. „Herr Brünagel, wenn Sie unsere Fragen beantworten, sind Sie uns schnell wieder los. Also, bitte! Hat Ihr Sohn in letzter Zeit längere Fahrten mit diesem Landrover unternommen?"

„Ich weiß es nicht. Ich gehe abends sehr früh ins Bett. Ich kann nicht so lange aufbleiben."

Der Alkohol, dachte Sikorski bei sich. In dem Moment hörten sie das Rattern eines tief brummenden Motors, das schnell lauter wurde. Kurze Zeit später bog ein Traktor auf den Hof ein und fuhr, nachdem der Fahrer kurz zu ihnen herübergeschaut hatte, in eine Scheune. Zwei Minuten später stand der Mann vor ihnen. Er war groß und kräftig, Sikorski schätzte ihn auf über einen Meter neunzig, und seine dunkelblonden Haare reichten bis auf die Schultern. Sein Hemd war dreckig und verschwitzt. Er hatte die wasserblauen Augen seines Vaters, aber sie waren klarer konturiert. Im Mundwinkel hatte er den Rest einer Zigarette, an der er noch einmal heftig zog, bevor er sie auf den Hofboden warf.

„Das ist die Polizei", stellte der Alte Sikorski und Wagner vor. Der Hauptkommissar übernahm es, dem jüngeren Brünagel ihre Namen zu nennen.

„Und was wollen Sie?"

„Wissen, wo du mit dem Auto gewesen bist."

„Vater, bitte!" Er kramte in der Brusttasche seines Hemdes und entnahm ihr eine Zigarette, die er sich gleich anzündete.

„Wir haben einen Hinweis, dass ein solcher Wagen, wie Sie ihn besitzen, in der Nacht vom letzten Samstag auf Sonntag im Budenheimer Wald gesehen wurde. Wir würden von Ihnen gerne wissen, ob Sie dort waren?"

„Sicher nicht", antwortete der junge Brünagel.

„Ganz sicher?", hakte Wagner nach.

„Ganz sicher. Ich bin die letzten Wochen nur bis auf meine Felder gekommen. Für mehr ist gar keine Zeit. Und abends bin ich hundemüde. Was glauben Sie denn, wie das ist, wenn man jeden Morgen zwischen vier und fünf aufsteht? Wer will den Wagen denn gesehen haben?"

„Ein Jäger."

„Diesen Wagen? Mit meinem Kennzeichen? Sind Sie da sicher?"

„Wir haben ...", begann Sikorski und Brünagel fiel ihm sofort ins Wort. „Was glauben Sie denn, wie viele solche Landys hier herumfahren? Warum soll es dann ausgerechnet meiner sein, wenn Sie nicht das Kennzeichen haben?"

Wagner wollte zu einer Erwiderung ansetzen, aber Sikorski ließ es dazu nicht kommen. „Wir fragen alle in Betracht kommenden Personen. Und so viele grüne Landrover gibt es auch wieder nicht. Sie waren in der betreffenden Nacht zu Hause?"

„Mein Vater kann das bestätigen", antwortete er.

Wieder war Wagner versucht einzugreifen, aber auf einen Wink von Sikorski hin unterließ er dies.

„Vielen Dank. Eine Bitte? Könnte ich etwas zu trinken haben? Die Hitze, Sie verstehen?", fragte der Hauptkommissar.

Einen Moment lang sah der junge Brünagel den Hauptkommissar an, als überlege er, ob der ihm eine Falle stellen wolle, nickte aber schließlich, warf die Zigarettenkippe auf den Boden und verschwand ins Haus. „Darf ich mal in den Stall sehen?", fragte Sikorski den Alten, der ebenfalls einen Moment brauchte, bis er nickte und seinen Rollstuhl auf der Stelle wendete. „Kommen Sie!", forderte er Sikorski auf, ohne ihn anzuschauen und rollte in Richtung des langen Gebäudes.

„Kratzen Sie etwas Dreck von der Unterseite und den Reifen des Landys ab", flüsterte Sikorski Wagner zu, bevor er dem Alten folgte. Er blieb im Tor zu dem Stall stehen und sah auf die endlos lange Reihe von nebeneinander stehenden Kühen, von denen er nur die in seiner Nähe klar erkennen konnte. Weil es sehr düster in der Halle war, verschwammen die anderen zu Konturen.

„Zweihundert Kühe", erklärte der Alte, „Arbeit ohne

Ende, Kosten ohne Ende, und was bleibt am Ende übrig? Nichts! Wissen Sie, was wir für den Liter Milch gezahlt bekommen?"

„Hier, Ihr Wasser!" Reiner Brünagel war leise neben Sikorski getreten und reichte ihm ein Glas, der es dankend entgegennahm und in einem Zug austrank.

„Mehr?", fragte der Landwirt. Sikorski nickte und hielt ihm sein Glas entgegen, das Brünagel aus einer Karaffe füllte. Nun trank er in kleinen Schlucken.

„Möchte Ihr Kollege auch?"

„Fragen wir ihn", entgegnete Sikorski, drehte sich um und verließ den Stall. Wagner stand neben ihrem Dienstwagen und klopfte, als Sikorski ihn ansah, leicht auf seine Hosentasche. Nachdem auch er ein Glas Wasser getrunken hatte, verabschiedeten sie sich von den beiden Männern.

„Was ist denn da im Budenheimer Wald passiert?", fragte Reiner Brünagel, bevor Sikorski einstieg.

„Ein Toter wurde gefunden."

„Ein Toter?", hakte Brünagel nach.

„Ermordet", erklärte Sikorski.

Brünagel nickte leicht mit seinem Kopf und hob seine Hand zum Abschied, nachdem der Hauptkommissar eingestiegen war.

„Das ist das Auto! Warum haben Sie mich nicht weiterfragen lassen?", insistierte Wagner, noch während er den Dienstwagen auf dem Hof wendete.

„Ich hoffe, dass die glauben, dass wir ihnen auf den Leim gegangen sind."

„Ist es nicht zu gefährlich, dass die alle Spuren beseitigen?"

Sikorski wiegte seinen Kopf hin und her. „Ich glaube es

nicht. Sie können den Landrover sauber machen, aber nicht alles Heu vernichten. Und Sie haben doch etwas von dem Dreck abgekratzt, oder?"

„Klar", antwortete Wagner. „Und eine von den Kippen habe ich auch."

„Sehr gut", lobte Sikorski und dachte bei sich, dass er seinem jungen Mitarbeiter vielleicht doch etwas positiver entgegentreten und ihm gewisse Eigenheiten nachsehen sollte.

Um fünfzehn Uhr dreißig verließen die beiden Polizisten Kastellaun. Auf der Autobahn drückte Wagner sofort das Gaspedal durch, doch schon nach kurzer Zeit war er wegen der vielen LKWs auf der A 61 zu einer gemäßigteren Fahrweise gezwungen.

Sikorski rief im Büro an und bat Maria, Reiner Brünagel zu durchleuchten und herauszufinden, ob und welche Verbindung es zu den Toten gab, insbesondere zu Raimund Loos, dem Mann, der in der Badewanne im Budenheimer Wald gefunden worden war. Auf der Höhe von Waldlaubersheim, gegen sechzehn Uhr, klingelte Sikorskis Handy. Er nahm ab, hörte zu, fragte dann „Adresse?" und wies den Anrufer zurecht, warum denn noch niemand dahin geschickt worden war und forderte dann in ungehaltenem Tonfall, sofort jemanden vor dem Hotel zur Beobachtung abzustellen. Er käme mit dem Kollegen Wagner auf dem direkten Weg dorthin.

Als Sikorski sein Handy neben sich gelegt hatte, sah Wagner kurz zu ihm herüber.

„Nackstraße, Hotel Rhenus", wies der den Fahrer an. „Jemand hat dort in der Nähe eine Frau gesehen, die unserer Frau Rossmann ähnlich sehen soll. Offensichtlich verletzt. In Begleitung eines Mannes. Sie sind im Hotel verschwunden. Weil man uns nicht erreicht hat, wurde nichts unternommen. Unglaublich!" Dann schwieg er.

✳

Simon Engel war auf diesen Fall nicht vorbereitet. Frau Rossmanns Riss an der Augenbraue blutete noch immer und auf ihrer Wange hatte sich ein Bluterguss gebildet. Er reichte ihr ein Glas Wasser, das sie aber nicht anrührte. Er hatte bislang einen einzigen Versuch unternommen, die Frau nach dem Mann, mit dem sie in dem Keller gewesen war, zu befragen, gleich nachdem sie in das Zimmer eingetreten waren, aber sie stierte ihn nur mit einer Mischung aus Abwesenheit und Trotz an.

„Besorgen Sie etwas, um meine Wunden zu verarzten!", forderte sie Engel dreist auf.

Ein Moment lang sah er die Frau auf dem Bett an, dann zog er den Gürtel von seiner Hose ab und fesselte damit die Hände der Frau, bevor er ihr einen Knebel in den Mund steckte. Er zog vom Kopfkissen den Bezug ab und band sie damit ans Bett. Sie leistete zur seiner Überraschung nur wenig Widerstand. Danach zog er sich seine Kappe tief ins Gesicht, verließ das Hotelzimmer und verschloss die Tür von außen. Er musste verhindern, dass die einzige Person, die ihm in dieser verfahrenen Situation helfen konnte, verschwunden war, wenn er zurückkam.

Engel lief die Treppe hinunter. Der Pförtner blickte nicht auf, als er an ihm vorbeieilte. Nach wenigen Minuten hatte er eine Apotheke gefunden, ließ sich einen Verbandskasten, Jod und Schmerztabletten geben, ging dann in den nicht weit entfernten Supermarkt, in dem er Cola, Wodka und Kekse kaufte und in eine Tüte packte. Als er auf die Straße trat, hielt neben ihm ein Taxi, aus dem eine ältere Frau umständlich ausstieg.

Engel drückte die Tüte an seinen Körper und stellte sich neben den Wagen.

„Sind Sie noch frei?", fragte er den Taxifahrer, als die alte Frau den Wagen verlassen hatte. Ein kurzes „Jau" war die Antwortet.

Engel setzte sich auf den Rücksitz, der Mann am Steuer musste ihn ja nicht zu deutlich sehen. Er gab die Kupferbergterrasse als Ziel, was den Fahrer sichtlich nicht erfreute, aber er stellte den Taxameter an und fädelte sich in den Verkehr ein. Vor dem Novotel ließ Engel den Mann halten, zahlte und ging zu der Tiefgarage, in deren Nähe er Veras Cabrio abgestellt hatte. Obwohl keine Polizei in der Nähe war, ging er auf Nummer sicher, spazierte an dem Wagen vorbei und umkreiste den Block, bevor er die Tür öffnete, einstieg und auf dem kürzesten Weg in die Neustadt zu seinem Hotel zurückfuhr. Den Wagen stellte er in einer Parallelstraße ab und eilte von dort mit seiner Tüte ins Hotel.

Frau Rossmann lag, als er das Zimmer betrat, noch so auf dem Bett, wie er sie verlassen hatte, und sah ihn mit unverhohlenem Zorn an, was ihrem Gesicht zusammen mit den verschmierten Blutflecken ein seltsam groteskes Aussehen verlieh. Ihre Perücke war leicht verrutscht und die vormals hochtoupierten blonden Haare hingen ihr wirr vom Kopf.

Er nahm ihr den Knebel aus dem Mund und befreite ihre Hände vom Gürtel. „Was soll dieser Kinderkram?", fauchte sie Engel an.

„Ich habe ein paar Fragen!", antwortete er kurz, nahm die Colaflasche und schraubte den Verschluss ab. „Hier trinken Sie!"

Frau Rossmann zögerte einen Moment, dann nahm sie

die Flasche und trank, stellte sie auf den Boden neben das Bett, stand auf und ging zur Tür. Engel stellte sich ihr in den Weg und blockierte den Ausgang.

„Lassen Sie mich gehen!" Ihre Stimme klang selbstbewusst, was Engel erneut wunderte angesichts der Situation, in der sie sich befand.

„Nein!", sagte er, packte die Frau und stieß sie zurück auf das Bett. Sie war so überrascht über seine harsche und entschlossene Reaktion, dass sie sich nicht wehrte.

„Was soll das?", schnauzte sie ihn an, nachdem sie sich wieder aufgesetzt hatte.

„Ich habe ein paar Fragen, auf die ich eine Antwort will."

Anna-Lena Rossmann sah sich den Mann, der sie in dieses Hotelzimmer gebracht hatte, genauer an. „Was wollen Sie von mir? Sie sind in fremdes Eigentum eingebrochen und haben mich entführt", warf sie ihm vor.

„Soll ich die Polizei rufen, damit Sie der das erzählen können?", erwiderte Engel. „Wohl kaum! Also, ich brauche Ihre Hilfe!", erklärte er ihr und erntete dafür einen verständnislosen Blick.

„Hilfe?", wiederholte sie.

„Ja, Hilfe! Und Antworten", wiederholte er. „Was haben Sie in dem Keller gesucht und warum hat sich Ihr Mann umgebracht? Oder wurde er umgebracht? Und wo ist das Geld, das Ihr Mann sich geliehen hat?"

Statt einer Antwort stand Frau Rossmann auf und ging an Engel vorbei ins Bad. Von dort hörte Engel Sekunden später das Wasser rauschen, und als die Frau wieder ins Zimmer zu ihm zurückkam, waren die Blutflecken aus ihrem Gesicht gewaschen.

„Ich habe Sie aus dem Haus kommen sehen", begann Engel, als Frau Rossmann sich wieder auf den Rand des Bettes gesetzt hatte. „Einen Tag, bevor die Leiche Ihres Mannes gefunden wurde. Sie verstecken sich. Und heute wollten Sie wieder in das Haus. Heimlich. So, dass niemand es mitbekommt."

Frau Rossmann reagierte nicht. Sie nahm erneut die Flasche mit der Cola, drehte aufreizend langsam den Verschluss auf und führte die Flasche an den Mund.

„Wer war der Mann, mit dem Sie da unten waren? Was haben Sie gesucht? Was sind das für Aufnahmen?" Während er die Fragen stellte, war Engel auf die Frau zugegangen, die ihn mit festem Blick ansah und sich augenscheinlich nicht von ihm einschüchtern ließ.

„Das ist meine Sache. Ich glaube nicht, dass Sie das etwas angeht. Wer sind Sie überhaupt?"

Engel war vor der Frau stehen geblieben und als sie ihre letzte Frage mit aller ihr möglichen Verachtung formuliert hatte, holte er aus und schlug ihr mit der flachen Hand so überraschend und fest ins Gesicht, dass sie zur Seite fiel und dabei kurz aufschrie. Die Flasche fiel auf den Boden und die Cola verteilte sich auf dem hellen Teppich. Engel war sofort über der Frau und hielt ihr seine Hand auf den Mund.

„Ruhe!", herrschte er sie an.

Sie sah ihn erst mit großen, ebenso erschrockenen wie zornigen Augen an, bevor sie kurz nickte, um ihm zu verstehen zu geben, dass sie nicht mehr schreien würde. Langsam nahm er seine Hand von ihrem Mund.

„Was wollen Sie?"

Ihre Stimme hatte einiges von ihrem verachtenden Unterton verloren. Engel blieb neben ihr auf dem Bett sitzen. Sie spürte, dass er sie wieder schlagen würde.

„Wissen, was hier los ist, welches Spiel gespielt wird."

„Warum?"

„Beantworten Sie meine Fragen! Warum wurde Ihr Mann umgebracht?"

„Ich weiß es nicht!", antwortete Frau Rossmann und in ihrer Stimme klang eine Verzweiflung mit, die Engel für einen Moment verunsicherte.

„Er war Ihr Mann. Er hatte Schulden …"

„Woher wissen Sie …?"

„War es deshalb?"

„Ich weiß es nicht. Mein Mann und ich, wir haben uns auseinandergelebt. Jeder ist seinen Weg gegangen. Ich bin vor einem halben Jahr aus unserem Haus ausgezogen."

„Was wissen Sie über seine Schulden?"

Frau Rossmann sah Engel einen Moment lang intensiv an und überlegte. „Nicht viel. Er wollte mir davon nichts sagen. Weil er mich nicht gefährden wollte, wie er sagte."

„Gefährden? Von wem hatte er das Geld?"

„Ich habe keine Ahnung."

„Noch einmal! Der Mann in dem Keller. Wer war das?"

„Ich kenne ihn nicht. Habe ihn nie gesehen."

Diese dreiste Lüge erzürnte Engel. Er trat vor und schlug sie noch einmal, nicht so fest wie beim letzten Mal. Sie reagierte mit einem kurzen Aufstöhnen. „Der Mann?!"

Sie schwieg.

„Und das Geld, das Ihr Mann sich geliehen hatte, wo ist das?"

Frau Rossmann lachte auf. „Was glauben Sie denn, wo es ist?"

Engel zuckte mit den Schultern. „Bei Ihnen! Damit niemand dran kommt!"

„Schlauer Bursche", kommentierte sie hämisch.

„Was ist mit den Aufnahmen, die Sie in dem Keller gesucht haben?"

Sie wurde lauter. „Ich weiß es nicht. Das habe ich Ihnen doch schon gesagt." Engel schlug wieder mit der flachen Hand zu. Sie stöhnte auf, verkniff es sich aber, lauter zu werden, und rückte auf dem Bett ein Stück zur Wand.

„Wirklich nicht! Ich weiß nicht, mit wem Alexander sich da eingelassen hat. Er war nervös, hat Andeutungen gemacht, dass er sich auf eine Scheißsache eingelassen habe, aus der er nicht mehr raus könne. Alexander war ein sehr naiver Mensch."

„Genauer!", forderte Engel ungeduldig.

„Ich weiß es nicht. Ehrlich!" Frau Rossmann war wieder lauter geworden.

„Der Mann, Sie müssen doch …" Engel setzte zu einer neuen Frage an, da klingelte sein Mobiltelefon.

Genervt griff er in seine Tasche.

„Ja!", brüllte er in das Handy, viel zu laut.

„Simon?!" Die Stimme klang ruhig und überlegen. „Kopka hier. Ich wollte mich mal erkundigen, wie Sie vorankommen. Schon herausbekommen, wo Rossmann sein Geld hat? Haben Sie Probleme? Ich kann Sie nicht sehr gut verstehen!"

„Ich … Ich bin dran", beeilte sich Engel zu antworten.

„Sehr schön, Simon", erwiderte Kopka, und irgendetwas war in seiner Stimme, das Engel stutzen ließ. „Und? Hat er sein Geld beiseite geschafft?"

„Sicher … bin ich … also, bin ich … nicht", stotterte Engel. „Aber es sieht so aus. Ich warte, also, ich warte noch auf einen … Wissen Sie …", Engel sprach viel zu schnell, „… ich warte noch auf einen entscheidenden Hinweis …", er sah zu Frau Rossmann, die dem Gespräch gespannt lauschte, „dann kann ich Ihnen Genaues sagen."

„Fein, Simon", sagte Kopka überaus freundlich. „Ich

wusste, dass ich mich auf Sie verlassen kann. Bis bald!" Und wieder war etwas in seiner Stimme, das Engel sehr stark beunruhigte, aber er konnte nicht sagen, was es genau war.

Noch bevor Engel einen Abschiedsgruß in sein Handy sprechen konnte, hatte Kopka schon aufgelegt, und beunruhigt von dieser kurzen Unterhaltung, die er nicht einordnen konnte, wandte er sich wieder Frau Rossmann zu.

„Noch einmal! Der Mann in dem Keller, wer war das?", fragte er. Im gleichen Moment klopfte es an der Tür. Engel sah zwischen der Tür und Anna-Lena Rossmann hin und her, die in diesem Moment genauso beunruhigt war wie er.

„Wer hat angerufen?", fragte sie sichtlich nervös, aber Engel hörte ihr nicht zu, sondern sprang an die Tür, um sie zu verriegeln, aber er erreichte sie zu spät. Es fehlten ihm nur ein paar Zentimeter, aber die waren entscheidend, und da stand Kopka schon vor ihm. Kopka, mit dem er vor wenigen Sekunden noch telefoniert hatte, stand breitbeinig in der Tür, sah Engel einen Augenblick lang an, verzog keine Miene, sondern schlug einfach zu, genau auf Engels Nase. Nicht sehr fest, aber stark genug, dass Engel zurücktaumelte, strauchelte und auf den Rücken fiel. Dann stand Kopka schon im Zimmer, hatte die Tür hinter sich verschlossen und seinen rechten Fuß auf Engels Brust gesetzt.

„Hinsetzen!", befahl er Frau Rossmann, die mit seinem Eintreten aufgesprungen war. Mit geweiteten Augen sah sie den kräftigen Mann in dem beigen Anzug an, dann ließ sie sich langsam auf dem Bett nieder.

„Sitzen bleiben!", befahl Kopka und drückte, während er dies sagte und Frau Rossmann dabei anblickte, seinen Fuß fester auf Engels Brust, der laut aufstöhnte und im Reflex mit seiner Hand nach dem Bein griff.

„Vorsicht!", mahnte Kopka, nahm seinen Fuß von dem

Körper und trat Engel damit ansatzlos in die Seite, der nur mit Mühe einen lauten Schmerzensschrei unterdrückte und sich zusammenrollte.

Kopka schien das alles nicht zu berühren. Er stellte sich vor die Hotelzimmertür.

„Stehen Sie schon auf, Simon, und stellen Sie sich nicht so an! Ich hätte nicht gedacht, dass Sie so ein Waschlappen sind."

Trotz der Schmerzen erhob sich Engel und lehnte sich gegen die Wand.

„Was für ein Spiel spielen Sie, Simon?", fragte Kopka. Seine Stimme klang jetzt viel weicher als vor wenigen Sekunden, dennoch schwang ein aggressiver Unterton mit.

„Ich hatte Ihnen einen Auftrag gegeben, nicht nur, weil ich Ihnen so meinen Dank für eine Gefälligkeit zeigen wollte, sondern auch, weil ich glaubte, mich auf Sie verlassen zu können. Dass Sie ehrlich und loyal sind, Simon. Ich sehe nun, dass mein Misstrauen absolut berechtigt war. Sie erzählen mir frech, dass Sie weiterhin an Rossmann dran sind und auf einen entscheidenden Hinweis warten. Für wie dumm halten Sie mich? Wollen Sie mich so offensichtlich beleidigen? Glauben Sie denn wirklich, dass ich nicht mitbekommen habe, dass Rossmann tot ist?"

Kopka machte eine Pause und fixierte den Mann, der leise stöhnte und mit gekrümmtem Körper an der Wand stand, mit einem so strengen Blick, als wolle er ihn mit seinen Augen an die Wand nageln.

„Ich wollte Sie nicht …, ehrlich …"

„Simon!" Kopka hatte seine Stimme nur ein wenig angehoben, aber das reichte, Engel zum Schweigen zu bringen. Frau Rossmann sah dem Schauspiel schweigend zu.

„Ich kann Lügen nicht ausstehen, Simon. Lügen kommen

gleich hinter Verrat und Vertrauensmissbrauch. Sie haben sich aller drei Vergehen schuldig gemacht. Sie haben mir Rossmanns Tod verschwiegen, ebenso, dass Sie mit seiner Frau, die das Geld möglicherweise hat, in Ihrem Hotelzimmer sitzen. Wollten Sie mit dem Geld abhauen, Simon? Mit der Frau zusammen? Dachten dabei, dem blöden alten Mann aus Hamburg kann ich mal zeigen, was eine Harke ist, und sich auf seine Kosten gesundstoßen. Blöd genug ist er ja!" Mit dem letzten Satz war Kopka wieder lauter geworden und einen Schritt auf Engel zugetreten. Engel wich zurück.

„Simon, die Polizei sagt zwar, dass Rossmann sich selbst umgebracht hat. Aber wer sagt mir denn, dass das stimmt. Warum sollte der arme Mann das tun? Vielleicht waren Sie das ja. Zusammen mit dieser …" Er sah kurz und verächtlich zur Rossmann herüber. „Simon, Simon. Das wird kein gutes Ende mit Ihnen nehmen. Zwei Tote schon. Sie werden nun nicht nur in Hamburg als Mörder gesucht, man sucht Sie vielleicht auch hier. Sie sind ein gefährlicher Bursche, Simon. Extrem gefährlich."

„Nein, … ehrlich, … ich habe … nicht …", stammelte Engel, aber das interessierte Kopka schon nicht mehr. Er blieb vor Engel stehen, wandte sich nun aber Frau Rossmann zu, die noch immer auf dem Bett saß.

„Und nun zu Ihnen, meine Liebe! Frau Rossmann, nicht wahr? Wo ist das Geld, das Ihr Mann mir schuldet? Wo haben Sie es versteckt? Auf welchen Konten ist es deponiert?"

„Ich weiß nicht, was Sie meinen", antwortete die Angesprochene. Engel blickte zu ihr herüber und sie sah gefasster aus, als er das vermutet hätte.

„Sie wissen sehr genau, was ich meine, Frau Rossmann. Ihr Mann hat sich eine größere Summe Geld geliehen, weil er sich verspekuliert hatte, und jetzt, fürchte ich, versuchen Sie mich zu linken."

„Ich weiß nichts von den Geschäften meines Mannes. Wir leben seit einiger Zeit getrennt", beeilte sich Frau Rossmann zu erklären, aber sie hatte das letzte Wort gerade ausgesprochen, da war Kopka schnell zu ihr ans Bett getreten und hatte ihr mit der Außenfläche seiner rechten Hand ins Gesicht geschlagen.

„Frau Rossmann, wollen Sie jetzt den gleichen Fehler begehen wie dieser Mann und mich belügen? Ich bitte Sie! Das ist einer Dame doch unwürdig." Und wieder, ohne Vorwarnung, schlug er die Frau, dieses Mal so fest, dass sie auf die Matratze zurückfiel.

Engel, dem Kopka den Rücken zugewandt hatte und der sah, wie der Frau Blut aus der Nase lief und die Wunde über ihrem Auge wieder aufgeplatzt war, sprang mit einem Mal vor und umgriff Kopka mit beiden Armen von hinten, doch der schüttelte den Angreifer ohne große Anstrengung ab und verpasste ihm dabei einen Schlag, der sein Opfer nicht mit voller Wucht erwischte. Dennoch flog Engel durch das Zimmer bis neben die Tür.

Frau Rossmann war aufgesprungen und versuchte die Tür zu erreichen, doch wieder war Kopka schneller, erwischte sie am Arm, zog sie zu sich und schleuderte sie mit so großem Schwung auf das Bett, dass sie sich darauf überschlug und mit dem Kopf gegen die Wand krachte.

Engel nutzte das Durcheinander, rappelte sich auf, sprang zur Tür, entriegelte das Schloss, riss die Tür auf und lief los. Sein Gesicht und seine linke Niere schmerzten höllisch, aber das war ihm in diesem Moment völlig egal. Er traute Kopka alles zu, auch dass er seinen Geschäftspartner in Hamburg und ebenso Rossmann umgebracht hatte und dass er nun ihn, ohne mit der Wimper zu zucken, erledigen würde.

Engel stolperte die Treppe nach unten, fiel hin, erreichte das Parterre, hörte oben die Tür zuschlagen und schwere Schritte auf der Treppe, nahm den überrascht schauenden Portier aus dem Augenwinkel wahr und rannte auf die Straße. Den Mann in der Jeans und der grauen Windjacke, der auf der anderen Straßenseite an der Hauswand lehnte und der sich in diesem Moment eine Zigarette anzündete, dann auf seine Uhr blickte, weil er hoffte, dass der angekündigte Kommissar ihn bald ablösen käme, sah er nicht, noch weniger, dass er ihm verdutzt nachsah, ihm ein paar Meter nachlief, dann sein Handy aus der Tasche nahm und aufgeregt hineinsprach. Das war um sechzehn Uhr fünfzehn.

Wagner verließ die A 60 an der Abfahrt auf die Schiersteiner Brücke in Richtung Gonsenheim und Wiesbaden, als Sikorskis Handy erneut läutete. Er kommentierte zweimal mit einem lauten „Verdammt!", fügte am Ende „Bleiben Sie dort, bis wir vor Ort sind" und „Nein, unternehmen Sie nichts!", hinzu, legte auf und wies Wagner an, so schnell wie möglich in die Mainzer Neustadt zu fahren.

„Was ist passiert?", fragte der.

„Unser Mann vor dem Hotel hat gesehen, wie ein Mann daraus abgehauen ist. Fluchtartig. Könnte der Beschreibung nach Simon Engel sein."

„Engel? Und? Haben Sie ihn?"

„Nein, ist weg. Ein zweiter Mann ist hinter dem ersten her, hat ihn wohl verfolgt, ist dann in ein Auto gestiegen und ab."

„Was soll das?"

„Woher soll ich das wissen?", gab Sikorski gereizt zurück. Ihn ärgerte, dass man die Männer hatte entkommen lassen. Vielleicht wäre er bald schon viel weiter, wenn das nicht passiert wäre.

Um sechzehn Uhr siebenundzwanzig stellte Wagner den Dienstwagen in der Einfahrt zu dem Hotelhof ab. Sikorski sprang gleich heraus und eilte zu dem Mann mit der grauen Windjacke, der vor dem Hoteleingang stand.

„Wo ist der Mann hingelaufen?"

„Richtung Stadt." Der in der grauen Windjacke zeigte die Richtung an. „Ist einfach drauflosgelaufen."

„Und der andere?"

„Ist ihm hinterher gerannt. Dann habe ich noch einen großen schwarzen Wagen gesehen. Ich glaube, ein Audi."

„Kennzeichen?"

„Zu weit weg."

„Mist!" Sikorski ließ den Kollegen stehen, gab Wagner, der neben dem Auto geblieben war, ein Zeichen und ging in das Hotel.

„Hier ist eben ein Mann rausgelaufen. Name! Zimmer!", fragte er den Portier. Einen Moment schien es, als überlege der, die Frage nicht sofort zu beantworten, um ein klein wenig seiner Autorität zu wahren, aber ein Blick in Sikorskis Augen hinter der Metallbrille machte ihm nur zu deutlich, dass er diesem Mann möglichst schnell die gewünschte Auskunft geben sollte.

Kaum hatte der Hauptkommissar Namen und Zimmernummer erfahren, war der schon auf dem Weg nach oben. Die Tür zu dem Zimmer, das der Portier ihm genannt hatte, war verschlossen. Sikorski zog heftig an der Klinke, die nicht nachgab. Kurze Zeit später kam Wagner die Treppe hochgelaufen.

„Machen Sie die Tür auf!", forderte Sikorski seinen Mitarbeiter auf, der sich kurz das Objekt ansah, einmal an der Klinke rüttelte, einen Schritt zurücktrat und dann mit einem gezielten Tritt die Tür aus der Fassung brach.

„Gute Arbeit!", sagte Sikorski mit leichter Ironie, während er in das Zimmer trat, in dem ihn eine sehr derangiert wirkende Frau vom Bett aus mit glasigen Augen ansah.

„Wer sind Sie?", fragte er, scheinbar ungerührt von ihrem Zustand, doch sie war nicht fähig oder willens, ihm eine Antwort zu geben und ließ sich zur Seite fallen. Er hatte sie ohnehin schon erkannt.

„Na gut!", sagte er, „wenn Sie es so wollen!" Er nahm sein Handy und rief erst einen Krankenwagen, dann die Spurensicherung zu dem Hotel.

Wagner stellte sich neben den Kommissar. „Was ist passiert?", fragte er.

„Offenbar ein Streit. Der Arzt soll sich die Dame anschauen, dann kommt sie mit aufs Präsidium." Er nahm die Frau genauer in Augenschein. „Das ist übrigens Frau Rossmann. Immerhin ein kleiner Erfolg. Klatten und Meister werden sich freuen."

Während Wagner wieder nach unten ging, um auf den Arzt zu warten, sah sich Sikorski in dem Zimmer um. Außer einem kleinen Koffer, einer Reisetasche, einigen Klamotten, einem Kulturbeutel, einer Tüte mit Keksen und einer Flasche Wodka war nichts in dem Raum. Sikorski nahm an, dass die Sachen dem geflohenen Gast gehörten. Er beobachtete die Frau aus den Augenwinkeln, während er die Schubladen untersuchte. Er griff mit seinen von Handschuhen geschützten Händen in die Taschen der verschiedenen Kleidungsstücke, um einen Ausweis zu finden, aber ohne Erfolg. Die Frau lag noch immer wie bei seinem Eintritt in gekrümmter Haltung auf dem Bett, aber sie hatte ihren Kopf so weit bewegt, dass sie Sikorski bei seinen Handhabungen beobachten konnte. Der registrierte das sehr wohl, kommentierte es aber nicht.

Kurz darauf kamen zwei Notärzte die Treppen hinauf. Sie untersuchten die Frau, säuberten ihre Wunden und teilten Sikorski dann mit, dass sie zur genaueren Untersuchung in ein Krankenhaus müsse.

Sikorski war damit nicht einverstanden. „Ich muss die Frau sprechen!"

„Die Frau ist geschlagen worden. Sie hat eine Platzwunde am Kopf, möglicherweise eine Gehirnerschütterung. Sie muss zuerst untersucht werden", legte der Notarzt dar, um sich gleich wieder seiner Patientin zuzuwenden.

Der Kommissar fluchte innerlich. Jetzt würde er unnötig Zeit verlieren. Er bat den Polizeibeamten, der Frau Rossmann begleiten sollte, ihn sofort anzurufen, wenn die Untersuchung abgeschlossen war.

Nachdem die beiden Ärzte und der Kollege mit Frau Rossmann das Zimmer verlassen hatten, wandte sich Sikorski an Wagner. „Bleiben Sie hier, bis die Spurensicherung gekommen ist!", wies er ihn an.

Der Kommissar ging nach unten und unterhielt sich noch mit dem Portier. Er fragte ihn nach dem Gast aus, der so plötzlich verschwunden war, und erfuhr, dass der als Holger Reitze angemeldet war. Der Name Simon Engel sagte ihm nichts. Sikorski zeigte dem Portier die Phantomzeichnung von Engel und der Portier bestätigte, dass dies Holger Reitze sei, der seit Mittwoch letzter Woche das Zimmer bewohne, das für eine Woche im Voraus bezahlt worden war. Den zweiten Mann kannte er nicht, er hatte sich nicht vorgestellt. Wenigstens konnte er eine halbwegs brauchbare Personenbeschreibung geben.

Danach nahm Sikorski aus dem Dienstwagen, der noch in der Hofeinfahrt stand, die Erdproben von Brünagels Landy und die Kippe, die Wagner eingesammelt hatte. Auf der kurzen Strecke von dem Hotel zum Präsidium, die er zu Fuß zurücklegte, hatte er das Gefühl, dass sich in dem Verhältnis zu seinem Kollegen Wagner an diesem Tag Entscheidendes geändert hatte.

Sikorski brachte die Erdproben und den Zigarettenrest bei Graubner vorbei und bat ihn, sie mit den Funden im Budenheimer Wald zu vergleichen.

Eine Stunde später erhielt er einen Anruf aus dem Krankenhaus. Der Polizeibeamte, der Frau Rossmann begleitet hatte, teilte ihm mit, dass Frau Rossmann untersucht worden sei, keine ernsthaften Verletzungen aufweise und vernommen werden könne. Sikorski schickte gleich einen Wagen zum Krankenhaus. Er selbst nahm schon im Vernehmungszimmer Platz.

Anna-Lena Rossmann wurde von einem uniformierten Kollegen in den Raum gebracht. Sie sah den Kommissar nicht an.

Er schob ein Glas Wasser zu ihr herüber, aber sie reagierte nicht darauf.

„Frau Rossmann ...“, begann er.

„Woher wissen Sie ...?“, gab sie zurück und brach abrupt ab.

„Sie werden gesucht. Ihr Bild ist in der Zeitung“, erklärte Sikorski lapidar. „Also, Frau Rossmann! Sie wissen sicher, dass Ihr Mann tot ist. Ermordet.“ Sikorski sprach bewusst kühl und ohne Rücksicht auf ihre Gefühle. Er schätzte, dass sie sich damit besser aus der Reserve locken ließ und auch der Typ war, der jeden Versuch der Einfühlung als Schwäche auslegen und auszunutzen versuchen würde.

Die Angesprochene nickte kaum merklich.

„Wie haben Sie das erfahren?"

„Aus der Zeitung." Sie sagte auch das ohne erkennbare Emotion.

„Wo waren Sie zum Zeitpunkt des Todes Ihres Mannes?"

„Wann war der Zeitpunkt?", fragte sie zurück.

„Stand das nicht in der Zeitung?"

„Ich kann mich nicht erinnern."

Sikorski nannte ihr das Datum, worauf sie die Augen schloss, um ein intensives Nachdenken vorzutäuschen.

„Und?", hakte der Kommissar nach, als es ihm zu lange dauerte.

„Ich weiß es nicht mehr. Ich glaube, bei einer Freundin."

„Name der Freundin?!"

„Kann ich nicht sagen."

„Warum nicht?"

„Das geht nicht."

„Warum haben Sie sich nicht bei der Polizei gemeldet, als Sie von dem Tod Ihres Mannes erfahren haben?"

„Hätte ich das machen sollen?" Frau Rossmann sagte das mit provozierender Lässigkeit.

„Das ist naheliegend."

„Für mich nicht. Mein Mann und ich hatten uns schon lange nichts mehr zu sagen."

„Sie leben in Scheidung?"

„Ich wollte die Scheidung. Alexander hat sich dagegen gewehrt."

„Das ist ein Motiv."

„Machen Sie sich nicht lächerlich. Ich wollte die Scheidung, weil ich für klare Verhältnisse bin, aber wenn Alexander nicht will, bitte. Ich lebe trotzdem so, wie ich mir das vorstelle."

„Leben Sie mit einem anderen Mann zusammen?"

Die Antwort war ein breites Lächeln.

„Bitte eine Antwort, Frau Rossmann! In Worten!"

„Nach über zehn Jahren Ehe habe ich erst einmal genug von Beziehungen jeglicher Art."

„Das ist keine Antwort auf meine Frage."

Frau Rossmann sah den Kommissar ungerührt an.

„Ihr Mann war hoch verschuldet. Was wissen Sie darüber?", fragte der weiter.

„Er hat sich irgendwo Geld geliehen."

„Zu einem unverschämten Zins, wie ich gehört habe."

„Dann haben Sie sicher auch gehört, dass mein Mann bei der Bank keinen Kredit mehr erhalten hat. Er war übrigens auch deswegen pleite, weil ihm eine Reihe von Gläubigern, darunter auch die öffentliche Hand, die Rechnungen nicht bezahlt hat."

„Wo ist das geliehene Geld?"

„Da müssen Sie meinen Mann fragen."

Sikorski musste sich beherrschen, ruhig zu bleiben.

„Von wem hatte sich Ihr Mann Geld geliehen?"

„Dito!"

Sikorski spürte, dass er so nicht weiterkam bei dieser Frau, die es ganz offensichtlich darauf anlegte, ihn vorzuführen.

Er gab dem Beamten, der neben der Tür in den Vernehmungsraum auf einem Stuhl saß, ein Zeichen, worauf der sich erhob.

„Bringen Sie die Frau in eine Zelle!"

„Zelle?", fragte die aufgeregt und sprang auf.

„Untersuchungshaft", erklärte Sikorski kurz.

„Das dürfen Sie nicht."

„Das darf ich sehr wohl und Sie bleiben da so lange, bis Sie sich kooperationsbereiter zeigen."

Der Beamte war hinter die Frau getreten und fasste sie am Arm. Sie schüttelte ihn energisch ab, setzte sich und sah Sikorski ein paar Sekunden an, bevor sie ihm mit einem „Okay" zu verstehen gab, dass sie gesprächsbereit war. Mit einem Blick wies der Kommissar seinen Kollegen an, wieder auf seinen Platz zu gehen.

„Hören Sie zu, Frau Rossmann", begann Sikorski ruhig. „Ihr Mann hat sich Geld geliehen. Ich nehme an bei jemandem, der zum einen nicht den niedrigsten Zinssatz nimmt und der zum anderen auch nicht zimperlich in der Wahl seiner Mittel ist, wenn er sein Geld nicht zurückbekommt. Ihr Mann wurde umgebracht. Der Name Ihres Mannes ist zudem im Zusammenhang mit anderen Kapitalverbrechen gefallen. In beiden Fällen können wir nicht ausschließen, dass Sie darin involviert sind."

Sikorski hatte streng gesprochen und dabei die Frau ihm gegenüber nicht aus den Augen gelassen. Sie schien zumindest so weit beeindruckt, dass sie nicht gleich eine Erwiderung parat hatte.

„Von welchen Kapitalverbrechen sprechen Sie?", fragte sie schließlich.

Der Kommissar schwieg.

„Sie bluffen!"

„Vielleicht. Vielleicht nicht! Durch Ihr Verhalten verschlechtern Sie allerdings Ihre Position. Und ich habe keine Lust auf Ihre Spielchen. Also!"

Frau Rossmann trank einen Schluck Wasser aus ihrem Glas, bevor sie zu sprechen begann.

„Alexander hatte sich Geld geliehen. Von wem, das weiß

ich nicht. Aber zu einem viel zu hohen Zinssatz, das stimmt. Einen Teil hat er in seine Arbeit gesteckt, einen anderen für Spekulationen genutzt. Das hat er früher schon gemacht. Er hatte eine Nase dafür. Nicht, dass er Millionen damit verdient hätte, es kamen aber immer einige Tausend Euro zusammen. Dieses Mal hat der Idiot es völlig in den Sand gesetzt. Alles weg. Und dieser Kredithai wollte sein Geld wiederhaben."

„Das Ihr Mann nicht mehr hatte."

„Genau! Das er nicht mehr hatte."

„Kennen Sie den Kreditgeber?"

Frau Rossmann schüttelte ihren Kopf. Dabei verrutschte ihre blonde Perücke. Sikorski sah sie erstaunt an. Als sie den Grund bemerkte, riss sie sich die Kunsthaare vom Kopf und schmiss sie in den Raum.

„Braun steht Ihnen besser", sagte Sikorski. Sie kommentierte die Aussage mit einem verächtlichen Verziehen ihrer Mundwinkel.

„Keine Ahnung, wer der Kreditgeber sein könnte?"

Frau Rossmann ließ sich Zeit. „Hamburg vielleicht. Ich habe, das ist schon Wochen her, den Schluss eines Gesprächs mitbekommen, das Alexander sehr aufgewühlt hatte, da fiel der Name Hamburg. Ich habe ihn gefragt, ob das sein Geldgeber gewesen war, aber er hat nur ausweichend geantwortet."

„Der Mann, der das Zimmer, in dem wir Sie gefunden haben, gemietet hatte, kennen Sie den?"

„Nein", antwortete Frau Rossmann knapp.

„Wie sind Sie in sein Zimmer gekommen?"

„Er hat mich dorthin gebracht."

„Gegen Ihren Willen?"

Frau Rossmann rang sich ein müdes Lächeln ab.

„So kann man das auch nennen."

„Wie darf ich das verstehen?"

„Dieser Mensch, der sich mir nicht vorgestellt hat, sagte mir, dass er meine Hilfe braucht."

„Wie sollte die aussehen?"

„Das hat er nicht gesagt."

Sikorski sah die Frau an. „Dieser Mann, in dessen Hotelzimmer Sie waren, war in dem Büro Ihres Mannes, kurz bevor er tot aufgefunden wurde. In welcher Beziehung stand er zu Ihrem Mann?"

„Ich sagte doch schon, dass ich den Mann nicht kenne."

„Holger Reitze? Simon Engel? Sagen Ihnen diese Namen etwas?"

„Nein!", antwortete Frau Rossmann knapp.

„Es war ein zweiter Mann in dem Zimmer. Wer war das?"

Frau Rossmann ließ sich Zeit mit der Antwort.

„Verdammt", herrschte Sikorski die Frau an, „jetzt reden Sie endlich mal!"

„Ja, da war noch ein Mann …"

„Und?" Für Sikorski war es ein sehr anstrengendes Gespräch.

„Ich glaube, dass es der Mann war, der meinem Mann das Geld geliehen hatte."

„Und wie kam er in das Hotelzimmer?"

„Er hat diesem …"

„Reitze."

„Ja, dieser Reitze sollte wohl für ihn meinen Mann beobachten und das Geld besorgen."

„Ein Geldeintreiber?"

„Ich nehme an. So klang es zumindest. Aber er war sauer auf Reitze. Hat ihn auch geschlagen."

„Was haben die beiden noch gesprochen?"

„Der Geldeintreiber hat zu ihm gesagt, dass er jetzt wohl in zwei Städten als Mörder gesucht werde. In Hamburg und hier."

„In Hamburg. Hat das dieser andere Mann gesagt?"

„Ja, verdammt, habe ich doch gesagt."

„Warum ist Reitze abgehauen?"

„Keine Ahnung. Weil der andere sauer war. Hat gedacht, dass der ihn bescheißen will." Frau Rossmann bekam wieder den herausfordernden Tonfall, den Sikorski schon glaubte ihr ausgetrieben zu haben.

Der Kommissar befragte die Frau noch eine weitere Viertelstunde, fragte sie nach Loos, Kreiner und Richter, aber sie behauptete, diese Männer nicht zu kennen, was Sikorski ihr glaubte. Nachdem er die Rossmann den zweiten Mann in dem Hotelzimmer hatte beschreiben lassen, wies er den Wachmann an, Frau Rossmann in Untersuchungshaft zu bringen.

Als sie aus dem Vernehmungszimmer gebracht worden war, lehnte er sich zurück und ließ das in den letzten Stunden Geschehene und Erfahrene Revue passieren und er fand, dass er einige wichtige Puzzlestücke gefunden hatte und einen genügenden Beitrag zur Rettung der Chagall-Fenster geleistet hatte, um sich nun wieder seinen Toten zuwenden zu können. Er ließ Meister die Nachricht von der Verhaftung Frau Rossmanns zukommen und rief Maria und Wagner zu sich, klärte sie darüber auf, dass Simon Engel sich als Holger Reitze in dem Hotel angemeldet hatte und offensichtlich als Geldeintreiber für einen Kredithai in Hamburg hinter Rossmann her gewesen war, der sich bei besagtem Kredithai Geld geliehen hatte, es aber nicht zurückzahlen konnte.

Wagner bekam zum Abschluss des Tages den Auftrag,

noch einmal diesen Engel und dessen mögliche Beziehungen ins illegale Kreditgeschäft zu überprüfen und bei den Kollegen vor Ort nachzufragen, wer dort als Geldverleiher infrage komme. Er gab ihm die Personenbeschreibung des Beamten, der den fremden Mann in dem beigen Anzug bei seiner Flucht aus dem Hotel gesehen hatte.

Engel war außer Atem, als er Veras Cabrio erreicht hatte, und glaubte sich übergeben zu müssen. Er war trotz der Schmerzen einfach von dem Hotel aus losgelaufen und noch viel zu aufgewühlt, um einen zielgerichteten Gedanken fassen zu können, aber sein innerer Überlebensinstinkt hatte ihn zu dem Wagen geführt. Er musste weg. In der Hektik fand er zuerst nicht den Zündschlüssel. Panik stieg in ihm auf. Er sah sich um. Er konnte Kopka nicht sehen. Endlich hielt er den Schlüssel in der Hand, drückte auf den Entriegelungsknopf, worauf das typische Piepgeräusch ertönte. Als er mit geschlossenem Stahlverdeck durch die engen Straßen der Neustadt fuhr, beruhigte Engel sich ein wenig und begann, über das Geschehene nachzudenken. Die Polizei bedeutete unbequeme Fragen und Knast, Kopka dahingegen mindestens eine Menge Schmerzen, wenn nicht mehr. Als er losfuhr, wusste er noch nicht, wohin, nur erst einmal weg. Kopka, dieser Arsch, schoss es ihm durch den Kopf. Wie hatte er den Mann nur so unterschätzen können? Zu glauben, Rossmanns Tod bliebe ihm verborgen, war nicht nur naiv, es war dumm, fahrlässig und lebensgefährlich. Es war ihm doch klar gewesen, dass Kopka ein Spiel spielte. Warum hatte er diese Einsicht nicht viel mehr berücksichtigt? Seine Niere schmerzte und er hatte das Gefühl, dass seine Nase durch

Kopkas Schlag auf das Mehrfache ihrer normalen Größe angeschwollen war. Während Engel vor einer roten Ampel wartete, beschloss er, in Veras leerstehender Wohnung unterzutauchen. Wenn sie ihm einige Vorräte brachte, dann könnte er es dort lange genug aushalten, bis Kopka die Suche nach ihm aufgeben würde. Vorerst zumindest. Er hätte damit Zeit gewonnen, auch um endlich richtig bei Vera zu landen. Sie musste einsehen, dass er nicht mehr der Hallodri von vor über zehn Jahren war.

Als Engel Veras Haus in Hechtsheim erreicht hatte und den Wagen abbremste, um in die Tiefgaragenzufahrt abzubiegen, erkannte er bei einem zufälligen Blick in den Rückspiegel den großen dunklen Audi, der ihm vorhin schon an der Uniklinik und dann auf der Rheinhessenstraße aufgefallen war. Er konnte den Fahrer hinter dem Lenkrad nicht erkennen, dafür war er noch zu weit weg, aber seine Alarmsirenen heulten laut und schrill auf. Er riss das Lenkrad herum, trat sofort das Gaspedal durch, überfuhr die nächste Ampel bei Rot und konnte den Audi, als er in die engen Straßen im alten Ortskern eintauchte, nicht mehr im Rückspiegel erkennen. Hatte er sich doch getäuscht? Sah er in seiner Panik schon Gespenster? Vielleicht war es ein Zufall gewesen, dass der Wagen den gleichen Weg wie er selbst genommen hatte. Und er wusste ja nicht einmal, ob es derselbe Audi war, den er bei der Klinik und auf der Rheinhessenstraße gesehen hatte. Wie hätte Kopka ihm auch folgen können? Er war ja noch in dem Hotelzimmer, als er schon längst die Treppe hinuntergeeilt war. Und Kopka war nicht gerade der Schlankeste und er selbst war sehr schnell zu dem Wagen gelaufen. Ein Gedanke allerdings krallte sich in Engels Hirn fest und machte ihm Angst: Warum war Kopka alleine hier, ohne Fahrer und ohne seine Schläger? Mit ihnen hätte sein

Aufenthalt etwas Offizielles und, vor allem, Berechenbares. Dieses Moment fehlte.

Engel fuhr ziellos weiter, um seine nächsten Schritte zu überlegen. Am einfachsten und auch sichersten wäre es, jetzt einfach abzuhauen. Er würde das Risiko, Kopka in die Hände zu fallen, minimieren. Aber wohin sollte er? Er besaß kaum noch Geld. Wenn er wegführe, hieße das auch, dass er aus Veras Nähe verschwand, sein einziger Hoffnungsschimmer im Moment. Nein, er musste herausfinden, ob der Fahrer des Audis tatsächlich Kopka war. Wenn nicht, dann stand ihm Veras Wohnung als Versteck zur Verfügung. Die beste aller Möglichkeiten, die sich ihm im Moment anbot.

Nach mehr als einer Stunde des ziellosen Umherfahrens lenkte Engel das Cabrio nach Hechtsheim zurück, allerdings stellte er den Wagen zwei Straßen von Veras Haus entfernt ab und näherte sich ihm zu Fuß, bis es in seiner Sichtweite lag. Erschrocken erkannte Engel, dass der dunkle Audi vor dem Nachbarhaus parkte, aber so sehr er sich auch bemühte, er konnte das Nummerschild nicht lesen und durch die abgedunkelten Scheiben nicht erkennen, ob sich jemand im Innern des Wagens befand. Natürlich konnte das bedeuten, dass der Besitzer des Audis nebenan wohnte und sich schon längst in seiner Wohnung bei seiner Familie aufhielt. Aber das war nur eine Möglichkeit und ein Risiko, auch wenn es noch so klein war, durfte Engel nicht mehr eingehen. Er hatte schon genug Fehler gemacht. Jetzt musste er warten, auch auf die Gefahr hin, den vorbeikommenden Spaziergängern aufzufallen, die ihn, der an einen Baum gelehnt stand und sich möglichst unbefangen zu verhalten versuchte, neugierig musterten.

Doch dann hatte Engel Glück, obwohl „Glück" in diesem Fall ein zweischneidiges Wort war. Er registrierte eine Bewegung an dem Auto, benötigte aber einen Moment, bevor er erkannte, was sich da bewegte. Es war die Kofferraumhaube, die sich wie von Geisterhand ein kleines Stück angehoben hatte. Dann wurde die Tür des Audis geöffnet. Engel erschien das Ganze wie in Zeitlupe abzulaufen. Eine gefühlte Ewigkeit später bewegten sich erst ein Fuß und darauf ein Bein in einer beigen Hose aus dem Wageninnern, dann folgte der Restkörper und schließlich stand Kopka in voller Größe neben seinem Wagen, streckte sich und sah sich um. Auch in Engels Richtung, der erschrocken hinter den Baum, an dem er gelehnt stand, zurückwich. Als er wieder zum Auto blickte, beugte Kopka sich über den geöffneten Kofferraum und hantierte darin herum.

Engel nutzte die Ablenkung und eilte so schnell er konnte zu Veras Wagen zurück, setzte sich hinein und fuhr in Richtung Autobahn.

Noch als er neben dem Baum gestanden hatte, war Engel eine Idee gekommen. Die genaue Adresse hatte er nicht im Kopf, aber er wusste den Ort, in dessen Nähe Reiner Brünagel wohnte, sein Kumpel aus alten Mainzer Tagen, der den väterlichen Hof nach dessen Unfall übernommen hatte. Es würde ihm keine Schwierigkeit bereiten, die herauszufinden. Mit Reiner war er immer klargekommen, trotz dessen Verliebtseins in Vera, das wahrscheinlich nur eine romantische Schwärmerei gewesen war, und trotz dessen offensichtlicher Wut damals, auf dem Parkplatz bei der Loreley, als er mit der verheulten Vera ankam. Aber Reiner war einer, der vergaß. Er war nicht der Hellste, und er würde ihn mit ein paar wohlfeilen Worten schon in die Spur bringen. Reiner war der wahrscheinlich pragmatischste aus der Clique gewesen, was er ja auch damit zur Genüge bewiesen hatte, als er im Augenblick der Not den Familienbetrieb übernommen hatte. Reiner hatte immer zu ihm aufgeschaut, wusste Engel noch, er würde ihm keine unbequemen Fragen stellen. Er würde die letzten Kilometer bis Kastellaun nutzen, um sich eine schöne Geschichte für Reiner zu überlegen.

Der war zu seiner Überraschung aber gar nicht so erfreut über diesen zweiten unerwarteten Besuch an diesem Tag. Im Gegenteil, er reagierte sogar sehr nervös.

„Was willst du hier?", fragte er anstatt einer Begrüßung und betrachtete den Mann vor sich sehr genau, bevor sein Blick über dessen Schultern auf das dunkle Cabrio fiel, das Engel mitten auf dem Hof abgestellt hatte.

„Ich war in der Nähe, hatte geschäftlich hier zu tun und habe in einem Internet-Café einfach mal deinen Namen eingegeben. Willst du mich nicht reinlassen?"

Brünagel zögerte.

„Wo hast du den Wagen her?"

Engel drehte sich um. „Den? Das ist meiner."

„Deiner?", fragte der Landwirt und großer Zweifel klang in seiner Stimme durch.

„Traust du mir so ein Auto nicht zu?"

Brünagel blickte noch einmal zwischen dem Auto und seinem Fahrer hin und her, bevor er antwortete. „Doch, doch, aber ...", und unterbrach sich dann selbst.

„Was ist? Ich bin's, Simon, dein alter Kumpel. Du scheinst ja gar nicht erfreut zu sein."

„Doch, doch", erwiderte der, aber sein Tonfall konterkarierte seine Aussage.

„Also?"

„Gut", sagte der Landwirt endlich und trat zur Seite, um den Gast ins Haus zu lassen.

„Aber sei bitte leise, mein Vater schläft schon!", bat er, während Engel sich an ihm vorbei drückte. „Die erste Tür rechts."

Engel trat in die Küche ein, einen großen Raum, in dem rechts Herd, Spüle und die anderen Geräte aneinandergereiht waren, während die linke Seite von einem großen Tisch eingenommen wurde, an dessen einer Längsseite an der Wand eine Holzbank und an dessen beiden Kopfenden Stühle standen. Ihm fielen gleich die vielen dunklen Streifen auf dem Linoleumboden an der anderen Längsseite auf, an der weder Bank noch Stuhl waren.

Brünagel bemerkte Engels Blick. „Vom Rollstuhl meines Vaters. Setz dich!" Dann ging er zum Kühlschrank, aus dem er zwei Bierflaschen nahm, sie über der Spüle öffnete, eine von ihnen Engel reichte und ihm die andere zum Anstoßen entgegenhielt.

Engel führte die Flasche an den Mund und nahm einen tiefen Zug. Dabei sah er über die Flasche hinweg Brünagel an, um abzuschätzen, wie er zu ihm stand. Ihn verwunderte dessen Reserviertheit, war er doch früher immer ein offener, für Schmeicheleien jeglicher Art zugänglicher Charakter gewesen. Engel hatte sich etwas mehr Begeisterung gewünscht, schob Brünagels Zurückhaltung aber auf den anstrengenden Job.

„Viel zu tun?", fragte er.

„Immer", war die lakonische Antwort, bevor Brünagel einen weiteren Schluck trank und die Flasche auf den Tisch stellte. Dann zog er aus seiner Hosentasche eine Zigarette und steckte sie an.

„Wie geht es deinem Vater?"

„Okay", war die wenig ausgiebige Antwort, während der Brünagel vernehmlich an der Zigarette zog.

Es entstand eine Verlegenheitspause, die sie mit Trinken überbrückten.

„Schön dich mal zu sehen", versuchte Engel nochmals das Gespräch in Gang zu bringen. „Ist schon lange her."

„Über zehn Jahre", kam es wie aus der Pistole geschossen.

„Und? Bist du glücklich als Bauer?"

„Landwirt! Ja. Ist gut." Brünagel betrachtete seinen Gast mit einem Blick, der dem gar nicht gefiel. „Was ist passiert?"

Engel sah ihn überrascht an.

„Wie meinst du das?"

Brünagel deutete mit der Bierflasche in der Hand erst auf Engels Nase und dann auf dessen Unterkörper. Der sah an sich herunter. Das Hemd hing ihm zum Teil aus der Hose und sein Jackett hatte einen Riss.

„Sagen wir mal: ein Unfall!"

Er grinste Brünagel verschwörerisch an, doch der reagierte nicht darauf.

„Wer?"

„Eine private Geschichte."

„So?! Klingt nicht geschäftlich!"

Engel trank den letzten Schluck aus seiner Flasche. Er spürte, dass er so nicht weiterkam. Brünagel drückte seine Zigarette aus.

„Reiner. Ich habe Probleme und müsste für ein paar Tage unterkommen. Kannst du mich aufnehmen?"

Brünagels panischer Blick als Antwort auf diese Frage blieb Engel nicht verborgen. „Nicht für lange", beschwichtigte er gleich. „Nur ein paar Tage. Bis sich die Wogen geglättet haben."

Brünagel antwortete nicht gleich.

„Um der alten Tage willen, Reiner. Denk an früher. Wir

hatten viel Spaß miteinander und du hattest einen großen Teil davon mir zu verdanken."

Immerhin nickte Brünagel jetzt, wenn auch nur leicht.

„Ich falle dir nicht auf die Nerven. Du hast doch bestimmt ein abgelegenes Zimmer. Ich bleibe da drin ..."

„Mein Vater ...", wandte Brünagel ein.

„Kriegt mich nicht mit", versuchte Engel dieses Argument zu entkräften.

„Der kriegt alles mit."

„Komm, lass mich nicht hängen."

Engel spürte, dass Brünagel weich wurde und er ließ ihm Zeit.

„Das gibt nur Ärger."

„Ich werde keinen Ärger machen. Ich bleibe im Zimmer. Komm, Reiner, du warst doch früher nicht so ..."

Wieder verfiel Brünagel in ein stumpfes Nachdenken.

„Okay", sagte er schließlich. „Es gibt eine kleine Hütte. Etwas abseits. Man kann sie vom Haus aus nicht sehen. Da hatte früher mal ein Onkel von meinem Vater gewohnt. Er war ein bisschen ..." Brünagel machte mit der rechten Hand eine Scheibenwischerbewegung vor seinen Augen.

„Hast du noch ein Bier?", fragte Engel. „Darauf müssen wir noch einen trinken. Irgendwie kriege ich gleich wieder ein Gefühl für früher ... Weißt du noch, Reiner, wie Mark in der Andau ..."

„Früher ist vorbei, Simon", unterbrach Brünagel seinen alten Kumpel rüde. „Ich habe keine Zeit zum Quatschen." Damit stand er auf, ging zum Kühlschrank und entnahm ihm zwei neue Flaschen Bier, öffnete sie wie vorhin über der Spüle und reichte eine davon seinem Gast. Er selbst steckte sich, bevor er trank, eine neue Zigarette an.

„Du hast doch früher nicht geraucht", stellte Engel fest.

„Es ändert sich alles", war die trockene Antwort und En- gel schien es, als ob Brünagel ihn am Liebsten gleich wieder losgeworden wäre.

„Hast du noch Kontakt zu den anderen?", fragte Engel weiter.

Brünagel schüttelte leicht den Kopf. „Kann ich drauf ver- zichten. Vorbei ist vorbei." Dann verschloss er seinen Mund mit der Bierflasche.

„Das ist doch ein Teil unserer Geschichte", widersprach Engel. Es tat ihm aufrichtig weh, dass Brünagel so gar nichts mehr für ihre gemeinsame Zeit von vor gut zehn Jahren empfand.

„Scheiß-Geschichte. Wenn du hier bleiben willst, dann verschone mich mit den alten Geschichten, okay?"

„Ich will ja nur … also für mich …"

„Ich brauche die nicht."

„Aber …"

„Verdammt Simon! Ich nehme an, du lebst noch wie frü- her. Das ist bei mir vorbei. Alles vorbei. Ich will mit der alten Zeit nichts mehr zu tun haben. Geht das in dein Hirn rein?!"

Engel nickte, aber er verstand nicht, warum Brünagel der- maßen allergisch auf die Erinnerungen an früher reagierte.

„Läuft der Laden gut?"

Brünagel verstand nicht sofort.

„Der Bauernhof, meine ich. Läuft der? Wirft der gut was ab?"

„Geht so. Zum Leben reicht es."

„Bist du verheiratet?"

„Simon, wo lebst du denn? Würdest du als Frau auf einem Bauernhof leben wollen. Mit einem Pflegefall. Heutzuta- ge?"

„Ich weiß nicht. Aber du lässt dir doch bestimmt ab und zu mal eine Braut hierherkommen, oder?"

„Du redest Scheiße, Simon!" Nach dieser Zurechtweisung trank Brünagel seine Flasche Bier in einem Zug leer, drückte die Zigarette aus und stand auf. Engel folgte ihm.

„In der Hütte sind ein Bett und eine Decke, ich bringe dir nachher noch Kaffee, Wasser und was zum Essen. Du bleibst in der Hütte, damit mein Vater nichts mitbekommt! Ist das klar? Und das Auto kannst du hinter der Hütte abstellen."

„Ist das wirklich dein Auto? Mit Mainzer Kennzeichen?", fragte Brünagel, als sie draußen neben dem Cabrio standen. Der Landwirt beugte sich über die Seitenscheibe und sah in das Innere des Wagens. Es hatte schon zu dämmern begonnen.

„Alles okay?", fragte Engel.

„Ja, ja", sagte Brünagel und er klang wie ein Junge, der bei etwas Verbotenem erwischt worden war.

„Willst du mal damit fahren?"

„Nein", war die schnelle und entschiedene Antwort.

Engel setzte sich in den Wagen und folgte im Standgas seinem Bekannten aus alten Tagen, der mit diesen offenbar nichts mehr zu tun haben wollte.

Das, was Brünagel eine Hütte genannt hatte, war ein recht geräumiges Holzhaus mit einem großen Zimmer und einer Küche. Es lag etwa zweihundert Meter von dem Hof entfernt hinter einem kleinen Wäldchen. Brünagel war vor dem Auto hergelaufen und hatte Engel mit einer starken Taschenlampe dahin geleuchtet, weil er nicht wollte, dass Engel die Scheinwerfer einschaltete. Wolken waren aufgezogen und der Himmel dunkel. Der Weg zu der Hütte führte über einen festgetrampelten Weg um das Wäldchen herum. Mit dem Wagen, der nur wenig Bodenfreiheit hatte, war das eine anstrengende Angelegenheit. Als sie endlich die Hütte erreicht hatten, parkte Engel das Cabrio auf der vom Haupthaus abgewandten Seite.

In dem großen Zimmer standen ein Bett und ein Tisch mit zwei Stühlen, alles aus dunklem Holz und einfach gehalten. In einem schmalen Regal waren ein paar Gläser neben Büchern abgestellt. Es roch muffig und staubig. Während Brünagel zurückging, um noch ein paar Vorräte aus dem Haupthaus zu holen, riss Engel alle Fenster auf, um den alten Geruch zu vertreiben.

Zwanzig Minuten später kam Brünagel mit einer Kiste in die Hütte und stellte sie auf die Anrichte in der Küche. Im Mund hatte er wieder eine Zigarette, an der er zog, ohne sie in die Hand zu nehmen. Er nahm den Inhalt aus der Kiste und verteilte ihn in das Regal über der Anrichte und im Kühlschrank.

„Ich habe dir auch ein paar Flaschen Bier reingelegt", sagte er und stellte sich mit der leeren Kiste vor die Tür.

„Willst du nicht noch eine mit mir trinken?", fragte Engel, aber der Angesprochene winkte ab.

„Um fünf muss ich raus. Keine Chance." Er verließ die Hütte ohne Gruß und ohne Möglichkeit für Engel, ihn doch noch zu einem letzten Drink zu überreden.

Durch das Fenster beobachtete Engel, wie Brünagel zu dem Cabrio ging und es nochmals genau besah.

DIENSTAG, 25. August 2009

Der Dienstagmorgen begann für Sikorski mit einem Donnerschlag. Meister stürmte in sein Büro und warf die Tür mit Schwung zu. Der Schlag hallte durch den ganzen Flur. Vor Sikorskis Schreibtisch blieb er stehen, streckte seine Brust raus und legte ohne Gruß los.

„Was soll das? Frau Rossmann gehört in mein Ressort! Was fällt Ihnen ein, sie zu verhören und mir erst danach eine Nachricht zukommen zu lassen, dass Sie sie in U-Haft gesteckt haben?"

Sikorski konnte seinen Kollegen gut verstehen. Er würde an seiner Stelle genauso reagieren. Deshalb fiel es ihm auch nicht allzu schwer, die Ruhe zu bewahren.

„Ich habe Sie nicht erreicht und wollte keine Zeit verlieren. Die Frau ist ein harter Brocken und war durch die vorangegangenen Geschehnisse in einem Zustand, von dem ich mir versprach, dass sie auspacken würde, wenn ich sie nur schnell genug unter Druck setzte. Außerdem", fügte Sikorski hinzu, „erinnere ich Sie daran, dass ich den Auftrag erhalten habe, den Mord an Rossmann aufzuklären. Und Frau Rossmann ist auch für mich eine wichtige Zeugin, zumal wir eine Zeugenaussage eines Anwohners haben, dass sie auch einen Tag vor Rossmanns Tod dort war."

„Trotzdem ..." Meister wollte seinen Kollegen unterbrechen, doch der ließ das nicht zu.

„Außerdem hatte die Frau Kontakt mit unserem gesuchten Mann, Simon Engel, der in Rossmanns Büro war. Er hat sie mehr oder minder in sein Hotelzimmer entführt."

„Ich weiß", sagte Meister, noch immer zornig. „Aber wir wissen nicht, ob dieser Engel auch etwas mit der Erpressung zu tun hat. Den haben Sie ja, wenn ich das richtig verstanden habe, aus dem Hotel entwischen lassen."

„Dank meines schnellen Handelns haben wir Frau Rossmann überhaupt in Gewahrsam nehmen können", widersprach Sikorski und versuchte dabei ganz ruhig zu bleiben, weil er wusste, dass er Meister damit sehr viel mehr als mit einem Ausbruch ärgern konnte.

„Das nächste Mal will ich dabei sein, wenn Sie einen Zeugen befragen, der auch in mein Ressort fällt", sagte Meister und Sikorski spürte, dass der Streit, zumindest fürs Erste, beigelegt sein würde, wenn er jetzt nachgab. „Gut, Meister, es tut mir leid. Das nächste Mal warte ich ab, bis Sie da sind."

Auch der war nicht an einer weiteren Eskalation interessiert. „Und? Was haben Sie herausbekommen?"

„Simon Engel hat sich auf den Namen Holger Reitze in dem Hotel Rhenus in der Neustadt ein Zimmer genommen. Es war, kurz bevor wir kamen, noch ein zweiter Mann in dem Zimmer. Wir kennen seine Identität noch nicht, aber wir gehen davon aus, dass er derjenige ist, bei dem sich Rossmann das Geld geliehen hatte. Engel, oder Reitze, hat offenbar als sein Geldeintreiber fungiert."

„Mehr nicht?" Meister klang enttäuscht. „Können die nicht alle zusammen in die Erpressungsgeschichte …?"

Sikorski schüttelte den Kopf. „Dieser Engel war bis Mitte letzter Woche in Hamburg. Dafür gibt es Zeugen. Allerdings sagte mir Frau Rossmann, dass der zweite Mann diesem Engel vorgeworfen habe, dass er nun schon wegen zwei Morden gesucht werde …"

„Zwei Morde …?", unterbrach ihn Meister.

„Er hat Rossmanns Tod als Mord angenommen und Engel gesagt, dass er nun in Hamburg und in Mainz als Mörder gesucht werde."

204

„Hamburg ... das hatten wir ja schon. Dieser tote Geschäftsmann."

„Genau", bestätigte Sikorski. „Bisher war Engel dort nur ein Verdächtiger, das sieht jetzt anders aus."

„Haben Sie schon in Ham ...?"

Weiter kam Meister nicht. „Was glauben Sie denn, Kollege?! Ich bin kein Anfänger. Meine Leute haben natürlich Kontakt zu den Kollegen in Hamburg aufgenommen."

„Gute Arbeit!", sagte Meister.

„Ist bei mir Standard", erwiderte Sikorski und wusste, dass er und Meister nie richtig gute Freunde werden würden.

„Haben Sie denn etwas aus der Rossmann rausbekommen?", fragte Sikorski.

„Stumm wie ein Fisch. Aber ich bin sicher, dass sie mehr weiß, viel mehr. Wahrscheinlich ist sie direkt in die Erpressung involviert. Aber sie ist ziemlich abgebrüht."

Bei der Verabschiedung versprach Sikorski dem Kollegen Meister, ihn sofort zu informieren, wenn er Neuigkeiten hätte.

Gegen Mittag kam Maria Börne in Sikorskis Büro und setzte sich auf einen freien Stuhl. Sie hatte ihre Locken zu einem Zopf zusammengebunden, was sie sonst nie machte. Auf ihrem Schoß lag ein Stapel Papiere. Sikorski sah sie länger als nötig an.

„Ist was?", fragte sie keck.

„Sie tragen Ihre Haare ungewohnt."

„Ich war zu faul heute Morgen, sie ewig lange durchzubürsten."

Sikorski nickte. „Erfolgreich?", fragte er und blickte kurz auf die Papiere.

„Wie man es nimmt. Ich fange erst mal mit den Fragen zu

den drei Bildern und den möglichen Beziehungen zu Loos, Kreiner und Richter an. Das geht schnell, denn viel habe ich nicht herausgefunden. Richter wurde erschossen und nach einem Foto, das im Spanischen Bürgerkrieg aufgenommen wurde, drapiert. Keine Beziehung in diese Zeit. Kein Verwandter, der dort gekämpft hat, weder auf Seiten der Republikaner, noch unter Franco. Auch sonst kein Bezug zu Spanien, außer zwei Mal Urlaub. Davon einer auf Mallorca und einer in Benidorm. Kreiner war noch nie in Ägypten gewesen. Ledig, immer mal wieder Beziehungen, treibt Sport, keiner, der Selbstmord begeht. Sagen die Leute, die ich befragt habe. Und Loos: Er war mal Anfang der Neunziger bei den Grünen, auch hochschulpolitisch engagiert, Fachschaft und so, aber kein Amt. Ist heute noch Mitglied, aber nicht aktiv."

Als Maria ihre Ausführungen beendet hatte, schwieg Sikorski einige Augenblicke. „An der Stelle kommen wir nicht weiter. Ich glaube, dass der Mörder ganz bewusst falsche Fährten legt. Der Zusammenhang zwischen den Toten liegt ganz woanders. Aber wo, verdammt noch Mal …" Den letzten Satz hatte der Hauptkommissar so unvermittelt laut gesagt, dass Maria zusammenzuckte.

„Und sonst?", fragte Sikorski.

„Ich habe noch nach Verbindungen von diesem Brünagel zu Loos gesucht, aber die existieren nicht."

„Sonst was zu Brünagel?"

„Tobias ist da noch dran. Er hat die ganze Nacht durchgearbeitet und ich glaube, er hat was gefunden."

„Geht es konkreter?", fragte Sikorski ungeduldig.

„Dann würde ich es Ihnen schon sagen", erwiderte Maria schnippisch und hielt Sikorskis Blick mühelos stand. „Tobias arbeitet noch dran."

„Dann rufen Sie ihn mal an und fragen, wie weit er ist!"

An seinem schroffen Tonfall erkannte Maria, dass Sikorski endlich Ergebnisse brauchte. Sie stand auf und wählte Wagners Nummer, der ihr mit müder Stimme mitteilte, dass er noch ein bis zwei Stunden brauche.

Gegen drei Uhr kamen die beiden in Sikorskis Büro. Wagner sah übernächtigt aus, sein Hemd hing aus der Hose und seine Haare waren zersaust. „Haben Sie geschlafen letzte Nacht?", fragte Sikorski, dem es gefiel, dass der junge Kollege mal nicht wie frisch aus der Modelschule wirkte.

„Ich bin am Schreibtisch eingenickt. Eine knappe Stunde."

„Maria, holen Sie dem Mann einen Kaffee und dann mal los! Ich hoffe, dass es sich wenigstens gelohnt hat."

Trotz seiner müden Augen hatte Wagner etwas in seinem Blick, das Sikorski optimistisch stimmte. Sie warteten, bis Maria den Kaffee gebracht hatte, dann begann Tobias mit seinem Vortrag.

„Wir haben da eine ziemliche Überraschung, denn es sieht ganz so aus, dass die beiden Fälle, der Tod von Rossmann und die drei Toten, auf irgendeine Weise zusammenhängen."

Wagner machte eine kurze Pause und sah in die Gesichter seiner beiden Zuhörer, um das Moment der Überraschung auszukosten.

„Engel ist in Hamburg nicht ganz unbekannt. Das wussten wir ja bereits." Wagner reichte mehrere Fotos, die Engel zeigten, an seine Kollegen. „Er wird im Zusammenhang mit dem Tod eines Geschäftsmannes gesucht, mit dem er wohl, soweit die Ermittlungen der Kollegen vor Ort, ein größeres Investmentgeschäft plante. Dieser tote Geschäftspartner ist nicht sauber, hatte Anlagefirmen gegründet, mit denen einige Menschen um ihr mühsam Erspartes gebracht wurden. Was ihm nachgewiesen werden konnte, reichte allerdings nur zu einer Bewährungsstrafe. Engel selbst hat sich immer wieder in Geldgeschäften versucht, mal mehr, mal weniger erfolgreich, hat auch mal als Gigolo gearbeitet."

An dieser Stelle betrachtete sich Maria die Bilder noch einmal und wiegte ihren Kopf hin und her.

„Im Moment hat er eine Anklage wegen illegalen Glücksspiels am Hals. Von Kreditgeschäften weiß man in Hamburg nichts, aber ausschließen will man das nicht. Die Kollegen halten das für möglich."

„Das ist aber noch nicht der Durchbruch", kommentierte Sikorski Wagners Ausführungen, und in seinen Worten lag mehr Häme, als er das beabsichtigt hatte. Mit einem entsprechenden Blick tadelte ihn Maria.

„Genau", bestätigte Wagner, scheinbar unbeeindruckt von Sikorskis Kommentar, „das war nur das Vorspiel."

Mit einem kaum sichtbaren Nicken forderte Sikorski ihn auf weiterzusprechen.

„Dass Engel in Mainz studiert hatte, wussten wir ja bereits. BWL. Wie ein anderer unserer Kandidaten. Reiner Brünagel. Er hat zur selben Zeit in den Neunzigern studiert wie Engel, auch in Mainz. Dem bin ich mal nachgegangen ..."

Dieses Mal konnte Maria ihre Ungeduld nicht zügeln. „Und?", fragte sie. „Mach es doch nicht so spannend!"

Wagner zeigte sich wieder unbeeindruckt. „Also, Brünagel hat in den Neunzigerjahren hier in Mainz BWL studiert. Evelyn Karb, eine Mitarbeiterin im Büro des Fachbereichs, die damals schon dort arbeitete, kann sich noch an ihn erinnern. Er war in einer Clique, die sich schon als die neuen Ackermanns dieser Welt aufspielte. Ich habe sie dann gefragt, wer noch so zu dieser Clique gehörte."

„Und?", fragte jetzt Sikorski, der fürchtete, dass Wagner sich wieder alle Informationen einzeln aus der Nase ziehen lassen würde.

„Simon Engel. Er war so etwas wie der Wortführer, der Großspurigste aus der Clique."

„Aha", kommentierte Sikorski und es klang Skepsis durch.

„Diese Frau Karb war einmal auf eine Party dieser Clique eingeladen. Die liefen alle in teuren Klamotten rum, haben auf viel Geld gemacht, so sagt sie. Und entsprechend war die Feier. Keiner von denen hat übrigens seinen Abschluss gemacht."

„Und weiter!", forderte Sikorski.

„Das ist doch eine Menge!" Wagner klang aufrichtig enttäuscht. „Brünagel und Engel kennen sich. Und scheinbar ziemlich gut."

„Haben Sie auch die Namen der anderen aus der Clique?"

„Ja", antwortete Wagner, griff wieder in seine Unterlagen und reichte ihm ein Blatt Papier über den Schreibtisch.

Sikorski las laut vor: „Mark Sparer, Reiner Brünagel, Renato Lucca, Dimiter Klasnic, Simon Engel, Klaus Niemeyer, Torben Roller."

„Sieben Kerle, inklusive Brünagel und Engel?", hakte Sikorski nach.

„Ja", bestätigte Wagner. „Das war die Clique. Sieben junge Männer, wobei die ersten fünf wohl den harten Kern gebildet haben. Niemeyer und Roller waren eher Nebenfiguren."

„Und Frauen?", wollte Sikorski wissen. „War das ein reiner Männerclub?"

„Staffage, meint die Karb, die haben die Freundinnen ständig gewechselt. Nur eine war länger dabei, eine Vera …, die war auch auf der Party. Sah aus, sagte die Karb, als ob die was von dem Engel wollte oder mit dem hatte."

„Vera wie?"

„Sie kann sich nicht mehr erinnern. Hat vielleicht gar nicht am Fachbereich studiert. Sie meint Schlosser oder so ähnlich. Aber sie weiß es nicht mehr. Auch in den alten Unterlagen hat sie auf die Schnelle nichts gefunden. Sie sucht aber noch weiter."

„Haben Sie diese Kerle schon ausfindig gemacht?" Er sagte das harscher, als er es beabsichtigt hatte. Wagners Reaktion war entsprechend. Er sah seinen Chef wütend an.

„Nein. Noch nicht. Aber die Suche läuft schon."

„Dann ist gut. Denn im Moment bringt uns das noch nicht entscheidend weiter. Maria, Sie machen weiter, und Sie, Wagner, gehen jetzt nach Hause und schlafen sich aus."

Wagner schien das gar nicht zu freuen.

„Das ist eine dienstliche Anordnung!", sagte Sikorski und in dem ironischen Lächeln, das dabei seine Lippen umspielte, war mehr Anerkennung, als er das je mit Worten ausdrücken könnte.

„Übrigens", sagte Wagner, als er die Tür erreicht hatte, „das hätte ich fast vergessen: Dieser Brünagel ist ziemlich pleite. Sein Hof steht vor der Zwangsversteigerung."

„Das ist doch was! Danke, gute Arbeit", lobte Sikorski, bevor Wagner das Büro verließ.

Während er alleine in seinem Büro saß, rief Klatten an. Er bat Sikorski in den Besprechungsraum, wo sich die SoKo zusammengefunden hatte. Sikorski berichtete den Anwesenden, neben Klatten und Dr. Kleber waren das Regner und zwei Männer und eine Frau, die der Hauptkommissar mehr vom Sehen kannte, von der Festnahme Frau Rossmanns und den neuen Erkenntnissen über Simon Engel. Am Ende der Zusammenkunft erinnerte der Polizeipräsident die Anwesenden daran, dass nur noch etwas mehr als achtundvierzig Stunden bis zum Ablauf des Ultimatums blieben und er erwarte, dass alle sich voll und ganz auf die Aufklärung des Mordes an Rossmann konzentrierten. Dabei meinte Sikorski zu erkennen, dass er ihn einen Moment länger als die anderen ansah. Leidenschaftslos sagte Sikorski das zu, aber er wusste, dass er sich nicht daran halten würde.

Als Sikorski spät am Abend nach Hause kam, hatte Bettina die Kinder schon ins Bett gebracht. Er sah kurz in deren Zimmer, dann ging er nach unten, öffnete eine Flasche Wein, nahm sich ein Glas und setzte sich aufs Sofa. Er versuchte die Ergebnisse der letzten Tage zu einem Bild zusammenzufügen, aber es gelang ihm nicht. Immer wieder scheiterte er daran, dass er zwischen den drei Toten keine Verbindung fand. Und ebenso wenig zwischen den Toten und den Mitgliedern dieser Clique. Und dann war da der tote Rossmann, der gar nicht in das Bild passte, zu dem es aber über diesen Engel alias Reitze eine Verbindung gab.

Bettina kannte diese Schweigsamkeit ihres Mannes und wusste, dass sie ihn, der sonst gerne mit ihr über seine Arbeit sprach, besser in Ruhe ließ. Was sie beruhigte: Meistens stand er, wenn er diesen Zustand erreicht hatte, kurz vor der Lösung des Falles.

Sie schlief schon, als Henning Sikorski sich neben sie ins Bett legte.

❋

211

Engel war gegen zwei Uhr aufgewacht und hatte sich, als er merkte, dass er doch nicht sofort würde weiterschlafen können, an den Holztisch in der Hütte gesetzt und sich gefragt, ob es richtig gewesen war, seinen alten Kumpel Reiner aufzusuchen und um Asyl zu bitten. Vielleicht hatte er ihn doch falsch eingeschätzt und der leicht manipulierbare Einfaltspinsel von vor zehn Jahren war von seinem Leben als Bauer stärker geprägt worden, als er das vermutet hatte. Er musste vorsichtig sein und durfte Reiner keinen Vorwand liefern, ihn vor die Tür zu setzen. Er wollte die nächsten Tage im Hunsrück bleiben, bis Gras über die Sache gewachsen war, um dann zurück nach Mainz zu fahren und Vera aufzusuchen. Er musste die Zähne zusammenbeißen und das Leben hinter den Vorhängen aus dem schweren, stinkenden Stoff ertragen. Reiner hatte darauf bestanden, dass er sie in der Nacht, wenn er das Licht in der Hütte anschaltete, unbedingt geschlossen hielt, damit sein Vater nicht bei einem zufälligen Blick aus seinem Fenster etwas von dem unverhofften Gast mitbekam. Immerhin hatte Reiner ihm einige Flaschen Bier in den Kühlschrank gestellt, von denen er schon einen Teil weggetrunken hatte. Aber gegen das dunkle Holzambiente in der Hütte und die damit einhergehende depressive Stimmung hatte auch der Alkohol schwer zu kämpfen. Immer wieder kehrten seine Gedanken zu Reiner zurück. Dessen seltsames, abweisendes Verhalten gefiel ihm überhaupt nicht. Es war kein bisschen Freude über das Wiedersehen mit ihm bei dem alten Kumpel festzustellen gewesen. Selbst wenn Reiner so viel zu tun und nur wenig Freizeit hatte, da war doch ein Besuch wie seiner eine umso willkommenere Abwechslung. Warum also verhielt er sich so? Hatte er so vollkommen mit damals gebrochen? Aber warum? Engel konnte sich keinen Reim darauf machen.

Konnte er es riskieren, in Veras Wohnung in dem leer-
stehenden Haus zurückzukehren? Kopka würde davor nicht
unendlich lange auf ihn warten. Aber warum war er ausgerechnet dort stehen geblieben? Wusste er, dass er, Simon,
dort seinen Unterschlupf hatte? Aber wie sollte er das erfahren haben? Die einzige Person, die dieses Versteck kannte,
war Vera, und dass sie in irgendeinem Kontakt mit Kopka
stand, das hielt er für völlig ausgeschlossen. Und welches Interesse hätte sie haben können, ihn an den Mann aus Hamburg auszuliefern? Wenn sie ihm etwas antun wollten, dann
hätten sie das beide, wenn sie gemeinsame Sache machten,
doch viel einfacher haben können.

Er musste Vera unbedingt gleich morgens anrufen.

Um zehn Uhr wachte Engel auf, weil ein fremdes Geräusch
ihn aus dem Schlaf geschreckt hatte. Er sah gerade noch, wie
Reiner den Raum verließ und die Tür hinter sich zuzog. Er
benötigte ein paar Sekunden, um den Korb auf dem Tisch
zu bemerken, der gestern Abend noch nicht dagestanden
hatte. Müde stand Engel auf und besah sich das Weiden-
geflecht, in dem sich ein Laib Brot, Butter, Käse und Wurst
befanden. Immerhin, dachte Engel, lässt Reiner mich nicht
verhungern, und wertete das als ein gutes Zeichen.

Er setzte einen Kaffee auf und nachdem er zwei Tassen getrunken und eine Scheibe von dem Brot gegessen hatte, versuchte er zum ersten Mal an diesem Tag Vera zu erreichen,
doch er musste feststellen, dass sein Handy in der Hütte
keinen Empfang hatte.

Engel stellte einen Stuhl auf die Rückseite des Hauses, die
vom Haupthaus abgewandt lag und wo auch Veras Cabrio
stand, und setzte sich darauf. Was sollte er sonst machen,
als dasitzen und warten? Mehrmals war er versucht, sich in

den Wagen zu setzen und fortzufahren, aber das Risiko, von Reiners Vater bemerkt zu werden und dann auch diesen Unterschlupf zu verlieren, war einfach zu groß.

Gegen Nachmittag schlich er sich ein Stück davon und achtete darauf, dass er immer im Schatten der Hütte blieb. Er war ungefähr einen halben Kilometer weit über Felder und an einem Bachlauf entlanggegangen, als er im Display seines Handys erkennen konnte, dass er endlich Empfang hatte. Er wählte Veras Nummer, aber sie nahm, wie so oft in den letzten Tagen, nicht ab. Eine Stunde blieb er an dem Bach im Schutz eines großen Baumes sitzen, versuchte in der Zeit mehrmals, Vera zu erreichen, gab schließlich auf und ging zurück zur Hütte, wo ihn Reiner mit vorwurfsvollem Blick empfing.

„Ich habe dir doch gesagt, dass du in der Hütte bleiben sollst. Wenn mein Vater dich sieht …"

„Ich habe aufgepasst …"

Brünagel ließ das nicht gelten. „Quatsch! Der kriegt alles mit. Also bleib gefälligst in der Hütte!"

Engel war erneut erstaunt über den entschiedenen Ton seines Bekannten, den er von ihm früher nicht gewohnt war.

„Okay", lenkte er ein und besah sich die Sachen, die der Landwirt ihm auf den Tisch gestellt hatte. Es waren in der Hauptsache ein paar Flaschen Bier und Konserven.

„In dem Schrank da", er deutete dabei auf das entsprechende Möbel, „sind Töpfe. Damit kannst du dir die Dosen warm machen. Ich muss schon wieder. Vater wartet schon. Und bleib gefälligst in der Hütte!"

In der Tür drehte sich Brünagel noch einmal um. „Wie lange willst du eigentlich bleiben?"

Engel zuckte mit den Schultern. „Keine Ahnung. Ein paar Tage."

Brünagel schien seinem Gesichtsausdruck nach nicht erfreut zu sein, aber er kommentierte Engels Aussage nicht und verließ die Hütte grußlos.

Engel saß bis zum Anbruch der Dunkelheit auf der Rückseite der Hütte und versuchte sich einen Reim auf Brünagels Verhalten zu machen, suchte nach Verletzungen, die er ihm vielleicht damals zugefügt hatte, aber so oft er sich auch über ihn lustig gemacht hatte, er hatte eine bestimmte Grenze nie überschritten. Glaubte er zumindest.

Als ihm irgendwann am späten Abend der Fuß eingeschlafen war, drehte er eine Runde um die Hütte und ging zu den Bäumen, die das Holzhaus vom Hauptgebäude trennten, um das nervige Kitzeln zu vertreiben. Als er das Ende der Baumgruppe fast erreicht hatte, war ihm, als ob er etwas hörte, menschliche Stimmen, weit weg, aber schrill und böse, wie zwei Menschen, die heftig und haltlos miteinander stritten.

Langsam, auch weil er in der Dunkelheit nur wenig des Weges vor sich erkennen konnte, ging er weiter auf das Haupthaus zu. Die Stimmen wurden lauter. Eine war die von Reiner. Die andere musste seinem Vater gehören. Als sich Engel endlich so weit dem Haupthaus genähert hatte, dass er einzelne Worte verstehen konnte, verstummten die Stimmen mit einem Mal und es lag plötzlich eine beunruhigende Stille über dem Hof. Nur die Kühe im Stall waren zu hören. Engel blieb stehen und lauschte, aber die beiden Streithähne hatten offensichtlich genug von ihrer Auseinandersetzung. Vielleicht hatten sie sich aber auch in einen anderen Raum zurückgezogen oder ein offenes Fenster geschlossen. Engel wollte wissen, ob die Schreierei ihm gegolten hatte, also ging er weiter, bis er so nahe gekommen war, dass er hinter einem geöffneten Fenster eine Person erkennen konnte, die unruhig umherging, um sich dann zu setzen. Für Engel blieb nur ein Kopf mit längeren blonden Haaren über der Unterkante des Fensterrahmens sichtbar.

Er schlich sich an das Fenster heran und wartete einige Sekunden, dann streckte er seinen Kopf so weit vor, dass er in den Raum blicken konnte. Brünagel saß auf einem Stuhl, seine Ellenbogen auf den Tisch vor ihm gestützt und seinen Kopf in die gespreizten Handflächen gelegt.

Einige Minuten lang saß der kräftige und große Mann so da und das einzige, das sich bewegte, war der Rauch, der hinter seinem Kopf aufstieg, dann richtete er sich auf und griff über den Tisch, um sich aus einer Packung eine neue Zigarette zu nehmen und sie anzustecken. Er zog so heftig daran, dass Engel die Atemgeräusche hören konnte.

Mit einem Mal sprang Brünagel von seinem Stuhl auf, so heftig und plötzlich, dass Engel erschrak und sich schnell zur Seite warf. Es blieb sekundenlang still im Innern des Raums, dann hörte er Brünagels Stimme.

„Ja? Ja. Ja. Ich bin's, Reiner. Ja. Muss sein. Simon ist hier bei mir. Wieso ist der zu mir gekommen?"

Engel war völlig konsterniert. Weniger über den Inhalt, als vielmehr über die Verachtung, die in Reiners Stimme lag. Doch bevor er weiter darüber nachdenken konnte, redete der schon wieder.

„Er kann nicht hier bleiben. Er muss weg. Verstehst du? Weg! Weg! Weg!"

Dann war es leise, bis auf die Geräusche, die Brünagel durch sein nervöses Umhergehen und dem Ziehen an seiner Zigarette verursachte.

„Nein. Ein paar Tage hat er gesagt. Nein …"

Wieder schwieg Brünagel einige Sekunden, bevor er noch

aufgeregter weiterredete. „Ich weiß nicht, was er weiß. Ich glaube nicht! Nein. Woher denn?" Brünagel war mit jedem Wort lauter geworden. Plötzlich überlagerte ihn eine andere Stimme.

„Mit wem redest du da, Reiner?"

Ein tiefer Zug an der Zigarette, dann antwortete Brünagel. „Nichts, Vater, ich telefoniere."

„Und warum schreist du dabei so? Man kann ja nicht einmal nachts seine Ruhe haben."

„Schon gut, leg dich wieder hin! Ich lege jetzt auf."

Etwas Unverständliches drang bis zu Engel, dann war es bis auf Brünagels Schritte still.

„Ich muss Schluss machen", sagte Brünagel. „Und Simon muss weg hier, so schnell wie möglich. Die Bullen waren gestern schon hier und haben nach meinem Landy gefragt." Er machte eine kurze Pause. „Ja, die Bullen. Reg dich nicht auf! Jetzt nicht. Nein. Sie haben nichts gefunden. Später. Ja, da erzähle ich es dir. Ja, ich muss jetzt Schluss machen!" Damit legte er auf. Engel hörte das Aufzischen eines Streichholzes, dann einen tiefen Atemzug. Er wartete noch ein paar Sekunden vor dem Fenster, dann schlich er sich an der Hauswand entlang bis zur nächsten Ecke und verschwand durch die Dunkelheit zu den Bäumen und zu der Hütte.

Ihm war nicht wohl. Er hätte zu gerne gewusst, mit wem Brünagel da gesprochen hatte. Wem hatte er von seiner Ankunft auf dem Hof erzählt? Und von wem verlangte Brünagel, dass er weg müsse? Zutiefst verstört verriegelte Engel die Eingangstür der Holzhütte, prüfte, dass alle Fenster verschlossen waren und legte sich mit großer innerer Unruhe ins Bett.

MITTWOCH, 26. August 2009

Maria Börne und Tobias Wagner warteten schon auf Sikorski, als der am Mittwochmorgen ins Büro kam.

„Bingo!", begrüßte ihn Wagner mit jenem Siegerlächeln,
das Sikorski an dem jungen Kollegen nicht mochte, so sehr
er mittlerweile auch bereit war, ihn mit seinen Eigenheiten
zu akzeptieren. Wagner wedelte mit einem Blatt Papier.

„Ja?", fragte Sikorski und versuchte so kühl wie möglich
zu reagieren, obwohl er innerlich vor Neugier platzte.

„Der vorläufige Bericht von Graubner. Die Spuren an dem
Landrover von dem Bauern in Kastellaun sind identisch mit
denen im Budenheimer Wald. Und an der Kippe sind die
gleichen DNA-Spuren wie an der im Wald."

„Gut!", kommentierte Sikorski, äußerlich ruhig, aber er
wusste, dass dies sie ein riesiges Stück weiterbringen würde.

„Keine Freude?", fragte Maria spitz, die nicht verstehen
konnte, dass ihr Chef so wenig bereit oder fähig war, seine
Freude über diesen Fortschritt zu zeigen.

„Doch!", widersprach der Hauptkommissar, aber wenig
überzeugend.

„Ich habe da nämlich auch noch etwas. Und ich würde
mich sehr freuen, wenn Sie sich ein wenig darüber freuen
würden."

„Was ist denn los mit Ihnen?", fragte Sikorski ungehalten.
„Sind wir zum Wohlfühlen hier? Soll ich uns jetzt hier eine
Feng Shui-Oase einrichten? Also, was ist? Raus damit!"

Wagner warf seinem Chef einen giftigen Blick zu, während Maria sich von diesem Ausbruch nicht beeindrucken
ließ. „Brünagels Hof stand kurz vor der Zwangsversteigerung, wie Tobias ja gestern Abend gesagt hat. Heute Morgen
habe ich noch Mal nachgehakt …", begann sie.

„Ja?"

„Die ist erst einmal ausgesetzt. Brünagel hat einen großen Teil seiner Schulden bezahlt. Ist erst ein paar Tage her."

„Woher hat er das Geld?"

„Er hat angeblich Land verkauft, heißt es, aber nichts Konkretes."

„Das werden wir ihn bald fragen", sagte Sikorski. „Jetzt brauchen wir einen richterlichen Durchsuchungsbefehl für den Hof von diesem Brünagel."

Um zehn Uhr stiegen Sikorski, Börne und Wagner in den Dienstwagen. Drei weitere Fahrzeuge folgten ihnen. Während der Fahrt in den Hunsrück klingelte Wagners Handy. Da er wieder seine Stöpsel im Ohr hatte und die Musik so laut hörte, dass die anderen davon nicht verschont blieben, dauerte es einen Moment, bis er es bemerkte. Sikorski schüttelte unwillig den Kopf, während Wagner das Handy umständlich aus seiner Hosentasche kramte, gleichzeitig die Musik abschaltete und dabei versuchte, nicht die Kontrolle über den Wagen zu verlieren. Maria, die hinter ihm auf der Rückbank saß, grinste, während Sikorski vom Beifahrersitz aus die Sache unruhig beobachtete.

Endlich hielt Wagner sein Telefon an sein Ohr und meldete sich, wartete einen Moment, sagte dann „Ja, ja, es geht schon", spürte die erwartungsvollen Blicke seiner Mitfahrer und lauschte dann mindestens drei Minuten in den Apparat, ließ nur ab und zu ein kurzes Geräusch vernehmen, das einem „Ja" irgendwie ähnlich klang, um sich dann sehr freundlich zu verabschieden.

Als er keine Anstalten machte, seine beiden Mitfahrer sofort über den Inhalt des Gesprächs aufzuklären, boxte ihn Maria von hinten auf die Schulter.

„Los, mach es nicht so spannend!", forderte sie ihn auf, endlich zu sprechen.

„Es wächst langsam zusammen …", begann er.

„Was zusammengehört", ergänzte Maria und „Was ist?", fragte Sikorski ungeduldig.

„Dieser Italiener aus der Clique in Mainz damals, Renato Lucca, war genau zu dem Zeitpunkt, als Kreiner ermordet wurde, in Deutschland. In der Nähe von Mainz."

„Wie hast du das rausbekommen? Und überhaupt: Wie bist du auf die Idee gekommen?", fragte Maria von hinten. Sie konnte ihre Aufregung, in die sie diese Nachricht versetzte, nicht verbergen.

„Wir sollten doch herausfinden, wo die anderen aus der Clique sich aufhalten." Er sah dabei kurz zu Sikorski herüber. „Und da dachte ich mir, falls es tatsächlich einen Zusammenhang zwischen ihnen und den Morden gibt, dann waren sie möglicherweise in der Nähe der Tatorte. Also habe ich auf der Karte geschaut, welche Strecke sie nehmen müssten. Dieser Lucca wohnt in Italien, südlich von Turin. Ich habe die Kollegen kontaktiert. An den Grenzübergängen, aber auch die Verkehrsüberwachung."

„Das war aber nicht abgesprochen", grantelte Sikorski.

„Chef!", warf Maria entrüstet ein, „jetzt seien Sie doch nicht so. Das ist in der Hektik bestimmt untergegangen. Geil, Tobias, das ist ja erstklassig."

Maria war ganz aus dem Häuschen, und wenn Sikorski auch wusste, dass sie ziemlich viel Temperament hatte, so war er über diesen Ausbruch doch sehr überrascht.

„Ja, und?", fragte er und seine Stimmung schien sich nur in Nuancen verbessert zu haben.

„Treffer!", sagte Wagner, setzte den Blinker, beschleunigte den Wagen und zog auf die linke Spur, um einen langsamer fahrenden Wagen zu überholen. Als er das Überholmanöver abgeschlossen hatte, berichtete er weiter. „Sowohl bei der Ausreise aus der Schweiz nach Deutschland ist Lucca kontrolliert worden als auch auf der Höhe von Worms in eine Geschwindigkeitskontrolle geraten. Von Worms nach Nackenheim sind es nur dreißig Kilometer. Ich halte das für keinen Zufall."

„Klasse!", gratulierte Maria ihrem Kollegen und schlug ihm auf die Schulter, dieses Mal mit der flachen Hand.

„Aber was sagt uns das?", dämpfte Sikorski die Euphorie.

„Wie, was?", kam es überrascht von hinten.

Wagner blieb ruhig. „Wir haben Hinweise, dass Brünagel in der Nähe des Fundortes von Loos' Leiche war. Ein Kumpel von ihm aus alten Zeiten, mit dem er in einer Clique rumgezogen ist und der heute in Italien lebt, kommt genau zu dem Zeitpunkt, als Kreiner umgebracht wird, nach Deutschland und zwar in die Nähe des Tatortes. Und schließlich gehörte zu jener Clique dieser Engel."

„Aber was beweist das? Nichts!", entgegnete Sikorski kategorisch.

Wagner ließ sich nicht beirren. „Mark Sparer, der vierte aus der Clique, hat wegen mehrerer Betrugs- und Eigentumsdelikte gesessen und ist im Moment auf Bewährung draußen. Er war genau zu dem Zeitpunkt bei seinem Bewährungshelfer in Mainz, als Thomas Richter umgebracht wurde."

„Richter ist der Erschossene im Großen Sand?", fragte Maria nach.

„Genau der", bestätigte Wagner. „Sparer muss jeden Monat einmal nach Mainz zu seinem Bewährungshelfer."

„Er kann aber auch aus anderen Gründen nach Mainz gefahren sein", brachte Sikorski einen Einwand vor. „Einkaufen. Jemanden besuchen."

„Ja", bestätigte Wagner, „alles möglich. Aber ich habe nachgefragt. Sparer lebt in einer WG. So eine Art betreutes Wohnen. Und die Mitbewohner von ihm sagen, dass er nie weggeht, außer zu seinem Job. Er hilft dort in einem kleinen Einzelhandelsladen. Sonst sitzt er nur in seinem Zimmer am Computer und studiert die Börsenkurse und nimmt an irgendwelchen virtuellen Börsenspielen teil. Aber genau an Richters Todestag ist er nach Mainz zu seinem Bewährungshelfer gefahren, und wenn meine Berechnungen stimmen, hat er dort etwa drei Stunden Zeit gehabt, in denen niemand weiß, was er gemacht hat."

„Das sind alles keine Beweise, allenfalls Indizien", dämpfte Sikorski nochmals die Euphorie seiner Kollegen und lehnte sich zurück. Er war gespannt, was ihn bei Brünagel erwartete.

Als Engel aufwachte, war er völlig verschwitzt. In dem Holzhaus war es sehr heiß und stickig. Er sprang aus dem Bett und riss die Fenster auf. Sowie er den Hauch des kühlen Morgenwindes spürte, ging es ihm besser. Er wusch sich am Spülbecken und setzte danach Wasser für einen Kaffee auf, zog sich an, goss danach das kochende Wasser in das Glasgefäß mit dem Kaffeepulver, wartete einige Augenblicke, bevor er das Pulver auf den Boden niederdrückte, füllte eine Tasse und setzte sich nach draußen an die Rückseite des Hauses. Er fühlte sich noch zu müde zum Nachdenken, obwohl ihm bewusst war, dass er an diesem Tag eine Entscheidung über seinen nächsten Schritt treffen musste. Das Gespräch, das er gestern Nacht belauscht hatte, verhieß Gefahr, von woher die auch immer drohte.

Während er so dasaß und in Nichts blickte, hörte er plötzlich ein Geräusch aus der Richtung, in der der Bach lag, an dessen Lauf er gestern entlanggegangen war. Er stand auf und versuchte zu erkennen, wer sich da näherte. Langsam schälte sich aus dem Grün eine Gestalt heraus, die ganz in Schwarz gekleidet war. Wenige Sekunden später erkannte Engel Vera. Er war so überrascht, dass er sie anstarrte, bis sie direkt vor ihm stand.

„Hallo Simon", begrüßte sie ihn, und obwohl sie ihn dabei anlächelte, spürte Engel, dass etwas nicht stimmte.

Er musste sich einen Moment sammeln. „Woher weißt du, dass ich hier bin?", fragte er endlich.

Doch statt ihm sofort zu antworten, umarmte sie ihn kurz und hauchte ihm dabei ein „Später!" ins Ohr.

In dem Moment hörten sie schnell heranfahrende Fahrzeuge, die scharf abbremsten, gefolgt von zuschlagenden Türen. Engel schob Vera von sich, lief auf die andere Seite der Hütte und ging in der Deckung der Bäume und Büsche so weit in Richtung des Haupthauses, bis er erkennen konnte, dass drei der vier Wagen, die verteilt auf dem Hof standen, Polizeiautos waren. Reiner Brünagel kam gerade aus dem Stall und ging auf eine Gruppe von Polizisten zu, von denen einer ein Gewehr in der Hand hielt, blieb schließlich vor seinem Vater im Rollstuhl und einem Mann in einem karierten Jackett stehen, um auf ihn einzureden und sich dann eine Zigarette anzuzünden. Engel war sich sicher, diesen Mann mit dem Jackett schon einmal gesehen zu haben, aber erst als sich drei der Männer auf den Weg zur Hütte machten, Brünagel ins Haus rannte und der Mann im Jackett seine Hände hinter dem Rücken verschränkte, wusste er, wo er ihm schon einmal begegnet war. Diesen Mann hatte er in dieser Haltung vor Rossmanns Haus gesehen, als dort Kisten und andere Gegenstände in einen Transporter verladen wurden.

Suchten sie ihn oder hatte Brünagel Dreck am Stecken? Hatte er sich deswegen ihm gegenüber so seltsam verhalten und wollte ihn loswerden, damit er, Engel, nichts von der Polizei mitbekam, von Brünagels Geschäften oder was auch immer? Oder hing die Polizei mit dem Gespräch, das er gestern Abend belauscht hatte, zusammen?

„Komm!", hörte Engel hinter sich Veras Stimme und gleich darauf fühlte er ihre Hand an seinem Oberarm, die ihn von seinem Beobachtungsposten zur Hütte zog, „wir müssen hier weg!"

Während sie zur Hütte zurückeilten und Engel sich dabei ständig umdrehte, wurde ihm noch mehr bewusst, in welcher Klemme er steckte. Die Hütte würde die Polizei über kurz oder lang finden, das war nur eine Frage der Zeit. Wenn er aber mit dem Wagen weg wollte, dann führte der Weg nur am Haupthaus vorbei und das war unmöglich. Und zu Fuß über die Felder …? Wo sollte er zu Fuß hin und wie weit käme er so?

Er nahm aus der Hütte sein Jackett mit seinen Papieren und dem Handy und folgte Vera in das Wäldchen. Sie bewegte sich sehr sicher. Weniger verwunderlich daran war, dass sie Schuhe mit Absätzen trug und der Boden nicht gerade eben war, sondern, dass sie genau wusste, wo und wie sie gehen musste, so als ob sie diesen Weg schon mehrmals zurückgelegt hätte. Sie führte Engel durch das Wäldchen zu dem Bach, dem sie etwa zweihundert Meter weit folgten, um dann an einer Stelle, an der der Wasserlauf nach rechts abknickte, nach links abzubiegen. Kurz darauf erreichten sie einen asphaltierten Weg, der bald in ein Waldstück führte. Bald danach sah Engel in einem Waldweg einen Mercedes SL.

Er blieb stehen. Auf dem ganzen Weg hatten sie kein Wort gewechselt. Engel war der Frau gefolgt, die ihn so sicher führte, froh, erst einmal von der Hütte weg und Brünagel und der Polizei entkommen zu sein. Bisher war Vera immer sein Rettungsanker gewesen, seine Hoffnung für die Zukunft, die finanzielle Absicherung, die ihn von Leuten wie Kopka unabhängig machen würde. Jetzt aber war er sich dessen mit einem Mal nicht mehr so sicher.

Er hätte zu gerne gewusst, welches Spiel diese Frau spielte, aber im Moment war er auf sie angewiesen und er wollte nicht riskieren, sie zu verprellen. Trotzdem konnte er seine Frage, als sie das Cabrio erreicht hatten, nicht unterdrücken. „Woher wusstest du, dass ich in Reiners Hütte war?", fragte er.

„Setz dich ins Auto!", sagte Vera, und obwohl sie weder ihre Stimme erhob oder laut wurde, war das ein Befehl, der keinen Widerspruch duldete.

Er fügte sich und setzte sich auf den Beifahrersitz. Vera nahm neben ihm Platz, startete den Motor, schob den Automatikwahlhebel auf R und fuhr mit hoher Geschwindigkeit rückwärts aus dem Waldweg auf die asphaltierte Straße, der sie unter den Bäumen bis zu einer Landstraße folgten, auf die Vera ohne zu bremsen abbog. Sie folgte dem schlängelnden Verlauf der Straße, schaltete die Musikanlage ein und drehte die Lautstärke eines Piazzola-Tangos so hoch, dass ein Gespräch unmöglich war. Als sie die Autobahn nach Mainz erreicht hatten, befuhr sie konsequent die linke Spur, jede Geschwindigkeitsbegrenzung missachtend.

Engel starrte geradeaus auf die Straße vor ihnen, die bei der hohen Geschwindigkeit, mit der Vera fuhr, regelrecht weggefressen wurde. In Engels Hirn rotierten die Gedanken. Vera hatte ihm doch gesagt, dass sie mit keinem aus der

Clique mehr Kontakt gehabt hatte. War sie die Person gewesen, mit der Reiner gestern Abend telefoniert hatte? Dann hatten sie sehr wohl Kontakt und alles andere als einen oberflächlichen. Woher kannte sie sich so gut in der Umgebung von Reiners Hof aus? Fragen über Fragen, die er der Frau, die neben ihm saß und hochkonzentriert auf den Verkehr achtete, gerne gestellt hätte. Aber irgendetwas in ihm hielt ihn davon ab.

Auf der Höhe von Bingen wechselte Vera auf die A 60, musste ihr Tempo wegen des erhöhten Verkehrsaufkommens drosseln, doch nicht viel später hatten sie Hechtsheim erreicht, wo sie die Autobahn verließen und durch ein Industriegebiet fuhren. Schließlich lenkte Vera den Wagen schnell in die Tiefgarage des Neubaus.

Als Vera den Motor ausschaltete und damit auch die Musik erstarb, empfand Engel die plötzliche Stille in dem betongrauen und kahlen Keller seltsam und unheimlich. Nur wenige Meter neben der Stelle, an der Vera den Wagen abgestellt hatte, lag ein breites Aluminiumblech. Engel war sich sicher, dass es beim letzten Mal noch nicht dort gelegen hatte, aber er kam nicht dazu, weiter darüber nachzudenken. Vera, die noch immer keine Anstalten machte, mit ihm zu sprechen, nahm zwei große Plastiktüten aus dem Kofferraum des SL, reichte sie ihrem Begleiter und ging ins Treppenhaus, wo sie schnell die Stufen in den ersten Stock hinauflief und dort die Tür öffnete. Engel folgte ihr langsamer und als er endlich die Wohnung betrat, wartete Vera bereits, nahm ihm die Tüten ab, trug sie in das Zimmer, in dem noch immer die Matratze lag und stellte sie auf den Boden.

„Wir müssen reden", eröffnete Engel das Gespräch, nachdem Vera mit dem Auspacken fertig war.

„Nicht heute", lehnte sie kategorisch ab, ging zu ihm, hauchte ihm einen leichten Kuss so schnell auf die Wange, dass seine Arme, mit denen er sie an sich ziehen wollte, ins Leere griffen.

„Wir werden reden, aber nicht jetzt. Bald haben wir sehr viel Zeit zum Reden. Das verspreche ich dir! Jetzt muss ich weg und komme später wieder zurück. Dann reden wir miteinander. Du darfst die Wohnung auf keinen Fall verlassen!"

So ganz konnte Vera ihren befehlsmäßigen Ton nicht unterdrücken. Mit der letzten Anweisung trat sie aus der Wohnung in den Flur und zog die Tür hinter sich zu. Das Geräusch des sich drehenden Schlüssels setzte sich in seinen Ohren fest und er glaubte es noch zu hören, als Vera schon längst das Haus verlassen haben musste. Konsterniert und stumm betrachtete er die Tür, dann ging er langsam vor und drückte die Klinke hinunter, obwohl er wusste, was ihn erwartete.

Verunsichert kehrte er in das Schlafzimmer zurück, nahm eine Flasche warmes Bier, öffnete sie und trank sie in einem Zug leer.

Welches Spiel spielt Vera mit mir?, überlegte Engel, bevor er sich mit einer zweiten Flasche auf die Matratze setzte.

Brünagels Vater schoss mit seinem Rollstuhl aus dem Wohngebäude auf den Hof vor den Wagen, aus dem Sikorski gerade ausstieg. Quer über seinem Schoß lag ein Gewehr.

„Was soll das?", fragte Sikorski streng und zeigte auf den Schießprügel.

„Meinen Hof verteidigen, wenn es sein muss. So macht man das hier!"

„Ich werde Ihnen gleich zeigen, was man hier so macht",
erwiderte der Hauptkommissar und blickte den Mann in
dem Rollstuhl streng an, der seine Waffe noch fester mit
seinen Händen umschloss, aber nicht wagte, sie zu heben.
Wagner, der schon ausgestiegen war, lenkte die Aufmerksamkeit des alten Brünagel auf sich, während einer der uniformierten Beamten sich von hinten an ihn heranschlich.

„Hier!", sagte Wagner und hielt ein Blatt Papier in der
Hand, „ist der Durchsuchungsbeschluss, vom Richter un-
terschrieben. Sie machen sich strafbar, wenn Sie sich der
Durchsuchung widersetzen."

„Hier bin ich der Herr, und wenn …"

Weiter kam der Alte nicht, weil der Beamte ihn jetzt erreicht hatte und ihm mit einem Ruck das Gewehr entriss.

„Nicht geladen!", konstatierte er nach einem kurzen prü-
fenden Blick auf die Waffe.

„Wo ist Ihr Sohn?", fragte Sikorski.

Der Alte antwortete nicht, doch im gleichen Moment
wurde eine der Türen zu dem langen Gebäude, in dem die
Kühe untergebracht waren, geöffnet und Reiner Brünagel
erschien.

„Was ist hier los?", fragte er und ging auf den Kommissar
zu. Wagner trat einen Schritt vor, um sich auf den Bauern
zu werfen, falls der es wagen sollte, Sikorski anzugreifen.
Aber Brünagel hatte sich im Griff und blieb zwei Schritte
vor dem Kommissar stehen, sah ihn an, aber sein Blick ging
unwillkürlich auch hinüber zu den Bäumen, hinter denen
die Hütte lag.

„Hausdurchsuchung", erklärte Sikorski, dem Brünagels
unruhiger Blick über seine Schulter zu dem Wäldchen nicht
entgangen war.

„Warum?"

„Sie stehen im Verdacht, an der Ermordung von Raimund Loos beteiligt gewesen zu sein." Sikorski verschränkte seine Hände hinter dem Rücken.

„So ein Quatsch!", kommentierte Brünagel den Vorwurf, griff in seine Hosentasche, was Wagner einen Schritt vortreten ließ, aber der Bauer zog nur eine zerknitterte Zigarettenschachtel hervor, entnahm ihr eine Zigarette, die er mit mehreren Strichen seiner Finger geradezog, um sie sich dann anzustecken. Hastig zog er mehrmals daran.

„Also los!", gab Sikorski den Beamten das Zeichen, im Haus mit der Durchsuchung zu beginnen.

„Müller und Kehrer, Sie schauen sich mit Wagner zusammen das Gelände an. Und zwar dort hinten." Er zeigte in die Richtung, in der sich die Holzhütte befand.

„Da ist nichts, nur Wald", sagte Brünagel.

„Meine Leute lieben die Natur", erwiderte Sikorski trocken.

Nachdem die Drei losgegangen und Brünagel und sein Vater den Beamten ins Haus gefolgt waren, blieb Sikorski einige Momente alleine auf dem Hof stehen, verschränkte seine Hände hinter dem Rücken und sah sich um, bevor er durch die Tür trat und in der Küche auf Brünagel und seinen Vater traf, die ihn mit zornigen Blicken empfingen.

„Was werfen Sie meinem Sohn vor?", herrschte der Alte den Kommissar an, der darauf nicht reagierte, sondern gegenüber dem Junior Platz nahm. Maria setzte sich neben ihn, während aus dem Haus die Geräusche der durchsuchenden Polizisten zu hören waren.

„Herr Brünagel", begann Sikorski das Gespräch, „wir haben eindeutige Hinweise, dass Sie in der Nacht von Samstag auf Sonntag im Budenheimer Wald waren. Es wurden dort Boden-, Kot- und Heuspuren gefunden, die mit den auf Ihrem Hof gefundenen übereinstimmen. Zudem ist Ihr Fahrzeug dort gesehen worden."

Brünagel griff über den Tisch und nahm ein Feuerzeug in die Hand, um sich eine weitere Zigarette anzuzünden. Sikorski verzog das Gesicht, sagte aber nichts.

„Wenn mein Sohn sagt, dass er nicht da war, dann war er nicht da", ergriff der Alte das Wort. „Dann waren das andere Spuren."

Sikorski reagierte wieder nicht auf ihn, sondern sah Reiner Brünagel weiterhin an. „Ja, ich war dort", gab der schließlich zu.

„Und was haben Sie da gemacht?"

Brünagel sah erst zu seinem Vater, bevor er antwortete. „Ich war Wildschweine schießen."

„Haben Sie eine Genehmigung?"

Brünagel schüttelte den Kopf. „Deshalb habe ich ja nichts gesagt."

„Und? Waren Sie erfolgreich?", fragte Maria.

„Nein", antwortete der Landwirt. „Wildscheine sind dermaßen schwer zu schießen, dass …"

Maria unterbrach den Mann. „Herr Brünagel, die Nacht von Samstag auf Sonntag war wolkenverhangen, es hatte vorher viel geregnet und auch für diese Nacht war Regen angekündigt. Wildscheine sind bei guten Sichtverhältnissen schon sehr schwer zu jagen, in so einer Nacht ist das unmöglich. Jemand wie Sie, der morgens früh raus muss, schlägt sich nicht die Nacht um die Ohren in dem Wissen, dass es ihm nichts bringen wird. Das können Sie uns doch nicht erzählen!"

Maria hatte das ruhig, aber sehr bestimmt und kühl vorgebracht. Sikorski war stolz auf seine Mitarbeiterin, denn sie hatte den richtigen Ton getroffen, wie er an Brünagels Reaktion erkennen konnte.

„Manchmal macht man auch unüberlegte Sachen …", entgegnete er und es klang mehr trotzig als überzeugt.

„Kennen Sie einen Simon Engel?", fragte Sikorski unvermittelt und erwischte Brünagel damit auf dem falschen Fuß.

„Wie Engel?", sagte er und zündete sich wieder eine Zigarette an, an der er mehrmals hastig zog, bevor er seinen Kopf in den Nacken legte, um nachzudenken.

„Nein", sagte er schließlich, „der Name sagt mir nichts."

Sikorski ließ sich Zeit mit einer Erwiderung.

„Glauben Sie meinem Sohn etwa nicht?", blaffte der alte Brünagel in Richtung der beiden Polizisten.

Sikorski drehte sich langsam zu dem Mann um. „Ja", sagte er kurz und so bestimmt, dass der Alte verstummte. „Sie kennen Simon Engel, denn Sie haben mit ihm zusammen in Mainz studiert und sind mit ihm um die Häuser gezogen, wie man so schön sagt."

„Gut, ja, ich kenne ihn, aber das ist lange her. Zehn Jahre. Mindestens. Seitdem habe ich ihn nicht mehr gesehen."

Sikorski ließ es bei dieser Aussage bewenden. Er würde den Landwirt später über jeden dieser Punkte ausführlich befragen. Er wollte jetzt zu einem anderen Punkt eine schnelle Antwort, in der Hoffnung, dass sich der Mann später widersprach.

„Sie hatten Schulden und standen kurz vor der Zwangsversteigerung, Herr Brünagel", setzte Sikorski das Gespräch fort. „Die sind bezahlt, wie ich erfahren habe. Woher haben Sie das Geld?"

„Wir haben Land verkauft", antwortete der Alte anstelle seines Sohnes.

„Warum haben Sie das nicht vorher schon gemacht, sondern erst die Zwangsversteigerung abgewartet?"

„Die Hoffnung auf bessere Zeiten", sagte Brünagel, „aber die sind nicht eingetreten."

„Ich glaube nicht, dass Sie verstehen können, was es für einen Bauern bedeutet, sein Land zu verkaufen", setzte der alte Brünagel hinzu.

Aus dem Flur waren laute Schritte zu hören, dann Wagners Stimme. „Herr Sikorski, können Sie mal kommen?"

In der Stimme seines Mitarbeiters lag eine Dringlichkeit, die den Kommissar sofort aufstehen ließ. Er gab Maria ein Zeichen, die Befragung fortzusetzen.

Die beiden Männer gingen auf den Hof.

„Sie haben einen guten Riecher gehabt", begann Wagner. „Da hinten ist eine Holzhütte, richtig eingerichtet, und darin hat jemand bis vor Kurzem gehaust."

„Wer?", fragte Sikorski dazwischen.

„Müssen wir noch herausfinden. Es finden sich sicher DNA-Spuren. Aber es kommt noch besser. Neben der Hütte steht ein Auto. Ein dunkler SLK. Mit Mainzer Kennzeichen. Zugelassen auf eine Frau Zolty. Vorname: Vera."

„Vera?!" Sikorski konnte seine Überraschung nicht verbergen. „Die unbekannte Dame aus der Clique?"

„Ich glaube nicht an Zufälle", antwortete Wagner.

„Es wäre auf jeden Fall ein Riesenzufall, wenn das nicht die Dame aus der ominösen Clique wäre. Jetzt müssen wir nur noch herausfinden, wie das alles zusammenhängt."

„In der Hütte haben wir verschiedene Sachen gefunden. Eine Zahnbürste, Essensreste, eine halbvolle Tasse, Bierflaschen. Ich habe alles schon zusammengepackt, damit die Sachen sofort untersucht werden können."

„Sehr gut", lobte Sikorski und wollte zurück ins Haus gehen, wurde aber auf halbem Weg von einem der Kollegen aus der Kriminaltechnik aufgehalten, der ihm ein durchsichtiges Plastiktütchen entgegenhielt. „Was ist das?", fragte Sikorski und hoffte, dass der Mann das bestätigte, was er hoffte.

„Emaillereste. Lagen im Laderaum des Landrovers. Können von einer Badewanne stammen."

„Vergleichen Sie bitte diese Reste mit der Wanne, die wir im Budenheimer Wald gefunden haben."

„Damit hätten wir ihn", sagte Wagner.

„Ja", stimmte ihm Sikorski zu, „und dann kann er seine Wildschweinjagd für die nächsten Jahre vergessen."

Am frühen Nachmittag waren sie zurück in Mainz. Alle Proben wurden ins Labor gebracht. Wagner arbeitete an der Überprüfung von Vera Zolty, während Maria sich weiter mit Brünagel beschäftigte, dem man noch nichts von dem Fund der Emaillereste gesagt hatte. Sikorski wollte ihn damit erst dann konfrontieren, wenn er vom Labor die Bestätigung der Übereinstimmung erhalten hatte.

Eine Stunde später klopfte Maria an Sikorskis Tür. „Doppelter Erfolg", begann sie und versuchte ruhig und unaufgeregt zu bleiben. „Erstens: Die Summe, die Brünagel für das verkaufte Land erhalten hat, ist viel zu hoch. Oder, andersherum gesagt: Er hat viel zu wenig von seinem Land verkauft für das Geld, das er erhalten hat."

„Da bin ich aber auf zweitens gespannt", sagte Sikorski, als Maria nicht sofort nachlegte.

„Zweitens ist der Käufer dieser Ländereien eine Käuferin, und zwar ...", sie machte eine Spannungspause, „Vera Zolty."

„Das wird ja immer besser", sagte Sikorski, der seine Überraschung mit einem Pfiff unterstrich. „Jetzt bin ich aber gespannt, was Wagner über diese Frau herausfindet."

„Übrigens", fragte Sikorski, als sich Maria schon umgedreht hatte, um das Büro zu verlassen. „Woher wissen Sie das mit den Wildschweinen?"

Die junge Frau lächelte den Kommissar an. „Mein Großvater ist Italiener. Aus Ligurien. Als Kind war ich da oft mit ihm Wildschweine jagen gewesen."

Auf die ersten Ergebnisse von Wagner mussten Sikorski und Maria allerdings noch eine weitere Stunde warten.

„Vera Zolty", begann Wagner seine Ausführungen, „ist Geschäftsführerin von Zolty-Immobilien, einem gut gehenden Maklerbüro in Mainz. Geschäftsräume in der Steingasse. Arbeitet bundesweit, der Schwerpunkt der Aktivitäten sind Rheinland-Pfalz und Baden-Württemberg. Familienbetrieb, in den die Tochter vor etwa zehn Jahren eingestiegen ist. Sie war verheiratet, hieß früher Schlüter, hat nach der Scheidung wieder ihren Mädchennamen angenommen. Einigermaßen vermögend. Auf der Homepage der Firma werden einige recht hochpreisige Objekte angeboten. Die Firma genießt einen guten und seriösen Ruf."

„Sehr gut! Warum hat sie Brünagel das Land abgekauft?", fragte Maria dazwischen.

Sie bekam keine Antwort, stattdessen fuhr Wagner fort. „Vor zehn Jahren, nicht lange bevor sie in die Firma ihrer Eltern einstieg, hatte Vera Zolty Anzeige erstattet. Gegen Unbekannt."

„Grund?", fragte Sikorski.

„Eine Vergewaltigung. Vier Männer angeblich. Sie war schwanger gewesen und hat ihr Baby dadurch verloren."

„Vater?"

„Unbekannt. Sie hat sich damals nicht dazu geäußert."

„Und die Anzeige?"

„Die Täter sind nie ermittelt worden."

„Wir fahren mal zu dieser Immobilienfirma. Maria, Sie suchen bitte die Anschriften raus: vom Laden und die Privatadressen, sowohl die von Vera Zolty als auch die der Eltern. Und dann recherchieren Sie bitte nach dem vierten Mann aus der Clique." Er sah auf einen Zettel, der vor ihm auf dem Schreibtisch lag. „Dimiter Klasnic. Vielleicht kann er uns weiterhelfen. Und morgen knöpfen wir uns auch diesen Kerl aus Alzey vor. Und seinen Bewährungshelfer."

Die Geschäftstelle der Immobilienfirma Zolty war geschlossen, als Sikorski um siebzehn Uhr zusammen mit Wagner in der Steingasse eintraf.

Gemeldet war Vera Zolty in Oppenheim am Rhein, wo sie eine kleine Villa bewohnte. Das Haus und das Grundstück machten einen sehr ordentlichen und aufgeräumten Eindruck auf Sikorski. Außen war es von einer lichten Hecke umsäumt, durch die man das Grundstück gut einsehen konnte. Auf dem akkurat geschnittenen Rasen standen drei Obstbäume.

Wagner drückte auf den Klingelknopf neben dem schmiedeeisernen Tor, doch der Türöffner blieb stumm.

„Madame ist nicht zu Hause", sagte plötzlich eine Stimme hinter ihnen. Die beiden Polizisten drehten sich um. Ein älterer Mann in Jeans und Hemd mit einem Zwergschnauzer an der Leine stand am Straßenrand. „Wenn der Wagen von der nicht hier steht, ist die nicht da. Die fährt nie in die Garage."

„Aber hier wohnt doch Frau Zolty?", vergewisserte sich Sikorski.

„Natürlich", entgegnete der Mann, „aber sie ist nicht da. Habe ich ja schon gesagt. Was wollen Sie denn von ihr?"

„Privat."

„So sehen Sie aus!", war die postwendende Antwort, aber Sikorski ließ sich auf keinen Disput ein, sondern gab Wagner ein Zeichen zu gehen.

„Wo wohnen die Eltern?", fragte er, als sie wieder in ihrem Wagen saßen.

„In Weisenau", antwortete Wagner, startete den Motor und zwanzig Minuten später standen sie vor einem weißgestrichenen Bungalow auf einem weitläufigen Grundstück.

Ein etwa siebzigjähriger Mann öffnete ihnen die Tür und bat die beiden Männer, nachdem Sikorski sich und Wagner vorgestellt hatte, ins Haus. Dort saß Frau Zolty am Rand eines großen, weißen Ledersofas, das mitten in dem sehr hell gestalteten Raum stand. Eine Fensterfront, die vom Boden bis zur Decke reichte und die ganze Breite des Raums einnahm, gab den Blick auf eine Terrasse und den Garten frei.

„Unsere Tochter möchten Sie sprechen?", sagte Frau Zolty, die ein schwarzes Kostüm trug, „dann müssen Sie es bei Ihr zu Hause oder im Geschäft versuchen."

„Da waren wir schon, haben sie aber leider an keinem dieser Orte angetroffen", klärte Sikorski die Eltern auf. Er überlegte, was er ihnen über den Grund ihres Besuches sagen konnte.

„Wir suchen Vera im Zusammenhang mit einem verschwundenen Mann. Wir wissen, dass sie ihn von früher kannte, aus der Zeit ihres Studiums und dass dieser Mann wieder nach Mainz gekommen ist. Möglicherweise hat er ihre Tochter aufgesucht und sie kann uns helfen, den Mann zu finden. Simon Engel heißt der Mann. Kennen Sie ihn?"

Die beiden alten Leute schüttelten die Köpfe, und verfielen in ein sekundenlanges Schweigen, sahen sich dann kurz an, bevor Herr Zolty zu sprechen begann.

„Wir sehen unsere Tochter kaum noch, wissen Sie. Sie ist ständig im Geschäft, kümmert sich um alles. Das ist auf der einen Seite sehr schön, weil wir früher immer dachten, dass es das Geschäft nicht mehr gibt, wenn wir weg sind. Unsere Tochter war so anders. Ohne Sinn fürs Geschäft. Ein warmer und herzlicher Mensch, so lebensfroh. Kunsthistorikerin wollte sie werden, ein Museum leiten."

„Und jetzt hat sie Ihre Firma übernommen. Das ist doch schön", sagte Wagner, und Sikorski, der bei der Nennung des Studiums aufgehorcht hatte, stutzte, wie einfühlsam der junge Kollege das sagte.

„Ja, das sagte ich schon, aber sie ist anders geworden. Sie hat ihre Warmherzigkeit verloren. Wir wissen nicht warum. Aber von einem Tag auf den anderen war sie eine andere. Härter, geschäftstüchtig, sehr kühl."

Frau Zolty fiel ihrem Mann ins Wort. „Sie hat uns angeboten, das Geschäft zu übernehmen, worüber wir sehr froh waren. Mein Mann hatte damals einen Infarkt, es ging ihm nicht gut, ich hatte große Angst …", mit diesen Worten legte sie ihre Hand auf seine, „da war uns Veras Angebot eine große Hilfe. Vielleicht war ja die Trennung von Gunnar der Grund, aber sie hat nie darüber gesprochen …"

„Gunnar?", fragte Sikorski dazwischen.

„Ihr Mann. Sie waren zwei Jahre verheiratet. Von heut auf morgen hat Vera die Scheidung eingereicht."

„Wissen Sie den Grund?"

„Leider nein. Darüber hat Vera nie gesprochen. Und wir haben bald aufgegeben, Sie danach zu fragen."

„Hatte Ihre Tochter Streit mit diesem Gunnar?"

Frau Zolty sah zu ihrem Mann herüber, der leicht den Kopf schüttelte. „Nein", antwortete sie schließlich, „das wissen wir nicht. Ihre Entscheidung, sich scheiden zu lassen, hat uns aus heiterem Himmel getroffen." Die beiden alten Leute tauschten einen Blick, bevor dieses Mal Herr Zolty weitersprach: „Auch Gunnar wusste von nichts. Er war noch einmal hier gewesen, nachdem Vera ihm mitgeteilt hatte, dass sie sich scheiden lassen wolle. Er hat es nicht begriffen. Sie hat vorher, hat Gunnar gesagt, nie von Trennung gesprochen."

„Und die beiden haben sich nie wieder gesehen?"

„Soviel wir wissen, nicht."

„Hat Ihre Tochter denn danach wieder geheiratet? Gab es einen anderen Mann?" Wagner hatte leise gesprochen und sah zwischen den beiden Zoltys hin und her.

„Nein. Soviel wir wissen, hat sie sich auf keinen Mann mehr eingelassen. Leider. Dabei lernt sie so viele nette Männer im Geschäft kennen. Aber vielleicht hat sie uns auch nichts gesagt."

Frau Zolty sprach weiter. „Sie hat sich seit damals sehr zurückgezogen."

„Aber das Geschäft führt sie gut", ergänzte Herr Zolty. „Das hätten wir nie gedacht. Sehr erfolgreich."

Sikorski wartete einen Moment, bevor er seine Frage stellte. „Wissen Sie, dass Ihre Tochter vor etwa zehn Jahren eine Anzeige gegen Unbekannt wegen Vergewaltigung gestellt hat?"

Die beiden alten Leute sahen sich wieder an, aber dieses Mal lag ein Erschrecken in ihren Blicken.

„Nein, nie", reagierte Frau Zolty als erste. „Das ist ja schrecklich. Stimmt das wirklich?"

„Wir haben die Anzeige heute in den Akten gefunden. Die Täter sind nie gefunden worden. Mit Ihnen hat sie also nie darüber gesprochen."

„Nie", antworteten die beiden unisono.

„Hat Ihre Tochter Kinder?", fragte Wagner.

„Nein."

„Und schwanger war sie auch nicht?"

„Nein. Aber warum fragen Sie? War Vera schwanger? Von Gunnar?"

„Wir wissen es nicht genau und hofften von Ihnen etwas zu erfahren", sagte Sikorski, dem die wachsende Unruhe bei den beiden alten Leuten nicht entgangen war.

„Nein. Wir wissen leider viel zu wenig von unserer Tochter. Aber sagen Sie uns ganz ehrlich, wenn sie in Gefahr ist?"

Sikorski kniff seine Lippen zusammen. Was sollte er den beiden sagen? Er wusste ja selbst noch nicht, welche Rolle Vera Zolty spielte. Ihm schien, dass bei ihr die Fäden zusammenliefen, aber in welcher Weise und warum, das hatte er noch nicht entschlüsseln können.

„Sie haben gesagt, dass Ihre Tochter Kunstgeschichte studiert hat. Hat sie einen Abschluss gemacht?"

„Ja. Sie wollte promovieren, aber dann kam diese Scheidung und sie hat das Studium, an dem ihr Herz so hing, abgebrochen. Bald darauf hat sie ja das Geschäft übernommen."

„Und heute hat sie gar nichts mehr mit Kunst oder Kunstgeschichte zu tun?", hakte Sikorski nach.

„Nein, nicht das wir das wüssten. Das Geschäft nimmt sie ja auch ganz in Anspruch", antwortete Herr Zolty, „aber Sie merken ja, dass wir nur noch wenig von unserer Tochter wissen." In seiner Stimme lag ein großes Bedauern.

„Eine Frage habe ich noch." Wagner machte eine kurze Pause, bevor er sie stellte. „Kennen Sie das Promotionsthema Ihrer Tochter?"

„Einen Moment, bitte!", bat Herr Zolty, stand auf und ging an einen kleinen Schrank, aus dem er eine Art Fotoalbum nahm, darin blätterte und dabei erklärte: „Wir waren damals auf einem Vortrag an der Uni, auf dem Vera über ihr Thema referierte. Hier steht es: ‚Todesdarstellungen in der Bildenden Kunst'. Aber der genaue Titel war viel länger."

„Gibt es noch die Aufzeichnungen dazu?", fragte Sikorski, äußerlich ruhig.

„Ich muss Sie da leider enttäuschen", erklärte Herr Zolty. „Unsere Tochter hat die Aufzeichnungen alle verbrannt. So, als wollte sie nichts mehr mit diesem Leben zu tun haben."

Sikorski spürte, dass dem alten Mann das Gespräch sehr zusetzte und da er den Eindruck hatte, dass sie alles Wesentliche besprochen hatten, gab er Wagner ein Zeichen aufzubrechen, reichte Herrn Zolty seine Karte mit der Bitte, ihn sofort auf dem Mobiltelefon anzurufen, sobald Vera sich bei ihnen melden sollte. Dann verabschiedeten sie sich und ließen ein erschrocken-ratloses Ehepaar in Weisenau zurück.

Auf der Mailbox seines Handys fand der Kommissar eine Nachricht von Maria vor: Klasnic wohne in Kaiserslautern und arbeite bei einer Bank.

Zu Hause zog sich Sikorski in sein Arbeitszimmer zurück, schloss die Tür hinter sich, was ein Zeichen für den Rest der Familie war, dass sie ihn nicht zu stören hatte.

Er musste in Ruhe nachdenken, wie sich all die Fäden, die er gefunden und gezogen hatte, zusammenfügten. Was verband diese Vera Zolty mit Simon Engel, was hatten die Morde an den Männern mit ihnen zu tun, welche Rolle spielte Reiner Brünagel dabei, der in der Nacht, als die Leiche von Loos im Budenheimer Wald in einer Badewanne abgelegt wurde, dort war. War er der Mörder, hatte er die Leiche nur dort abgelegt oder was sonst? Sikorski war sicher, dass die Emaillereste in Brünagels Fahrzeug mit denen von der Wanne im Wald übereinstimmten. Und welche Rolle spielten die anderen Mitglieder aus der Clique, die nicht mehr in Mainz wohnten und von denen sich mindestens zwei genau zu jener Zeit, als Kreiner und Richter ermordet wurden, in der Nähe der Stadt aufhielten? Und welche Rolle hatte in diesem Cliquengeflecht Engel? Angenommen, fragte sich Sikorski, wenn jeder dieser Cliquenangehörigen einen Mann ermordet hatte – Brünagel jenen Raimund Loos: erstochen; Sparer jenen Richter: erschossen; Lucca jenen Kreiner: vergiftet – würde es noch mehr Tote geben? Und hatte Engel Rossmann umgebracht? Oder was hatte der damit zu tun? Und da war noch jener Dimiter Klasnic, der jetzt in Kaiserslautern lebte – war ihm auch ein Opfer zugeordnet? Und: Wählten sich diese Männer ihre Opfer selbst aus oder wurden sie ihnen zugewiesen. Und wieder: Welche Rolle spielte Vera Zolty, verheiratete Schlüter, dabei? Das Promotionsthema ging ihm nicht aus dem den Kopf. Die Indizien sprachen dafür, dass sie hinter all dem steckte. War sie der Mastermind, der Kopf des Unternehmens, und Brünagel, Lucca, Sparer und Engel ihre Handlanger? Oder hatte der Letzte eine Sonderrolle inne? War er derjenige, der Opfer und Täter zusammenführte? Er musste endlich diesen Engel genauso wie Vera Zolty zu fassen bekommen.

Sikorski beschloss, früh am nächsten Morgen zu diesem Klasnic nach Kaiserslautern zu fahren. Und welchen Komplex er noch gar nicht in seinen Überlegungen bedacht hatte, war der tote Rossmann und dessen Frau sowie der Geldverleiher, für den Engel gearbeitet hatte. Wie hing diese Geschichte mit der anderen zusammen? Hat die Androhung, die Chagall-Fenster zu zerstören, irgendetwas mit den Morden zu tun? Er konnte keinen Zusammenhang erkennen, so lange er auch darüber nachdachte. Sikorski raufte seine Haare. Einen solch komplizierten Fall hatte er noch nie gehabt. Er sah auf seine Uhr. Es war kurz nach Mitternacht. Keine zweiundzwanzig Stunden mehr bis zum Ablauf des Ultimatums. Er beneidete Meister nicht um seinen Job. Aber der würde ihn machen und er den seinen.

Als Sikorski sein Arbeitszimmer verließ und ins Wohnzimmer kam, fühlte er sich keinen Deut besser. Bettina saß noch auf dem Sofa und sah fern. Er setzte sich neben sie, sagte nichts und starrte noch eine Viertelstunde auf den Bildschirm, bevor er sich mit einem Kuss von ihr verabschiedete und ins Bett ging.

✳

Engel saß in der Falle. Genau so fühlte er sich. Eingesperrt. Eingeschlossen. Ausgeliefert. Aber wem? Vera! Sie hatte ihn aus der Hütte vor dem Zugriff der Polizei gerettet und ihn in diese Wohnung gebracht. Hier war er vor der Polizei sicher, vielleicht auch vor Kopka. Aber war er hier vor Vera sicher? Woher hatte sie gewusst, dass er bei Reiner untergekommen war, warum tauchte sie genau in dem Moment auf, in dem die Polizei kam? Was für ein Verhältnis hatte sie zu Brünagel? Sie hatte ihm gesagt, dass sie keinen aus der alten Clique seit damals wiedergesehen hatte. Konnte das stimmen? Hatte Reiner am Vorabend mit ihr telefoniert? Hatte er Vera aufgefordert, dass er, Simon, von seinem Hof verschwinden müsse? Aber warum hatten beide gelogen, hatten beide behauptet, dass sie keinen Kontakt miteinander hätten? Weil sie ein Verhältnis miteinander hatten? Aber warum sollten sie das vor ihm verheimlichen? Hätte Vera ihm das gesagt, hätte er doch nicht weiter versucht, etwas mit ihr anzufangen? Oder doch? Reiner war diesbezüglich ein gebranntes Kind. Stand Vera im Kontakt mit der Polizei? Hatte sie der Polizei sein Versteck verraten? Weil sie ihn doch für Rossmanns Mörder hielt? Weil er sich damals von ihr getrennt hatte? An jenem Tag, als sie auf der Loreley waren und sie sich so romantisch verhielt. Vielleicht war es ja der falsche Zeitpunkt gewesen und er hätte warten sollen, bis sie wieder zurück in Mainz waren, aber die Anhänglichkeit dieser Frau war ihm mächtig auf den Geist gegangen und als sie diesen Ton drauf bekam, den er gar nicht leiden konnte, ein bisschen höher und säuselnder, da konnte er nicht anders und sagte ihr auf den Kopf zu, dass er sie schon seit einiger Zeit loswerden wollte. Ein wenig hart, kalt vielleicht sogar, aber besser auf diese Weise, als ihr die Möglichkeit zu Ausflüchten zu geben. Und auf dem Parkplatz dann, das fiel ihm jetzt wieder ein, als sie, nachdem er ihr seine Trennungsabsicht klipp und klar kundgetan hatte und sie beide stumm und Vera mit Tränen in den Augen von dem Felsen zum Auto gegangen waren, stand Reiner da, empfing ihn mit wütendem Blick und sie war zu ihm in den Wagen gestiegen. Engel war damals froh gewesen, sie los zu sein, nicht das verheulte Gesicht ertragen zu müssen, die vorwurfsvollen Blicke, weitere Gespräche, die ihn umstimmen sollten. Aber er hatte sich nie Gedanken gemacht, warum Reiner damals auf dem Parkplatz stand, wieso er von ihrem Ausflug wusste. War er ihnen gefolgt oder hatte Vera ihn bestellt? Engel wusste es einfach nicht und in all den Jahren, die seitdem vergangen waren, hatte es ihn auch nicht interessiert. Jetzt wurde ihm auch klar, warum Reiner so verhalten bei seiner Ankunft reagiert hatte, warum er ihn erst gar nicht bei sich aufnehmen wollte. Aber wenn Vera ihn wegen all der alten Geschichten an die Polizei verraten hatte, warum rettete sie ihn dann wiederum vor der Polizei? So viele Fragen und langsam, nach der dritten Flasche Bier und nachdem Engel eines der Sandwichs gegessen hatte, die Vera ihm in eine der beiden Tüten gepackt hatte, überkam ihn die Müdigkeit. Er wollte nicht schlafen, noch nicht schlafen, wollte nicht schlafend in diesem Gefängnis liegen und ausgeliefert sein. Einige Minuten schaffte er es noch den Moment herauszuzögern, wo er völlig das Bewusstsein verlor, und in dieser Zeit versuchte er, irgendetwas vor die Tür zu stellen, das diese versperrte, aber dazu war er zu schwach. Er kroch noch bis zur Wohnungstür, dann blieb er dort liegen, sah auf den Boden, drehte sich um, blickte zur Decke und schlief endgültig ein.

DONNERSTAG, 27. August 2009

Sikorski hatte in dieser Nacht nur wenig geschlafen. Es hatte lange gedauert, bis die Müdigkeit stärker als die Macht seiner Gedanken wurde und ihn in einen unruhigen Schlaf hinübergleiten ließ. Um sechs Uhr läutete sein Wecker. Er brauchte einige Sekunden, bis er aufgewacht war, doch nach dem Duschen wusste er, dass er an diesem Donnerstag dem Rätsel der vier Morde entscheidend näher kommen würde. In der Küche bereitete er das Frühstück für Bettina und die Kinder vor, weckte sie nacheinander, trank seinen Kaffee und aß ein Brot, während die anderen sich fertig machten. Dann rief er Wagner an und bestellte ihn zu sich. So wie Bettina und die Kinder in die Küche kamen, verabschiedete er sich von ihnen und wartete vor der Tür auf seinen Kollegen, der fünf Minuten später vorfuhr. Er informierte Wagner, dass sie jetzt nach Kaiserslautern fahren würden.

Um acht Uhr rief er im Büro an und überraschte Maria mit der Nachricht, wohin sie auf dem Weg waren. Er teilte ihr die Ergebnisse der Befragung der Zoltys mit, ließ sich von ihr anschließend die Adresse von Klasnic geben und endete mit der Bitte, ihn gleich anzurufen, sobald sich etwas Neues ergab.

„Ich habe da schon was, Chef", sagte Maria und beendete ihren Bericht mit der Information: „Graubner hat die Sachen aus der Hütte untersucht und ist sicher, dass der Mann, der in der Wohnung von dem Rossmann und in dem Hotel in der Neustadt war, sich auch in der Hütte aufgehalten hat."

„Simon Engel!", sagte Sikorski.

„Genau", bestätigte Maria.

„Wie kommt er an den Wagen dieser Zolty?"

„Ich weiß es nicht, Chef, aber die beiden kennen sich ja von früher", antwortete Maria und fügte hinzu: „Graubner hat in der Nähe der Hütte Fußspuren gefunden. Von einem Mann und einer Frau, der Größe nach. Die Frau hat sogar Schuhe mit spitzen Absätzen getragen, meint er."

„Die Zolty?"

„Das kann er nicht sagen", gab Maria zurück, „dafür braucht er den Schuh."

Um halb neun erreichten sie die Stadtgrenze von Kaiserslautern. Wenig später hatten sie mit Hilfe des Navigationsgerätes das Haus, in dem Klasnic wohnte, gefunden, aber es wurde ihnen nicht geöffnet. Sie machten sich daher gleich auf den Weg zu den Räumen der Sparkasse, in der der Gesuchte als stellvertretender Filialleiter tätig war.

Die Geschäftsstelle war gerade geöffnet worden und noch kein Kunde anwesend. Eine junge Frau, die sie nach Klasnic fragten, wies sie zu einem Raum, der durch eine Glastür von dem Kundenbereich abgetrennt war. Darinnen saß an einem hellbraunen Schreibtisch ein leicht übergewichtiger Mann von etwa vierzig Jahren mit Glatze und einer modischen Brille, deren Bügel sich hinter den Ohren an den Schädel drückten.

„Was kann ich für Sie tun?", fragte er die beiden Männer.

„Herr Klasnic?", fragte Sikorski, „Dimiter Klasnic?"

„Ja", bestätigte der und sein Körper straffte sich.

„Wir müssen mit Ihnen sprechen." Sikorski stellte sie beide vor. Die junge Frau aus dem Schalterraum sah immer wieder zu ihnen herüber.

„Herr Klasnic", begann Sikorski das Gespräch, „kennen Sie einen gewissen Simon Engel?"

Einen kurzen Moment zögerte der Befragte, als ob er die Vor- und Nachteile einer Verneinung dieser Frage abwägte, dann stand er auf und schloss die Glastür in den Schalterraum, bevor er sich wieder setzte und antwortete: „Ja, ich kenne ihn."

„Wann haben Sie ihn zum letzten Mal gesehen?"

Wieder ließ sich Klasnic Zeit. „Das muss mehr als zehn Jahre her sein."

Sein Telefon klingelte. Er drückte auf einen Knopf. Nun war das Klingeln draußen zu hören. Er gab der jungen Frau ein Zeichen, dass er keine Zeit habe.

„Und seitdem haben Sie ihn nicht mehr gesehen."

„Ja, so ist es", bestätigte er.

„Sagen Ihnen die Namen Reiner Brünagel, Mark Sparer und Renato Lucca etwas?" Wagner hatte diese Frage gestellt.

„Warum wollen Sie das wissen?"

„Bitte, beantworten Sie die Frage meines Kollegen, Herr Klasnic", forderte Sikorski streng und kühl.

„Was wird mir vorgeworfen?", antwortete er dennoch nicht auf die ihm gestellte Frage.

„Noch nichts", entgegnete Sikorski. „Also, sagen Ihnen die drei Namen etwas?"

Klasnic nickte verhalten. „Wir haben zusammen studiert. In Mainz. BWL. Das ist, wie gesagt, mehr als zehn Jahre her. Wir sind ab und zu einen trinken gegangen."

„Ab und zu? Nicht öfters?"

„Wie das so ist als Student. Mal mehr, mal weniger."

„Wir haben da andere Informationen, Herr Klasnic. Sie waren das, was man eine Clique nennt. Sie haben ständig zusammengehangen." Sikorski sah den Mann kurz an, dann schob er seine nächste Frage nach. „Kennen Sie einen Raimund Loos?" Klasnic schüttelte seinen Kopf. „Thomas Richter?" Wieder die gleiche Reaktion. „Michael Kreiner?" Erneut folgte ein Kopfschütteln. „Und Vera?" Sikorski hatte bewusst den Nachnamen weggelassen. Dieses Mal zuckte Klasnic zusammen, nicht viel, aber Sikorski war es aufgefallen.

„Ja, von früher, wie die anderen."

„Und Sie haben weder Vera noch die Herren Brünagel, Lucca und Sparer in den letzten Wochen oder Monaten getroffen?", fragte Wagner mit Häme in seiner Stimme.

„Ich weiß nicht einmal, wo sie leben", war die Antwort. „Wir haben uns damals in alle Winde zerstreut. Renato ist wieder nach Italien, das weiß ich noch, Mark hatte irgendwelchen Psychoärger und Simon ist völlig untergetaucht. Hatte finanzielle Probleme. Und irgendwelche Leute wollten ihm das Fell über die Ohren ziehen."

„Und Sie?"

„Ich? Ich habe vor dem Studium eine Lehre bei einer Bank gemacht. Dahin bin ich zurückgegangen. Schuster, bleib bei deinen Leisten! Das habe ich gemacht. Ich bin jetzt seit acht Jahren hier bei der Sparkasse und werde nächstes Jahr Filialleiter."

Wagner beugte sich vor. „Herr Klasnic, wann haben Sie Vera Zolty zum letzten Mal gesehen?"

„Ich sagte es Ihnen doch schon. Das ist bestimmt zehn Jahre her. Und Zolty hieß die nicht."

Wagner schlug so laut mit seiner Handfläche auf den Tisch, dass selbst die junge Frau draußen trotz der geschlossenen Tür deutlich zusammenzuckte. Sie bediente gerade eine Kundin. Beide schauten erschrocken zu dem kleinen Büro hinter der Glasscheibe herüber. Wagner hatte genau darauf gewartet.

„Wir haben da andere Informationen", begann der junge Polizist. „Frau Zolty, so heißt sie übrigens heute, hat Sie aufgesucht, genauso wie Sparer, Brünagel und Lucca."

„Was reden Sie da?", echauffierte sich Klasnic, aber er wurde nicht laut.

Wagner stand auf und öffnete die Tür.

„Herr Klasnic", sagte er, als er wieder an den Schreibtisch zurückgegangen war, ohne sich jedoch zu setzen, „den Filialleiter können Sie sich abschminken, wenn Sie jetzt nicht die Wahrheit sagen." Wagner hatte so laut gesprochen, dass die junge Frau und die Kundin neugierig zu ihnen herübersahen.

„Machen Sie die Tür bitte zu!", bat Klasnic. Er sah zerknirscht aus und kämpfte offensichtlich mit sich. Sikorski gab Wagner ein Zeichen, dem Mann einen kurzen Moment zum Nachdenken zu lassen.

„Versprechen Sie mir, dass das, was ich Ihnen sagen werde, unter uns bleibt und nichts nach draußen dringt?"

„Ja, wenn Sie die Wahrheit sagen", versicherte ihm Sikorski. Wagner zog die Tür wieder zu.

„Also, wo soll ich anfangen?!"

Klasnic beugte sich vor, fuhr sich mit der rechten Hand über die Glatze, atmete tief und laut ein, bevor er mit einem „Also gut" begann und sehr leise weitersprach. „Es ist nämlich so, dass ich zum ersten Mal das Gefühl habe, dass es aufwärts geht. Die Filialleiterstelle, die würde mir vieles retten. Also. Vera hat mich vor etwa sechs Monaten aufgesucht. Sie wusste sehr gut Bescheid über das, was ich mache, und besonders, dass ich Schulden habe und frustriert bin, weil ich schon mehrmals bei den Beförderungen zum Filialleiter übergangen worden bin. Sie hat von den alten Zeiten erzählt und gesagt, dass ich für sie damals immer eine besondere Person gewesen war. Sie hat mir angeboten, meine Schulden zu tilgen und mir außerdem eine größere Summe Geld zu geben, wenn ich ihr einen Gefallen täte."

Klasnic hatte nicht schnell gesprochen, dabei seine Stimme gesenkt und machte nun eine Pause, als ob er überlegte, ob es richtig war, sein Wissen diesen beiden Männern von der Polizei zu verraten. Aber er wusste, dass er schon zu weit gegangen war und dass seine Karriere an diesem Vormittag ihr jähes Ende finden würde, wenn er nicht redete.

„Und?", hakte Wagner nach und fing sich dafür einen vorwurfsvollen Blick seines Chefs ein.

„Und?", gab Klasnic zurück, lauter als beabsichtigt, denn gleich ging sein Blick wieder zu der Glasscheibe und der Kollegin, die jetzt wieder alleine war und herüberschaute. „Ich soll für sie", er machte eine kurze Pause, als müsse er erst Kraft sammeln, um den Satz zu vervollständigen, „einen Mann umbringen. Sie würde alles vorbereiten, sagte sie und wollte mir zu gegebener Zeit mitteilen, wer, was, wann und wie."

„Das klingt aber sehr genau geplant."

„Ja, Vera schien genaue Vorstellungen davon zu haben, wie der Mann umkommen sollte."

„Und was Sie danach mit ihm machen sollten?"

„Ja, so schien es mir", bestätigte Klasnic.

„Und was sollten Sie machen?"

„Das hat Vera nicht gesagt. Erst, wenn es so weit wäre, sollte ich es erfahren."

„Wer ist der Mann, den Sie umbringen sollen?"

„Ich weiß es nicht, ehrlich", beteuerte der Bankangestellte.

„Und warum sollten Sie ihn umbringen?"

Klasnic ließ sich einen Moment Zeit. „Vera hat gesagt, dass sie damals vergewaltigt wurde und dass die Polizei sich nicht die Mühe gemacht hatte, auch nur einen dieser Männer zu identifizieren. Sie habe …", nun stockte Klasnic, „sie war damals schwanger und hat das Kind wegen der Vergewaltigung verloren."

„Wissen Sie, wer der Vater war?"

Klasnic zuckte mit den Schultern. „Nein, das hat sie nicht gesagt. Aber ich denke, dass es Simon war. Sie waren doch zusammen. Vera war total in ihn verknallt. Hörig irgendwie. Der hat mit den Fingern geschnippt und die ist gesprungen. Wobei sie ihm scheißegal war. Reiner, der war verliebt in Vera. Aber von dem wollte sie wiederum nichts wissen. Vera hatte nur Augen für Simon."

In Sikorskis Hirn setzten sich langsam die Bausteine zusammen und er spürte, dass sie sich beeilen mussten. Der Kern des Rachefeldzugs war Engel, und wenn der jetzt in den Händen der Zolty war, dann befand er sich in Lebensgefahr. Sikorski beendete das Gespräch, versprach Klasnic noch einmal, dass die Leitung der Bank nichts von der Geschichte erfahren würde, wenn er weiterhin kooperativ bliebe.

„Wir müssen, Wagner", forderte er seinen Kollegen auf, der überrascht war von dem plötzlichen Abbruch der Vernehmung.

„Angenommen", klärte Sikorski seinen Kollegen über seine Gedankengänge auf, während sie aus Kaiserslautern fuhren, „dieser Engel ist der Vater des ungeborenen Kindes von Vera Zolty und er war gestern in der Hütte und die Zolty hat ihn dort abgeholt, wie auch immer sie das erfahren hat, wahrscheinlich durch diesen Brünagel, der noch immer in die Frau verliebt ist, dann befindet Engel sich möglicherweise in ihrer Gewalt."

„Das sind aber nur Vermutungen", warf Wagner ein.

„Aber sie gehen auf. Wir müssen unbedingt diesen Brünagel noch einmal sprechen. Übrigens", fügte er mit strengerer Stimme hinzu, „wie sind Sie auf die Idee gekommen, dass die Zolty die vier Männer aufgesucht hat?"

„Eine Eingebung", antwortete Wagner.

„Eine gute", bestätigte Sikorski, „auch wenn dieses Vorgehen nicht abgesprochen war."

Sie hatten den halben Weg zwischen Kaiserslautern und Mainz zurückgelegt, da klingelte Sikorskis Handy und eine aufgeregte Maria Börne teilte ihm mit, dass Meister versucht habe, ihn zu erreichen, und recht aufgebracht geklungen habe.

Kaum hatte Sikorski das Gespräch beendet, klingelte es erneut.

„Meister hier", meldete der sich, „wo erwische ich Sie denn?" Meister gab sich keine Mühe, seine Verärgerung zu verbergen.

„Bei der Arbeit", erwiderte Sikorski.

„Geht's genauer?", fragte Meister.

„Nein!", gab Sikorski barsch zur Antwort.

„Wo sind Sie, Sikorski, und an welchem Fall arbeiten Sie?"

„Das geht Sie nichts an, Meister!", entgegnete Sikorski, dem es Mühe bereitete, ruhig zu bleiben.

„Das geht mich sehr wohl etwas an, denn Sie werden sich erinnern, dass die Erpressung absolute Priorität hat. Auch für Sie!"

„Meister!", erwiderte Sikorski, der kurz überlegt hatte, das Telefon einfach auszuschalten, „Sie scheinen ja viel Zeit für solches Geplänkel zu haben. Ich nicht! Also! Was kann ich für Sie tun?"

Einige Sekunden war es totenstill in der Leitung. Sikorski glaubte schon, dass Meister aufgelegt hatte, da brüllte der mit einem Mal so laut los, dass Sikorski sich den Hörer vom Ohr weghalten musste.

„Mich einfach informieren. Sikorski, verstehen Sie das! Mich informieren! Wir arbeiten in dem gleichen Laden. Ich habe nämlich gehört, dass Sie gestern jemanden verhaftet haben, der Kontakt zu Simon Engel haben könnte. Sie wissen, das ist der Mann, der bei dem toten Rossmann war, bevor wir aufgetaucht sind. Es könnte ja sein, Sikorski, dass er etwas über die Hintergründe der Erpressung weiß."

„Ja, Meister", entgegnete Sikorski und versuchte bewusst so süffisant wie möglich zu klingen, „dieser Engel kann Ihnen vielleicht helfen, aber sicher nicht Brünagel. Das ist der, den wir gestern festgesetzt haben. Und wenn ich diesen Engel habe, dann werde ich Sie auch sofort informieren. Sind Sie denn schon weiter bei der Erpressung? Viel Zeit bleibt ja nicht mehr bis zum Ablauf des Ultimatums."

Einen Moment lang herrschte auf der anderen Seite der Leitung wieder diese gespenstische Ruhe, dann brach es erneut aus Meister raus, noch lauter, noch schriller als beim ersten Mal, sodass Sikorski Probleme hatte, die Worte, die ihm entgegenschlugen, zu verstehen. „Dass Sie ein arrogantes Arschloch sind, Sikorski, das weiß ich schon lange, dass Sie aber auch ein asozialer Zyniker sind, das ist mir neu!"

Sikorski legte auf und wartete darauf, dass es sofort wieder klingelte, aber sein Mobiltelefon blieb still.

„Meister?", fragte Wagner hinter dem Lenkrad.

„Ja", brummelte Sikorski, „war ich zu hart?"

„Zynisch", antwortete der junge Kollege.

„Das hat Meister auch gesagt."

„Dann muss ja doch etwas dran sein."

Danach schwiegen die beiden Männer, bis das Telefon kurz vor Alzey erneut läutete. Dieses Mal war es Klatten.

„Henning, Meister hat sich höllisch über dich beschwert. Er ist gerade auf dem Weg zum Polizeipräsidenten. Geschnaubt hat der, dich ein zynisches Arschloch genannt."

„So", sagte Sikorski, äußerlich gelassen, „eben hat er mich noch als einen asozialen Zyniker beschimpft. Was denn nun?"

„Bitte, Henning, es ist keine Zeit für Scherze und alberne Streitereien. Du kannst dir nicht vorstellen, wie hier die Nerven wegen der Erpressung bloß liegen. Und Meister behauptet, du seiest wegen der drei Morde unterwegs und die Erpressung gehe dir am Arsch vorbei und du würdest seine Arbeit torpedieren. Stimmt das, Henning? Du kennst die Anweisung: An erster Stelle steht die Erpressung."

Sikorski überlegte einen Moment, ob ein grundsätzlicher Streit Sinn machte, entschied sich dann aber für ein taktisches Vorgehen, bei dem er einfach nur bestimmte Aspekte in den Vordergrund stellte.

„Was glaubst du denn, was ich mache, Werner? Ich bin

hinter diesem Engel her. Er war in Rossmanns Büro, er hat dessen Frau in sein Büro verschleppt. Er ist neben Frau Rossmann die einzige Person, die uns im Moment konkret weiterhelfen kann. Meister hat bis jetzt offenbar noch nichts aus der Rossmann rausbekommen. Also bleibt nur Engel." Dass er Engel hauptsächlich suchte, um die drei Morde aufzuklären, verschwieg Sikorski wohlweislich. „Dieser Brünagel kennt Engel und hatte ihn bei sich versteckt."

„Du hättest Meister trotzdem informieren müssen, Henning", sagte Klatten. Er schien an einem weiteren Streit nicht interessiert zu sein. „Zeig wenigstens deinen guten Willen. Übrigens: Hat Meister dir gesagt, dass er jetzt die Identität des Mannes aus dem Hotel hat. Derjenige, für den Simon Engel das Geld eintreiben sollte?"

„Nein."

„Kopka, Roman Kopka, in Hamburg kein Unbekannter. Unternehmer. Die Staatsanwaltschaft hat ein Auge auf ihn. Meister hat Frau Rossmann Bilder von ihm gezeigt und sie hat ihn zweifelsfrei erkannt."

„Ist er schon von den Hamburger Kollegen befragt worden?"

„Ja. Kopka gibt zu, dass er in Mainz war. Dass er mit Frau Rossmann über das geliehene Geld sprechen wollte und dass Engel, der sich ihm als Reitze vorgestellt hätte, ihn bescheißen wollte. Daraufhin habe er ihn verfolgt, aber dann in Hechtsheim in einem Neubaugebiet verloren."

„Das ist doch was", sagte Sikorski, um keine schlechte Stimmung aufkommen zu lassen, denn in dem Moment wusste er nichts mit dieser Information anzufangen.

„Komm nachher in mein Büro, wenn du wieder in Mainz bist", bat Klatten, bevor er das Gespräch beendete, und sofort klingelte es wieder. Maria war es dieses Mal und auch sie

254

begann mit einem Vorwurf. „Bei Ihnen ist ja ständig besetzt, Chef, und Tobias geht auch nicht an sein Handy."

Der Kommissar sah zur Seite. Wagner hatte wieder seine Stöpsel im Ohr. „Was ist denn?", fragte Sikorski, dem Marias Stimme, auch wenn sie vorwurfsvoll klang, tausendmal lieber als die von Meister und in diesem Fall auch Klatten war.

„Die Emaillereste aus dem Landrover sind von der Badewanne im Wald, eindeutig. Und Brünagel hat mit Vera Zolty telefoniert. Vorgestern Abend und dann noch mehrmals in den letzten Wochen."

„Vielen Dank, Maria, das sind ja mal gute Nachrichten." Er legte auf, machte Wagner ein Zeichen, die Stöpsel aus dem Ohr zu nehmen und fasste für den Kollegen die Gespräche zusammen.

„Wir sollten mehr Auto fahren. Da kommen ja richtig viele gute Ermittlungsergebnisse zusammen."

„Wollen Sie damit sagen, dass wir sonst keine guten Ermittlungsergebnisse haben?", fragte Sikorski ernst.

„War ein Spaß", entschuldigte sich Wagner schnell.

„Habe ich schon verstanden", sagte Sikorski, „von mir auch."

„1:0 für Sie", war Wagners Kommentar. „Was machen wir jetzt?", fragte der.

„Brünagel befragen. Wir müssen wissen, was damals genau passiert ist."

Noch aus dem Wagen heraus ordnete Sikorski an, dass Brünagel in ein Vernehmungszimmer gebracht wurde, wohin er sich sofort nach ihrer Ankunft begab. Wagner schickte er ins Büro, um Maria bei ihren Recherchen zu unterstützen.

✳

Während Sikorski zu Brünagel ins Vernehmungszimmer ging, fuhr Vera Zolty mit einem VW-Multivan in die Tiefgarage unter dem Neubau in Hechtsheim und stellte das Auto nahe dem Eingang zum Treppenhaus ab. Bevor sie den Schlüssel in das Türschloss im ersten Stock steckte, wartete sie und lauschte, aber aus der Wohnung drang kein Geräusch zu ihr. Vorsichtig führte sie den Schlüssel in den Schließzylinder, drehte ihn zweimal um und drückte sanft gegen die Tür. Die ersten Zentimeter ließ sie sich ohne Probleme öffnen, doch dann stieß das Holz auf Widerstand und bewegte sich kein Stück weiter. Panik stieg in Vera auf, dass Simon die Tür versperrt hatte und damit ihren Plan vereiteln könnte. Sie erhöhte den Druck gegen die Tür und beim dritten Versuch gab sie so weit nach, dass Vera durch den so entstandenen Spalt den Körper erkennen konnte, der regungslos vor der Tür lag.

Vera benötigte noch weitere Minuten, bis sie den Körper mit der Tür so weit weggeschoben hatte, dass sie durch den Spalt in den Flur treten konnte. Aber sie wartete, war vorsichtig, denn sie traute Simon jede Gemeinheit und Hinterhältigkeit zu, auch, dass sein Schlaf nur gespielt war und er sich vor die Tür gelegt hatte, um sie umso leichter überwältigen zu können. Also kam sie nicht herein, sondern nahm aus ihrer Tasche ein Tuch, beträufelte es mit etwas Äther aus einer kleinen Flasche und hielt es Simon vor die Nase. Nur ganz kurz, aber lange genug, dass er, selbst wenn er von dieser Dosis nicht ohnmächtig wurde, so doch angeschlagen genug wäre, dass sie seinen Widerstand problemlos überwinden würde.

Der Geruch des Äthers stieg ihr selbst unangenehm in die Nase und sie drückte das beträufelte Tuch schnell in eine kleine Plastiktüte, die sie extra dafür mitgenommen hatte.

Dann erst zwängte sie sich durch den Spalt zwischen Tür und Rahmen und sah in Simons Gesicht, das starr zur Decke gerichtet war.

Sie fühlte seinen Puls, bevor sie ins Schlafzimmer ging, wo sie sich kurz umsah, um dann zu Simon zurückzukehren. Er lag noch genauso da, wie sie ihn vor weniger als einer Minute verlassen hatte. Vera bückte sich und umfasste mit beiden Händen Simons Fußgelenke und zog ihn so weit in die Wohnung, dass sie die Tür ganz öffnen konnte. Dann entnahm sie ihrer Handtasche ein Paar Handschellen, die sie Simon um die Handgelenke legte.

Im Schlafzimmer warf sie die Decke auf den Boden und zog die Matratze an Simon vorbei in den Flur. Sie hatte alles gut geplant. Simon sollte hellwach sein, wenn er erfahren würde, was damals geschehen war. Seinen Sturz würde er, wie sie ihren Gang durch die Hölle vor zehn Jahren, bei vollem Bewusstsein erleben. Nur dass er keine Chance mehr haben würde, sein Leben zu retten.

Vera legte den Mann, der einige Kilo seit damals zugelegt hatte, auf die Matratze, die sie dann ruckweise in den Hausflur zerrte. Nun begann der schwierige Teil. Rückwärts stieg sie die Stufen hinunter und zog die Matratze mit der Last darauf hinter sich her. Schon bald begann Engel erst nach unten zu rutschen, dann, als sie das mit dem Anheben der Matratze verhindern wollte, rollte er zur Seite. Als Vera das Zwischenstockwerk erreicht hatte, musste sie eine Pause einlegen und verschnaufen. So anstrengend hatte sie sich das nicht vorgestellt. Sie wischte sich den Schweiß aus dem Gesicht und nahm den nächsten Treppenabsatz in Angriff. Dieses Mal konnte sie gerade noch so verhindern, dass Engel seitlich von der Matratze rollte. Der Abgang in den Keller schließlich war einfacher, weil das Treppenhaus hier so schmal war, dass die Matratze geradeso zwischen die Wände passte und Engel nicht herunterfallen konnte. Trotzdem war Vera völlig außer Atem, als sie in der Tiefgarage anlangte. Aber das war nur ein geringer Preis für die Befriedigung, die sie bald erlangen würde, denn noch an diesem Tag würde sie den Höhepunkt ihres Planes erreichen.

Dabei hatte Simon anfangs nicht auf ihrer Rechnung gestanden. Er war für sie weg. Verschollen. Vielleicht irgendwo weit weg lebend, vielleicht schon tot, vielleicht, vielleicht! Sie hatte ihn aus ihrem Gedächtnis getilgt. Ausradiert. Er war nicht mehr existent. Und dann hatte sie mit diesem Unternehmer aus Hamburg verhandelt, diesem Roman Kopka. Das war vor fünf Monaten. Und wie sie in seinem Büro saßen, um über den Verkauf eines ehemaligen Landgutes in der Lüneburger Heide verhandelten, das in ein Wellness-Hotel umgewandelt werden sollte, eine schwierige und zähe Verhandlung, weil Kopka um jeden Cent feilschte, wurden sie von einem Mann unterbrochen, der Kopka mitteilte, dass er herausgefunden habe, wer der Mann war, der ihn in der Pokerrunde gerettet hatte. Als der Name Simon Engel fiel, erstarrte Vera und es kostete sie allergrößte Mühe, Haltung zu bewahren. Der Name war nicht so außergewöhnlich, dass hier der Zufall einer Namensdopplung völlig auszuschließen wäre. Der Mann reichte Kopka ein Foto. Als der fremde Mann das Büro verlassen hatte, bat sie Kopka zu dessen Verwunderung, sich das Foto anschauen zu dürfen. Zunächst lehnte er ab, aber als Vera sich von ihrem Wunsch nicht abbringen ließ, reichte er ihr das Bild. Sie erstarrte, als sie den Mann darauf erkannte, der ihr so viel Leid zugefügt hatte, nur für wenige Sekunden, dann hatte sie sich wieder im Griff. Bevor Kopka nachhaken konnte, welche Bewandtnis es mit diesem Foto auf sich hatte, machte sie ihm einen

Vorschlag, der ihre bis dahin schleppende Verhandlung sehr beschleunigte. Und wieder reifte ein Plan in Veras Hirn in unfassbar schneller Zeit und wieder war es ihr Geld, das alles ermöglichte. Viel Geld, das sogar einen durchtriebenen Menschen wie Kopka dazu brachte, viele seiner Grundsätze außen vor zu lassen und Veras perfiden Plan, der den Tod eines zwielichtigen Geschäftsmannes mit einschloss, mitzutragen. Das Geld war ihr egal, sie würde es nicht mehr brauchen und für ihre Eltern hatte sie gesorgt.

Und dann kam der große Moment. Ihre erste Begegnung im Mainzer Bahnhof. Als sie ihren Plan ausgearbeitet und immer wieder durchdacht hatte, war sie unsicher gewesen, ob sie das kühl durchziehen konnte, aber wie sie Simon sah, mit ihm wie geplant zusammenstieß, nur kurz aufschaute, aber lange genug, dass er sie erkennen konnte, wusste sie, dass sie das durchziehen würde und dass es genauso laufen würde, wie sie es geplant hatte. Sie war schnell weitergegangen, als hätte sie ihn nicht erkannt. Sie spürte, nein, sie wusste, dass er sie erkannt hatte. Simon brauchte nur etwas länger. Wie dumm er gewesen war und noch immer war, dass er glaubte, dass zehn Jahre all die Schmerzen, die Demütigungen, die Verletzungen vergessen machen könnten, die doch mit jedem Jahr, jedem Monat und jedem Tag größer geworden waren. Sie zählte innerlich die Sekunden, bis er sich dazu durchgerungen haben würde, ihren Namen zu rufen, den Mut zu finden, sie anzusprechen. Sie war weitergegangen, auch als sie ihren Namen gehört hatte, aus seinem Mund. Und wie typisch, dass er sich hatte abwimmeln lassen, dass er ihr nicht auf den Bahnsteig gefolgt war. Sie hatte va banque gespielt, aber das war ja zu ihrer Leidenschaft geworden in den letzten Jahren, in den vergangenen zehn Jahren. Immer bis zum Letzten gehen, alles ausreizen, alles oder nichts. Das hatte sie in diesen langen Jahren am Leben gehalten. Um die Mörder ihres Kindes zu finden, die vier Männer, die ihr das angetan hatten, ohne dass sie dafür bestraft worden waren. Es hatte noch nicht einmal jemanden interessiert. Einer von ihnen lebte noch, aber nicht mehr lange. Es war alles geplant. Wozu Geld doch gut war! Wie hatte sie früher über Simon und seine Freunde gelacht, über ihre Gier nach Geld, nach viel Geld, nach dem äußeren Schein. Aber sie hatte gelernt. Hatte gelernt, wie wichtig der ist. Und das Geld! Das Geld eröffnete Möglichkeiten. Auch die zur Rache. Gerade, weil sie es hatte und die anderen es dringend benötigten. Sie waren ihre Sklaven. Was später passieren würde, es war ihr egal, völlig egal. Weil ihr Leben ihr egal war. Und sie bald von ihrem Schmerz erlöst wäre.

Sie wusste, dass niemand sie stören und dass Simon noch eine Weile schlafen würde. Sie hoffte, dass sie alles richtig berechnet hatte, dass der Mann, der hilflos vor ihr lag, erst später aufwachen würde, damit er den romantischen Blick auf den Rhein genießen konnte. Noch einmal. Ein letztes Mal.

Vera öffnete die Heckklappe des Multivans und legte das Aluminiumblech, das neben der Wand lag, als Rampe von der Ladefläche zum Garagenboden. Dann kletterte sie in den Wagen und schob aus dem Innern einen Rollstuhl heraus. Am schwierigsten war es nun, Simon auf den Sitz des Rollstuhls zu hieven. Nach drei Anläufen hatte sie es schließlich geschafft und drückte den Stuhl samt Engel über die Rampe hinauf in den Wagen, wo sie den Rollstuhl am Boden verzurrte. Danach schlang sie ein Seil um den Oberkörper des schlafenden Mannes, verknotete es hinter der Rückenlehne und warf eine Decke über Engel, die sie ihm bis zum Hals hochzog. Bevor Vera endgültig losfuhr, ging sie noch einmal in die Wohnung, verschloss die Tür und eilte wieder nach unten.

Mit einem Gefühl, wie es euphorischer nicht sein konnte, fuhr sie aus der Tiefgarage hinauf auf die Straße. Als sie die Autobahn erreicht hatte, fühlte Vera sich frei wie noch nie in ihrem Leben. Zumindest wie in den vergangenen zehn Jahren nicht mehr. Völlig entspannt nahm sie ihr Telefon und wählte die Nummer ihrer Eltern.

❋

Sikorski ging in das Vernehmungszimmer, ohne den Mann, der ihn beim Eintritt erwartungsvoll angeschaut hatte, zu beachten. Er hantierte an dem Aufnahmegerät, das in der Mitte des Tisches zusammen mit einem Mikrofon stand, und ignorierte die Blicke seines Gegenübers.

Als er offenbar alles zu seiner Zufriedenheit gerichtet hatte, hob er seinen Kopf und sah Brünagel direkt an.

„Wollen Sie etwas trinken?", fragte er den Landwirt, weder freundlich noch unfreundlich, lediglich so, dass er innerhalb der nächsten Sekunde eine Antwort erwartete.

Brünagel war irritiert. „Nein. Doch. Bitte!", stammelte er kurz hintereinander. Sikorski hatte geahnt, dass dieser Mann die Zelle nicht lange aushielt. Eine Nacht reichte. Die Furcht vor einer zweiten Nacht würde ihn zum Reden bringen.

„Ich werde mich beschweren", sagte er, aber es klang kraftlos.

Sikorski sah Brünagel nur an.

„Ihr Kollege. Er hat mir gedroht."

„Was wollte er?" Sikorski fragte kühl, als interessiere ihn das nicht.

„Irgendetwas von einer Erpressung. Er hat rumgeschrien und mir gedroht."

„Ja", erwiderte Sikorski lediglich auf diese Vorwürfe und wechselte das Thema. „Vera Zolty", sagte Sikorski, genauso kurz und trocken.

Brünagel sah den Kommissar irritiert an.

„Was wissen Sie über diese Frau?"

„Sie ist kein schlechter Mensch", antwortete der Landwirt.

„Das glaube ich Ihnen", entgegnete Sikorski, „aber jetzt plant diese Frau ein Verbrechen und ich vermute, dass Sie uns helfen können, es zu verhindern."

„Welches Verbrechen?", fragte Brünagel, und das klang für Sikorski so unschuldig, dass er für einen winzig kleinen Moment dem Mann vor ihm glaubte.

„Das wissen Sie besser als ich." Er sah Brünagel eindringlich an, bevor er die Namen der Toten nannte, den, für dessen Mörder er den Landwirt hielt, zuletzt. „Thomas Richter, Michael Kreiner, Raimund Loos. Klingelt es jetzt bei Ihnen?"

Brünagel blieb stumm, sagte nichts, starrte den Kommissar nur an.

„Wer sind diese drei Männer, Brünagel? Warum mussten sie sterben? Haben die drei Vera vor zehn Jahren vergewaltigt? Ist das Veras Rache? Und haben Sie ihr dabei geholfen? Mensch, reden Sie endlich, Brünagel, bevor noch mehr Menschen sterben müssen, für deren Tod Sie dann mitverantwortlich sind."

Doch Brünagel schwieg beharrlich weiter, sah mit stierem Blick den Kommissar auf der anderen Seite des Tisches an.

„Was hat Simon Engel mit all dem zu tun?"

Doch Sikorski sprach ins Leere, seine Worte schienen den Mann ihm gegenüber nicht zu erreichen.

Da wurde die Tür hinter ihm geöffnet und Maria trat in das Vernehmungszimmer und bat ihren Chef kurz herauszukommen, was der nur widerwillig machte.

„Was haben Sie so Wichtiges, dass Sie mich bei einer Vernehmung stören?", raunzte er seine Kollegin an.

„Tobias hat sich die Liste mit allen Immobilien, die die Zolty vertritt und besitzt, schicken lassen. Zuerst ist uns nichts aufgefallen, doch dann sind wir darauf gestoßen, dass die Zolty nicht nur Häuser und Wohnungen als Maklerin verkauft, sondern auch als Bauherrin auftritt. Das heißt, dass dies ein Geschäftsfeld ist, dass Vera Zolty vor etwa zwei Jahren eingeführt hat."

„Und, was ist damit?", fragte Sikorski ungeduldig.

„Es gibt einen Neubau in Hechtsheim, noch nicht bezogen, wegen irgendwelcher Verzögerungen mit den Handwerkern, Elektrik oder so, und der ist ganz in der Nähe von der Stelle, wo dieser Kopka den Engel verloren hat."

Zwei Sekunden benötigte Sikorski, um die Zusammenhänge zu verstehen und sie zusammenzufügen.

„Rufen Sie Wagner und einen Streifenwagen. Wir fahren nach Hechtsheim! Brünagel bleibt im Vernehmungszimmer!"

Nur eine Viertelstunde später hielten die beiden Wagen in Hechtsheim vor dem Neubau. Sikorski schickte einen der Polizisten zu der Einfahrt der Tiefgarage, aber der Mann meldete, dass sie mit einem Rolltor verschlossen war. Daraufhin gab er die Anweisung, die Haustür gewaltsam zu öffnen, was sofort geschah. Nur wenig später stand er mit Maria Börne, Tobias Wagner und vier Streifenbeamten im Treppenhaus.

„Wagner, Sie gehen mit zwei Mann in den Keller und die

Tiefgarage, der Rest durchsucht mit mir die Wohnungen."

Sikorski begann damit in den beiden Parterrewohnungen und ließ nacheinander die Türen aufbrechen. Sie fanden nichts, die Räume waren noch unverputzt und ohne ein Anzeichen, dass darin jemand gehaust hatte. Als sie weiter in den ersten Stock hinaufsteigen wollten, kam Wagner die Treppe zu ihnen geeilt.

„Im Keller und in der Tiefgarage ist niemand", berichtete er, als er bei Sikorski anlangte, „aber es gibt minimale Spuren auf dem Boden der Tiefgarage. Reifenabrieb und einen kleinen Ölfleck. Noch ziemlich frisch. Und eine Matratze liegt da auf dem Boden."

Sikorski war aufgeregter, als er sich das zugestehen wollte. Dennoch war er sicher, dass sie in diesem Haus nicht das finden würden, wonach sie suchten.

„Kommen Sie mal hoch, Chef", rief Maria von oben. Sie war mit den Beamten schon in den ersten Stock vorgegangen. Dort gab es nur eine Wohnung, die sich über das gesamte Stockwerk erstreckte.

Als Sikorski durch die offene Tür trat, führte ihn Maria in ein Zimmer, in dem eine Decke auf dem Boden lag. Daneben stand eine Kühlbox, mehrere Bierflaschen lagen herum sowie diverse Essensreste.

„Wir sind richtig!", stellte der Hauptkommissar fest. „Maria, lassen Sie das alles ins Labor bringen. Graubner soll sich sofort an die Arbeit machen und die Sachen nach Spuren von diesem Engel untersuchen."

Während Maria die Anweisungen ihres Vorgesetzten umsetzte, wandte der sich Wagner zu. „Wo könnte dieser Engel hin sein?"

„Sind Sie sicher, dass er es ist?"

„Ziemlich. Zusammen mit Vera Zolty. Ich würde nur zu

gerne wissen, ob freiwillig oder nicht. Wir müssen noch mal mit ..."

Sikorski wurde vom Klingeln seines Mobiltelefons unterbrochen.

„Herr Sikorski?", meldete sich eine ältere, unsichere Stimme.

„Ja", bestätigte der den Anrufer.

„Zolty hier. Sie haben mir doch Ihre Karte gegeben."

Sikroski war überrascht. „Guten Tag, Herr Zolty! Was kann ich für Sie tun?"

„Unsere Tochter hat angerufen ..."

„Ja?"

„Sie war so seltsam."

Sikorski wartete, dass der Mann weitersprach.

„Sie klang ..., klang, als ob sie ..., als ob sie sich etwas antun wollte."

„Hat sie Ihnen das gesagt?"

„Nein. Aber es klang wie ein Abschied. Und dann hat sie gesagt, dass ..., dass alles geregelt ist und wir uns keine Sorgen machen müssen und für unser Auskommen gesorgt ist. Und dann hat sie sich bedankt. Für alles. Und dass wir ... morgen bekämen wir einen Brief, in dem sie uns alles erklären würde."

„Hat Ihre Tochter noch mehr gesagt?" Wagner und die anderen Polizisten in dem Raum hatten ihre Arbeit eingestellt und hörten dem Gespräch gespannt zu.

„Nein." Es entstand ein Moment der Stille, während dem Sikorski sein Handy weghielt und Maria die Anweisung gab, dass man Brünagel sofort nach Hechtsheim bringen solle.

„Herr Zolty", sagte er dann, „haben Sie Anlass zu der Sorge, dass Ihre Tochter sich etwas antun wird?"

„Sie klang so. Eigentlich nicht. Aber sie war die letzten

Jahre ja so verschlossen, manchmal auch so aggressiv. Ich weiß nicht."

„Können Sie sich vorstellen, wo Ihre Tochter jetzt ist?"

Der alte Zolty wiederholte die Frage. Sikorski nahm an, dass seine Frau neben ihm stand.

„Nein, dass wissen wir nicht", antwortete er endlich.

„Gibt es einen Ort, der für Ihre Tochter von besonderer Bedeutung ist? Denken Sie bitte genau nach!"

Wieder war nur ein leises Rauschen in der Verbindung zu hören, bis Herr Zolty Sikorskis Frage mit Bedauern verneinte. Der Kommissar wollte keine Zeit verlieren, verabschiedete sich und wies Maria und Wagner an, mit ihm nach unten zu gehen, während die Polizisten weiter die Wohnung durchsuchen sollten.

Vor dem Haus warteten sie ungeduldig auf die Ankunft Brünagels.

✻

Vera hoffte, dass sie die Dosierung richtig berechnet hatte. Bevor die Abenddämmerung einsetzte, sollte Simon wach werden. Dann würden sie an der Stelle sein, wo ihr Unglück damals angefangen hatte, und sie würde dem Mann, der dafür verantwortlich war, die Rechnung präsentieren.

Sie fuhr auf der Autobahn über die Rheinbrücke bei Weisenau und nahm gleich die nächste Abfahrt nach Gustavsburg. Sie würde sich nun gemächlich dem Loreleyfelsen nähern. Die letzten Stunden, die sie, endlich wieder frei, genießen wollte. Dann würden sie und Simon für immer zusammen sein. Aber die Minuten und Stunden vorher, die würde sie ihn ganz für sich haben. Er hatte so viel an Schmerzen, an Leid nachzuholen, das ging nicht in Sekunden oder Minuten. Das brauchte Zeit, viel Zeit. Nur wenn er ihren Schmerz zu verstehen fähig war, würden sie wirklich vereinigt weiterleben können.

In Gustavsburg musste Vera vor einer geschlossenen Schranke warten, aber das störte sie nicht. Sie hatte Zeit und Simon schlief noch fest in seinem Rollstuhl. Sie fühlte sich ruhig, kurbelte das Fenster herunter und lächelte einem älteren Radfahrer zu, der an ihr vorbei bis zur Schranke vorfuhr und zu ihr herüberschaute. Er brauchte einen kurzen Moment, bevor er die freundliche Geste registrierte und erwiderte.

Sie glaubte nicht an einen Zufall. Das waren höhere Mächte gewesen, die ihr Simon in die Hände gespielt hatten. Dass sie den Tod von Karl-Heinz Ramsauer, dem vierten Mann, der sie damals vergewaltigt hatte, nicht mehr mitbekäme, störte sie nur wenig. Wenn sie nun darauf wartete, dass Dimiter die Tat endlich ausführte, so wie sie sie geplant und vorbereitet hatte, würde sie den Höhepunkt ihrer Arbeit, den gemeinsamen Tod mit Simon, in Gefahr bringen. Das wollte sie auf keinen Fall riskieren. Wie lange hatte sie nach Simon gesucht und ihn nicht gefunden!

Als der Zug durchgefahren war und die Schranke sich hob, ließ Vera den Multivan langsam bis zur nächsten Straße vorrollen, wartete auf eine Lücke und fädelte sich in den Verkehr ein, der sie bald auf die Brücke über den Main führte. Danach musste sie sich durch die engen Einbahnstraßen in Kostheim schlängeln, bis sie auf der breiten Hauptstraße war. Hier kannte sie sich aus, fuhr die Rampe zur Theodor-Heuss-Brücke hinauf, überquerte diese aber nicht, sondern bog vorher in Richtung Amöneburg ab. Sie wollte zur B 42 an den Rhein. Die romantische Rheinroute durch den Rheingau mit den herrschaftlichen Häusern und den Burgen auf beiden Seiten des Rheins thronend, das war ihr Ziel.

In Amöneburg bog sie nach links zum Rhein ab. Bald erhob sich auf der rechten Seite das mächtige Werk „Kalle". Vera fuhr an dem riesigen Industriedenkmal vorbei bis nach Biebrich, ließ das Schloss rechts liegen, passierte die Richard-Wagner-Villa, erreichte bald Schierstein, schlängelte sich auch hier wieder durch die schmalen Straßen, bis sie mit Walluf das sogenannte Tor zum Rheingau erreicht hatte.

Sie überlegte, ob sie wirklich an alles gedacht hatte. Sie wollte nicht, dass ihre Eltern durch ihre Taten Schaden oder Nachteile erleiden mussten. In diesem Punkt traf sich die alte mit der neuen Vera. Die alte war aufrichtig, geradeheraus, authentisch, aber auch schlampig und nachlässig in vielem gewesen, die neue war streng, mit sich und anderen, ziel- und erfolgsorientiert, ordentlich. Nun galt es, ihren Plan mit all diesen Eigenschaften zu einem Ende zu bringen. In der Bank war alles geordnet, ihre Immobilien, Transaktionen und Projekte akribisch festgehalten auf einer Menge Papiere, sodass ihr Vater, der sehr viel von diesem Geschäft verstand, sie ohne Probleme lesen konnte.

Der einzige Fehler, den sie sich vorwarf, war, dass sie zu freundlich und offen gegenüber Reiner gewesen war. Aber woher sollte sie wissen, dass der auch zehn Jahre nach ihrer letzten Begegnung noch ebenso stark für sie empfand wie damals. Das hatte sie überrascht. Zuerst hatte er sich nichts anmerken lassen, war ihr so begegnet, wie sie sich das gedacht und erhofft hatte, verstand sie und ihren Plan gleich und war schnell bereit ihr zu helfen. Sie wusste, dass Reiner damals viele Demütigungen in der Clique hatte erleiden müssen und die meisten durch Simon. Auch er hatte die nicht vergessen. Aber dann nahmen seine hündischen Blicke zu, seine dilettantischen Versuche, sie zu berühren und es wie ein Versehen aussehen zu lassen. Zunächst hatte sie dem keine große Bedeutung beigemessen, ein Fehler, wie sie sich später eingestehen musste. Er sah darin ihre Zustimmung und wurde zudringlicher und ihr fiel es immer schwerer, ihn von sich fernzuhalten. Er wollte sie umarmen, sie küssen und so sehr sie wusste, um wie viel einfacher alles für sie wäre, wenn sie da mitspielte, sie konnte es nicht. Sie konnte es nicht über sich bringen, mit Reiner in irgendeiner, wenn auch noch so kindlichen Weise, intim zu werden.

Eine Zeit lang ließ er sich beschwichtigen, nahm er Rücksicht auf ihre Verletzungen. Sie konnte ihn vertrösten mit den ewig gleichen Sprüchen wie „Ich bin noch nicht so weit" und ähnliches mehr. Aber so dumm war Reiner auch nicht, sodass er irgendwann kapierte, dass er nie an sein Ziel kommen würde, dass sie ihn nur für einen ganz anderen Plan benutzte, in dem auch er nur ein kleines Rädchen war, nicht bedeutender als jeder der anderen und viel weniger wert als Simon. Simon, der ihn gedemütigt, der ihn ausgenutzt und zu dem er immer aufgeschaut hatte.

Hinter Walluf beschleunigte Vera den Wagen auf siebzig Stundenkilometer und hatte bald Eltville erreicht. Ihr war, als habe sie aus dem hinteren Teil des Autos ein Geräusch vernommen.

Endlich fuhr der Wagen vor, mit dem Brünagel zu dem Neubau in Hechtsheim gebracht wurde.

„Was soll ich hier?", fragte er ungehalten und sah sich um.

Sikorski antwortete nicht darauf, sondern gab einem der

Beamten ein Zeichen, den Mann ins Haus zu führen.

„Kann ich eine Zigarette haben?", fragte er vor der Haustür.

Der Beamte sah zu Sikorski herüber.

„Wenn wir mit dem Gespräch fertig sind!"

Sikorski führte den Trupp vor eine der Wohnungen im Erdgeschoss, während er Brünagel aufforderte, ihm nach oben zu folgen.

„Was soll das?", fragte der.

Sikorski drehte sich so plötzlich und ruckartig um, dass Brünagel auf ihn auflief und sie beide fast niederwarf.

„Hören Sie endlich mit dem Gejammere auf, Brünagel!", forderte er den Landwirt auf. „Ich glaube kaum, dass Sie großen Wert darauf legen, noch weitere Nächte in der Untersuchungszelle zu bleiben. Wenn Sie jetzt mit mir zusammenarbeiten, kommen Sie heute noch nach Hause zu Ihren Feldern und Kühen. Und Ihrem Vater."

Sikorski spürte, dass seine Worte Eindruck auf den Mann gemacht hatten, so als hätte er bis dahin seine Verantwortung für seinen Betrieb und seinen Vater völlig vergessen, und die war ihm mit einem Mal wieder bewusst geworden. Brünagel nickte stumm und folgte ohne zu murren dem Kommissar, der sich schon wieder umgedreht und auf den Weg nach oben gemacht hatte. Im ersten Stock betrat er die Wohnung, in der Engel untergebracht gewesen war, und ließ Brünagel einen Blick in das Zimmer mit der Decke, der Kühlbox und den Essensresten werfen.

„Wissen Sie, wem dieses Haus gehört?", fragte er, als er Brünagels verständnislosen Blick bemerkte. „Dieses Haus gehört Vera." Er machte eine Pause, um die Worte auf Brünagel wirken zu lassen. „In diesem Zimmer hat Simon Engel übernachtet. Wissen Sie, warum?"

Im ersten Moment warf der Landwirt dem Kommissar einen erschrockenen Blick zu, dann hatte er sich wieder in der Gewalt und schüttelte den Kopf.

„Sind die beiden wieder zusammen? Ist Vera wieder rückfällig geworden?", fragte Sikorski.

Brünagel sah unter sich, drehte sich um, wollte aus dem Zimmer.

„Das würde Vera nie machen. Nie. Nie!", sagte er immer lauter werdend.

„Wie wollen Sie das wissen?", stichelte Sikorski weiter. „Engel wird von der Polizei gesucht. Und Vera hat ihn hier versteckt. Vor der Polizei. Sie hat ihm geholfen. Welchen Schluss lässt das zu, Brünagel?"

„Nein, Vera würde nie …"

„Nein? Wirklich nicht? Warum hat sie ihm dann geholfen? Warum hat sie den Mann hier versteckt?"

„Nein!", war alles, was Brünagel darauf erwiderte.

„Was ist damals passiert, Brünagel, nun erzählen Sie endlich!"

Als der Landwirt noch immer keine Anstalten machte zu sprechen, spielte Sikorski seine letzte Karte. „Soll ich Ihnen sagen, was Vera plant?"

Die Antwort war ein leerer, verständnisloser Blick.

„Vera will Engel umbringen."

Nun kam etwas Leben in Brünagels Blick.

„Das gefällt Ihnen, Brünagel, oder?"

Der ließ sich zu keiner weiteren Reaktion hinreißen.

„Aber freuen Sie sich nicht zu früh. Ich vermute, dass Vera sich mit Engel zusammen umbringen will. Und wissen Sie, warum?" Sikorski wartete dieses Mal nicht auf eine Reaktion. „Um mit ihm für immer vereinigt zu sein, deshalb will Vera sich und Engel umbringen. Wollen Sie das, Brünagel?

Die beiden vereinigt als Engel. Über den Wolken. Wollen Sie das?"

Ein stumpfer Blick war die Antwort, aber Sikorski spürte, dass es im Innern von Brünagel brodelte. Der Mann überlegte, ob der Kommissar die Wahrheit sagte. Er hatte in den letzten Wochen in dem Glauben gelebt, dass Vera sich ihm geöffnet hatte, dass sie aber Zeit brauchte, um sich auf ihn einzulassen, um sich ihre Liebe zu Reiner Brünagel eingestehen zu können. Es hatte Andeutungen für Zärtlichkeiten gegeben. Mehr wollte er ja noch gar nicht. Vera war verletzt worden. Wer außer ihm konnte das verstehen? Und er würde ihr alle Zeit der Welt geben. Wenn sie ihn nur irgendwann erhören würde. Aber er hatte auch die Ahnung gehabt und immer gleich verdrängt, dass Vera ihn eigentlich nicht wollte, dass sie seine Nähe nicht suchen würde, wenn sie auf seine Hilfe verzichten könnte.

Sikorski beobachtete den Mann ganz genau. Er wusste, was in ihm vorgehen musste, wenn der nur halbwegs so tickte, wie er sich das vorstellte. Er wartete, ließ die Gedanken sich in Brünagels Hirn hineinfressen, bevor er endlich seine Schlinge auswarf.

„Sie lieben die Frau doch, Brünagel! Wollen Sie, dass sie ihr Leben einfach so wegwirft? Wegen einem Kerl wie diesem Engel! Der sie nur betrügt! Sie ausnutzt! Dem sie vollkommen egal ist! Brünagel! Es liegt an Ihnen, die Frau zu retten und von diesem Irrsinn abzubringen. Sie haben es in der Hand!"

Sikorskis Worte zeigten Wirkung. Brünagel, groß an Statur, schrumpfte merklich zusammen, als zögen die Gedanken alle Energie aus seinem Körper. Dann, endlich, richtete er sich wieder auf, sah den Kommissar an. Eine Veränderung war mit ihm geschehen. Seine Augen waren klar. Er hatte eine Entscheidung getroffen. „Ich weiß nicht, wo sie hin ist. Aber die Trennung, damals, als Simon mit ihr Schluss gemacht hat, wo sie ihm doch von dem Kind erzählen wollte, und sie dann diese schreckliche Nacht erlebt hat ..."

„Die Vergewaltigung?", unterbrach ihn Sikorski.

Brünagel nickte. „Die Trennung, das war an der Loreley. Sie waren auf der Loreley. Ich wusste, dass sie einen Ausflug dahin machen wollten und bin auch dahingefahren. Als ich ankam, sind sie gerade zum Auto gegangen. Simon vorne, Vera ein paar Meter hinter ihm. Von Weitem sah man ihr gar nicht an, was passiert war, aber als sie vor mir stand, war alles klar. Ich habe sie dann nach Hause gefahren."

„Und Simon?"

„Der ist mit seinem Wagen gefahren. Der war doch froh gewesen, dass er Vera los war."

„Wussten Sie, dass Vera schwanger war?"

„Nein, das hat sie mir erst später erzählt."

„Als sie zu Ihnen kam, um Sie zu dem Mord an Loos zu überreden?"

„Ja", antwortete Brünagel, „aber Vera musste mich nicht überreden. Besonders nachdem sie mir erzählt hatte, was damals passiert ist."

„Die vier Männer, Loos, Kreiner, Richter und ..." Sikorski hoffte, dass Brünagel den Namen des vierten Mannes kannte, doch der reagierte nicht.

„Kennen Sie den vierten Mann?", hakte Sikorski nach.

„Nein, woher denn", verneinte Brünagel. „Jeder kannte nur sein Opfer. Es sollte keine Verbindungen geben. Vera hat sich das ganz genau ausgedacht."

„Haben Sie Vera nach der Nacht, in der sie vergewaltigt wurde, noch gesehen?"

„Nein, erst vor ein paar Monaten, als sie bei mir auftauchte. Nach der Vergewaltigung war sie verschwunden. Das heißt, niemand wusste von der Vergewaltigung und dem Kind, auch Simon hat nie erfahren, dass er Vater werden würde. Ich habe sie gesucht, aber nicht gefunden. Ich dachte, sie muss den Schmerz über die Trennung verarbeiten. Und dann war ja die Sache mit meinem Vater passiert und ich hatte den Hof übernommen. Ab und zu bin ich nach Mainz gefahren, habe sie gesucht, aber nie gefunden. Sie hat ja auch ihren Namen geändert."

Sikorski unterbrach den Mann, der plötzlich ein ungeheures Redebedürfnis zu haben schien. „Erzählen Sie mir alles weitere im Auto. Wir müssen jetzt zur Loreley."

Er packte Brünagel am Oberarm und zog ihn mit sich aus der Wohnung. Auf der Treppe brauchte der Landwirt die Hilfe nicht mehr, er folgte dem Kommissar bis ins Parterre, wo die beiden von den anderen erwartungsvoll angeschaut wurden.

„Los, ins Auto!", befahl Sikorski. „Wir fahren zur Loreley!"

Zwei Minuten später waren sie auf dem Weg an den Rhein.

✳

Hinter Eltville nahm Vera die alte Bundesstraße durch die kleinen Ortschaften, die vom Wein und vom Tourismus leben. Vor Oestrich lenkte sie den Wagen auf einen kleinen Parkplatz am Straßenrand, stellte den Motor ab, stieg aus, öffnete die Heckklappe und beugte sich ins Auto.

„Simon?", fragte sie in das Innere hinein.

Sie erhielt keine Antwort. Mit einem Blick über ihre Schulter vergewisserte sie sich, dass in diesem Moment kein

Auto kam, und kletterte in das Innere des Wagens. Vor ihr saß Simon Engel in dem Rollstuhl. Sie ging um ihn herum. Seine Augen waren geschlossen. Vera beobachtete den Mann eine Zeit lang, doch es kam keine Reaktion von ihm. Sie hätte ihm gerne jetzt schon gesagt, was ihn bald erwartete, um sein Leiden zu erhöhen. Als sie in ihrem Rücken das Geräusch eines sich schnell nähernden Fahrzeugs hörte, zwängte sie sich an Engel vorbei und sprang ins Freie, schlug die Heckklappe zu und setzte sich wieder hinters Lenkrad.

Hand in Hand würden sie von dem Felsen springen und Simon würde sich nicht wehren können. Wenn er erwachte, würde sie ihm von ihrem Plan berichten, mit ihm eine Zeit lang auf dem Loreleyfelsen zu sitzen und all das nachzuholen, was sie damals nicht gemacht hatten: gemeinsam in die Landschaft schauen, zärtlich aneinanderlehnen, sich ihre Geheimnisse erzählen. Sie würde ihm sagen, dass er beinahe Vater geworden wäre. Vielleicht Vater eines Jungen, der jetzt schon zehn Jahre alt wäre, ein toller Kerl bestimmt, ein guter Schüler, den er, Simon, der Vater, samstags auf den Fußballplatz begleiten würde, um ihn anzufeuern und sich aufzuregen, wenn andere seinen Sohn unfair behandelten. Mit dem zusammen er Bücher lesen und ins Schwimmbad gehen würde, all die Sachen, die Väter mit ihren Söhnen machen. Und der Kleine würde zu ihm, dem Vater, aufschauen, ein Idol in ihm sehen, dem er nacheifern wollte.

Das alles wird sie Simon während ihrer gemeinsamen Zeit auf der Loreley noch sagen, vor ihrer letzten Reise. Sie würde ihn dort wieder etwas einnehmen lassen, das ihn phlegmatisch und willenlos machen würde, denn er hätte sicher Angst, würde wieder, wie damals, Reißaus nehmen wollen. Aber dieses Mal würde sie ihn nicht gehen lassen. Dieses Mal würden sie die Reise gemeinsam unternehmen.

Vera warf einen kurzen Blick in den Rückspiegel, dann beschleunigte sie und hatte bald Oestrich-Winkel erreicht.

Sikorski saß auf dem Rücksitz des Wagens neben Brünagel, Wagner steuerte und Maria hatte vorne neben ihm Platz genommen. Die Klimaanlage lief auf Hochtouren und der Hauptkommissar musste sehr laut sprechen, um seine Kollegen über den Grund der Fahrt zur Loreley aufzuklären. Sikorski rechnete aus, wie viel Vorsprung Vera Zolty vor ihnen hatte. Alles hing davon ab, ob sie plante, ihr Vorhaben gleich umzusetzen oder den Moment des Zusammenseins mit Engel herauszuzögern. Darin läge ihre Chance, Veras Plan zu vereiteln. Kurz nur überlegte er, die Kollegen aus dem Rheingau um Unterstützung zu bitten, aber er fürchtete, dass sie das nötige Fingerspitzengefühl vermissen ließen.

„Wir müssen verhindern, dass die Zolty sich und Engel umbringt. Sie ist verantwortlich für den Tod von Richter, Loos und Kreiner. Sie hat ihre Bekannten aus der Clique von damals dazu angestiftet, die Männer, die sie vergewaltigt haben, wodurch sie ihr Kind von Engel verloren hatte, umzubringen. Sie hat alles geplant, die anderen haben es ausgeführt. Stimmt das so weit, Brünagel?", fragte Sikorski den Mann neben sich.

Der sah stumpf vor sich. Sikorski musste seine Frage wiederholen.

„Ja. Vera wusste, wann die wo waren."

„Die vier wussten zwar, dass die anderen den gleichen Auftrag hatten, aber nicht, wen sie umbringen sollten. Die Identität aller vier Männer kennt allein Vera. Die verschiedenen Inszenierungen der Morde sollten uns zum einen verwirren, weil sie auf den ersten Blick zumindest den Anschein erweckten, dass die Toten nichts miteinander zu tun hatten.

Andererseits konnte sie auch auf dieser Ebene zu ihren Wurzeln, dem Studium der Kunstgeschichte, zurückkehren, das sie damals wegen Engel aufgegeben hatte."

„Dann hat sie", fragte Maria, „all die Jahre seit der Vergewaltigung nur für die Rache gelebt?"

„So kann man das mit einem gewissen Pathos sagen", stimmte ihr Sikorski zu.

Auf der Schiersteiner Brücke kamen sie in einen Stau. Sikorski fluchte auf der Rückbank, Maria reichte Wagner das Blaulicht, das er aufs Autodach stellte. Langsam bildeten die Autos vor ihnen eine Mittelgasse, trotzdem verloren sie wertvolle Minuten, bis sie die nächste Ausfahrt erreicht hatten. Eigentlich hatte Wagner vorgehabt, die Autobahn bis zu deren Ende in Eltville zu nehmen, nun nahm er die Abfahrt gleich am Ende der Brücke, fuhr weiter mit dem Blaulicht vor bis zur Ampel, bremste kurz ab und bog nach links ab und beschleunigte bis zur nächsten Kreuzung.

Sikorski kam es vor, als schlichen sie ihrem Ziel entgegen. Sein Handy klingelte. Auf dem Display erschien Klattens Name. Für einen Moment war Sikorski versucht, das Klingeln zu ignorieren, doch schließlich nahm er das Gespräch an.

„Henning, wo bist du?", begann Klatten das Gespräch ohne Begrüßung.

„Hinter Engel her", war die knappe Antwort.

„Warum hältst du mich nicht auf dem Laufenden? Meister sagt, dass dieser Brünagel nichts mit der Erpressung zu tun hat. Du bist doch nur mit deinem Fall beschäftigt, Henning. Wenn die Chagall-Fenster zu Schaden kommen, wird man dir auch einen Teil Schuld daran geben, weil du Anweisungen deiner Vorgesetzten bis hinauf zum Polizeipräsidenten ignoriert hast."

„Werner, ich weiß, was ich tue und ich übernehme dafür die Verantwortung. Ich melde mich später." Damit legte er auf, und während er darauf wartete, dass Klatten nochmals anrief, kam ihm nicht ein einziger Zweifel an seiner Handlungsweise.

„Ärger?", fragte Maria.

„Ja, Ärger", bestätigte Sikorski.

Hinter Rüdesheim steuerte Vera Zolty wieder einen Parkplatz an. Engel starrte sie finster an, als sie die Heckklappe hochhob.

„Was sooo …", begann er und bemerkte erst jetzt, wie schwer ihm das Sprechen fiel, und dass seine Zunge nicht den Befehlen seines Hirns folgen wollte.

„Hallo Simon", grüßte Vera und sie wunderte sich, wie cool ihr das über die Lippen kam. Sie war sich unsicher gewesen, wie es ihr erging, wenn sie dem Mann, dem sie all ihr Leiden verdankte, in dieser Situation entgegentreten würde: Er ihr ausgeliefert, vielleicht schon ahnend, was auf ihn zukommen würde, fürchtend, dass sie ihn nicht nur zum Spaß verschleppt hatte. Sie hatte die Sorge, den Mut zu verlieren im Angesicht des Mannes, den sie wie keinen anderen geliebt hatte und für den sie zu allem bereit gewesen wäre. Wie sie jetzt auch bereit zum Letzten war, aber vielleicht hätte ein Blick von ihm, eine Geste alle ihre Pläne zunichtegemacht. Doch in diesem Moment, in dem sie ihm in die Augen sah, wo er vor ihr regungslos in dem Rollstuhl saß, wusste sie, dass sie nicht mehr schwach werden würde. Sie würde das durchziehen. Das Schicksal hatte es gut mit ihr gemeint, als es ihr den Mann in die Hände spielte. Nun wollte sie diese Chance nicht vertun. Es war nicht anders als in den letzten Tagen, wenn sie Simon getroffen hatte, mit ihm aus gewesen war, ihm kleine Informationsbrocken zugeworfen hatte, gesehen hatte, wie er anbiss, wie ein hungriger Fisch, der gierig nach dem Köder schnappte, der ihm reichlich Nahrung suggerierte, der wie früher jeder Chance auf schnelles Geld gedankenlos nachjagte. Sie war keinen Moment mit ihren Gefühlen, der Liebe und den Verletzungen, ins Gehege gekommen. Von dem Moment an, wo sie ihn zum ersten Mal auf dem Bahnhof gesehen hatte, zog sie ihren Plan durch. Sie hatte so getan, als erkenne sie Simon nicht, wäre in großer Eile, um ihren Zug nach Worms zu erreichen, drehte sich nur kurz um, als Simon ihren Namen rief. Sie war in den Waggon gestiegen, hatte gewartet, zwei Minuten vielleicht, dann war sie ausgestiegen, gerade rechtzeitig, denn schon kam die Durchsage zur Abfahrt. Sie hatte Simon die Geschichte von der Verspätung erzählt, und als er die ohne Nachfrage sofort hinnahm, da wusste sie, dass sie ihn hatte und alles weitere nur eine Frage der Zeit sein würde.

„Vera!" Mehr brachte Simon nicht über seine Lippen.

Sie erwiderte die Nennung ihres Namens mit einem kalten Lächeln. Sie kniete dabei vor ihm.

„Simon", sagte sie schließlich und ließ ihr Opfer nicht aus den Augen.

„Was ... machst ... du?", fragte er, nicht als flüssigen Satz formuliert, sondern monoton und zwischen jedem Wort eine kurze Pause lassend. „Wasser!", fügte er hinzu. Gleichzeitig bäumte er sich auf, spürte, dass er kaum Bewegungsfreiheit hatte, so eng hatte Vera ihn an den Rollstuhl gefesselt.

„Was ... soll ...?", fing er an und seine Augen weiteten sich, aber sie ging nicht darauf ein.

„Simon, wir werden eine gemeinsame Reise machen", sagte sie in einem Tonfall, der nach einer Verheißung klang. Dabei konnte Vera beobachten, wie die Worte langsam in

Simons Hirn vordrangen und zu arbeiten begannen. Seinen Wunsch nach Flüssigkeit beachtete sie noch nicht.

„Reise?", fragte er verständnislos zurück, wieder mit dieser monotonen Stimme.

„Ja, Simon, eine lange Reise, gemeinsam, und niemand kann uns mehr trennen."

„Wohin?", fragte er, aber er hatte jetzt genug Zeit gehabt, um zu ahnen, dass die Planung dieser Reise nicht in seinem Sinne war.

„Wo es schön ist, Simon, wo wir viel Zeit haben werden und wo wir deine Namensvettern treffen werden. Wo du vielleicht einer von ihnen werden wirst. Vielleicht." Sie hatte an diesem letzten Satz in den letzten Tagen in Gedanken viel und oft gefeilt. Es gefiel ihr, sich Simon Engel unter Engeln vorzustellen.

„Lass mich …" Vera spürte, wie Simons Zunge am Gaumen klebte. Endlich hatte sie ein Einsehen und nahm aus einem Seitenfach eine Flasche, schraubte sie auf und hielt die Öffnung der Flasche an Simons Mund. Gierig trank er mehrere Schlucke, erst dann kam ihm der Gedanke, dass Vera etwas in die Flüssigkeit gemischt haben könnte, das ihn betäubte. Schon einmal war er so von ihr außer Gefecht gesetzt worden. Aber jetzt war es zu spät und es dauerte nur wenige Sekunden, da merkte er schon die einschläfernde Wirkung des Mittels, das sie dem Wasser beigegeben hatte. Vera beobachtete ihn ohne Regung bei seinem Versuch, sich gegen die einsetzende Müdigkeit zu wehren, aber es war ein aussichtsloser Kampf.

Sie hatte die Dosis niedrig bemessen, denn sie wollte ja, dass Simon nachher, wenn sie auf dem Loreleyfelsen saßen, bei vollem Bewusstsein ihren gemeinsamen Sprung erlebte.

Sowie Simons Kopf nach vorne auf seine Brust gesunken

war, drängte sie an ihm vorbei nach draußen und schlug die Heckklappe zu.

Nun waren es nur noch wenige Kilometer bis zu ihrem Ziel.

Wagner fuhr so schnell er konnte durch Schierstein, Walluf und Eltville. Brünagel saß dumpf neben Sikorski, bis er sich mit einem Mal aufrichtete und seinen Kopf dem Kommissar zuwendete.

„Muss ich ins Gefängnis?", fragte er unvermittelt und Sikorski war überrascht über die Naivität der Frage. Hätte er deren tieferen Sinn geahnt, er hätte den Mann angelogen.

„Was glauben Sie denn, Brünagel? Sie haben einen Menschen umgebracht. Das ist ein Kapitalverbrechen."

„Aber Vera hat gesagt, dass ich das machen soll."

„Sie haben die Tat ausgeführt, Brünagel. Sie haben die Freiheit zu entscheiden, ob Sie auf Vera hören oder nicht."

„Aber der Hof! Mein Vater!"

„Das haben Sie zu verantworten", sagte Sikorski ungerührt.

Nach dieser Antwort sackte der Landwirt wieder zusammen und verfiel erneut in sein dumpfes Brüten.

In Rüdesheim kamen sie trotz des Blaulichtes, das Wagner wieder eingeschaltet hatte, nur schleichend voran. Touristen blockierten die Straße. Sikorski atmete auf, als er erkannte, dass wenigstens die Schranke an dem Bahnübergang am Ende des Ortes geöffnet war. Sobald sie die Gleise überquert hatten und sich auf der Straße direkt am Rhein befanden, beschleunigte Wagner, musste aber bald schon hinter einem Wohnmobil abbremsen, das auf der schmalen Straße, die links von der Leitplanke zum Rhein, rechts von der Weinbergsmauer begrenzt war, keine Möglichkeit hatte, zur Seite zu fahren. Erst nach einigen Kilometern konnte das Wohn-mobil auf einen Parkplatz nach rechts ausweichen, dieselbe Stelle, an der vor nicht allzu langer Zeit Vera Zolty ange-halten und ein kurzes Gespräch mit Simon Engel geführt hatte.

Endlich hatte Vera St. Goarshausen erreicht und bog nach rechts auf die Straße ab, die zur Loreley hinaufführt. Weil ein Wochentag war und die Sommerferien in der letzten Woche geendet hatten, waren nicht allzu viele Touristen unterwegs. Bald hatte sie die alten Häuser des Ortes hinter sich gelassen und befand sich auf der schmalen und steilen Straße, die sich in engen Serpentinen den Berg hochschlängelte und die durch die vielen überhängenden Baumäste und Felsen dun-kel und düster wirkte.

Plötzlich hatte sie Heinrich Heines „Loreley-Lied" im Kopf.

„Ich weiß nicht was soll es bedeuten,

Daß ich so traurig bin;

Ein Märchen aus alten Zeiten,

Das kommt mir nicht aus dem Sinn."

Sie lachte innerlich. Sie wusste genau, was es zu bedeu-ten hatte. Ihre Traurigkeit war eine der Stärke. Sie hatte das Leben geliebt, bis zu jenem Tag vor zehn Jahren, aber jetzt würde es einen würdigen Abschluss finden. Einen, der ihr Genugtuung verschaffen würde. „Ein Märchen aus alten Zeiten". Ja, so klang ihr bisweilen ihre Liebe zu Simon, die nie aufgehört hatte, die durch die Riesenverletzung, die er ihr zugefügt hatte, nur eine andere Qualität gefunden hatte, in einen anderen Zustand übergegangen war.

„Die Luft ist kühl und es dunkelt,

Und ruhig fließt der Rhein;

Der Gipfel des Berges funkelt
Im Abendsonnenschein."

Kühl war es noch nicht und ebenso wenig dunkel, aber warten, bis die Sonne sich ganz über den Hügeln verabschieden würde, das wollte sie nicht. Es sollte ein großer Abgang werden, nicht im Dunkeln, sondern im Abendsonnenschein.

„Die schönste Jungfrau sitzet
Dort oben wunderbar;
Ihr Goldenes Geschmeide blitzet,
Sie kämmt ihr goldenes Haar."

Nun lachte Vera hinter ihrem Steuer so offensichtlich auf, dass ein ihr entgegenkommender Fahrer in einem Golf erschrocken zu ihr herübersah und sein Fahrzeug bedrohlich nahe an ihres heranbrachte. „Idiot!", fluchte sie laut.

Simon schlief noch, sie schätzte eine halbe Stunde würde es dauern, bis die Wirkung des Betäubungsmittels nachließ. Sie rief sich die beiden letzten Zeilen der dritten Strophe in Erinnerung. Ihr Geschmeide war alles andere als Gold. Sie brauchte keine langen blonden Haare, um den Mann, der ihr so viel bedeutet hatte, an sich zu binden. Ihr Gold, mit dem sie diesen Mann fesseln konnte, lag auf der Bank und ließ sich in Euro, Dollar oder Franken ausdrücken.

„Sie kämmet es mit goldenem Kamme
Und singt ein Lied dabei;
Das hat eine wundersame,
Gewaltige Melodei."

Ihr Sirenengesang würde im Duo mit Simon ertönen, ein langer Schrei, so lange, wie ihr Flug in die Ewigkeit dauern würde. Ihr Schrei wäre einer der Befreiung, seiner einer der Erkenntnis. Vera überlegte, nachdem sie die Hälfte der Anfahrt zum Felsen geschafft hatte, die fünfte Strophe, aber sie fiel ihr nicht mehr ein. Deshalb summte sie die Melodie vor sich hin, verstummte für einen Moment, um nach hinten zu lauschen, weil ihr war, als habe sie ein Geräusch gehört, und spürte, wie sie ruhiger wurde, beseelt von dem Gedanken, ihr Werk bald zu Ende zu bringen.

Auf der Bergkuppe bog sie nach rechts ab. Nun war sie fast am Ziel. Noch ein kurzes Stück an den großen Wiesen vorbei, da, wo die Autos parken und die Zelte stehen, wenn ein Konzert hier oben stattfindet. Wie oft war sie hier gewesen, in all den Jahren und besonders in den letzten Tagen und Wochen. Sie hatte alles genau vorbereitet, kannte jeden Stein des Felsens, wusste, wo sie ungestört mit Simon sein würde.

Auf dem Parkplatz standen dieses Mal keine Reisebusse und nur wenige Autos, in keinem von ihnen saß jemand. Vera stellte den Multivan etwas abseits und ging an die Rückseite des Wagens, sah sich noch einmal um und öffnete die Heckklappe. Sie nahm das Aluminiumblech heraus, legte es als Rampe an den Wagen, löste den Rollstuhl aus seiner Verankerung und schob ihn vorsichtig auf den Asphalt herunter. Simon saß mit geschlossenen Augen vor ihr, noch immer betäubt. Sein Kopf war auf die Brust gesunken. Sie zog die Decke noch ein Stück höher und prüfte, ob die Fesselung nicht zu sehen war. Vera verschloss den Wagen und betrachtete aus drei Metern Entfernung ihr Werk. Wenn ihnen jemand begegnete, würde man sie für die treu sorgende und fürsorgliche Ehefrau halten, die ihren Mann spazieren fährt, um mit ihm einen schönen Nachmittag auf dem Loreleyfelsen mit dem grandiosen Ausblick über den Rhein und in den Hunsrück zu verbringen.

Sie löste sich von dem Anblick und von ihren Gedanken, trat hinter den Rollstuhl und schob ihn über den Parkplatz und eine kleine Holzbrücke bis zu dem sandigen Weg zwischen den Jägerzäunen und dem Holzhaus vorbei bis zu der Stelle, von der man ohne den Schutz eines Geländers über das Rheintal schauen konnte. Ein älteres Paar kam ihr entgegen und blickte mitleidig zu Simon herüber. Vera lenkte den Rollstuhl, dessen Insasse sich schon ein wenig bewegt hatte, nach links. Noch fünf, sechs Meter bis zum Abgrund, an ein paar Bäumen vorbei und zwischen den Steinen, die aus dem sandigen Boden ragten, hin- und herlenkend. Hier ging es gleich steil nach unten, kein Zaun, kein Geländer schützten vor einem unbedachten Schritt. Weiter rechts, kaum zehn Meter entfernt, da, wo ein brusthohes Geländer zum risikolosen Schauen einlud, standen zwei Japaner, die so mit sich und dem Ausblick beschäftigt waren, dass sie von der Frau mit dem Rollstuhl, die den Gehweg verlassen und sich dem Abgrund bedenklich genähert hatte, keine Notiz nahmen.

Sikorski schrie auf. „Rechts ab, Wagner!", bellte er nach vorne.

Wagner hatte in St. Goarshausen gerade einen Kleinwagen überholt und dadurch fast die Abfahrt zur Loreley verpasst. Er bremste so scharf ab, dass der gerade überholte Wagen beinahe auf sie aufgefahren wäre und entsprechend wütend hupte der Fahrer mehrmals. Mit quietschenden Reifen drängte Wagner den Dienstwagen um die Kurve und begann die Auffahrt zum Felsen.

Brünagel saß immer noch zusammengesunken neben dem Kommissar und machte den Eindruck, als sei alles Leben aus ihm gewichen.

„Brünagel!", stieß Sikorski ihn an. „Ich brauche Sie gleich!"

Ein undefinierbarer Laut war die Antwort.

„Sie müssen mir helfen, Vera von einer Dummheit abzuhalten. Haben Sie das verstanden?"

Wieder brummelte der Landwirt etwas, das der Kommissar als Zustimmung wertete.

„Was ist, wenn Sie sich getäuscht haben und die Zolty gar nicht hierhergefahren ist?", fragte Maria von vorne.

„Dann sind wir auf jeden Fall zu spät. Aber ich bin sicher, dass sie genau hierhinfährt."

Wagner steuerte das Dienstfahrzeug schnell und souverän um die Kurven den Berg hinauf. Die Reifen quietschten erneut, als er ihn auf der Kuppe in die Rechtskurve drängte. Ein roter Kleinwagen kam ihnen auf der Höhe der großen Wiesen entgegen. Wagner und Maria starrten gebannt in das Innere des Autos. „Ein älteres Ehepaar", klärte Maria von vorne auf. Dann hatten sie den Parkplatz neben dem Restaurant auf der Loreley erreicht, auf dem nur drei Fahrzeuge standen. Keines von ihnen trug eine Mainzer Nummer.

„Los, Maria, lassen Sie prüfen, ob einer davon auf Vera Zolty zugelassen ist."

Die Angesprochene rief sofort die Leitstelle an und gab die Nummern durch, während Wagner langsam bis zum Ende des Parkplatzes fuhr. Er und Sikorski sahen sich nach allen Seiten um und liefen dann vor zum nächsten Aussichtspunkt. Sie konnten keinen Hinweis auf die Gesuchten erkennen.

Maria deutete mit einer Handbewegung an, dass sie eine Rückmeldung bekam. Die beiden Männer eilten zu ihr zurück.

„Der graue Omega aus Oldenburg gehört einem Werner Hassel, der schwarze Golf aus Koblenz einer Ida Möring."

„Und der VW-Bus mit der Hamburger Nummer?" Sikorski klang enttäuscht. Hatte er sich tatsächlich so getäuscht? Er war sich sicher gewesen, dass Vera mit Simon an diesen Ort fahren würde.

„Eine Autovermietung mit Sitz in Hamburg."

„Klären Sie, wer den Wagen gemietet hat! Wagner und ich werden uns schon Mal umschauen!"

Sikorski ging um den Wagen, öffnete die Tür, fasste Brünagel am Oberarm und zog ihn nach draußen. Der Landwirt leistete keinen Widerstand und folgte dem Kommissar. Auf der anderen Seite von ihm ging Wagner.

Sie liefen bis zu dem Aussichtspunkt, der gleich neben dem Parkplatz lag, vor, an dem sie eben schon einmal gestanden hatten. Brünagel trottete zwischen ihnen, den Kopf gesenkt, wie ein willenloses Tier, das zur Schlachtbank geführt wird. Sie hatten den halben Weg zum Felsen hinter sich gebracht, da kam Maria hinter ihnen hergelaufen.

„Treffer", rief sie ihnen zu, bevor sie die Männer erreicht hatte.

Sikorski drehte sich um und gab seiner Mitarbeiterin zu verstehen, dass sie nicht so laut sein sollte.

„Treffer!", wiederholte sie leise, als sie bei den Männern angekommen war. „Der VW-Bus ist gestern von Vera Zolty gemietet worden."

„Gut!", lobte Sikorski, „und ab jetzt müssen wir leise sein, damit die Zolty nicht zu früh mitbekommt, dass wir so nahe bei ihr sind. In welche Richtung könnte sie gegangen sein?"

Während er das sagte, spannte sich Brünagels Körper, was Sikorski entging.

Simon schlug seine Augen auf, kaum dass Vera den Rollstuhl einen halben Meter vor dem Abgrund abgestellt hatte, und sie wertete das als ein gutes Zeichen. Sie hatte alles richtig gemacht. Noch war Simon zu müde und zu benommen, um zu realisieren, wo er sich befand und was bald passieren würde. Leider war der Himmel jetzt wolkenverhangen. Vera hatte sich einen schönen Sonnenuntergang für ihre letzten gemeinsamen Minuten vorgestellt, aber sie war auch so glücklich, endlich am Ziel zu sein. Sie hatten Zeit. Vielleicht verzogen sich die Wolken ja noch. Vera arretierte die Fußbremse des Rollstuhls, ging einen Schritt vor, stellte sich neben Simon, sah über das tiefe Rheintal unter ihr in den Hunsrück herüber, spürte den leichten Wind auf ihren Wangen und legte eine Hand auf Simons Schulter.

In dieser Haltung blieb sie so lange stehen, bis sie eine Regung in dem Körper des Mannes neben ihr bemerkte.

Wieder machte ihm das Sprechen Probleme. „Was ... mache ... ich ...?"

Er dehnte jedes Wort und hatte nach diesen drei keine Kraft mehr zum Weitersprechen.

„Eine Reise, Simon, eine Reise", sprach Vera und sie intonierte, als ob sie einem kleinen Kind etwas erklärte. „Wir beide werden eine lange Reise machen. Zusammen. Eine sehr schöne Reise."

Simon wurde gewahr, dass er gefesselt war, und versuchte, soweit seine Kräfte dies zuließen, sich zu bewegen.

„Mach ... mich ... los!", forderte er. Jetzt, da er ahnte, dass diese Reise nicht gut ausgehen würde, mobilisierte das Adrenalin in seinem Körper neue Kräfte.

„Ich ... will ... nicht ..."

„Simon, du musst keine Angst haben. Diese Reise ist eine Befreiung."

„Wo ... sind ... wir?", fragte er, ohne auf sie einzugehen. „Warum hast ... du ... mich gefesselt? Was habe ich ... dir getan?" Die Worte kamen jetzt flüssiger über seine Lippen.

Vera trat hinter den Rollstuhl, löste die Bremse und schob den Rollstuhl bis auf wenige Zentimeter an den Rand des Felsens.

„Erinnerst du dich noch, Simon?", begann Vera und sie wollte, dass ihre Stimme weich klang, den Mann vor ihr einlullend, aber sie konnte die Härte darin, die aus ihrer Verbitterung resultierte, nicht verleugnen. „Vor zehn Jahren? Da waren wir beide schon Mal hier oben."

Sie machte eine Pause, sah nicht den Mann in dem Rollstuhl an, sondern suchte einen Punkt in weiter Ferne auf der anderen Rheinseite.

„Das … ist lange her", sagte Simon. Der tiefe Hupton einer Schiffssirene drang laut bis zu ihnen herauf.

„Zehn Jahre, Simon. Ich habe so lange warten müssen …"

„Was willst du?", unterbrach sie Simon. „Mich hier herabstürzen?"

„Nein", antwortete sie und machte eine Pause. Sie spürte, dass er sich ein wenig entspannte. Erst dann fügte sie hinzu: „Wir werden uns beide herabstürzen."

„Bist du verrückt?", schrie Simon auf. Von der Benommenheit durch die Betäubung war nichts mehr zu spüren. Die Todesangst ließ ihn hellwach werden. Die beiden Japaner sahen zu ihnen herüber. Vera lächelte ihnen zu, sie lächelten zurück.

„Vera, ich liebe dich. Ich will dich heiraten", warf er schnell hinterher.

„Es ist zu spät, Simon. Ich kann keine Kinder mehr bekommen."

„Das ist doch nicht wichtig. Das ist mir nicht wichtig."

„Aber mir, Simon!"

„Das ist doch kein Grund …"

Herrisch unterbrach Vera den Mann im Rollstuhl, der, während sie miteinander sprachen, ständig an seinen Fesseln zerrte, in der Hoffnung, sie genug weiten zu können, um sich zu befreien. Aus dem Rheintal drang das Rattern eines Güterzuges zu ihnen hinauf.

„Das ist ein guter Grund, Simon. Erinnerst du dich an den Tag, als wir hier oben waren?" Vera sprach jetzt laut und schnell, um Simon keine Chance zu geben sie zu unterbrechen. „Ich hatte kurz vorher erfahren, dass ich schwanger bin. Schwanger von dir, Simon. Das wollte ich dir sagen, damals. Und was hast du zu mir gesagt, bevor ich dir diese Nachricht mitteilen konnte? Das ich dich anwidere, dass du mich nicht mehr sehen willst, dass man mich dir nackt auf den Bauch binden könnte. Willst du noch mehr hören, wie du mich beschimpft und beleidigt hast. Und dann bist du weggegangen, hättest mich hier stehen lassen, mit meinem Schmerz und meinem Kind. Zum Glück kam Reiner damals. Er nahm mich mit zu sich und als er am Abend versuchte mich zu küssen, hielt ich es nicht mehr aus, rannte davon, auf eine Party an der Uni, im Kunstinstitut, betrank mich und dann kamen auf dem Heimweg diese vier Typen. Mit zweien hatte ich getanzt, ein bisschen wild vielleicht, aber ich war betrunken, und es gab keinen Grund für sie zu denken, dass ich mit ihnen vögeln wollte. Und dann sind die zwei über mich hergefallen und die anderen haben zugeschaut. Ohne was zu machen. Simon?" Sie beugte sich vor, weil von dem Mann keine Reaktion kam. „Simon, und dadurch habe ich das Kind verloren. Dein Kind."

„Die Toten", dämmerte Simon langsam der Zusammenhang, „das warst du. Das sind die Männer, die dich …"

„Sprich das Wort ruhig aus! Vergewaltigt. Sie haben mich vergewaltigt. Mehrmals. Und geschlagen, als ich mich gewehrt habe. Zwei Männer. Und die anderen haben zugeschaut. Ich habe acht Jahre gebraucht, um sie zu finden und mehr als ein Jahr, um alle Vorbereitungen zu treffen. Reiner, Marc, Renato und Dimiter haben mir geholfen …"

„Sie haben …?"

„Ja, Simon. Es war nicht schwer, sie dazu zu überreden. Natürlich wollten sie zuerst nicht. Aber das Geld, Simon, das liebe Geld. Erst das Geld hat sie überredet. Ihr großen Finanzgenies seid ja alle gescheitert, alle miteinander. Eure großen Pläne damals, weißt du noch …?"

„Sie haben wegen Geld …?"

„Simon, tu doch nicht so, als ob du das nicht auch machen würdest. Du als erster. Du hast von allen die wenigsten Skrupel und bist am geilsten auf Geld. Stimmt's nicht?"

„Du hast doch deine Rache, Vera. Die vier Männer sind tot. Warum willst du mich umbringen. Wenn du es nicht …"

Er stoppte sich selbst, als er merkte, was er ohne nachzudenken, nur aus seiner Todesangst geboren, sagen wollte.

„Wenn ich damit nicht leben kann, soll ich mich alleine umbringen? Meinst du das, Simon?"

„Ja. Nein."

„Durch deinen Tod bekommt meiner erst seinen Sinn, Simon …"

„Das ist doch Irrsinn, Vera!"

„Mag sein, aber ein schöner."

Damit schob sie den Rollstuhl noch ein paar wenige Millimeter vor.

„Vera! Nein!", schrie Simon auf.

Ein Ehepaar kam den Polizisten entgegen. „Haben Sie eine Frau und einen Mann gesehen?", fragte sie Sikorski.

Die beiden sahen sich an.

„Bitte! Es ist eilig!", forderte der Kommissar.

„Ja, das heißt, eine Frau mit einem Mann im Rollstuhl."

„Wo?"

Die Frau zeigte hinter sich.

„Danke!", sagte Sikorski, da war er aber schon an den beiden vorbeigeeilt.

Wagner sah Vera Zolty, die neben dem Rollstuhl stand, zuerst. Mit dem ausgestreckten Arm deutete er im Gehen zu dem Felsen, auf dem die Frau stand und ihnen den Rücken zuwandte.

Sikorski ermahnte die anderen mit einer Geste, leise zu sein, und verstärkte seinen Griff um Brünagels Oberarm. Der schien das aber nicht zu spüren, zumindest reagierte er nicht darauf.

Erst als sie die Stelle erreicht hatten, an der Vera zu dem Abhang abgebogen war, begann Brünagel zu zerren, als wollte er sich aus Sikorskis Griff befreien. Die nächsten zwei Meter schafften sie es unbemerkt, an die beiden heranzukommen, und einzelne Wortfetzen, die Vera sprach, drangen bis zu ihnen, allerdings unverständlich, doch dann rief Brünagel plötzlich: „Vera, tu es nicht!"

Erschrocken drehte sich die Frau um und starrte die vierköpfige Gruppe, die ihre Schritte jetzt verlangsamt hatte, an.

„Stehen bleiben!", schrie sie, doch erst als sie ihre Aufforderung mit sich überschlagender Stimme wiederholte, verlangsamten die Polizisten ihre Schritte.

„Keinen Schritt weiter!" Vera sah über ihre Schulter, umfasste dabei die beiden Handgriffe des Rollstuhls und löste mit ihrem rechten Fuß die Bremse.

Sikorski hatte Mühe, Brünagel zu halten, der mit aller Kraft der Frau, die er liebte, entgegenstrebte.

„Frau Zolty, drehen Sie sich bitte um und kommen Sie zu uns."

Ein Lachen war die Antwort.

„Sich und Engel umzubringen ist keine Lösung. Wir wissen, was Ihnen angetan wurde."

„Das wissen Sie nicht", erwiderte Vera, „das können Sie nicht wissen. Nicht einmal ansatzweise erahnen. Simon wird gleich für immer mit mir zusammen sein."

In dieses Gespräch begann einer der beiden Japaner an dem Aussichtspunkt das Loreleylied zu singen. „Ich weiß nicht, was soll es bedeuten …"

Engel sagte etwas, das die Polizisten nicht verstehen konnten. Vera wandte sich zu ihm und sprach so laut, dass die vier es hören mussten. „Keine Angst, Simon, diese Leute können uns nicht an unserer Reise hindern. Wir werden ab jetzt für immer zusammen sein. Für immer!"

Sikorski war so damit beschäftigt, jedes Wort zu verstehen, was durch den Gesang des Japaners „Die schönste Jungfrau sitzet / Dort oben wunderbar" erschwert wurde, dass er nicht auf Brünagel achtete, der sich mit einem Mal losriss und auf Vera und den Rollstuhl zurannte. Wagner reagierte am schnellsten und lief hinter ihm her, doch der Landwirt hatte Vera schon erreicht, die auch nicht damit gerechnet hatte, ihre Hände wie zur Abwehr kurz erhob, dann ahnte, was Brünagel vorhatte, wieder den Rollstuhl fassen wollte, doch da hatte der Landwirt die Frau schon erreicht und stürzte sich mit ihr in die Tiefe. Seine beiden letzten Worte, die Sikorski und die anderen noch hörten, waren: „Vera, wir …", dann verhallte an den Felsen ein Schrei. Der Japaner, der nichts davon mitbekommen hatte, sang weiter sein Lied: „Das hat eine wundersame, gewaltige Melodei".

Brünagel oder die Zolty mussten den Rollstuhl berührt

haben, denn millimeterweise rollte der auf dem steinigen Untergrund auf den Abgrund zu. „Nein!", schrie Engel und Wagner, der hinter Brünagel hergestürmt war, bekam einen der beiden Griffe zu packen, nachdem schon eines der beiden kleinen Vorderräder über den Felsvorsprung gerollt war.

Sikorski und Maria stockte der Atem, denn sie fürchteten, dass Tobias durch den Schwung nicht mehr rechtzeitig abstoppen konnte und mitsamt Engel ebenfalls in die Tiefe stürzte. Aber Wagner schien das mitberechnet zu haben und blieb genau hinter dem Rollstuhl stehen.

Sikorski und Maria rannten vor, während Wagner den Rollstuhl langsam zurückzog.

„Ich glaube, die Wellen verschlingen / Am Ende Schiffer und Kahn; / Und das hat mit ihrem Singen, die Loreley getan", beendete der Japaner die fünfte Strophe des Liedes, bevor er sich zu seinem Begleiter umdrehte und den vier Personen an dem Abhang zulächelte.

Sikorski stand mit Tobias Wagner und Maria Börne auf dem Parkplatz neben dem Minivan. Engel lag im Notarztwagen und wurde untersucht. Die Spezialkräfte zur Bergung der Leichen von Reiner Brünagel und Vera Zolty aus den Felsen waren informiert. Beamte der örtlichen Dienststelle sicherten den Leihwagen der Zolty.

„Es ist meine Schuld!", sagte Sikorski zu seinen beiden Kollegen. „Ich hätte wissen müssen, dass für Brünagel nur diese Lösung infrage kommt. Die ganze Zeit, als er so zusammengesunken neben mir saß, hat er an nichts anderes gedacht. Ich Idiot!"

„Machen Sie sich keine Vorwürfe, Chef!", versuchte Maria ihn zu beruhigen. „Das klingt jetzt hart, aber es ist vielleicht die beste Lösung. Vera wollte sterben und für Brünagel war sein Leben auch sinnlos geworden. Dass diese Frau, die er geliebt hat, trotz der Demütigungen und Verletzungen, die Engel ihr zugefügt hatte, mit ihm den letzten Gang gehen wollte, um mit ihm zusammen zu sein, das hat ihn zerrissen. Wenn der sich nicht heute umgebracht hätte, dann demnächst. Und stellen Sie sich diesen Mann im Gefängnis vor."

„Vielleicht haben Sie recht", entgegnete Sikorski, aber überzeugt klang er nicht. Dann fiel ihm etwas anderes ein und er griff in seine Tasche, um sein Handy hervorzuziehen. Er tippte mehrmals auf der Tastatur, dann hielt er das Telefon an sein Ohr.

„Meister? Sikorski hier. Ich habe diesen Engel jetzt."

„Nein, noch nicht."

„Früher? Nein. Das ging nicht."

„Wollen Sie ihn oder wollen Sie ihn nicht?"

Den letzten Worten war die Verärgerung des Kommissars sehr deutlich anzuhören.

„Ja, in einer Stunde. Zu spät?"

„Ein Hubschrauber? Ich warte."

Als er wieder aufgelegt hatte, wandte sich der Kommissar den beiden Kollegen zu. „Das Ultimatum läuft in drei Stunden aus. Die Chagall-Fenster. Meister kommt mit einem Hubschrauber, der Engel nach Mainz bringt. Er ist die letzte Hoffnung, den Erpresser zu fassen, bevor das Ultimatum abläuft. Der hat seine Forderung noch einmal wiederholt, ohne das Ultimatum zu verlängern. Allerdings hat er jetzt wohl erste Hinweise auf die Übergabemodalitäten bekannt gegeben."

Den fragenden Blick von Wagner und Börne konnte Sikorski nicht beantworten. „Meister hat keine Details genannt. Ist ja auch sein Fall."

Maria ging zu dem Arzt, um ihm zu sagen, dass Engel bald abgeholt werde.

Zwanzig Minuten später überflog ein Hubschrauber den Parkplatz, um auf einer der nahen Wiesen zu landen.

Kurz darauf kam Meister zu ihnen gelaufen.

„Wo ist der Mann?", fragte er. Die Begrüßung ersparte er sich.

Sikorski zeigte auf den Notarztwagen. „Der Doktor weiß Bescheid. War nicht erfreut gewesen."

„Ist nicht mein Problem!", erwiderte Meister trocken und eilte schon zu dem Wagen. Zwei Minuten später ging er zusammen mit Engel, der sich willenlos von ihm führen ließ, zu dem Hubschrauber zurück. Meister nickte Sikorski kurz zu, dann war er mit Engel in Richtung Wiese verschwunden. Nicht viel später war das Geräusch der Rotoren zu hören, kurz darauf hob der Hubschrauber ab, drehte auf das Rheintal zu und war bald am Horizont verschwunden.

Zehn Minuten später traf das Fahrzeug der Spurensicherung ein. „Ich denke, die Leute hier machen einen guten Job. Wir fahren zurück nach Mainz", sagte Sikorski zu seinen beiden jüngeren Kollegen.

Schweigend gingen sie zu ihrem Dienstwagen. Sikorski setzte sich auf den Rücksitz und war froh, dass Maria und Wagner sich vorne miteinander unterhielten und ihn in Ruhe ließen. Er machte sich noch immer Vorwürfe, den Tod Vera Zoltys und Reiner Brünagels nicht verhindert zu haben.

In seinem Büro fand Sikorski eine Nachricht vor, dass er sich gleich bei Klatten einfinden sollte. Um den Streit mit seinem Vorgesetzten nicht weiter anzufachen, machte er sich sofort auf den Weg.

„Komm rein, Henning!", wurde der Kommissar nicht besonders freundlich begrüßt, dafür klang die Aufforderung zu sehr nach einem Befehl. Immerhin, stellte Sikorski beruhigt fest, war außer ihnen niemand in dem Büro. Einen Disput mit Meister oder Dr. Kleber hätte er jetzt nicht ausgehalten.

„Kaffee?" Sikorski wollte ablehnen, überlegte es sich aber anders. Er konnte jetzt etwas gebrauchen, an dem er sich festhalten konnte.

„Ja, mit Milch", bat er und nahm an dem kleinen Konferenztisch Platz.

Klatten setzte sich zu ihm, nachdem er bei seiner Sekretärin den Kaffee bestellt hatte. Sikorski spürte dessen Anspannung.

„Die Morde sind aufgeklärt, Glückwunsch, Henning! Aber auf dich wartet einiger Ärger."

Sikorski nickte nur leicht. Er war nach wie vor davon überzeugt, richtig gehandelt zu haben. Während er einen Schluck von dem Kaffee trank, beobachtete er seinen Vorgesetzten.

„Du kannst nur hoffen, dass dieser Engel etwas zur Aufklärung der Erpressung beitragen kann", sagte der dabei.

„Hat Meister schon etwas aus ihm herausgeholt?"

„Er hat ihn in die Mangel genommen."

„Meisters Mangel", kommentierte Sikorski sarkastisch. „Da bin ich gespannt. Ein Meister der feinen Klinge."

„Was soll diese Häme einem Kollegen gegenüber?", fragte Klatten, nun doch gereizt.

„Ich habe drei Morde aufgeklärt, Werner, und einen vierten verhindert. Als nicht ganz unbedeutendes Nebenprodukt habe ich die einzige Person festgenommen, die uns in der Erpressung weiterhelfen kann, wenn ich die Lage richtig einschätze. Da will man mir Ärger machen. Ich verstehe sehr wohl die Bedeutung der Chagall-Fenster, und dass alles getan werden muss, um ihre Zerstörung zu verhindern. Aber darüber darf die Aufklärung anderer Verbrechen nicht leiden. Bei denen es um Menschenleben geht. Lebendige Menschen, Werner!" Sikorski hatte sich immer mehr in Erregung geredet. „Und, Werner, was mir im Moment wirklich nahegeht, ist, dass ich es nicht verhindert habe, dass dieser Brünagel sich mit der Zolty von dem Felsen stürzt. Ich hätte es wissen müssen!"

Mit dem letzten Wort hatte Sikorski seine Tasse genommen, war aufgestanden und zum Fenster gegangen, wo er sich gegen das Fensterbrett lehnte, von seinem Kaffee trank und Klatten herausfordernd ansah. Der erwiderte den Blick, sagte aber nichts.

Es war schließlich Sikorski, der das Schweigen brach. „Und was ist nun mit Engel? Hat Meister etwas aus ihm herausbekommen, das zur Aufklärung der Erpressung beitragen kann?"

Klatten nickte. „Dieser Engel war ziemlich geschockt, als Meister ihm die Konsequenzen, die sein Schweigen hat, andeutete. Da ist es nur so aus ihm herausgesprudelt."

„Und?", hakte Sikorski nach. „Mach es doch nicht so spannend!"

„Schon gut", erwiderte Klatten. „Im Moment nimmt Meister mit einem Trupp Spezialisten Rossmanns Büro und den Keller darunter auseinander. Das Haus ist nach Engels Aussage auch über einen unterirdischen Zugang von der rückwärtigen Seite aus erreichbar. Engel hat beobachtet, wie Rossmanns Frau mit einem Mann, den er nicht kannte und den wir für den mutmaßlichen Erpresser halten, durch diesen versteckten Zugang in den Keller gegangen ist, um nach Aufnahmen zu suchen. Es ist also sehr wahrscheinlich, dass die Rossmann in die Erpressung verwickelt ist."

„Aufnahmen?"

„Filmaufnahmen. Mehr wissen wir im Moment auch nicht."

„Und die Rossmann?"

„Entweder schweigt sie oder ist kratzbürstig, wie du sie schon kennengelernt hast. Sie bestreitet, irgendetwas von einer Erpressung zu wissen."

„Und wie ist die Rossmann ins Hotel gekommen?"

„Engel behauptet, dass es in dem Keller zum Kampf gekommen ist, bei dem er den Mann und die Frau niedergeschlagen hat. Dann ist er abgehauen und hat die Frau mit ins Hotel genommen."

„Wo wir sie tatsächlich gefunden haben."

Sikorski nickte nachdenklich. „Wie lange ist es noch bis zum Ablauf des Ultimatums?"

Klatten sah auf seine Uhr. „Knapp eine Stunde."

„Und die Übergabe?"

„Läuft. Der Erpresser hat gefordert, dass ein Mitarbeiter der Kirche das Geld übergibt. Er ist mit seinem Privatwagen unterwegs, hat sein Privathandy bei sich. Wir haben es gerade noch geschafft, einen Sender am Wagen zu montieren. In der Geldtasche ist auch einer. Soviel ich weiß, hat sich der Erpresser noch nicht gemeldet. Lass uns daher jetzt in den Einsatzraum gehen."

Sikorski hatte zwar keine Lust auf viele Menschen und die Diskussionen über sein Verhalten, aber sein Interesse, wie die Sache mit der Erpressung ausging, war stärker als seine Abneigung gegen die Kollegen. Er bat Klatten, Börne und Wagner hinzurufen zu dürfen, dann standen sie auf und warteten vor der Tür auf Sikorskis Mitarbeiter, bevor sie Klatten in den Einsatzraum folgten, der in einer unteren Ebene des Hauses lag.

Dr. Kleber sah kurz zu ihnen herüber, wandte sich dann wieder dem Mann neben ihm zu und sagte ihm etwas, bevor er aufstand und zu ihnen herüberkam.

„Glückwunsch zur Aufklärung der drei Morde und der Festnahme von diesem Engel, Herr Sikorski. Natürlich auch Ihnen." Er sah kurz Börne und Wagner an. „Wenn das alles ausgestanden ist, werden wir ein Gespräch führen müssen."

Das war alles, was der Polizeipräsident in diesem Moment zu Sikorskis Alleingang anmerkte, was der Kommissar unter „professionellem Verhalten" abhakte. Dann wandte er sich ohne ein weiteres Wort ab.

Sikorski sah sich in der Einsatzzentrale um. Mehrere Männer und Frauen waren in dem Raum. An einem Tisch saßen zwei Männer vor ihren Laptops. Sie schauten nur kurz auf, um dann weiter auf die Bildschirme zu starren und Befehle in die Tastatur zu hämmern. Andere beobachteten die Wege des Mannes, der das Geld bei sich trug. Eine Frau dirigierte den Hubschrauber, der ebenfalls das Signal des Senders empfing. Ein großer Stadtplan war auf die Wand projiziert, auf dem alle Anwesenden in dem Raum den Weg des Kirchenmanns beobachten konnten. Ein Mann gab leise seinen jeweiligen Standort durch.

„Bauhofstraße, biegt ab in die Große Bleiche Richtung Rhein, fährt nach rechts auf die Rheinstraße."

„Der Erpresser hat darauf bestanden, dass ein Mitarbeiter der Kirche das Geld übergibt. Kein Polizist."

„Verständlich", erwiderte Sikorski, schwieg dann und registrierte die Uhr mit den roten Leuchtziffern an der Wand, die die Sekunden herunterzählte. Sie zeigte 50 Minuten und zwölf Sekunden an. So viel Zeit blieb ihnen noch bis zum Ablauf des Ultimatums.

Eine Frau vor einem Monitor drehte sich um und nahm den Kopfhörer von ihren Ohren. „Meisters Leute haben eine Kamera gefunden, die in die Wand des Besprechungsraums eingelassen war, in der Rossmann gefunden wurde. Sie war von unseren Leuten bei der Durchsuchung übersehen worden. Rossmann hatte die Linse sehr gut getarnt."

„Gibt es Aufnahmen?", fragte Kleber.

„Noch nicht. Meister meldet sich, wenn er etwas gefunden hat", antwortete die Frau.

„Das wird knapp", entgegnete Sikorski.

„Besser knapp als zerstörte Chagall-Fenster", kommentierte der Polizeipräsident scharf, dem die Aussage seines Kommissars nicht entgangen war. „Sie können sich nicht vorstellen, Herr Sikorski, was hier los war in den letzten Tagen. Wer alles angerufen hat und glaubte, mich daran erinnern zu müssen, wie unendlich wichtig es ist, die Zerstörung der Fenster zu verhindern. Deshalb müssen wir beim Verfolgen des Geldüberbringers absolute Vorsicht walten lassen. Die drei Millionen Euro sind ersetzbar, die Fenster nicht."

Sikorski rang sich ein dünnes Lächeln ab und beobachtete mit den anderen den großen, auf die Wand projizierten Stadtplan und hörte dem Mann zu, der immer den aktuellen Standort benannte.

„Jetzt fährt er hinauf zur Zitadelle, biegt ab in die Ritterstraße, hat das Vincenz Krankenhaus erreicht, fährt nach links, Pariser Straße, stadtauswärts auf die Autobahn, vorbei an der Abfahrt Bretzenheim, jetzt nach rechts, Haifaring, Essenheimer Straße Richtung Gonsenheim."

„Der schickt unseren Mann im Moment kreuz und quer

durch die Stadt. Entweder um uns zu verwirren oder um herauszufinden, ob wir jemanden an ihm dranhaben", kommentierte Regner, der Referent des Polizeipräsidenten.

„Wenn der nicht völlig verblödet ist, dann wird der sich denken können, dass unser Mann einen Sender bei sich hat", widersprach Sikorski und in seiner Stimme lag eine Spur von Verachtung, die einige aufschauen ließen. Regner antwortete mit einem zornigen Blick.

„Bitte! Meine Herren!", unterband Dr. Kleber den aufkeimenden Zwist.

Ein Telefon klingelte. Einer der Männer an den Laptops nahm ab und reichte den Hörer stumm an den Polizeipräsidenten weiter. „Sehr gut, Herr Meister. Aber beeilen Sie sich. Es bleiben Ihnen nur noch ...", er sah kurz zu der Uhr hoch, „... 37 Minuten?"

„Meister hat die Aufnahmen. Die Kamera ist mit einem Rechner verbunden und die Aufnahmen gehen direkt auf die Festplatte. Die Kamera ist mit einer Art Bewegungsmelder gekoppelt. Es ist ein Streit mit seiner Frau drauf, sie verlassen aber mehrmals den Sitzungsraum, darum ist kein zusammenhängender Text verständlich. Es ist von Scheidung die Rede und von der Erpressung. Dann geht sie offenbar. Längere Phase, in der nichts passiert. Dann ist das Zuschlagen einer Tür zu hören, Rossmann kommt ins Bild, hantiert hektisch an seinem Handy ..."

„Schreibt wahrscheinlich die SMS, mit der er auf den Anschlag hinweist", unterbrach Regner seinen Chef, der sich davon nicht beirren ließ.

„Dann ist ein schwerer Schlag zu hören, wahrscheinlich wird die Tür eingetreten, dann kommt ein zweiter Mann hinzu. Er streitet mit Rossmann, der sagt, dass er der Polizei alles sagen werde, weil er der Zerstörung der Chagall-

Fenster niemals zustimmen werde. Er hebt sein Handy, zeigt es dem Mann, der mit einem Messer auf ihn zugeht. Rossmann sagt, dass er alles aufgezeichnet habe und die Polizei die Aufnahmen schon finden werde. Der Mann steht vor Rossmann, will das Handy und die Filme, es kommt zu Handgreiflichkeiten, Rossmann fällt zu Boden. Vorher schafft er es wohl noch, die Nachricht abzuschicken. Der andere Mann beugt sich über Rossmann, hat das Handy in der Hand, drückt darauf herum, nimmt es an sich, sieht sich in dem Büro um, durchwühlt Schubladen und ist dann verschwunden. Er ist mehrmals sehr deutlich zu erkennen. Dann schaltet die Kamera aus. Beim nächsten Mal kommt dieser Engel, betritt den Raum, beugt sich über Rossmann. Es ist aber durch den Tisch nicht zu sehen, was er genau macht. Dann verschwindet er wieder."

„Das würde sich mit Engels Aussage decken", sagte eine Frau, die sich bisher noch nicht zu Wort gemeldet hatte.

„Ist der Mann zu identifizieren?", fragte Sikorski.

„Meisters Leute sind dabei. Sie lassen ein Printout von seinem Gesicht durch den Rechner laufen und hoffen, dass er schon einmal auffällig geworden ist."

„Und wenn nicht?"

„Dann kann uns nur der liebe Gott helfen", erwiderte der Polizeipräsident, der sich die Konsequenzen nicht vorstellen wollte.

„Das ist ja auch in seinem ureigensten Interesse", kommentierte Sikorski die Aussage seines Dienstherrn, womit er dem immerhin ein Lächeln abgewinnen konnte. Andere in dem Raum hatten weniger Verständnis für seinen Sarkasmus.

„Unser Mann ist nach rechts zur Uni abgebogen, fährt auf die Parkplätze, hält an, das Signal bleibt."

Die Uhr zeigte 31 Minuten und drei Sekunden an.

„Der Erpresser lässt unseren Mann den Wagen wechseln. Und das Handy", sagte Sikorski voraus. Börne und Wagner standen ein Stück neben ihrem Chef und beobachteten gespannt das Geschehen.

„Ein weiterer Sender ist in der Tasche mit dem Geld versteckt", beeilte sich Regner zu erwidern, mit Stolz in der Stimme.

Sikorski enthielt sich einer Entgegnung, denn er ahnte, was jetzt kommen würde. Der Punkt auf dem projizierten Stadtplan verharrte weiterhin auf dem Parkplatz hinter der Universität.

„Keine Bewegung", kommentierte der Mann, der die Standorte durchgab.

Als drei Minuten später noch immer nichts passiert war, gab Dr. Kleber den Befehl, zur Uni zu fahren und den Wagen zu sichern.

Kurz darauf klingelte ein Telefon. Die Frau, die den Hörer abgenommen hatte, reichte ihn an den Polizeipräsidenten weiter.

„Sie haben da meine volle Unterstützung. Ja, die Genehmigung bekommen Sie." Damit legte der Polizeipräsident auf und wandte sich einem der beiden Männer am Tisch zu. „Herr Regner, verbinden Sie mich bitte mit dem Staatsanwalt. Er ist Stand-by."

Wenige Augenblicke später reichte Regner den Telefonhörer an Dr. Kleber weiter, der den Staatsanwalt bat, die Genehmigung zur Fahndung nach dem mutmaßlichen Erpresser mit Hilfe der Handyüberwachung zu geben. Keine Minute später hatte er die Zusage dazu. Der Polizeipräsident forderte daraufhin Regner auf, dies Meister mitzuteilen.

„Sie haben den Mann identifiziert", teilte Dr. Kleber den

Anwesenden mit, nachdem er den Hörer zurückgegeben hatte, und die Erleichterung war ihm nur zu sehr anzuhören. „Stefan Kröhm. Saß wegen bewaffnetem Raubüberfalls und Körperverletzung. Es gibt ein Handy, das auf seinen Namen zugelassen ist. Meister hofft, dass er es bei sich trägt und angeschaltet hat. Dann kann er ihn darüber orten."

Sikorskis Blick ging zur Uhr hoch. Noch 25 Minuten und 41 Sekunden bis zum Ablauf des Ultimatums. Er versuchte einzuschätzen, ob der Erpresser so dumm wäre, mit seinem ordentlich angemeldeten Handy herumzulaufen.

„Was hat Meister vor, wenn er den Mann geortet hat?", fragte Klatten.

„Hoffen, dass die Zeit noch reicht, ihn festzusetzen", entgegnete Sikorski.

„Und dass seine physische Präsenz zur Durchführung der Tat notwendig ist."

„Fernzündung? Meinst du?", fragte Sikorski zurück.

„Muss alles einkalkuliert werden."

„Wie viele Leute hat Meister an der Kirche?"

Diese Frage war an Dr. Kleber gerichtet.

„Dreißig Mann, in zwei Ringen um die Kirche verteilt."

„Und keine Ahnung, wie der Erpresser die Fenster zerstören will?"

„Wir nehmen an, dass er keine Alternativen zu seiner ursprünglichen Absicht hat."

„Zerstörung durch einen Schuss?"

„Oder ähnliches. Wenn er nicht schon vorher einen Alternativplan entwickelt hat, dann dürfte die Zeit nach der Aufdeckung von Rossmanns Wohnung zu knapp gewesen sein, da was Neues zu entwickeln."

„Engels Aussagen zu dem Geschehen in dem Keller waren sehr aufschlussreich."

„Unsere Leute haben den Wagen auf dem Uniparkplatz gesichert", sagte Regner in den Raum. Alle Aufmerksamkeit wandte sich ihm zu. „Der Wagen steht da, darin die komplette Kleidung unseres Mannes, ein Handy und die Tasche, in der das Geld war."

Dachte ich mir. Sikorski behielt seine Gedanken für sich.

„Was ist mit dem Hubschrauber?", fragte Klatten.

„Keine Sicht und ohne das Signal hilflos."

„Mist!", fluchte Dr. Kleber.

Ein Mann trat zu der diskutierenden Gruppe und reichte ein Papier herum. Klatten las vor: „Stefan Kröhm, unser Mann. Vierundvierzig, Scharfschützenausbildung bei der Bundeswehr, Tankstellenüberfälle, zwei Banküberfälle, mehrmals wegen Körperverletzung aufgefallen. Hat sich für seine Überfälle stets der Hilfe von Frauen versichert. Hat wohl einen Schlag bei ihnen. Engel hat bestätigt, dass dies der Mann ist, den er mit der Rossmann in dem Keller gesehen hatte. Gemeldet ist der Mann in Finthen."

Plötzlich lachte Klatten, der die Angaben vorgelesen und kommentiert hatte, laut auf. Mehrere der Leute in dem Besprechungszimmer drehten sich zu ihm um. „Kröhm hat vor über zwanzig Jahren bei einer Bank gelernt. Wurde nach einer Betrugsgeschichte entlassen."

„Ein Insider", lästerte Sikorski.

Niemand ging darauf ein.

Einige Minuten lang herrschte Schweigen, während denen sich auf dem projizierten Stadtplan nichts mehr bewegte.

Das Klingeln des Telefons ließ sie aufhorchen. „Kröhms Handy ist geortet. Berliner Siedlung."

„Kröhm blufft", stellte Sikorski sofort klar. „Er ist über alle Berge und hat nichts in der Hand gehabt, um die Fenster zu zerstören."

„Sicher, Herr Sikorski?", fragte der Polizeipräsident nach.

„Wir dürfen keinen Fehler machen. Was, wenn er doch eine Fernzündung betätigt oder Komplizen hat."

„Hat er nicht." Das war eine Spur zu despektierlich, aber der Polizeipräsident reagierte nicht darauf.

„Was meinen Sie?", wandte Dr. Kleber sich an Klatten.

Der ließ sich einen Moment Zeit mit einer Antwort. „Ich würde dem Kollegen Sikorski zustimmen."

Regner kam zu ihnen und wandte sich an Dr. Kleber. „Einige von Meisters Leuten sind vor der Wohnung. Er fragt an, ob er die Freigabe für den Zugriff hat."

Der Polizeipräsident sah in die Runde, Sikorski zur Uhr. Noch zwölf Minuten und dreiunddreißig Sekunden. Dann nickte Dr. Kleber.

„Zugriff!", sagte er zu Regner, der an den Tisch zurückging und nach dem Telefonhörer griff.

In den nächsten Sekunden lag eine gespenstische Ruhe über dem Raum. Niemand sprach, alle sahen auf die Uhr oder auf Regner, der den Hörer fest an sein Ohr gepresst hielt.

„Wohnung leer", sagte der dann. „Kröhm nicht anwesend, aber er hat sie bis vor Kurzem wohl tatsächlich bewohnt. Das Handy liegt in der Wohnung."

„Es wäre auch zu schön gewesen, wenn der Erpresser sich so dumm angestellt hätte, wie das manche unserer Kollegen wünschen", flüsterte Sikorski Klatten ins Ohr, der zur Antwort nur seine Mundwinkel verzog.

Die Uhr lief unaufhaltsam weiter. Sie zeigte elf Minuten und dreizehn Sekunden.

Eineinhalb Minuten später kam ein neuer Zwischenbericht. „Die Schnelldurchsuchung der Wohnung hat keinen Hinweis ergeben, dass Kröhm einen Sprengsatz und einen Fernzünder gebaut hat."

Sikorski sah auf die Uhr. 9 Minuten und 21 Sekunden. Seitdem der Wagen auf das Unigelände gefahren war, waren etwa 22 Minuten vergangen. Genug Zeit für Kröhm, irgendwo im Rhein-Main-Gebiet untergetaucht zu sein. Wenn er schlau war, hatte er sich unter einem anderen Namen langfristig eine Wohnung besorgt und würde sich dort die nächste Zeit versteckt halten. Viel zu schnell verrannen die Sekunden, bis das Telefon wieder klingelte.

„Der Kirchenmann", klärte Regner die gespannt zu ihm Schauenden auf, nachdem er den Hörer aufgelegt hatte. „Er ist einer Streife aufgefallen, weil er mit nacktem Oberkörper im Auto saß. Er ist jetzt auf dem Weg hierher. Er bittet um Kleidung. Er ist nämlich völlig unbekleidet."

Die letzte Aussage rief mehrere verwunderte Blicke hervor. „Kröhm hat ihn sich ausziehen lassen, weil er fürchtete, dass auch in seiner Kleidung ein Sender versteckt war", sagte Sikorski zu Klatten, der neben ihm stand. „Ich bin sicher, dass für die Fenster keine Gefahr besteht. Dieser Kröhm hatte keinen Alternativplan."

Dr. Kleber führte mehrere Telefonate, in denen er den Bürgermeister und einen Kirchen-Mitarbeiter über den Verlauf informierte, aber die Ungewissheit darüber, ob die Bedrohung damit abgewendet war, nicht verschwieg.

Als die Uhr von fünf auf vier Minuten umsprang, war es ganz still im Raum, nur das Rauschen der Computer war zu hören. Sikorski ging zu dem Kaffeeautomaten, der am anderen Ende des Raumes stand und goss sich eine Tasse ein. Er trank einen Schluck und betrachtete die Szenerie vor ihm. Männer mit Verantwortung, über deren weiteren Lebensweg in den nächsten drei bis vier Minuten entschieden wurde. Wenn alles gut ging, würden sie sich erleichtert um den Hals fallen, wenn es ihnen dann noch gelang, diesen

Kröhm festzusetzen, würde es Belobigungen und Beförderungen geben.

Zwei Minuten zweiundzwanzig. Sikorski musste, wie die anderen auch, immer wieder zur Uhr schauen. Dr. Kleber gab Regner die Anweisung nachzufragen, ob Meister schon mehr herausbekommen hatte.

Eine Minute einunddreißig vor Ablauf des Ultimatums ließ sich Dr. Kleber noch einmal mit Meister verbinden und an seinem leicht unwirschen Tonfall konnte jeder im Raum seine Nervosität erkennen.

Als die Uhr nur noch die Sekunden abzählte, hätte man meinen können, alle in dem Besprechungsraum Anwesenden hätten ihre Körperfunktionen ausgesetzt, so still war es. Niemand bewegte sich, alle sahen entweder auf einen der Telefonapparate oder die Uhr.

Einunddreißig Sekunden vor Ablauf klingelte wieder das Telefon. Dr. Kleber höchstpersönlich nahm ab und stellte gleich den Lautsprecher laut. Alle im Raum konnten mithören. „Ein Verdächtiger nähert sich der Kirche. Er beschleunigt seine Schritte. Über der rechten Schulter trägt er eine Tasche. Zugriff!"

Während die Uhr weiter unerbittlich die letzten zwölf Sekunden herabzählte, waren über einen Lautsprecher die Schritte schwerer Schuhe auf Pflastersteinen und einige unverständliche Rufe zu vernehmen, dann ein kurzer schriller Schrei, danach war Ruhe.

Um fünf Sekunden vor Ablauf des Ultimatums meldete sich die Stimme des Einsatzleiters vor Ort. „Wir haben den Mann!" Dann war es wieder leise.

„War es das?", fragte jemand, als alle Ziffern der Uhr eine Null zeigten. Niemand reagierte, keiner antwortete, alle warteten darauf, dass das Telefon klingelte und die Nachricht käme, dass eines oder mehrere der Chagall-Fenster der Kirche St. Stephan zerstört worden waren.

Aber das Telefon blieb stumm und mit jeder Sekunde, die verging, fiel ein wenig der Spannung von den Menschen, die in dem Einsatzraum standen, ab. Nun war es der Polizeipräsident, der zum Hörer griff und den Kurzwahlknopf zum Einsatzleiter drückte. Meister war gleich am Apparat. Die Fenster waren alle unbeschädigt, der Mann, der sich der Kirche genähert hatte, ein angetrunkener Tourist. Wie der allerdings die Absperrung hatte durchdringen und sich so weit dem gefährdeten Objekt nähern können, blieb vorerst ungeklärt und würde eine interne Ermittlung beschäftigen.

Die nächste Stunde harrten alle im Einsatzraum aus. Kleber telefonierte dabei mehrmals mit Meister, der seine Männer nicht abgezogen hatte, weil mit dem Ablauf des Ultimatums die Gefahr nicht gebannt war. Dann klärte er die Vertreter der Stadt und der Kirche über den vorläufigen Ausgang der Erpressung auf und nahm die Glückwünsche für die geleistete Arbeit stolz entgegen.

Frau Rossmann wurde noch in der Nacht zu dem tatverdächtigen Stefan Kröhm befragt, sagte aber aus, dass sie ihn nicht kenne und mit der Erpressung nichts zu tun habe. Sie verlangte, sofort freigelassen zu werden.

Obwohl niemand mehr an eine Gefährdung der Fenster glaubte, befahl Dr. Kleber, das Kirchengebäude in den nächsten Tagen weiterhin unter Beobachtung zu halten.

Die Großfahndung nach Stefan Kröhm wurde eingeleitet.

Sikorski machte sich auf, um den Einsatzraum zu verlassen. Der Polizeipräsident kam auf ihn zu.

„Ach, übrigens, Sikorski, im Herbst feiern wir ja Ihr fünfundzwanzigstes Dienstjubiläum", sagte er, als der schon in den Flur getreten war. Er drehte sich und sah den Polizeipräsidenten erschrocken an, der diesen Blick aber missinterpretierte. „Keine Sorge. Sie gehören noch nicht zum alten Eisen. Das haben Sie doch wieder mit dem Fall Zolty bewiesen, auch wenn, Sie wissen ja, … aber darüber reden wir ein andermal. Also, erst einmal eine gute Nacht. Sie haben es verdient."

Sikorski nickte und enthielt sich eines Kommentars, dann verließ er mit Börne und Wagner den Einsatzraum.

„Einen Moment", sagte Wagner vor der Tür von Sikorskis Büro, drehte sich um und verschwand, um zwei Minuten später mit einer Flasche Sekt und drei Wassergläsern zurückzukommen.

„Die hatte ich noch im Schreibtisch", erklärte er, während er an dem Korken hantierte.

„Wahrscheinlich eine Verehrerin aus dem Präsidium", frotzelte Maria. Der Knall des Korkens verschluckte das letzte Wort.

Wagner verteilte die gefüllten Gläser und hielt seines vor sich.

„Zum Wohl!", prostete er den beiden anderen zu. „Ihr Tag!", und sah dabei Sikorski an.

Der konnte sich einen Kommentar nicht verkneifen. „Nicht sehr stilsicher, mit den Wassergläsern und handwarm dazu, aber vielen Dank. Das ist übrigens unser Tag. Sie haben beide hervorragende Arbeit geleistet."

„Jetzt wollen wir hoffen, dass den Fenstern tatsächlich nichts passiert und dieser Kröhm uns ins Netz geht", sagte Maria.

„Auch wenn ich Herrn Meister keine allzu großen Sympathien entgegenbringe, hätte ich mich dennoch gefreut, wenn er nicht nur die Fenster gerettet, sondern auch den Mann gleich geschnappt hätte."

„Wir können froh sein, dass die Erpressung für diesen Kröhm wohl eine Nummer zu groß war. Aber das konnten wir ja vorher nicht wissen und ernst nehmen müssen wir so eine Erpressung auf jeden Fall."

Die beiden Kollegen sahen ihren Vorgesetzten erstaunt an.

„Jede Verschiebung des Ultimatums erhöht die Gefahr des Entdecktwerdens", erklärte er.

„Aber der Tod von Rossmann hat ihn zum Ändern seiner Pläne gezwungen", wandte Wagner ein.

„Ja", stimmte Sikorski zu, „aber er, oder Rossmanns Frau, hätten dafür sorgen müssen, dass der Architekt auf gar keinen Fall sein Büro betritt. Aber so hat sein Tod ja immerhin einen Sinn bekommen. Das und Ihre hervorragende Arbeit haben die Fenster gerettet."

„Jetzt sind Sie aber zynisch, Chef", warf Maria ein. „Was wird eigentlich aus Engel?", fragte sie weiter, um ein anderes Thema anzuschlagen, denn ein so explizites Lob aus dem Mund Sikorskis hatte sie noch nie gehört und das zeigte ihr zum einen, wie nahe ihm diese Fälle gegangen waren und wie sie ihn mitgenommen hatten. Zum anderen spürte sie aber auch, wie wenig der Mann es gewohnt war zu loben und wie weit er damit über seinen Schatten gesprungen war.

„Engel? Der wird noch einige Zeit unsere Gastfreund-schaft genießen. Da sind zum einen die Morde der Vera Zolty, deren Hintergründe wir noch genau klären müssen. Morgen werden wir ihr Büro und ihr Haus durchsuchen. Und dann Rossmanns Tod. Die Aufnahmen aus Rossmanns Büro belegen zwar, dass Engel damit nichts zu tun hat. Aber er hat sich zu Rossmanns Büro unerlaubt Zugang verschafft. Da wird sicher was kommen. Und die Kollegen in Hamburg haben auch noch Fragen an ihn. Viele Fragen. Zu dem Geld, dass er sich geliehen hat, zu dem Toten dort und zu Kopka."

„Dem Kredithai?", fragte Wagner.

„Genau der. Die Kollegen in Hamburg haben schon lange ein Auge auf ihn, konnten ihm aber bislang nichts nachweisen."

Maria stand auf und sah die beiden Männer nacheinander an. „Also", begann sie, „ich habe seit heute morgen nichts mehr gegessen und einen Mordshunger. Wie wär's mit einer Pizza?"

„Gute Idee!", pflichtete ihr Wagner bei.

„Um diese Zeit?", wandte Sikorski ein. „Schauen Sie mal auf die Uhr!"

„Ich weiß da was!", entgegnete Wagner und wählte eine Nummer mit seinem Handy. „Hallo Vincenzo!", sagte er lachend. „Ich habe ein Problem und du könntest mir und zwei sehr wichtigen Kollegen einen großen Gefallen tun. Wir haben einen mordsmäßigen Hunger. Du hast auch etwas gut bei mir."

Einige Sekunden lang herrschte Schweigen, dann huschte ein freches Grinsen über Wagners Gesicht. „In fünf Minuten", sagte er, bevor er sein Handy zuklappte und in die Tasche steckte.

„Zeit, den Laden zu verlassen", forderte er dann seine Kollegen auf.

„Gibt es da auch Handkäs?", fragte Sikorski, dem tatsächlich danach war.

„Pizza mit Handkäs belegt?", lachte Maria frech zurück, „habe ich noch nie gehört."

Sie hatten ihre Pizza gegessen und jedem wurde gerade ein Grappa auf den Tisch gestellt, da klingelte Sikorskis Handy. Es war Meister, der sich bei dem Kommissar noch einmal persönlich bedanken wollte für die Unterstützung und die Zusammenarbeit. Er würde sich in dieser Nacht noch um Frau Rossmann kümmern, in der Hoffnung, dass sie, konfrontiert mit den Aufnahmen aus dem Büro ihres Mannes, gesprächsbereiter sein würde.

Nachdem er aufgelegt hatte, musste er lachen. „Ich glaube, so ganz verkehrt ist Meister nicht, aber im Nachhinein betrachtet man meistens das Geschehene in einem milderen Licht."

Dann bemerkte er, dass Vincenzo unruhig auf und ab ging. Sikorski ließ sich die Rechnung bringen. Nachdem er gezahlt hatte, gingen sie hinaus in die Nacht.

FREITAG, 28. August 2009

Am nächsten Morgen wurde Sikorski von Klatten vor seinem Büro abgefangen.

„Guten Morgen, Henning, komm doch mal auf einen Kaffee zu mir."

Nachdem Klattens Sekretärin ihnen beiden eine Tasse Kaffee auf den Tisch gestellt hatte, begann Klatten.

„Wir haben Kröhm", sagte er und lächelte Sikorski breit an, sprach aber nicht weiter.

Der war wirklich überrascht. „Ja, und? Willst du mich nicht aufklären. Oder ist das so ein Geheimnis, in das nur die ganz wichtigen Leute eingeweiht werden."

„Also", begann Klatten. „Heute Nacht gab es einen Unfall

in Frankfurt auf der Miquelallee. Ein Wagen mit britischem Kennzeichen ist in einen Golf gefahren, der, wie sich schnell herausstellte, gestohlen war."

„Das war …", begann Sikorski, aber Klatten ließ ihn nicht aussprechen.

„Nicht nur, dass der Wagen gestohlen war, es fand sich darin auch ein Koffer, der war sehr schwer, nämlich bleiummantelt …"

„Damit ein möglicher Sender keine Signale ausstrahlen kann, vermute ich …"

„Genauso ist es. Und nachdem die Kollegen den Koffer endlich geöffnet hatten, staunten sie nicht schlecht, darin drei Millionen Euro in kleinen Scheinen zu finden. Als die Kollegen dann später von unserer Großfahndung erfuhren, war ihnen der Zusammenhang klar. Es konnte schnell festgestellt werden, dass es sich bei dem einen Unfallopfer, beide sind übrigens nur leicht verletzt, um Stefan Kröhm handelt. Er hat einige Blessuren und einen Bruch des Schlüsselbeins davongetragen. Der allerdings sehr wahrscheinlich von dem Schlag Engels herrühren dürfte."

Sikorski dachte an die Fenster und die Kirche. „Vielleicht gibt es ja doch eine göttliche Fügung", sagte er und fügte hinzu: „Und Gerechtigkeit."

„Das Ganze ist noch unglaublicher, Henning", führte Klatten weiter aus. „Der zweite Wagen, der, wie ich schon sagte, aus Großbritannien kommt, hat das Kennzeichen, na …?"

Sikorski zuckte mit seinen Schultern.

Klatten nahm ein Blatt und einen Stift von seinem Schreibtisch und schrieb die Kombination auf: „CH4GALL".

„Das ist nicht wahr!", entgegnete Sikorski.

„Du kannst dir, gegen viel Geld allerdings, in Großbritannien dein Wunschkennzeichen erstellen lassen. Und dieser

Mensch, der da die Flucht unseres Kröhm gestoppt hat, ist ein großer Chagall-Fan. Er fährt durch die ganze Welt, jedes Jahr an einen anderen Ort, um Arbeiten von Chagall zu sehen. Dieses Jahr hatte er sich die Kirche St. Stephan vorgenommen. Sein Wagen ist voller Plakate und Bücher …"

Plötzlich begann Sikorski laut zu lachen und fing sich verwunderte Blicke Klattens ein, der solche Ausbrüche seines Kommissars nicht kannte.

„Chagalls Rache", erklärte der, nachdem er sich beruhigt. „Das ist Chagalls Rache."

Nun musste Klatten auch lachen.

„Was ist mit der Rossmann?", fragte Sikorski schließlich.

„Die hat, als wir ihr glaubhaft versichert hatten, dass Kröhm gefasst ist, ein umfassendes Geständnis abgelegt. Sie hat die Erpressung mit Kröhm durchgezogen. Die beiden haben sich in der Spielbank kennengelernt und bald ihre gemeinsame Leidenschaft für Geld, viel Geld entdeckt. Übrigens hat die Rossmann auch einen Großteil des Geldes, das sich ihr Mann bei diesem Kopka geliehen hatte, beiseitegeschafft. Man muss sagen, dass er auch ein wenig naiv war. Kröhm hat Rossmann eine größere Summe für die Überlassung seines Büros angeboten. Er hat sich als Architekt ausgegeben, der nur für einen begrenzten Zeitraum einen Arbeitsplatz sucht. Bedingung war, dass Rossmann in der Zeit auf keinen Fall auftauchen durfte. Tat er aber doch. Weil er vermutete, dass Kröhm mit seiner Frau ein Verhältnis hat. Die Kamera hat er schon lange installiert. Er wollte alle Gespräche mit seinen Geschäftspartnern dokumentieren, nachdem er einige Prozesse verloren hatte und nicht nachweisen konnte, dass es bestimmte Absprachen tatsächlich gegeben hatte. Den Rest kennst du ja schon von den Aufnahmen. Frau Rossmann überrascht ihren Mann im Büro, er stellt sie zur Rede, weil er durch die Aufnahmen weiß, was sie vorhaben, und das will er verhindern. Sie alarmiert Kröhm, der kommt, es kommt zum Streit, Rossmann schließt sich im Büro ein, schreibt die SMS an einen Bekannten, dann tritt Kröhm die Tür ein. Er hat wahrscheinlich gar nicht mitbekommen, dass Rossmann die SMS abgeschickt hat."

„Und dieser geheime Gang?", fragte Sikorski.

„Rossmann hat das Gebäude entworfen und die Bauleitung innegehabt. Mehr weiß ich auch nicht."

„Und hatte dieser Kröhm denn wirklich vor, die Fenster zu zerstören?"

Klatten dachte einen Moment nach. „Das kann nur er uns sagen. Laut der Rossmann hatten sie vor, das eine Fenster von Marcq zu zerstören, wenn wir nach Ablauf des ersten Ultimatums nicht gezahlt hätten. Sie waren sich sehr sicher, dass sie spätestens dann ihr Geld bekommen hätten."

Die beiden Männer saßen noch eine Weile beisammen, dann verabschiedete sich Sikorski von Klatten. Auf dem Weg in sein Büro ging er auch bei Meister vorbei und gratulierte ihm. Dann rief er Wagner und Börne, um sie auf der Fahrt nach Oppenheim zu dem Haus von Vera Zolty über das Ende der Geschichte aufzuklären. Dabei musste er jedes Mal schmunzeln, wenn ihm „Chagalls Rache" einfiel.

In Veras Haus fanden sie Unterlagen, aus denen hervorging, wie minutiös sie ihre Rache geplant und welche Rolle Kopka dabei gespielt hatte. In den Aufzeichnungen war auch der Name des vierten Mannes, der von Dimiter Klasnic umgebracht werden sollte, vermerkt.

Eine umgehende Befragung von Karl-Heinz Ramsauer, der mittlerweile in der Nähe von München lebte, ergab, dass er zusammen mit Thomas Richter vor zehn Jahren

Vera vergewaltigt hatte. Veras wildes Tanzen mit ihnen beiden hatten die Männer als Aufforderung verstanden. Zuerst habe Vera auch mitgespielt, man habe auf dem Weg in die Stadt geflirtet, kurze Küsse getauscht und sich weiter gegenseitig angemacht, doch als Vera merkte, dass es den beiden Männern ernst war, versuchte sie ihnen klarzumachen, dass nichts laufen würde. Ramsauer sagte, dass sie so betrunken und durch die Anmacherei so aufgegeilt waren, dass sie Veras Weigerung ignorierten und sie in ein Gebüsch in der Nähe des Taubertsbergbades zerrten. Zwei Männer, die mit ihnen auf der Feier waren, sahen ihnen zu, wie sie Vera vergewaltigten, die sich dabei heftig wehrte. Als Vera wehrlos in dem Gebüsch lag, gingen die Männer in verschiedene Richtungen davon und schworen sich, niemandem davon zu erzählen. Sie beschwichtigten sich damit, dass die fremde Frau sie angemacht und unmissverständlich zum Sex aufgefordert hatte. Ramsauer hatte schon seit Jahren keinen Kontakt mehr zu den anderen gehabt und deshalb auch nicht von deren Ermordung erfahren.

Der Brief, den Vera Zolty an ihre Eltern geschickt hatte, bestätigte diese Angaben.

Als Sikorski seinen Bericht zu Ende geschrieben hatte, fühlte er sich so ausgelaugt, dass er sein Büro verließ und einen Spaziergang machte, der ihn am Ende in die Pizzeria führte, in der er in der Nacht nach der glimpflich verlaufenen Erpressung mit Maria Börne und Tobias Wagner gesessen hatte. Als er merkte, dass der doppelte Espresso seinen Ekel nicht herunterspülen konnte, bestellte er einen Grappa.

Es ging ihm nicht wirklich besser, als er sich auf den Rückweg ins Präsidium machte.

EINE WOCHE SPÄTER

Der helle Ton der Klingel schreckte Henning Sikorski auf. Er stand in der Küche und dekantierte den Rotwein, einen St. Laurent, den er eigens für diesen Abend aus dem Keller geholt hatte. Er hörte schnelle, kurze Schritte in Richtung Haustür und gleich darauf die Stimme seines Sohnes Max. „Sie sind sicher Herr Wagner, stimmt's?"

Ein Lachen war die spontane Antwort. „Ja, und du bist bestimmt der Sohn eines Kommissars, so gut, wie du das erkannt hast."

„Kommen Sie rein! Ich bringe Sie zu meinem Papa!"

Max führte Tobias Wagner ins Wohnzimmer, wo er von Sikorski empfangen wurde. Die beiden Männer hatten sich gerade begrüßt, da klingelte es erneut und wieder eilte Max gleich zur Tür, begrüßte die Ankommende mit „Sie sind bestimmt die Maria" und war darauf erstaunlich leise, bis das Knistern von dickerem Papier den anderen verriet, dass da wohl ein Geschenk für den kurzen Moment der Ruhe gesorgt hatte.

Dann kam Max auf die Terrasse gelaufen und reichte seinem Vater einen in kariertes Papier eingeschlagenen Karton.

„Für mich?", fragte er überrascht.

„Für Sie!", antwortete Maria, „von Tobias und mir. Ein kleines Geschenk."

Sikorski wirkte verlegen, als er den Karton entgegennahm und begann, das karierte Papier vorsichtig zu lösen. Darunter verbarg sich eine große Schachtel.

„Aufmachen, Papa!", riefen Max und Veronika zusammen.

Langsam hob Sikorski den Deckel von dem Karton und

zog ein Paar Gummistiefel heraus, betrachtete sie einen Moment lang und musste lächeln. „Vielen Dank!", sagte er, zeigte sie seiner Frau und fügte hinzu: „Die kann man wenigstens tragen."

„Sie glauben gar nicht, Herr Sikorski, wie schwer es ist, Gummistiefel mit Budapester Muster zu bekommen."

Daraufhin lachten sie alle, auch die beiden Kleinen ließen sich von der Ausgelassenheit der Großen anstecken.

„Sie wissen", begann Bettina die Konversation, nachdem sie sich wieder beruhigt und an den Tisch gesetzt hatten, „dass mein Mann so gut wie nie Kollegen nach Hause einlädt und dass dies die höchste Form von Auszeichnung ist, die er zu vergeben hat."

Dabei lächelte sie Tobias Wagner und Maria Börne schelmisch an.

Doch Henning Sikorski setzte noch eine Auszeichnung hinzu, als er sein Glas hob und, bevor sie sich zuprosteten, Maria und Tobias anbot, dass sie sich ab sofort mit dem Vornamen ansprechen könnten, dabei aber bei dem förmlichen Sie bleiben sollten.

Da wäre Bettina Sikorski fast das Glas aus der Hand gefallen.

Danksagung

Mein erster und wichtigster Dank gilt meiner Frau Tanja und meinem Sohn Tizian für ihre Kritik, ihre Unterstützung und ihr Verständnis, wenn ich mal wieder in die Welt des Verbrechens abtauche; dasselbe gilt für meine Schwiegermutter Liane Diehl. Dann meinen Erstlesern und -kritikern: An erster Stelle Frank Grevsmühl für einen sehr wichtigen und entscheidenden Hinweis, was den mörderischen Plan einer Hauptfigur angeht; Peter Jackob für seine instruktiven Fingerzeige; sowie Pepe Bernhard, dem ich darüber hinaus ganz herzlich für seine Presseaktivitäten danken möchte; und Gitta und Thomas Keßler vom Weinkontor Keßler für die Präsentation meines letzten Buch in ihrem schön gestalteten Schaufenster. Ein weiteres Dankeschön gehört Kriminalhauptkommissar Peter Metzdorf, der sich die Zeit genommen hat, um allzu schwerwiegende Verstöße gegen die Arbeit der Polizei zu ahnden. Weiterhin Frauke Itzerott vom Leinpfad Verlag und ganz besonders herzlich der Verlegerin Angelika Schulz-Parthu für die schöne und konstruktive Zusammenarbeit und das Vertrauen, das sie meiner Arbeit entgegen bringt.

Und natürlich allen, die mich mit ihrem Zuspruch und ihrer Kritik nach meinem ersten Kriminalroman angespornt haben weiterzuschreiben.

Der Autor:
Jürgen Heimbach, Jg. 1961, arbeitet seit 1996 als Redakteur bei 3sat und dem ZDFtheaterkanal; er ist Mitglied in den Krimiautorenvereinigungen **Syndikat** und **Mörderisches Rheinhessen**.

Im Leinpfad Verlag sind von ihm erschienen:
Plötzlicher Tod einer Nutte (2009)
Ein Holz, aus dem man Träume macht, in: *Perfekte Opfer. 13 neue Kurzkrimis aus dem Mörderischen Rheinhessen*, (2009)
Witterungsbedingte Verzögerungen, in: *Gleich nebenan. Kurzkrimis aus dem Mörderischen Rheinhessen*, (2010)

Pressestimmen:
„Heimbach schaut in die tiefsten Abgründe menschlichen Handelns, entlarvt unerträglich zynische, brutale und selbstgerechte Menschen." (ZDF-Kontakt 11/2009)

Lieben Sie Krimis? Wir haben noch mehr!
Und: Alle spielen bei Ihnen um die Ecke!!

Jürgen Heimbach: Plötzlicher Tod einer Nutte
Der ehrgeizige Politiker Wolfgang Anstett hat alles erreicht, wovon andere nur träumen können: Seine Karriere scheint ungefährdet, sein Familienleben ist glücklich – wenn da nicht seine Vorliebe für käuflichen Sex der übelsten Spielart wäre. Als die Prostituierte Elena plötzlich tot im Bett liegt, erhält er unerwartete Hilfe, die aber ihren Preis hat und Jahre später nicht nur ihn, sondern auch den gut aussehenden „Reza", der endlich aus dem Milieu ausstiegen will, in einen tödlichen Sog zieht …
ISBN 978-3-937782-86-7, Broschur, 312 Seiten, 11,90 €

Perfekte Opfer. 13 neue Kurz-Krimis aus dem Mörderischen Rheinhessen
Vielen Autoren tut es gut, sich jenseits der längeren Kriminalromane auf kürzere Prosa zu stürzen. Dieses Buch ist ein Beleg dafür. Die meisten der 13 Geschichten kommen origineller und unkonventioneller daher, als es der Leser von seinen Autoren gewohnt ist. Hier spielen sie mit wechselnden Perspektiven, ungewöhnlichen Ideen. (…) „Perfekte Opfer" ist die perfekte Herbstlektüre für dunkler werdende Abende. (Rhein-Zeitung)
Wolfhard Klein (Hg.)
ISBN 978-3-937782-89-8, Hardcover, 240 Seiten, 14,90 €

Andreas Wagner: Letzter Abstich. Ein Weinkrimi
Kurzum: Spannende und lehrreiche Unterhaltung mit viel Lokalkolorit auf höchstem Niveau. (rheinhessen.de)
ISBN 978-3-942291-08-8, Broschur, 208 Seiten, 9,90 €

Antje Fries: Nibelungen-Tod
Nur soviel: Es steckt viel Herzblut im „Nibelungen-Tod", in jeglichem Sinn des Wortes. Hinzu kommt Humor in bester Fries'scher Manier: Die Pressekonferenzen von Wormser Oberbürgermeister und Festspiel-Intendant – das ist Lokalposse pur. (AZ)
ISBN 978-3-937782-97-3, Broschur, 256 Seiten, 10,90 €

Leinpfad Verlag –
der kleine Verlag mit dem großen regionalen Programm!
Leinpfad Verlag, Leinpfad 5, 55218 Ingelheim, Tel. 06132/8369, Fax: 896951
www.leinpfadverlag.com, info@leinpfadverlag.de
Wir schicken Ihnen gerne unser Programm!